葡萄酒色の海

——フォークナー研究逍遥

齋藤　久　著

朝日出版社

Portrait of William Faulkner (Owned by the Author)
(Painted in Oils by Beisho, 1981, 33.4×24.3cm)

葡萄酒色の海

——フォークナー研究逍遥

To the Memory of Prof. Ken'ichi Yoshida (1912–1977),
my Mentor, this Book is respectfully Dedicated,
with Homage to the Master Literary Critic of his Age.

HISASHI SAITO, *THE WINE-DARK SEA: ESSAYS ON WILLIAM FAULKNER*
(TOKYO: ASAHI PRESS, 2007)

葡萄酒色の海

目次

I

II

III

失はれた美酒

ポオル・ヴァレリイ

一と日われ海を旅して
（いづこの空の下なりけん、今は覚えず）
美酒《びしゅ》少し海へ流しぬ
「虚無」にする供物《くもつ》の為に。

おお酒よ、誰か汝《な》が消失《せうしつ》を欲したる？
あるはわれ易占に従ひたるか？
あるはまた酒流しつつ血を思ふ
わが胸の秘密の為にせしなるか？

つかのまは薔薇いろの煙《けむり》たちしが
たちまちに常の如《ごと》すきとほり
清げにも海はのこりぬ……

この酒を空《むな》しと云ふや？……波は酔ひたり！
われは見き潮風《しほかぜ》のうちにさかまく
いと深きものの姿を！

（堀口大學訳）

葡萄酒色の海

《The artist is of no importance. Only what he creates is important, since there is nothing new to be said. Shakespeare, Balzac, Homer have all written about the same things, and if they had lived one thousand or two thousand years longer, the publishers wouldn't have needed anyone since.——William Faulkner, "Interview with Jean Stein" (1956), in *Writers at Work* (1958 [First Series]) and *Lion in the Garden* (1968)》

《人生如何に生くべきか。これは文部省の決めるべき事柄ではない。科学技術もこれに応へることはできない。文学藝術は、——これも亦直接に答を提供するものではない、しかしこの問題と微妙に係るものである。故に文藝風流の事は、単なる消閑の具ではない、殊に高度工業社会において、愈々その意味の重きを加へるものである。——加藤周一》

I

葡萄酒色の海

《Poor man, Poor mankind.

— William Faulkner, *Light in August* (1932), Chap. 4.

It is his (the poet's, the writer's) privilege to help man endure by lifting his heart, by remiding him of the courage and honor and hope and pride and compassion and pity and sacrifice which has been the glory of his past.

— *Faulkner's Nobel Prize Acceptance Speech*, Stockholm, December 10, 1950.》

William Faulkner in Japan
(At Nagano Seminar, August 1955)

『皐月祭《メイデー》』とフォークナーの《厭世観》をめぐつて（その一）

——A・E・ハウスマン、『ルバイヤート』、そしてマラルメを中心に

《Post coitum omme animal triste.
(After coition every animl is sad.)
—Anonymous (Post-classical Latin saying)》

《Cynicism is intellectual dandyism without the coxcomb's feathers.
—George Meredith, *The Egoist* (1879), Chap. 7》

《Le pessimisme est d'humerur; l'optimisme est de volonté.
—Alain (Pseudonym of Émile-Auguste Chartier), *Propos sur le Bonheur* (*Remarks on Happiness*, 1928)
悲観主義は気分によるものであり、楽観主義《オプティミスム》は意志によるものである。
—アラン（エミール＝オーギュスト・シャルティエの筆名）『幸福論』（一九二八年）、「93　誓はねばならない」（一九二三年九月二十九日）の冒頭の言葉（神谷幹夫訳）》

一　序言——若き日のフォークナーの《厭世主義》への傾斜（Young Faulkner's Inclination toward Pessimism）

《人間の不滅性（the immortality of man）》を力強く、かつ高らかに訴へたウィリアム・フォークナーのあの有名な楽観主義的とも言へる「ノーベル賞受賞演説」（Nobel Prize Acceptance Speech, Dec. 10, 1950）からはおよそ想像し難いことかもしれないけれども、若き日に詩人として出発したフォークナーが、いたく鍾愛し、再三熟読玩

味して、その文学上の《厭世主義的影響《ペシミスティック・インフルエンス》》を深く蒙つたと思はれる「詩人や小説家とその作品」について、二回にわたつて、ごく大雑把に概括しながら、論述して行きたいと思ふ。

もとより本稿は比較文学的に実証的かつ精緻な考察・考証を試みるものでは決してないことを先づ初めにお断りしておかねばならない。また、中篇小説《ノヴェレット》『皐月祭《メイデー》』(*Mayday*, writ. 1926; pub. 1977 [Limited Facsimile Ed.], 1979 [First Trade Ed.]) に関しては、紙幅の都合上、次回に言及することになるだらう。

次回に今少し詳しく言及する機会があると思ふが、ここで敢へて一言しておくと、フォークナーといへども、所詮、《時代の申し子 (a creature of the age)》であり、若き日のフォークナーの《厭世主義》への傾向は、わたしの見るところでは、いはゆる《世紀末文学 (the *fin-de-siècle* literature)》や《時代精神 (*der Zeitgeist* [time spirit])》、《時代思想 (*der Zeitgedanke; die Zeitidee*)》と何らかの関係があるやうに思はれてならないのだ。

二　《ペジョリスト (pejorist)》A・E・ハウスマンの『シュロップシアの若者』に見られる厭世観のエコー (echoes)》

フォークナーは、その鍾愛してやまぬ愛読詩人の中に、二十世紀の学匠詩人 (poeta doctus; scholar-poet) の代表的な一人であるA・E・ハウスマン (A. E. Housman, 1859–1936) の名を挙げてゐる。フォークナーとの数あるインタヴューの中で最も名高く、かつ最も重要なものであると言はれてゐる、例の『パリ・レヴュー』誌のためのジーン・スタイン (Jean Stein, *c.* 1935–　) 女史とのインタヴューにおいて、「同時代の作家をお読みになりますか」("Do you read your contemporaries?") といふ彼女の質問に対して、フォークナーはかう答へてゐる。

《**Faulkner:** No, the books I read are the ones I knew and loved when I was a young man and to which I return as you do to old friends: the Old Testament, Dickens, Conrad, Cervantes—*Don Quixote*. I read that every year, as some do the Bible, Flaubert, Balzac—he created an intact world of his own, a bloodstream running through twenty books—Dostoevsky, Tolstoi, Shakespeare. I read Melville occasionally, and of the poets: Marlowe, Campion, Jonson, Herrick, Donne, Keats and Shelley. I still read Housman. I've read these books so often that I don't always begin at page 1 and read on to the end. I just read one scene, or about one character, just as you'd meet and talk to a friend for a few minutes.[1]

フォークナー——いいえ、読みません。私が読む本は若い頃に知り愛読した本で、私は旧友に対すると同じやうに、それらの本に帰つて行きます。すなはち、旧約聖書、ディケンズ、コンラッド、セルヴァンテス——『ドン・キホーテ』などにです。或る人たちが聖書を読むやうに、私は毎年聖書を読みます。フローベール、バルザック——彼は、血流《ブラッドストリーム》が二十冊の本を貫流してゐる、独自の完全な世界を創造したのです——ドストエフスキー、トルストイ、シェイクスピア。私は時々メルヴィルを読むし、詩人では、マーロウ、キャンピオン、ジョンソン、ヘリック、ダン、キーツ、それにシェリーを読みます。私は今でもハウスマンを読んでゐます。私はこれらの本を何遍も読んできたので、必ずしも第一ページから読み始めて、終りまで読み通すとは限りません。ちやうど友人に会つて、二、三分立ち話をするやうに、私は或る一場面、或いは或る一人の作中人物について読むだけです。》（マルカム・カウリー編『仕事中の作家たち——《パリ・レヴュー誌》インタヴュー集』〔一九五八年〕所収の「ジーン・スタイン女史とのインタヴュー」〔一九五六年〕、傍点引用者。このインタヴューは、後に『庭のライオン』〔ランダム・ハウス、一九六八年〕にも採録されてゐる。）

ハウスマン（霍〔豪〕斯曼）は、十九世紀末の頽廃文学の全盛の時代にあつて、例のオスカー・ワイルド（一八五四—一九〇〇）やA・C・スウィンバーン（一八三七—一九〇九）などの耽美主義者（aesthete）には全く思ひも寄らぬやうな心境を詠つて、世紀末詩壇を震撼させ、英国詩壇に一小時期を画したことは知る人ぞ知るであらう。

因みに、ジョウゼフ・ブロットナー編の『ウィリアム・フォークナーの蔵書目録』(Joseph Blotner, ed., *William Faulkner's Library—A Catalogue*, University Press of Virginia, 1964) に当つて調べてみると、確かに、ハウスマンの詩集が二冊記録されてゐるのだ。すなはち、——

More Poems (New York: Alfred A. Knoph, 1936) (First U. S. edition, original cloth, gilt decorated boards, top edge gilt, xiii + 73pp., 8vo.) この版には、フォークナーの「蔵書に対する唯一の信頼できる尊敬の印」(only one reliable sign of esteem for books) として、William Faulknerといふ自筆の署名 (autograph) が書き込まれてゐる。

A Shropshire Lad (Mount Vernon, N. Y.: The Peter Pauper Press, [1936])

これらの詩集は、二冊とも、ミシシッピー州オックスフォードの「ローアン・オーク」(Rowan Oak) 邸のフォークナーの寝室内の書棚に置いてあつたものだといふから、この二冊は、もしかしたら、愛読書・座右の書ならぬ、文字通り、フォークナーの《枕頭の書《リーヴル・ド・シュヴェ》》(livre de chevet) の一部を成してゐたのかもしれない。さて、改めて、A・E・ハウスマンの詩人としての著作のみを以下に列挙しておくことにする。

『シュロップシアの若者』(*A Shropshire Lad*, 1896)〔自費出版。63篇〕
『最後の詩集』(*Last Poems*, 1922)〔41篇〕
『詩の名称と本質』(*The Name and Nature of Poetry*, 1933)〔ケンブリッジで《Leslie Stephen Lecture》として講演した詩論〕彼はケンブリッジ大学トリニティ学寮《コレッジ》の《ケネディ(十九世紀最大の古典学者)記念ラテン語講座担当教授》であつた。
『拾遺詩集』(*More Poems*, 1936)〔遺稿集。48篇〕
『A・E・ハウスマン全詩集』(*The Collected Poems of A. E. Housman*, 1939; corrected ed. 1953; new ed. 1960)

ハウスマンの全詩集の総数は、『補遺篇』（*Additional Poems*）の23篇を含めると、長短併せて一七五篇余りである。

因みに、ここで一言挿記しておくが、ハウスマンには、どうやら『予言集《プラエファンダ》』（*Praefanda*, 1931）と題する、どういふ事情からか判らぬが、ドイツで出版した奇書（?）の類に属するやうに思はれる「セックスに関するラテン語のアンソロジー」（**an anthology of Latin passages on sex**）[2]が存在するらしいのだが（?）、筆者はあいにく未見である。（生涯を独身で通したこの謹厳重厚な古典学者には、《同性愛》への秘められた嗜癖があつたやうだ。）

『シュロップシアの若者』は、端的に言へば、優れて音楽的で旋律の美しい（**melodious**）、古典的な格調の高い、簡潔かつ雄勁な表現で、ハウスマン独自の屈折した、アンビヴァレントな人生観・世界観を、イングランド中西部、シュロップシア州の名もない（少なくとも外面は素朴さうに見える）若者の純真な抒情を通して、詠つた長短六十三篇から成る抒情詩集である。いづれの詩篇も一言半句も忽せにせず、片言隻語の抜き差しもならず、改変も許さない、さしづめ鍛へに鍛へた名工の百錬千磨の神技とも言へる腕の冴えと、偉大な西洋古典学者としてのハウスマンの深い学識と懐疑主義者としての人生に対する深い幻滅感から生じた清澄な詩情の見事な結合・融和を示す完璧な作品であると言へるのだ。その真価は徐々に広く認められるやうになり、今や名詩集の仲間入りをするに至つたのも宜なる哉である。

わが学匠詩人《ポエタ・ドクトゥス》の矢野峰人（一八九三―一九八八）博士は、その名著の新版『世紀末英文学史』（牧神社、一九七九年）――『近代英文学史』（第一書房、一九二六〔大正15〕年）の「補訂版」――の下巻において、ハウスマンの詩作上の表現技巧の特色として挙げられる**“reticence”**（寡黙〔表現の抑制〕）と**“understatement”**（控へ目な、抑制の利いた表現）について、次のやうに述べてゐる。

《ハウスマンはこの一巻に於て、主としてシュロプシアの若者の仮面を被て歌つて居る。この一事は自ら物の感じ方、見方、従つてその歌ひぶりをも素朴ならざるを得ざらしめたとも言へるが、むしろ逆に、素朴を重んずる作者の心が、自己に好適の仮面を発見する事によつて所信の徹底を冀つたものと見るべきであらう。孰れにせよ、ハウスマンの詩はたしかに、真の詩は、詩の真髄は、何等の装飾をも用ゐる事無く十分に表現し得るものなる事を最も雄弁に證せるものと言ふべきである。近代英詩の中、彼ばかり「寡　黙《レティセンス》」の価値と意義とを弁へ、且これを実地に遺憾無く応用発揮した人は無い。そこには一言一句の冗言駄語も無い。彼は言語を最大限度に少なく用ゐる事によつて、その表現力を可能性の極致迄駆使する事を得た詩人であつた。換言すれば、彼は当代の詩人中何人にもまして最も多分且有効に表現的沈黙を利用し得た詩人なのであつた。(一六〇ページ)》

ハウスマンの詩の全篇を貫く基調は、自然の限りない美しさ(と、時に残酷さ)と慰めに対する三歎であり、しばしば死を讃美し——墳墓の中の静謐《しづけさ》(**tranquility**)を待ち望みながらも、ストア哲学風の男らしい諦観と勇気・勇猛心をもつて、避け難い冷酷な運命に暗く彩られた実人生に直面すべきであるといふ複雑で屈折した、哀愁に満ちた、沈痛かつ徹底した厭世観——言はば、**“lyric and elegiac pessimism”**(「抒情的かつ哀歌的厭世主義」)である。その詩篇は、例のオスカー・ワイルドなどの世紀末の頽廃《デカダン》的風潮に反抗し、覚醒を促す警鐘であり、そもそも人間として為すべき義務に思ひを致し、人生と世界に深く幻滅し、傷つきながらも、なほも雄々しく憂ふべき事の多い現実を直視し、堪へ忍び、より高い次元を志向する独自の理想を守り抜かうとする決意の表明と受け取ることができるのでなからうか。

いづれにしても、ハウスマンの**“poignant”**な抒情詩の底流を成すのは、あたかも暗雲が立ち籠めたかのやうな、物憂げな、気怠《けだる》い(**languorous**)、何とも言ふに言はれぬ沈鬱な、堪へがたい倦怠感であり、それは純真な心の悲痛な叫びといふよりはむしろ呻吟《うめき》に近いとでも言へようか。そこに詠はれてゐる《生の倦怠(**taedium vitae** [weariness of life; ennui de la vie]》、沈痛の気が漂ふ幻滅感、言ひ知れぬ寂寥感とそれに堪へようとする努力は、言ふまでもなく、一八九〇年代のハウスマンの深刻な人生観・世界観を反映してゐるのだ。より厳密に言へば――ハウスマン自身が自らを規定してゐる言葉を用ゐて言へば、この学匠詩人は、「世界はますます悪くなつてゆく」と考へる「ペジョリスト」（pejorist = one who believes that the world is becoming worse.[*O. E. D.*]）に外ならないのである。

《I am not a pessimist but a pejorist (as George Eliot said she was not an optimist but a meliorist); and that philosophy is founded on my observation of the world, not on anything so trivial and irrelevant as personal history.(3)

——Letter to Maurice Pollet, 5 February, 1933.

私は厭世主義者《ペシミスト》ではなく世界堕落悪化論者《ペジョリスト》です（ジョージ・エリオットが、自分は楽天主義者《オプティミスト》ではなく世界改善論者《ミーリオリスト》です、と言つたやうに）。そしてその哲学は、生ひ立ちといつたやうな些細な、見当違ひな事柄に基づくのではなく、私の世界観に基づいてゐます。

——モーリス・ポレ宛書簡、一九三三年二月五日付。》

ハウスマンの詩には、深い抒情的メランコリーで貫かれた、厳然たる哲学的厭世観が色濃く影を落してゐるのだが、彼は自らをペシミストではなくて、「ペジョリズム」（pejorism）、すなわち、「世界はますます悪くなつてゆくといふ信念」（pejorism = the belief that the worold is becoming worse. [*O. E. D.*]）の持ち主・信奉者、つまり、「ペジョリスト」として自己を規定してゐるのだ。矢野峰人博士は、「人生に対するハウスマン其人の深き憂」があつたればこそ、「たとひ写実的な筆を弄しても、その底には無限の愛、同情を潜めて居る」のであつて、「この抑へられたる無限の同情と愛」こそが、「全体を貫き流るる高雅温和なる哀切の調べ」を生み出してゐることをいみじくも指摘してをられる（前掲書、一六一ページ。傍点引用者）。『シュロップシアの若者』は、失意に終つた恋愛と若い主人公たちを襲ふ免れ難い不運（例へば、戦争による夭折）といつた主題が繰り返し現れ、第一次世界大戦中（一九一四年―一八年）から三十年代に掛けて、英米のみならずヨーロッパの青年たちの間で、大きな反響を呼び起し（よほど読者の胸底の琴線に触れるところがあつたのだらう）、アメリカの若い某詩人の如きは、独り愴然と感涙に咽びながら読み耽り、たうとう一睡もせず一夜を明かしたという挿話が真実《まこと》しやかに言ひ伝へられたほどの強い感動を巻き起したといふ。

　ハウスマン自身が、たとへ自らを「ペジョリスト」と規定しようとも、彼の世界観は、一般的には、やはり、「ペシミスト」（厭世主義者・悲観論者）のそれと考へられてゐるのだ。とはいへ、彼は「ニヒリスト」（虚無主義者）などでは決してなかつたことは言ふまでもないだらう。前掲の一九三三年二月五日付のモーリス・ポレ宛の書簡に拠れば、『シュロップシアの若者』は、「一八九五年の最初の五ケ月間」（the first five months of 1895）――「私の最も多作の時代」（my most prolific period）――に書いたものであり、《シュロップシアの若者》は「想像上の人物で、私の気質と人生観を若干持ち合はしてゐる」（an imaginary figure, with something of my temper and view of life[4]）といふ。さらに、「私はストア学派の哲学者よりもエピクーロス学派の哲学者を尊敬するが、私自身はキュレーネ学派（紀元前四世紀頃、アリスティッポスが創唱した快楽至上主義）の哲学者である。」（I respect the Epicureans more than the Stoics, but I am myself a Cyrenic.[5]）といふ。さう言へば、わが国におけるハウスマン詩集の初訳者（『シロプシアの若人』、「世界文庫」、弘文堂書房、一九四〇年）である土方《ひぢかた》辰三教授は――わたしは四十年ほど前にたまたま先生の「英文学史――十六世紀シエイクスピアの時代」（第三年次）と「イギリス近代思潮」（第四年次）の講義を拝聴し履修する機会を持つた――その訳者解説「ハウスマンの略伝」において、「研究以外に別に道楽もなかつたが、食通でよい酒を好んだ。晩年にはよく佛蘭西に出かけて地方を旅行し、建築を眺め、地方地方のよい酒と佛蘭西料理とを味はつて歩いた。」（一九三ページ。傍点引用者）と紹介してをられる。

さて、御参考までに、『シュロップシアの若者』の中から、紙幅の都合上、短詩のみに限つて幾篇かを次に挙げておかう。[6]

《When I was one-and-twenty
　I heard a wise man say,
'Give crowns and pounds and guineas
　But not your heart away;
Give pearls away and rubies
　But keep your fancy free.'
But I was one-and-twenty,
　No use to talk to me.

When I was one-and-twenty
　I heard him say again,
'The heart out of the bosom
　Was never given in vain;
'Tis paid with sighs a plenty
　And sold for endless rue.'

And I am two-and-twenty,
And oh, 'tis true, 'tis true. (No. XIII)

われ廿一の齢《よはひ》の頃
賢人の語るらく
「銀貨《クラウン》も磅《ポンド》も金貨《ギニー》も人に与へよ
ただ君が心のみ手渡し給ふ事勿れ
阿古屋玉も瑪瑙も人に与へよ
ただ君が想像《おもひ》のみ自由を保て」
　されどわれ廿一の齢《よはひ》
語り給ふ甲斐もなし。

われ廿一の齢の頃
賢人のまた語るらく
「心は人の胸よりみだりには与へられじ
夥しき溜息もて支払はれ
果しなき悔恨もて売らるれば」
　さてわれ廿二の齢《よはひ》
その言葉げにまことなりまことなり。（土方辰三訳）》

《It nods and curtseys and recovers
When the wind blows above,

The nettle on the graves of lovers
　That hanged themselves for love.

The nettle nods, the wind blows over,
　The man, he does not move,
The lover of the grave, the lover
　That hanged themselves for love. (No. XVI)

恋故に縊りて果てし
恋人のおくつきの上に懸かる蕁麻《いらくさ》
風が上吹いて過ぎれば
うなづきつ礼《ゐや》しつ戻る。

風吹けば蕁麻《いらくさ》はうなづけど
人は、彼は動く事なし、
おくつきなる恋人は
恋故に縊りて果てし恋人は動く事なし。（土方辰三訳）》

《Oh, when I was in love with you,
　Then I was clean and brave,
And miles around the wonder grew
　How well did I behave.

And now the fancy passed by,
　And nothing will remain,
And miles around they'll say that I
　Am quite myself again. (No. XVIII)

君を慕ひしその時に
我はけなげに清らなりき
そのうつくしき振舞ひに
あたり幾里の人驚く。

あだし思ひも今は過ぎ
ただうたかたと消え行けば
あたり幾里の人等云ふ
ただ吾もとの黙阿弥と。（土方辰三訳）》

《Now hollow fires burn out to black,
　And lights are guttering low:
Square your shoulders, lift your pack,
　And leave your friends and go.

Oh never fear, man, nought's to dread,
　Look not left nor right:

In all the endless road you tread
　There's nothing but the night. (No. LX)

今や焚き火は燃え尽きようとしてゐて、
　灯し火も消え掛つてゐる。
肩を張つて、背嚢を背負ひ、
　友達と別れて、立ち給へ。

何も恐れることはないのだ。
　右も左も見ることはない。
君が果てしなく歩いて行く道に
　あるものは夜だけなのだ。（吉田健一訳）》

次に一篇だけ、少し長めの詩を引用させていただく。

《Shot? So quick, so clean an ending?
　Oh that was right, lad, that was brave:
Yours was not an ill for mending,
　'Twas best to take it to the grave.

Oh you had forethought, you could reason,
　And saw your road and where it led,

And early wise and brave in season
  Put the pistol to your head.

Oh soon, and better so than later
  After long disgrace and scorn,
You shot dead the household traitor,
  The soul that should not have been born.

Right you guessed the rising morrow
  And scorned to tread the mire you must:
Dust's your wages, son of sorrow,
  But men may come to worse than dust.

Souls undone, undoing others,—
  Long time since the tale began.
You would not live to wrong your brothers:
  Oh lad, you died as fits a man.

Now to your grave shall friend and stranger
  With ruth and some with envy come:
Undishonoured, clear of danger,
  Clean of guilt, pass hence and home.

Turn safe to rest, no dreams, no waking;
  And here, man, here's the wreath I've made:
'Tis not a gift that's worth the taking,
  But wear it and it will not fade. (No. XLIV)

射つたのか、そんなに早く、そんなにきれいな最期を遂げたのか
おお、それでよかつた、若者よ、勇敢だつた、
お前の病はなほるやうなものではない。
それを墓場まで持つて行くのが一番良かつたのだ。

おお、お前は深慮があつた、お前は推測が出来た、
そして前途を卜して何処に行くか見てとつたのだ。
機を見るに敏に、行ふ事果敢に
ピストルを頭に打ち込んだのだ。

おお、速やかだ、その方がぐづぐづするよりいい、
長い不名誉と侮蔑の後に
お前は家族の叛逆者を射ち殺した
生れるべきでなかつた者を。

日出るあしたに君は正しく推量して
踏まねばならぬ泥沼に入る事を侮蔑した、

君の得る賃金は塵である、悲しみの子よ
しかし人々は塵よりも悪しきものに行き当る。

破滅した心が他人を破滅せしめる——
といふ物語は始つてより久しい
あなたははらからを害ふ為には生きながらへぬ
おお、若者よ、君こそは男らしく死んだ。

今や君の墓に友人も見知らぬ人も
憐れみを以て、又或る者は羨みを以て集る
不名誉を招かず危険なくて
罪を逃れ、此処すぎて家に帰る。

安らかに憩へ、夢見るな、とはに醒めるな。
君よ此処に私のものした花環がある、
さしたる贈り物ではないが、
つけて下さい、色褪せる事がないでせうから。（土方辰三訳）》

ハウスマンは、かう言つてゐる。「私が意識してゐる私の詩の主要な源泉は、シェイクスピアの唄《ソング》、イングランドとスコットランドの境界地方のバラッド、それにハイネです。」[7]（Its chief sources of which I am conscious are Shakespeare's songs, the Scottish Border ballads and Heine.)

いづれにせよ、学匠詩人（poeta doctus）・ハウスマンは、「偉大な古典学者」であることにはどうやら異論がないやうだが、詩人としては、今一《いまいち》で、大詩人（major poet）と呼ぶわけにはゆかず、「全く瞠目すべき、素晴らしい、ソフィスティケイテッドな、マイナーな詩人」といふことになるであらう。さうなのだ。ハウスマンは、確かに「偉大な詩人でないにしても、素晴らしい詩人」（a fine poet, if not a great one）だつたのだ。

因みに註記すれば、ローマの詩人・ホラーティウス（Horatius）の校訂者として名高いリチャード・ベントリー（Richard Bentley, 1662–1742）、ギリシアの三大悲劇詩人の一人・エウリーピデース（Euripides）の校訂者として名高いリチャード・ポーソン（Richard Porson, 1759–1808）と併称される古典学者が、ローマの詩人・マーニーリウス（Manilius, *Astronomica*, 5 vols., 1903–30）の校訂者として名高いA・E・ハウスマンなのだ。

また、これはいささか余談に亙るが、シュロップシア（州）と言へば、一九八一年に開発された「シュロップシア・ブルー」（Shropshire Blue）といふ、アナットー（annatto）色素による鮮やかなオレンジ色の大理石《マーブル》模様のブルーが美しく広がる「青黴タイプ」の円筒状のチーズ（クリーミーで甘みがある）が今や有名かもしれない。さらに余談ついでに言へば、シュロップシアで思ひ出すのは、スコッチ・ウィスキーの銘柄《オールド・パー（Old Parr）》である。あの角型の独特のボトルの裏ラベルに、フランドルの画家リュベンス〔ルーベンス〕（Peter Paul Rubens, 1577–1640）の筆に成る肖像画の人物、パー翁の出身地が他ならぬシュロップシアなのだ。何と驚くなかれ、一五二歳九ケ月まで長生きしたと伝へられる農夫のトマス・パー（Thomas Parr, 1483?–1635）翁は、英国史上の最長寿者である。（このパー翁の不老長寿に肖《あやか》らうとして名づけられた《生命水《ウィスキー》（water of life）》は、筆者も長年にわたつて愛飲してゐる威士忌《ウィスキー》であることを告白しておかう。）驚きついでに付記すれば、彼は何と八十歳になつて初婚（晩婚の理由は不詳）。一男一女をまうけ、さらに一二二歳で最初の妻と死別すると、同年再婚を果たし、子供をさらに一人まうけたといふ、とんでもない絶倫翁でもあるのだ。死後、国王チャールズ一世（Charles I, 1600–49〔在位1625–49〕）は、パー翁の急逝を悲しみ、勅命により亡骸をロンドンのウェストミンスター寺院内の南の翼廊（south transept）の一角にある文人を顕彰する《詩人コーナー（Poets' Corner）》に埋葬した。従つて、パー翁は、驚くなかれ、チョーサー、スペンサー、シェイクスピア、ミルトン、ドクター・ジョンソン、シェリー、キーツ、ディケンズ、ハーディ、ヘンリー・ジェイムズ、T・S・エリオットなどといつた文人と共に眠つてゐるわけである。

三　エドワード・フィッツジェラルドの英訳詩集『オマル・ハイヤームのルバイヤート』に対するフォークナーの偏愛 (predilection)

ところで、《厭世観（ペシミズム）》を代表する、昔からよく知れ渡つてゐる言葉を幾つか次に挙げてみることにする。

《Πάντων μὲν μὴ φῦναι ἐπιχθονίοισιν ἄριστον
　μηδ' ἐσιδεῖν αὐγὰς ὀξέος ἠελίου·
φύντα δ' ὅπως ὤκιστα πύλας 'Αίδαο περῆσαι
　καὶ κεῖσθαι πολλὴν γῆν ἐπαμησάμενον.

The best lot of all for man is never to have been born nor seen the beams of the burning Sun; this failing, to pass the gates of Hades as soon as one may, and lie under a goodly heap of earth.
——Theognis, *Elegies* (*c.* 600 B.C.), ll. 425–428. Translated by J. M. Edmonds, 1931. (Loeb Classical Library, No.

258; bilingual)

人間にとって何よりも良いのはこの世に生れて来ないこと、
また光り輝く太陽の光線を目にしないこと。
だが、ひとたび生れて来たからには、出来るだけ速やかに死者の国《ハーデース》の門を潜り抜け、
こんもり盛られた土の下に葬られて横たはること。
——テオグニス『エレゲイア詩集』（紀元前六〇〇年頃）、第四二五行—第四二八行。》

《μὴ φῦναι τὸν ἅπαντα νι-
κᾷ λόγον· τὸ δ', ἐπεὶ φανῇ,
βῆναι κεῖθεν ὅθεν περ ἥ-
κει πολὺ δεύτερον ὡς τάχιστα.

Not to be born comes first by every reckoning; and once one has appeared, to go back to where one came from as soon as possible is the next best thing.
——Sophokles [Sophocles], *Oidipous epi Kolōnōi* [*Oedipus at Colonus*] (*c.* 408 B.C.), ll. 1224–1227. Translated by Hugh Lloyd-Jones, 1994. (Loeb Classical Library, No. 21; bilingual)

この世に生を享《う》けないのが、
すべてにまして、いちばん良いこと、
生れたからには、来たところ、
そこへ速やかに赴くのが、次にいちばん良いことだ。

——ソポクレース『コローノスのオイディプース』第一二二四行—第一二二七行。（高津春繁訳）》

「人間にとつて、生れざることが最上なり」といふ考への最も古い出自は、どうやらギリシア神話らしいと言はれる。酒神ディオニューソスの養父で、陽気で素晴らしい智恵の持ち主で、布袋腹の酔つ払ひの老人、シーレーノス〔セイレーノス〕（Silenus [Silenos]）が、フリギア（Phrygia）のミダース（Midas）王——手に触れる物を悉く黄金と化したといふ（Cf. "the Midas touch"）——によつて捕へられ、あらゆることの中で最善なのは何かと問はれて答へて言ふ。

《ὡς ἄρα μὴ γενέσθαι μέν ἄριστον πάντων, τὸ δὲ τεθνάναι τοῦ ζῆν ἐστι κρεῖττον.
(Not to be born is best of all, and to be dead is better than to live.)
—Aristoteles [Aristotle], *Eudemus* (*c.* 330 B.C.), Frag. X. 44.
この世に生れて来ないことが、すべてにまして、最も良いこと、そして死ぬことは生きることより良いことだ。
——アリストテレース『エウデーモス』（紀元前三三〇年頃）、断片集、第十章、第四四番。》

《Non nasci homini linge optimum esse, proximum autem quam primum mori.
(Far best for man not to be born at all, and the next best thing to die as soon as possible.)
—Cicero, *Tusculanarum Disputationum* [*Tusculan Disputations*] (45 B.C.), Bk. I, Ch. 48, Sec. 115.
人間にとつて遙かに最も良いことは、この世に生れて来ないこと、
そしてその次に最も良いことは、出来るだけ速やかに死ぬことである。
——キケロー『トゥスクルム荘対談集』（紀元前四五年）、第一巻第四八章第一一五節。》

《Drunkenness is a joy reserved for the Gods: so do men partake of it impiously, and so are they very properly punished for their audacity. For men, it is best of all never to be born; but, being born, to die very quickly.
—James Branch Cabell, ***Jurgen*** (1919), Chap. XXVIII.

酩酊は神々のために取つてある愉悦《よろこび》なのさ。それ故、人間が、不敬にもそのお相伴にあづかり、その大胆不敵のせゐで罰せられるのも至極当然なんだよ。人間にとつて、この世に生れて来ないことが、すべてにまして一番良いことなのだが、生れて来たからには、速やかに死ぬことなのさ。（作中に現れるシーレーノスの言葉）
——ジェイムズ・ブランチ・キャベル『ジャーゲン』（一九一九年）、第二十八章。》

それで思ひ出したが、シェイクスピアは、リア王にかう言はせてゐる。

《When we are born, we cry that we are come
To this great stage of fools.
—*King Lear* (1605–6), IV. vi. ll. 178–179.

生れ落ちるや、誰も大声挙げて泣き叫ぶ、
阿呆ばかりの大きな舞台に突き出されたのが悲しうてな。
——『リア王』（一六〇五年—六年）、第四幕第六場第一七八行—第一七九行。（福田恆存訳）》

文学上の厭世観と言へば、我々はどうしても十一——十二世紀の詩人オマル・ハイヤーム（'Umar Khayyām [Omar Khayyām], 1048–1131）の『ルバイヤート（四行詩集）』（*Rubā'iyat*）を想ひ起さないわけにはゆかぬのだ。彼はペルシアの詩人にして、数学者・物理学者・天文学者・医学者・哲学者でもあり（ペルシアのレオナルド・ダ・ヴィンチ [Leonardo da Vinci]）、また合理主義的悲観論者（rationalistic pessimist）・唯物主義的無神論者

（materialistic atheist）でもあつた。十九世紀のイギリスの詩人で翻訳家のエドワード・フィッツジェラルド（Edward FitzGerald, 1809–83）が、ペルシア語の原作以上に美しい、優れて音楽的に豊麗な色彩の英詩に自由に訳出し、近代英訳詩集中の白眉と言はれる『ニーシャープールのオマル・ハイヤームのルバイヤート』（*Rubáiyát of Omar Khayyám of Naishápúr*〔一八五九年、改訂版一八六八年、七二年、七九年〕）を匿名で自費出版し、やがて世紀末詩人たち——例へば、《ラファエロ前派（Pre-Raphaelite Brotherhood）》の画家・詩人ダンテ・ゲイブリエル・ロセッティ（Dante Gabriel Rossetti, 1828–82）や詩人A・C・スウィンバーン（Algernon Charles Swinburne, 1837–1909）や美術批評家・社会思想家ジョン・ラスキン（John Ruskin, 1819–1900）や詩人・工藝美術家ウィリアム・モリス（William Morris, 1834–96）など——の共感を呼び、つひには世界的名声を博するに至つたのである。

エドワード・フィッツジェラルドによる名英訳詩集『オマル・ハイヤームのルバイヤート』の快楽主義的、享楽主義的主題《モティーフ》が世紀末の唯美主義運動（Aesthetic Movement）や藝術至上主義（art for art's sake）の運動に強い影響を及ぼしたのに対して、その浪漫主義的憂鬱・憂愁（Romantic melancholy）がマシュー・アーノルド（Matthew Arnold, 1822–88）、傑作『恐怖の夜の街』（*The City of Dreadful Night*, 1874; 1880）の作者で、無神論と絶望の詩人、ジェイムズ・トムソン（James Thomson, 'B. V.' 1834–82）、トマス・ハーディ（Thomas Hardy, 1840–1928）などのヴィクトリア朝末期の厭世的な詩（pessimistic poetry）の出現を予想させるものであつた。（なほ、ハーディの詩は、中央大学教授森松健介氏の優れた訳業のお蔭で、近年、随分親しみ易いものとなつたことを付記しておく。）

因みに、前出のジョウゼフ・ブロットナー編『ウィリアム・フォークナーの蔵書目録』に就いて調べてみると、エドワード・フィッツジェラルドの英訳本が二冊記録されてゐる。すなはち、――

Rubáiyát of Omar Khayyám (New York: Thomas Y. Crowell Co., [1896]) Rendered into English verse by Edward FitzGerald.（タイトル・ページに "Xmas 1946/Malcolm"（義理の息子）の署名入り。）

Rubáiyát of Omar Khayyám (London: Zodiac Books, 1950) Translated by Edward FitzGerald.

しかも、二冊とも、「ローアン・オーク」邸のフォークナーの寝室内の書棚に置いてあつたといふ。序でに言へば、わが国では、最初にペルシア語の原典から直接訳したものとして、小川亮作訳『ルバイヤート』（岩波文庫、一九四八年／一九七九年）があるのは知る人ぞ知るで、多くの人々に愛読されてきてゐる。フィッツジェラルトの「英訳本からの邦訳」に至つては、今や優に十指に余るほど盛んに行はれてゐて、さながら翻訳の競演とでも言ふべく百花繚乱と咲き乱れてゐるのだ。（実は、かく申すわたしも、近い将来、邦訳に挑戦してみたい気がする。）

《九重の空のひろがりは虚無だ！
地の上の形もすべて虚無だ！
たのしまうよ、生滅の宿にゐる身だ、
ああ、一瞬のこの命とて虚無だ！
――小川亮作訳『ルバイヤート』、第一〇一番。》

《世の中が思ひのままに動いたとてなんにならう？
命の書を読みつくしたとてなんにならう？
心のままに百年を生きてゐたとて、

更に百年を生きてゐたとてなんにならう？
――同前、第一〇二番。》

《あることはみんな天《そら》の書に記されて、
人の所業《しわざ》を書き入れる筆もくたびれて、
さだめは太初《はじめ》からすつかりさだまつてゐるのに、
何になるかよ、悲しんだとてつとめたとて！
――同前、第二六番。》

《もともと無理やりつれ出された世界なんだ、
生きてなやみのほか得るところ何があつたか？
今は何のために来《きた》り住みそして去るのやら
わかりもしないで、しぶしぶ世を去るのだ！
――同前、第二番。》

《死んだらおれの屍《しかばね》は野辺《のべ》にすてて、
美酒《うまざけ》を墓場の土に降りそそいで。
白骨が土と化したらその土から
瓦《かはら》を焼いて、あの酒甕《さかがめ》の蓋《ふた》にして。
――同前、第七八番。》

かういふ詩を読むと、我々はどうしても『萬葉集』の編纂者の一人と言はれる大伴家持の父、大伴旅人（六六五―

七三一）の「讃酒歌」（三三八―三五〇）の中の一首を想ひ起さないわけにはゆかぬのだ。

《なかなかに人とあらずは酒壺に成りにてしかも酒に染みなむ
――『萬葉集』巻第三―三四三、太宰帥大伴卿《だざいのそつ》「酒を讃むる歌十三首」、第六首。》

《墓の中から酒の香が立ちのぼるほど、
そして墓場へやつてくる酒のみがあつても
その香に酔ひ痴れて倒れるほど、
ああ、そんなにも酒をのみたいもの！
――小川亮作訳『ルバイヤート』、第八〇番。》

さて、言語学者・哲学者・イスラーム学者で『コーラン（クルアーン）』（*Koran* [*Qurʼan*]）の本邦最初の原典訳（一九五七年）の訳者である井筒俊彦（一九一四―九三）博士は、『ルバイヤート』について、簡潔に、かう解説をしてをられる。

《絶望の底まで陥らんとして陥らぬ甘美なる憂愁、苦々しき懐疑と激しき反抗の叫び、美的享楽への妖しき誘惑、これらの感情が様々に乱れ混じて不思議な抒情の世界を展開してゐる。(8)》

オマル・ハイヤームは、その人生観・世界観を、また或る種の無常観（All is vanity.）を――すなはち、「合理主義的悲観論」と「唯物主義的無神論」と「現世的・刹那的快楽主義（Epicureanism）」を――人生万般に対して、時に悲観的（pessimistic）に、時に虚無的（nihilistic）に、時に懐疑的（skeptic）に、時に憂鬱さう（melancholic）

に、また時に頽廃的（decadent）に、快楽（享楽）的（hedonistic）になりながら、ただ「この一瞬を愉しめ！」、「飲めや歌へや一寸先は闇よ」（Cf. "Edite, bibite, post mortem nulla voluptas." "Eat, drink, and be merry for tomorrow we die."）と強調し、哲学的、観照的、瞑想的抒情詩（四行詩）に詠み込んでゐるのだが、そこには《快楽主義的厭世観》特有の何とも言へぬ不思議な魅力があり、文字通り、「一読、巻を措く能はず」で、読む者をいたく魅了せずには措かないのだ。

「過ぎ行く刻《とき》を楽しめ！」（Enjoy the passing hour!）と言へば、我々はどうしてもホラーティウスの例の「この日を楽しめ《カルペ・ディエーム》！」（Carpe diem. [Seize (Enjoy) the day.]）といふ言葉を想ひ起さぬわけにはゆかぬだらう。

《sapias, vina liques, et spatio brevi spem longam reseces. dum loquimur, fugerit invida aetas: carpe diem, quam minimum credula postero.
(Be wise, clarify your wines, and since life is brief, put away far-reaching hopes. Even while we are speaking, envious time has passed: seize the present day, putting as little trust as possible in the morrow.)
——Horatius [Horace], *Carmina* [*Odes*] (23 B.C.), Bk. I, No. XI, ll. 6–8.

頭を使へ。葡萄酒でも
絞つてゐるんだ。人生は
短い。大きな望みなど
捨ててしまつた方がいい。
かうして喋つてゐる中《うち》にも
容赦無く、時は過ぎて行く。

この日を楽しめ。明日の日は
どうなることか分らぬから。
――ホラーティウス『抒情詩集《カルミナ》』（紀元前二三年）、第一巻、第一一番、第六行―第八行。（鈴木一郎訳）》

また、岩波文庫版『ルバイヤート』の訳者、小川亮作氏は、その巻末に付した「解説」の中で、オマル・ハイヤームの特徴を簡潔に、過不足なく、実に見事に説明してをられるので、御参考までに、次に紹介しておかう。

《要するにオマル・ハイヤームはイスラーム文化史上ユニークな地位を占める唯物主義的哲学者であり、無神論的叛逆をイスラーム教に向け、烈々たる批判的精神によつて固陋《ころう》な宗教的束縛から人間性を解放し、あらゆる人間的な悩みを哲学的ペシミズムの純朴さにまで濾過《ろか》し、感情と理性、詩と哲学との渾成《こんせい》になる独自の美の境地を開発したヒューマニスト思想家であつた。

強い個性、深い思想、広い視野、鋭い批判的精神、透徹した論理、高い調べ、平明な言葉、流麗な文体、直截的な比喩的表現――これらがハイヤームの詩の特徴である。特にその詩形式の完結した美しさとそれに盛られた内容の豊かさとは何人《なんぴと》の心をも惹《ひ》きつけずにはおかない。(9)》

《The Worldly Hope men set their Hearts upon
Turns Ashes—or it prospers; and anon,
Like Snow upon the Desert's dusty Face
Lighting a little Hour or two—is gone.(10) (No. XIV)

この世の望み、皆人はこころ願へど
灰となる。又さかゆともたとふれば

砂原のすなのおもてにふる雪の
暫《しば》しがほどは光りつつ、やがてぞ消ゆる。（森　亮訳）》

《Ah, make the most of what we yet may spend,
Before we too into the Dust descend;
　Dust into Dust, and under Dust, to lie,
Sans Wine, sans Song, sans Singer, and—sans End! (No. XXIII)

我等また塵にしづむに先立ちて
心の儘に過《すぐ》さまし我等が時を。さてしもこの身
塵なれば塵に帰ると、果てしなく地《つち》に憩はん、
酒や唄、またうたひ女《め》もあらなくに。（森　亮訳）》

《One Moment in Annihilation's Waste,
One Moment, of the Well of Life to taste—
　The Stars are setting and the Caravan
Starts for the Dawn of Nothing—Oh, make haste! (No. XXXVIII)

絶滅のあら野に我等立てるひととき、
生《せい》の泉にうまし水むすぶ束の間。
見よ、星はいま空にしづみて、隊商は
「無」のあけぼのに旅を進むる、急げかし。（森　亮訳）》

《And if the Wine you drink, the Lip you press,
End in the Nothing all Things end in—Yes—
　Then fancy while Thou art, Thou art but what
Thou shalt be—Nothing—Thou shalt not be less. (No. XLVII)

汝《なれ》が酌む葡萄の酒も、その触るるくちびるも
なべての物の果てにある「無」にしをはれば、
さなり、然《しか》らば思ひみよ、今有る汝も終《つひ》にゆく
「無」に過ぎざるを。そよりは汝も劣らざるべし。（森　亮訳）》

《And that inverted Bowl we call The Sky,
Whereunder crawling coop't we live and die,
　Life not thy hands to *It* for help—for It
Rolls impotently on as Thou or I. (No. LII)

かのうつぶせる鉢をしも空と呼びつつその下《もと》に
匍《は》ひもこそすれ現《うつ》し身は閉ぢ込められし生死《いきしに》や。
噫、助けよと、汝《な》が手をあぐることなかれ、
知らずや、かれも力なく周《めぐ》るは汝《なれ》やわれのごと。（森　亮訳）》

それで思ひ出したが、フォークナーには、フィッツジェラルドの英訳詩集『ルバイヤート』（魯拝集）の第一版の第一七番（第三版以降では第一八番）から、明らかにヒントを得て、採つたと覚しき標題の短篇があるのだ。それは、

「ジャムシード王の宮殿の中庭の蜥蜴」[11]（"Lizards in Jamshyd's Courtyard," *The Saturday Evening Post*, Feb. 27, 1932）と題する短篇で、《スノープス三部作《トリロジー》》の第一部を成す長篇『村』（*The Hamlet*, 1940）の第一部「フレム」（"Flem"）の第三章及び第四部「小百姓たち」（"The Peasants"）の第二章に書き直して繰り込まれてゐる。なほ、『サタデー・イーヴニング・ポスト』誌に発表時の短篇は、現在、ジョウゼフ・ブロットナー教授が編集した『ウィリアム・フォークナーの未収録短篇集』（*Uncollected Stories of William Faulkner*, 1979）に再録（pp. 135–151）されてゐる。話題に上つたついでなので、初版の『ルバイヤート』の第一七番を次に引用させていただかう。

《They say the Lion and the Lizard keep
The Courts where Jamshýd gloried and drank deep:
  And Bahrám, that great Hunter—the Wild Ass
Stamps o'er his Head, and he lies fast asleep. (No. XVII)

獅子、蜥蜴《とかげ》、宮居《みやゐ》を守《も》るとひとは云へど
酒食《た》うべ花やぎまししヂャムシッドすでに在《いま》さず。
バーラムの王《きみ》、二なき猟人《かりびと》、さはれその頭《かしら》のあたり
鈍《おそ》の驢馬蹴れどふまへど、おん眠りいとも深しと。（森　亮訳）》

因みに註記すれば、ペルシア語の「ジャムシード」（Jamshyd）といふのは《ペルシア神話》に出てくる伝説的名君。初期ペルシア文学最大の民族詩人で、創国以来のペルシアの英雄・王の偉業を謳つた民族的叙事詩『王書《シャー・ナーメ》（列王記）』（*Shahnameh* [*Book of Kings*], 1010）の作者、フィルドゥスィー（Firdousi [Firdawsī], ?934–?1025）

に拠れば、ジャムシードは、妖精（**peri**）たちの支配者で、不死を誇つた罪によつて人間の形にされ、ペルシア大王となり、医術・紡績・鉄工・航海術などの発明家でもあり、彼の治世は栄え、何と驚くなかれ、七〇〇年の長きに及んだといふ。のち慢心が禍して天帝の怒りを招き、放浪者の境遇に堕ち、つひには叛逆者ゾハーク（**Zohak**）の手によつて惨殺されたといふ。彼が君臨した七〇〇年間のうち三〇〇年間は慈愛と幸福に満ちた世であつたといふ。

何とも唐突な話で恐縮だが、今思ひ出したことがあるので、忘れないうちに一言記しておくが、フォークナーが《現代悪》の象徴《シンボル》としての「世界大戦」を阻まんとする名もない一個人の粘り強い努力とその重要性・尊さを描かうとしたとも言へる例の『寓話』（*A Fable*, 1954）は、或る意味で、フォークナーの後期・晩年期の願望とそれを実現させようとする意志的な楽観主義が最も端的に現れてゐる作品であると言へるかもしれない。

四　ステファヌ・マラルメの『半獣神の午後』とフォークナーの若き日の《模倣詩（pastiche）》をめぐつて

さて、話題を少しばかり仏蘭西の詩歌に転ずるが、シャルル・ボードレール（Charles Baudelaire, 1821–67）の近代詩の聖典『悪の華』（*Les Fleurs du mal*, 1857）やポール・ヴァレリー（Paul Valéry, 1871–1945）の『若きパルク』（*La Jeune Parque*, 1917）と呼応して全フランス詩歌の精華を成す、多年に亘つての推敲によつて完璧に彫琢された長篇詩、いささか高踏的で極めて難解な十二音節《アレクサンドラン》（alexandrin）一一〇行から成る傑作『半獣神の午後』（*L'Après-midi d'un Faune* [*A Faun's Afternoon*], 1876）で名高い、十九世紀後半のフランスの象徴主義《サンボリスム》（**symbolisme**〔一口に言へば、浪漫主義《ロマンティシズム》と自然主義《ナチュラリズム》の反動として生まれ、象徴といふ手段を通して、内面の微妙な動きを表現することに重きを置く新しい詩の傾向〕）の代表的抒情詩人、ステファヌ・マラルメ（Stéphane

Mallarmé, 1842–98）の「海の微風」（“Brise marine” [“Sea Breeze”], 1865）と題する一篇を次に引いておかう。マラルメ（馬拉美）は、エドガー・ポー（Edgar Allan Poe, 1809–49）やボードレールの影響の下に出発したが、独特な《イマージュ（image〔心象・表象〕）の類推（analogie）》による象徴的手法を用ゐたのだ。

Brise marine

La chair est triste, hélas! et j'ai lu tous les livres.
Fuirl! là-bas fuir! Je sens que des oiseaux sont ivres
D'être parmi l'écume inconnue et les cieux!
Rien, ni les vieux jardins reflétés par les yeux,
Ne retiendra ce cœur qui dans la mer se trempe,
O nuits! ni la clarté déserte de ma lampe
Sur le vide papier que la blancheur défend,
Et ni la jeune femme allaitant son enfant.
Je partirai! Steamer balançant ta mâture,
Lève l'ancre pour une exotique nature!
Un Ennui, désolé par les cruels espoirs,
Croit encore à l'adieu suprême des mouchoirs!
Et, peut-être, les mâts, invitant les orages,
Sont-ils de ceux qu'un vent penche sur les naufrages
Perdus, sans mâts, sans mâts, ni fertiles îlots...
Mais, ô mon cœur, entends le chant des matelots!
——Stéphane Mallarmé, *Le Parnasse contemporain* (12 mai 1866)

SEA-WIND

The flesh is sad, alas! and all the books are read.
Flight, only flight! I feel that birds are wild to tread
The floor of unknown foam, and to attain the skies!
Nought, neither ancient gardens mirrored in the eyes,
Shall hold this heart that bathes in waters its delight,
O nights! nor yet my waking lamp, whose lonely light
Shadows the vacant paper, whiteness profits best,
Nor the young wife who rocks her baby on her breast.
I will depart. O steamer, swaying rope and spar,
Lift anchor for exotic lands that lie afar!
A weariness, outworn by cruel hopes, still clings
To the last farewell handerchief's last beckonings!
And are not these, the masts inviting storms, not these
That an awakening wind bends over wrecking seas,
Lost, not a sail, a sail, a flowering isle, ere long?
But, O my heart, hear thou, hear thou the sailors' song!
——Translated and quoted by Arthur Symons in *The Symbolist Movement in Literature* (1899).

海の微風

肉体は悲し、ああ、われは　全ての書を読みぬ。
遁《のが》れむ、彼処《かしこ》に遁れむ。未知の泡沫《みなわ》と天空の央《さなか》に在りて、群鳥《むらどり》の酔《ゑ》ひ癡《し》れたるを、われは知る。
この心、滄溟《おほうみ》深く涵《ひた》されて、引停《ひきとど》むべき縁由《よすが》なし、
眼《まなこ》に影を宿したる　青苔《せいたい》古りし庭園も、
おお夜よ、素白《そはく》の衛守《まもり》固くして　虚《むな》しき紙を
照らす　わが洋燈《ともしび》の荒涼たる輝きも、
はた、幼兒《をさなご》に添乳《そへぢ》する　うら若き妻も。
船出《ふなで》せむ。桅檣帆桁《ほばしらほげた》を揺《ゆら》がす巨船《おほふね》、
異邦《ことくに》の天地の旅に　錨《いかり》を揚げよ。
倦怠は、残酷なる希望によつて懊悩し、
なほしかも　振る領巾《ひれ》の最後の別離を深く信ず。
かくて、恐らく、桅檣《ほばしら》は　暴風雨《あらし》を招んで、
颶《はやて》は、忽ち　桅檣《ほばしら》を難破《なんぱ》の人の上に傾け、藻屑《もくづ》と
消えて、帆桁《ほげた》なく桅檣《ほばしら》なく、豊沃なる小島もなく……
さはれさはれ、おお、わが心、聞け、水夫の歌を。（鈴木信太郎訳）
――ステファヌ・マラルメ『現代高踏詩集』（一八六六年五月十二日）

マラルメの詩は、御承知のように、「曖昧模糊（obscure）として、読み難い（far from easy to read）」のを身上としているので、何分筆者如きには、容易に理解し難いものであることを先づ言つておかねばならない。全くの門外漢ながら、多少知つたかぶつて、無くもがなの註釈を一言付け加へておかう。「自《みづか》らの天分を呪つてゐる無力の詩人」（"Le poëte impuissant qui maudit son génie"—"L'Azur"［"The Blue"］「蒼空」〔一八六四年〕）が、詩における前人未到の領域に挑戦しようとする「残酷な理想」（"l'Idéal cruel"）に取り憑かれて、圧倒され、打ち拉《ひし》がれながらも、

錨を揚げて、「船出」しないわけにはをれぬ衝動に駆られるのだ。「肉体は悲し、ああ、われは　全ての書を読みぬ。」(〔英訳例〕"The flesh is sad, alas, and I have read all the books.") で始まる有名な冒頭の一行を書いた《煌めく感性と明澄な知性》の詩人が、どうやら詩作がなかなか思ふに任せず、悪戦苦闘を強ひられながら、「素白の衛守固くして　虚しき紙」と詠ひ、そして《海への脱出と難破》のイマージュは、取りも直さず、《生の躍動への脱出願望とその挫折》の象徴に外ならぬと考へられるのではなからうか。

マラルメは、詩人の入澤康夫氏の言葉を借りて言へば、「《宇宙のオルフォイス的解釈》としての《書物》の実現を夢みつつ、偶然や不順な要素を排除した小宇宙ともいふべき絶対詩の彫琢に励んだ[12]」詩人であつたといふ。(Cf. "Tout, au monde, existe pour aboutir à un livre." ["Everything in the world exists to end up in a book."]「世界の悉皆《すべて》は、終には一巻の書物となるために存在する。」——Stéphane Mallarmé, *Le Livre, Instrument Spirituel*)

マラルメの密度の高い、洗練された、錬金術的な詩は、イマージュが喚起し、暗示するところによつて、他のイマージュを得て、順次にイマージュを連結して行つて一聯を成すに至るのであつて、イマージュとイマージュとの間には《類推《アナロジ》》が存在するのみであつた。すなはち、《類推によつて隔てられたイマージュの堆積》であつて、排列ではないのである。改めて言ふまでもなく、文学は《言葉の藝術》である。そして言葉自体はそもそも《象徴》以外の何ものでもないと言つていいのである。

フォークナーは、パリにおけるシンシア・グルニエ(Cynthia Grenier)女史とのインタヴュー(一九五五年九月)の中で、詩について問はれた際に、フランスの詩人では、やはり象徴派《サンボリスト》の詩人、ポール・ヴェルレーヌ(Paul Verlaine, 1844–96)とジュール・ラフォルグ(Jules Laforgue, 1860–87)の二人を愛読してゐると語つてゐる。[13]

なほ、わが国では、どちらかと言へば、マラルメの長詩『半獣神の午後』といふ邦訳題名よりむしろドビュッシー

(Claude Debussy, 1862–1918) の、マラルメの詩に拠る交響詩・管弦楽曲『牧神の午後への前奏曲』(*Prélude à l'après-midi d'un faune* [*Prelude to The Afternoon of a Faun*], 1891–94) といふ日本語訳の方がよく知れ渡つてゐるかもしれない。

一八九八年九月十一日、マラルメの葬儀に際して、彫刻家のオーギュスト・ロダン (Auguste Rodin, 1840–1917) をして、「自然がこのやうな脳髄を再び創造するには、如何程の年月を要するだらう。[14]」と言はしめたマラルメも、やはり、人間存在の根源には「虚無」(nihil; nothing[ness]; vanity; nada) が深く根を下ろしてゐると考へてゐたのであらう。

例へば、北宋《ほくそう》の蘇軾《そしょく》〔東坡《とうば》〕(一〇三六―一一〇一) が、「人生字を識るは憂患の始めなり (Life's sorrows begin with knowledge.——齋藤秀三郎訳)」(「人生識レ字憂患始」——「石蒼舒《せきそうじょ》酔墨堂詩」) と言つてゐるし、また新しいところでは、カナダ生まれのアメリカの著名な経済学者ジョン・ガルブレイス (John Kenneth Galbraith, 1908–2006) もかう言つてゐる。「人間は、少なくとも教育を受けると、ペシミストになる。——『不確実性の時代』(一九七七年)」("Man, at least when educated, is a pessimist."—*The Age of Uncertainty*, 1977, Chap. 12)

ところで、若かりし日のフォークナーは、よく知られてゐるやうに、小説よりも詩により強い関心を抱き、十九世紀末のイギリスの詩人やフランスの象徴派の詩人たちに傾倒してゐた。フォークナーは、とりわけ、マラルメにはどうやら心酔してゐた節があるのだ。自称「詩人くづれ」(a failed poet) のフォークナーの処女詩集(処女出版)は、五十ページ余りの『大理石の半獣神』(*The Marble Faun*, Boston: The Four Seas Company, 1924) といふ題の牧歌的、田園詩的な詩集(一九一九年作)であつた。しかも、フォークナーは、何と驚くなかれ、マラルメと同じ題名の「半獣神の午後」("L'Apres-Midi d'un Faune,"[15] 1919) といふ四〇行から成る詩を書いてゐるのである。また、

「半獣神」(“The Faun,”(16) 1925) と題するソネット(十四行詩)も書いてゐる。「半獣神の午後」も「半獣神」も単行本に収められたのは、五二五部限定版『サルマガンディ(雑文集)』(Paul Romaine, ed., *Salmagundi*, Milwaukee, Wis.: The Casanova Press, 1932) が最初である。

ギリシア・ローマ神話によつて象徴されるやうに、大自然は人智の及び難い霊性を持つと考へられ、もともと森に住んでゐた人類が森の中の様々な生きとし生けるものに人間の力では測り知れない霊妙なものを看て取つたとしても何ら不思議ではないだらう。そして何でも試みずにはをれぬ貪欲極まりない青年詩人が、《霊性——神秘性——象徴性》といふこの一つの典型的なパターンを利用しない手はないのである。

序でなので、いささか長くなるけれども、御参考までに、「半獣神の午後」と題するフォークナーの若書きの、幻想《ファンタスティック》的かつ官能《センシュアル》的な詩の一篇(弱冠二十二歳の時の作品)を次に引用させていただき、拙い試訳を添へておかう。

L’Apres-Midi d’un Faune

I follow through the singing trees
Her streaming clouded hair and face
And lascivious dreaming knees
Like gleaming water from some place
Of sleeping streams, or autumn leaves
Slow shed through still, love-wearied air.
She pauses: and as one who grieves
Shakes down her blown vagrant hair
To veil her face, but not her eyes—

A hot quick spark, each sudden glance,
Or like the wild brown bee that flies
Sweet winged, a sharp extravagance
Of kisses on my limbs and neck.
She whirls and dances through the trees
That lift and sway like arms and fleck
Her with quick shadows, and the breeze
Lies on her short and circled breast.
Now hand in hand with her I go,
The green night in the silver west
Of virgin stars, pale row on row
Like ghostly hands, and ere she sleep
The dusk will take her by some stream
In silent meadows, dim and deep—
In dreams of stars and dreaming dream.

I have a nameless wish to go
To some far silent midnight noon
Where lonely streams whisper and flow
And sigh on sands blanched by the moon,
And blond limbed dancers whirling past,
The senile worn moon staring through

The sighing trees, until at last,
Their hair is powdered bright with dew.
And their sad slow limbs and brows
Are petals drifting on the breeze
Shed from the fingers of the boughs;
Then suddenly on all of these,
A sound like some great deep bell stroke
Falls, and they dance, unclad and cold—
It was the earth's great heart that broke
For springs before the world grew old.

半獣神の午後

歌を歌つてゐる木々の間を通つて私が随《つ》いて行くのは
彼女の長く流れるやうに垂れた髪と暗く曇つた顔と
それに淫らな、夢見るやうな膝、
眠つてゐる小川のどこかから流れて来る
燦《きら》めく水のやうに、或いは、そよとの風もない、
恋に疲れた空気を通して緩やかに舞ひ落ちる秋の木の葉のやうに。
彼女は立ち止まる。そして嘆き悲しむ人が
風に吹かれて彷徨《さまよ》ふ髪を、彼女の眼ではなくて、
顔を隠すために振り落すやうに——
熱い、素早い火花、突然の一瞥《いちべつ》に継《つ》ぐ一瞥

或いは、美しい翅《はね》でもつて飛ぶ
野性の褐色の蜜蜂のやうに、鋭い、嫌《いや》といふほどの
接吻《くちづけ》の雨が私の四肢《てあし》や首の上に注がれる。
彼女は木々の間を通つてくるくる廻りながら踊つてゐる
木々は腕のやうに上空に伸び、揺れて、彼女に
素早い影で斑点《まだら》模様をつける、そして微風《そよかぜ》は
彼女の丸《まる》くふくよかな乳房にしばし横たはる。
今、彼女と手に手を取つて私は行く、
乙女の星たちの銀色の西方に
緑色《みどり》の夜が、幽霊の手のやうに
幾層にもなつて蒼白《あをじろ》く、そして彼女が眠る前に
夕暮れが彼女をどこかの小川のそばに連れて行くことだらう
小川はひつそりと静まり返つた牧草地の中にあつて、朧《おぼろ》に霞《かす》み、かつ深い――
星たちの夢と夢見る夢の中で。

私はどこか遠い、しんと静まり返つた真夜中の真昼に
行きたいといふ名状しがたい願ひを持つてゐる、
そこでは寂しい小川が、月で漂白された砂の上で
囁《ささや》き、流れ、溜息をついてゐる、
そして金髪で色白の四肢《てあし》をした踊り子たちがくるくる廻りながら通り過ぎて行き、
老齢の疲れで窶《やつ》れた月が、溜息をついてゐる木々の間から
じつと見つめてゐると、やがてつひには、

彼女《をどりこ》たちの髪は露に濡れて明るく光り輝いてゐる。
そして彼女たちの物悲しげに緩やかに舞ふ四肢《てあし》と眉毛は
大枝の指から零《こぼ》れ落ちて
微風《そよかぜ》に乗つて漂ひ流れる花弁《はなびら》なのだ。
すると突然、これらすべての上に
何か大きな底深い鐘の音《ね》のやうな音が落ちてきて、
彼女たちは、一糸も纏はずに、寒々しい姿で踊つてゐるのだ——
世界が年老いる前に、跳び上がらんとして張り裂けたのは、
他ならぬ大地の巨大な心臓であつた。

これは、若き日のフォークナーが貪欲に吸収してゐたフランス象徴派の系統に属する、いささか難解でエロティックで幻想的かつ神秘的な、一種の「田園詩」（pastoral poem）であると言へば、より適切であらうか。フォークナーは、マラルメ[17]に倣つて、マラルメのいはゆる「半獣神《フォーン》／水波女《ニンフ》の心象《イメジャリー》」（“faun/nymph imagery”）を用ゐて、「詩人の最愛の人への満されぬ憧憬《あこがれ》」（the unfulfilled longing of the narrator for his beloved）[18]を詠つてゐるのだ。より端的に言へば、この一篇のモティーフは、《女性への半獣神的な——官能的な憧憬（sensual longing）と女性の水波女《ニンフ》（ナーイアス［naiad］）的な——気紛れな無情さ・冷酷さ（heartlessness; cold-heartedness）に対する青年詩人の苦渋《シュメルツ》（Schmerz）・苦悶（agony）》を詠はんとするにあるのだ。

ニュー・オーリンズのテューレイン大学の教授で、優れたフォークナー学者であつたリチャード・P・アダムズ氏は、かう説明してをられる。

《おそらく標題の半獣神《フォーン》と覚しきこの詩篇の語り手は、少女または妖精《ニンフ》の後を追ひ掛けるのだが、彼は連想によつて彼女と、水、空気、火や地球と、昆虫や木々の姿をした生き物と、また季節や一日における時間の動きとを結びつけて考へてゐるのだ。語り手とかういふすべてのものとの間の或る種の結合は、彼が「夕暮れが彼女をどこかの小川のそばに連れて行くことだらう／小川はひつそりと静まり返つた牧草地の中にあつて、朧に霞み、かつ深い――」と言ふ時、単に性的成就のみならず、人間愛とすべての自然力との広範囲にわたる結合をも示唆してゐることが恥かしさうに予言されてゐるのだ。》[19]

さらに言へば、この詩篇の終りの二行、すなはち、"It was the earth's great heart that broke / For springs before the world grew old." の意味する――いや、象徴するところが、不敏にして、筆者にはどうもよく判らないのである。概して言へば、「象徴詩」（symbolical poetry）なるものは、時として、全く以て "ambiguous" になり、読む者が理解不能に陥ることがあるのだが……。もとより「珍奇な解釈を排すべし」（Curiosa interpretatio reprobanda.）であることは、言ふまでもないことだが、これは、性的興奮がクライマックスに達した「《半獣神《フォーン》》と覚しき若き詩人」の一種の "outburst" といふか、もつと直截に言へば、"ejaculation" のことを言つてゐるのではなからうか。とはいへ、かく言ふ筆者も、自分が立てた仮説に全く自信が持てず、己が不明を恥ぢ入るばかりであるが、若き日のフォークナーならいかにも考へ出しさうな気がしなくもないのだ。少なくともフォークナーがここに描き出した《半獣神》は、マラルメと同様に、疑ひもなく、「人間の肉欲（lust）」を象徴してゐるのだから。

ところで、フォークナーは、例のジーン・スタイン女史とのインタヴューの中で、かう言つてゐる。「藝術家は、作品を完成するためには、相手構はず誰からでも奪ひ取つたり、借りて来たり、乞うたり、或いは盗んで来たりしようとするのだから全く道徳観念《アモラル》がないのです。」（"He [An artist] is completely amoral in that he will rob, borrow, beg, or steal from anybody and everybody to get the work done.[20]"

また、わが室生犀星（一八八九—一九六二）も、『我が愛する詩人の伝記』（中央公論社、一九五八〔昭和33〕年）の第一章「北原白秋」の中で、同じやうなことを言つてゐるので、御参考までに、次に引用しておかう。

《私は『思ひ出』から何かの言葉を盗み出すことに、眼をはなさなかつた。詩といふものはうまい詩からそのことばのつかみ方を盗まなければならない、これは詩ばかりではなくどんな文学でも、それを勉強する人間にとつては、はじめは盗まなければならない約束ごとがあるものだ。『思ひ出』の詩がすぐ盗めないのは、白秋が発見したり造語したりしてゐるあたらしい言葉が溢れてゐて、それが今まで私の読んだものに一つも読み得なかつたことである。ただ私が学ぶことの出来たのは、女への哀愁の情といふものがこのやうに寄り添うて、草木山河、日常茶飯事をもうたふものであるといふことであつた。人間に生まれて女を慕はざる若さは存在しない、私の若さも白秋の若さも人間の持つ同じものであるから、女を慕ひそれをうたふ時はかういふ隙間や陰《かげ》からうたふものらしいと、私の盗みはそこから眼をさましかけ、それに勉《つと》めたものである。[21]》（傍点引用者）

学者・批評家（scholar-critic）として著名はクリアンス・ブルックス（一九〇六—九四）博士は、大著『ウィリアム・フォークナー——ヨクナパトーファに向つて、かつ越えて』（一九七八年）の第一章「フォークナーの詩」の注記（Notes）の中で、「フォークナーにおける文学上の借用語句及び反響《エコー》」（"Literary Borrowings and Echoes in Faulkner"[22]）と題して例証してゐるのだ。すなはち、A・E・ハウスマン、T・S・エリオット、J・B・キャベル（James Branch Cabell, 1879–1958）の『ジャーゲン』（*Jurgen*, 1919）、ジョイス、シェイクスピア、キプリング、キーツ、ワイルド、テニスン、スウィンバーン、E・E・カミングズ、トマス・グレイ、マーロウ、フィッツジェラルドの『ルバイヤート』、エドモン・ロスタン（Edmond Rostand, 1868–1918）の『シラノ・ド・ベルジュラック』

(*Cyrano de Bergerac*, 1897)、ホイットマン、フィールディング、ポー、ミルトン、バイロン、等々の原文とフォークナーの作品からの用例とが対比して例示されてゐる。思ふに、さういふ意味では、「詩人なり、小説家といふのは、"amoral" かつ貪欲で、それまでに読んで来た、ありとあらゆるものの総和なのだ」と言へるのかもしれない。

例の「詩人は生まる、造られず」("Poeta nascitur, non fit." ["The poet is born , not made.]")と言はれるやうに、どうやら詩人といふのは天稟によつて、或いは天賦の才によつてほとんど決まるものなのだと言つても言ひ過ぎではないらしい。また一方では、「経験は学問に優る」("Expérience passe science.")といひ、「個人的な経験は書物で学ぶよりも良い」("Personal experience is better than book learning.")ともいふ。いづれにせよ、若き日のフォークナーは、その初期習作期《アプレンティスシップ》(言はば「模索と彷徨の時代」)において、十九世紀末のイギリスやフランスの詩に馴れ親しみながら、同時に、自らも、とりわけ象徴派の詩に倣つて、詩作に——模作に専念してゐた時期があつたのだ。フォークナーは、自らを「詩人くづれ」と何度も呼んではゐるけれども、後年小説家として成長して行つたフォークナーの作品に我々は《詩人的資質(poetic nature)》の片鱗を随所に認めないわけにはゆかないだらう。

「模倣(模作)」(pastiche)といふ点で思ひ出したことがあるので言及しておくが、わがノーベル賞作家の大江健三郎氏の代表的長篇小説の一篇『万延元年のフットボール』(講談社、一九六七年)に至つては、全く以て《日本版『響きと怒り』》に外ならぬと言ひたくなるのではなからうか。[23] いや、かう言ふと、いささか辛辣過ぎて、語弊があるかもしれないが、フォークナーの『響きと怒り』(一九二九年)を何度も何度も繰り返し愛読したことのある者の眼から見れば、敢へて一言で言へば、これは明らかに「フォークナーの『響きと怒り』からの巧妙な焼き直し」(a successful adaptation from Faulkner's *The Sound and the Fury*)の如き作品であつたと言はねばならぬのだ。ともあれ、大雑把に言へば、ヨーロッパの文学の源流は、御承知のやうに、先づ以てホメーロス("poetarum parens philologiaeque omnis dux" ["the father of poetry and the leader of all literature"]—Marcus Vitruvius[24] Pollio「詩人の父にして、あらゆる文学の先導者」——マルクス・ウィトルーウィウス・ポリオー）であり、《ギリシア悲劇》、《ローマ喜劇》であり、《ギリシア・ローマ神話》であつて、遙か古代ギリシア・ローマにまで遡及することができるのである。宝の山とも言へるこれらの文学的宝庫に題材を取つたり、また下敷きにしたりして、後世の文学者がどれほど多くの傑作を生み出してきたかおそらく測り知れぬものがあるだらう。従つて、世界中の伝統ある《文学遺産》に貪欲に食らひついて自分のものにするのは一向に構はないと言つていいのかもしれない。

（August 2001）

（註）

（1） Malcolm Cowley (ed.), *Writers at Work: The Paris Review Interviews* (New York: The Viking Press, 1958), pp. 136–137. Cf. *Lion in the Garden* (Random House, 1968), p. 251.

（2） Ian Ousby (ed.), *The Cambridge Guide to Literature in English* (Cambridge University Press, 1993), p. 454.

（3） Henry Maas (ed.), *The Letters of A. E. Housman* (London: Rupert Hart-Davis, 1971; Harvard University Press, 1971), p. 329. 5 Feb., 1933. この書簡は、詩集の《フランス語訳版》の出版に際して、ハウスマンが編集者に対して答へた「自伝的覚え書」のやうなもの。

（4） Christopher Ricks (ed.), *A. E. Housman: Collected Poems and Selected Prose* (Penguin Twentieth-Century Classics, 1989), p. 469.

（5） *Ibid.*, pp. 469–479.

（6） 引用の原文は、*The Collected Poems of A. E. Housman* (Jonathan Cape, 1960 [New Edition (type reset)]) に拠つた。

（7） Christopher Ricks (ed.), *op. cit.*, p. 469.

（8） 齋藤勇編『研究社世界文学辞典』（研究社、一九五四年）、一八二ページ。

（9）オマル・ハイヤーム作、小川亮作訳『ルバイヤート』（岩波文庫、一九四八年）、一五一ページ。

（10）引用の原文は、Daniel Karlin (ed.), *The Penguin Book of Victorian Verse* (Penguin Classics, 1997) に収録されてゐる Edward FitzGerald, *Rubáiyát of Omar Khayyám* に拠つた。他の幾つかの版を参照した。

（11）どうやらフォークナーは、早くも一九二〇年代の末期に、「オマルの第一八番目の四行詩」（"Omar's Eighteenth Quatrain"）と題する原稿を書き始めてゐたらしい。

（12）安藤元雄・入澤康夫・渋澤孝輔編『フランス名詩集』（岩波文庫、一九九八年）、三七〇ページ。

（13）James B. Meriwether and Michael Millgate (eds.), *Lion in the Garden: Interviews with William Faulkner, 1926–1962* (Random House, 1968), p. 217.

（14）鈴木信太郎訳『マラルメ詩集』（岩波文庫、一九六三年）、二八九ページ（「年譜」）参照。

（15）*New Republic*, Vol. XX (August 6, 1919), p. 24. *The Mississippian* [the University of Mississippi newspaper] (October 29, 1919), p. 4. Carvel Collins (ed.), *William Faulkner: Early Prose and Poetry* (Boston: Little, Brown and Company [An Atlantic Monthly Press Book], 1962), pp. 39–40.

（16）*The Double Dealer*, Vol. VII (April 1925), p. 148. Collins, *Early Prose and Poetry*, p. 119.

（17）御参考までに、マラルメの『半獣神の午後』の「梗概」をわが鈴木信太郎（一八九五—一九七〇）博士が要約してをられるので、次に引いておかう。《「半獣神がシチリアの岸辺《べ》で睡《ねむ》りから醒《さ》める。周囲にはナンフの肉体の薔薇《ばら》色が翻つてゐる感じだ。夢で見たのか、現実のことか？　思ひ出をたどる。彼は沼の辺で裸身のナンフたちを見たのだつた。彼女たちは彼の凝視にたへかねて水辺に逃《のが》れ去る。その時ふたりのナンフが相擁して睡つてゐるのを見出し、ふたりながらを抱いて薔薇の茂みに馳《はし》り入りふたりの絡《もつ》れた乱れ髪を接吻《せつぷん》で搔《か》き分けようとした時、肉欲の予感に力の萎《な》えた諸腕《もろうで》から、獲物は遁走《とんそう》してしまふ……半獣神はむなしく蘆《あし》の茎を抱擁し蘆笛を吹いて心を慰めながら、懶《ものう》く熱砂の上に眠入《ねい》つてしまふ……」》さらに、鈴木博士は、かう説明を加へてゐる。「マラルメの描き出した半獣神は、人間の肉欲を表し、肉欲は畢竟《ひつきやう》幻に過ぎず、またその欲望が変転して美・藝術・知に向かふものであることを暗示してゐるとしても、この詩の美は哲学にあるのではなく、各行各語の周囲から、律動と諧調《かいてう》とに乗つて、われわれの心に飛び込んで来る音とその意味にある。」（日本フランス語フランス文学会編『フランス文学辞典』〔白水社、一九七四年〕、五五八ページ。）博士には、『ステファヌ・マラルメ詩集考』（上巻、高桐書院、一九四八年／下巻、三笠書房、一九五一年。読売文学賞受賞）及び『半獣神の午後其他』（要書房、一九四七年）と題する厳正かつ精緻な文献学的研究書があり、どちらも「鈴木信太郎全集」（大修館書店、全五巻、補一巻。一九七二年—七三年）の第四巻（「研究Ⅱ」、一九七三年）に再録されてゐる。

(18) Robert W. Hamblin and Charles A. Peek (eds.), *A William Faulkner Encyclopedia* (Westport, Connecticut: Greenwood Press, 1999), p. 19. 因みに「半獣神（牧〔羊〕神）」（ファウヌス〔フォーン〕）といふのは、《ローマ神話》で、通例、人間の上半身（胴と両手両腕）と山羊の下半身（山羊の尻尾と、後には山羊の後脚と蹄と腿《もも》）を持ち、頭部には山羊の尖つた耳と額には山羊の小さな角を二本生やした、半人半獣（羊）——half-man, half-goat——の森林・農業・牧畜の神で、淫らな性質を持つと言はれる。また、「妖精（水波女）」（ニュムペー〔ニンフ、ナンフ〕）といふのは、《ギリシア・ローマ神話》で、山・川・森などに住み、若く美しい小女の姿（半神半人）で現れ、歌と踊りを好み、予言力があるとさてれゐる。

(19) Richard P. Adams, *Faulkner: Myth and Motion* (Princeton, New Jersey: Princeton University Press, 1968), p. 16.

(20) Malcolm Cowley (ed.), *Writers at Work: The Paris Review Interviews*, pp. 123–124. Cf. *Lion in the Garden*, p. 239.

(21) 室生犀星著『我が愛する詩人の伝記』（中央公論社、一九五八〔昭和33〕年）、六ページ。

(22) Cleanth Brooks, *William Faulkner: Toward Yoknapatawpha and Beyond* (New Haven, Connecticut: Yale University Press, 1978), pp. 345–354.

(23) 拙著『荒地としての現代世界』（朝日出版社、一九八二年）、九九ページ参照。

(24) 紀元前一世紀のローマの建築家で、『建築十書』（*De Architectura*, 10 vols. *c.* 25 B.C.）の著者。

(付記)

引用の日本文のうちで、原文が現代仮名遣ひであつたものは、歴史的仮名遣ひに改めさせていただいたことを一言お断りしておく。（原則として、以下の各篇も同じ。）

『皐月祭《メイデー》』とフォークナーの《厭世観》をめぐつて（その二）

――ギャルウィン卿の《人間観》、『ジャーゲン』、そして《世紀末文学》と《時代思潮》を中心に

《Vanity of vanities, saith the Preacher, vanity of vanities; all *is* vanity.
――*The Old Testament*, "Ecclesiastes," I. 2.
伝道者言《いは》く　空《くう》の空　空の空なる哉　都《すべ》て空なり
――『旧約聖書』、「伝道之書」、第一章第二節。》

《桃に生る虫を桃むしと云、栗に生る虫を栗虫といふ、地球に生るを人間といふ
つるんで八喰てひりぬく世界むし上貴人より下乞食まで[1]（岩瀬文庫所蔵写本に拠る）
――司馬江漢「蟻道和尚談義」、『独笑妄言』（一八一〇〔文化七〕年）》

《我は世界の頁の上の一つ誤植なりき／（中略）この世界自らもまた／あやまれる、無益なる書物なるを。

――生田春月「誤植」、『霊魂の秋』（一九一七〔大正六〕年）》

《Il est plus nécessaire d'étudier les hommes que les livres.
(It is more necessary to study men than books.)
――François de La Rochefoucauld, *Maximes posthumes*, No. 51.
書物よりも人間を研究する方が必要である。
――フランソワ・ド・ラ・ロシュフコー『死後刊行の箴言集』、第五一番。》

五　夢か現か幻か――**"Man is a buzzing fly beneath the inverted glass tumbler of his illusions."**

筆者の高校生の頃（と言つても今から四十五年ほど前の話になるが）、何かの本で（おそらく受験参考書ないし英

詩の入門書の類であらうか）、またどなたの日本語訳だつたか全く記憶にないのだが、こんな訳詩の、書き出しの一節があつたのを不思議なくらゐ鮮明に憶えてゐる。（勿論、原詩の方は、今回調べてみて初めて判つたものだが。）

《碧瑠璃《へきるり》に明けそめぬ又一日、
思へ、汝、空《あだ》に過《すぐ》すや、この日をば。
――トマス・カーライル「今日」、第一聯。
So here hath been dawning
Another blue day:
Think, wilt thou let it
Slip useless away?
――Thomas Carlyle, "To-day," First stanza, *Critical and Miscellaneous Essays* (1838), Vol. I.》

もしかすると、「へきるりに　あけそめぬ……」といふ美文調擬古体（flowery [ornate] pseudo-archaic style）の冒頭が当時のわたしにはひどく印象的に思はれたせゐかもしれない。と同時に、この書き出しの一節が向学心に多少富んでゐなくもなかつた当時のわたしにいささか教訓的に（「あだに　すぐすや……」）訴へたせゐかもしれない。唐突にも最初《のつけ》から奇妙な回想めいたことから書き始めたのは、外でもない、フォークナーの『皐月祭《メイデー》』の冒頭を思ひ出したからだ。とは言ふものの、フォークナーのこの中篇小説《ノヴェレット》と《チェルシーの賢人（The Sage of Chelsea）》、カーライル（喀萊爾）の前掲の詩とは、実のところ、文学的には何の関係《かかはり》もないのだが……。

ところで、徒《あだ》しごとはさて措いて（**Revenons à nos moutons**）、いよいよ本題のフォークナーの中篇小説に言及しなければならぬ時が来たのだ。実は、ここで筆者とこの作品との間のいささか個人的な、避けて通るわけにはゆかぬ係はりについて、ぜひ少しばかり書き留めておかねばならぬ事柄があるのだ。筆者は、今から二十年余り前に、今や惜しまれてならない、優れたアメリカ文学者で、とりわけ、《アメリカ南部文学》の熱烈な（いや、熱狂的《ファナティック》と言ってよい）研究者であつた中島時哉（一九三二―二〇〇〇）氏と共編で、朝日出版社（東京・西神田）から、《大学生の講読演習用の教科書版（textbook edition）》を出版したことがあつた。今にして思へば、この教科書は、いささか手前味噌を言ふやうで気が引けなくもないが、「本文《テクスト》」（pp. 1–43）は原書の写真版複製で、「註釈《ノーツ》」（pp. 47–77〔筆者担当〕）、それに包括的で、まことに至れり尽せりの「解　題《イントロダクション》」（pp. 79–98〔中島担当〕）から成る総ページ数一〇〇ページ余りの、その頃としては（いや、今でもさうだと思ふが）珍しく文学的かつ藝術的香気《かをり》に溢れた、瀟洒（chic）で魅力的な装釘（B6判）の教科書本であつたと言はねばならぬだらう。

　さて、「外国文学研究」に関して、筆者がかねがね危惧の念を抱いてゐたといふか、気に懸かつてゐたことを、ここで一言挿記させていただくことにする。目下、ミシシッピー大学出版部から刊行中である“Reading Faulkner Series”（Noel Polk, General Editor）中の、*Light in August*（Hugh M. Ruppersburg, 1994）や *The Unvanquished*（James C. Hinkle and Robert McCoy, 1995）や *The Sound and the Fury*（Stephen M. Ross and Noel Polk, 1996）や *Sanctuary*（Edwin T. Arnold and Dawn Trouard, 1996）等々の詳細を極めた《Glossary and Commentary（Jackson: University Press of Mississippi）》を卒読してみると、改めてフォークナーの“working vocabulary”の豊富さ、描写の濃密さ、“literary allusion”の多様さ、“symbolism”の精妙さ、などにただただ心底圧倒される思ひがするのである。フォークナーの文学世界は、我々読者が想像するスケールを遙かに超えた巨大かつ豊饒なものなのだ。もとより、わたしの如き、「世界文学」に対する《文学的教養・素養》の裏づけが乏しく、浅い者には、フォークナーの作品をほんの表面上しか理解し得ないのである。恥も外聞もかなぐり捨てて、率直に告白すれば、わたしはフォークナーの作品を随分長い間上つ面の読みしかして来なかつたのだと言つていい。わたしは還暦を過ぎてみて、今更ながら、外国文学研究の困難さをつくづく思ひ知らされ、愕然とする次第なのだ。しかし、これもどのみち、「乗り掛かつた船」、今更おめおめ引き返す、下船するわけにはゆかないと思ふ昨今である。

彼我のフォークナー学者の研究書、例へば、

Olga W. Vickery, *The Novels of William Faulkner* (Baton Rouge: Louisiana State University Press, 1959; revised edition, 1964)
Cleanth Brooks, *William Faulkner: The Yoknapatawpha Country* (New Haven, Conn.: Yale University Press, 1963)
Cleanth Brooks, *William Faulkner: Toward Yoknapatawpha and Beyond* (Yale University Press, 1978)
Michael Millgate, *The Achievement of William Faulkner* (London: Constable, 1966; New York: Random House, 1966)

また、わが国におけるアメリカ文学研究の記念碑的《モニュメンタル》な、研究書の金字塔とも言ふべき大橋健三郎氏の大著『フォークナー研究』（全三巻、南雲堂、一九七七年、七九年、八二年）――増補改訂版『ウィリアム・フォークナー研究』（全一巻、南雲堂、一九九六年）――等々の優れて精緻な作品論から成る浩瀚な研究書を前にして、わたしの如きフォークネリアンの渺たる端くれの一人ならずとも、フラナリー・オコナー（Flannery O'Connor, 1925–64）女史の言葉を拝借して言へば、「《南部特急列車《ディキシー・リミテッド》》〔にも比すべき大作家《フォークナー》〕が轟音を立てて驀進して行くその同じ線路上で騾馬に牽かせた自分の馬車を立ち往生させたいと誰も思ふ者がゐない」（Nobody wants his mule and wagon stalled on

the same track the Dixie Limited is roaring down.(2) のは、或いは当然と言へば当然であるだらう。従つて、今や日本におけるフォークナー研究の方向性も自づと変つて行かざるを得なくなつたと言つてもよいのである。屋上屋を架する愚は避けた方がいいに決つてゐるのだ。もとより、わが国でも、より新しい視点から、フォークナー研究が多方面にわたつてより盛んになつてゆくのは慶賀すべきことかもしれないけれども……。

また、これはわたしがかねがね不思議に思つてゐることなのだが、大橋氏のこのライフワークに対して、例へば、学士院賞が授与されたとも、また読売文学賞（批評・研究部門）ないし毎日出版文化賞が与へられたとも未だに聞いたことがないやうな気がするところからして、これまた、わが国の学界や文学界は、一体何をしてゐるのだと言ひたくもなるのである。敢へて不遜を顧みず言へば、これではどちらも冬眠中と揶揄されても致し方ないであらう。もつともわたしは大橋氏に胡麻を擂《す》るために、こんなことを書いてゐるのでは決してない。そんな義理など筆者には一切ないことを念のために申し添へておく。

ほとんど全く同じことが、例へば、わが国における先駆《パイオニア》的フォークネリアンの一人である高橋正雄氏（中央大学名誉教授）の、執筆に丸十年を要したと言はれる労作『二十世紀アメリカ小説（全四巻）』（冨山房、一九七三年―七九年）及び大著『アメリカ南部の作家たち』（南雲堂、一九八七年）にも当然当て嵌まるのは、これまた言ふまでもないことだらう。

ところで、詩人くづれの、若き日のフォークナーが物した中篇小説《ノヴェレット》『皐月祭《メイデー》』（擱筆日は一九二六年一月二七日、執筆地はミシシッピー州オックスフォード）は、中世の騎士《ナイト》に纏はる、いささか幻想的な雰囲気の中で繰り広げられる恋愛冒険譚と言つていいだらう。梗概を掻い摘んで言へば、若き騎士《ナイト》の《アースガイルのギャルウィン卿（**Sir Galwyn of Arthgyl** [ɑ́:θgail]》が、世に言ふ「究極の理想の女性」（**an ideal lady after his own heart**）を探し求めて、三人の王女たち――すなはち、最初に《イスールト王女（Princess Yseult）》、次いで《イーリス王女（Princess Elys）》、さらに《イーリア王女（Princess Aelia）》――との愛の遍歴（love affairs; aventure galante）を試みるが、どうにも心が満たされず、遂には人生に絶望――例のキェルケゴールの「死に至る病（とは絶望のことである）」（Cf. Sören Kierkegaard, "The Sickness unto Death is Despair. [Die Krankheit zum Tode ist Verzweiflung.]"）に到達して、入水自殺を選ぶといふ物語である。

《ギャルウィン卿》は、「明るく輝く川の水のやうな髪の毛をした、かつ瑞々《みづ》しい風信子《ヒヤシンス》の花や、或いはもしかすると水仙の花とか、桜の花などを思ひ出させる乙女を」（a maiden whose hair is like bright water and who reminds him of young hyacinths, or perhaps of narcissi, or of cherry bloom）[3]――「夢の中で見たことがあり、蜂蜜《ハニー》や陽光《サンライト》や瑞々しい風信子《ヒヤシンス》の花を思ひ出させる女性を」（one he has seen in a dream, who reminds him of honey and sunlight and young hyacinths）[4]――この地上のありとあらゆる所に探し求めるのだが、「瑞々しい風信子《ヒヤシンス》の花も、一度《ひとたび》摘み取つてしまふと、もはや新鮮でなくなつてしまふ」（young hyacinths were no longer fresh, once you had picked them）[5]ことに気づいて、次第に落ち着かなくなつてくるのだ。いささか形而下的話題で恐縮だが、下世話に謂ふところの「女は寝るまでが花」とか「どんな女も一度寝たらお仕舞ひ」といふことになるのだらうか。

前稿のエピグラフに引用したやうに、「性交の後、すべての動物は悲しい」（"Post coitum omne animal triste."）のであり、誰しも「後で悲しみをもたらす目前の快楽」（the present pleasure that bringeth afterward sorrow）から逃れることは至難の業なのだ。今更引き合ひに出すまでもないかもしれないが、例のシェイクスピアの『ソネット集』（一六〇九年）、第一二九番（吉田健一訳）の詩句を借りて言へば、「満足すればその途端にただ忌しいものになり」（Enjoy'd no sooner but despisèd straight）、「先づ至上の幸福から始つて苦悶に終り」（A bliss in proof;

and prov'd, a very woe)、「そしてこれは誰でもが知つてゐて、それにも拘らず／誰もかういふ地獄に導く天国を避けられた験しがない。」(All this the world well knows; yet none knows well/To shun the heaven that leads men to this hell.) といふ結論に達するのだ。これこそは、女性遍歴をした後のギャルウィン卿が究極的に到達した心境と言つてよいだらう。女性遍歴をすればするほど、また自己嫌悪 (self-abhorrence) もますます増大してゆくのである。

　若きギャルウィン卿は、怏々として楽しむことができないでゐるのだが、「音楽よりもずつと美しい彼女でも、一日たりとも自分を満足させることができなかつたことを知つて、剣よりも鋭く胸を突き刺される思ひがする」(it is sharper than swords to know that she who is fairer than music could not content me for even a day)[6] ことに愕然とするのである。案外、「人間といふのは、物を欲しいと思つてゐるほどには、物そのものをさほど欲しいとは思つてゐないもの」(it is not the thing itself that man wants, so much as the wanting of it)[7] なのかもしれない。悶々として世界を放浪する憂鬱厭世のギャルウィン卿と、言はば、一心同体を成してゐると言つてもいい、従者の一人、《飢ゑ《ハンガー》 (Hunger)》は、若きギャルウィン卿の「忠告者《アドヴァイザー》兼代弁者《スポークスマン》」の役目を果してゐるのだが、彼に向つてかう言つてゐる。「それがまさしく人生といふものであつて、実体のない影を捕捉《とら》へようとして絶えず苛立つてゐることなのだ」(that is what life is: a ceaseless fretting to gain shadows to which there is no substance)[8] と。

　さらに、《ハンガー》は、ほとんど決定的とも言へる人間観・人生観を言つてのけるのだ。

《To my notion man is a buzzing fly[9] blundering through a strange world, seeking something he can neither name nor recognize and probably will not want.

　わたしの考へでは、人間とは名指しで呼ぶこともできず、また見ても見分けがつかず、しかもおそらく欲しくもないや

うな物を探し求めながら、未知の世界をまごつきながら飛び廻る、ブンブン唸つてゐる蝿のやうなものです。》

《I remember to have remarked once that man is a buzzing insect blundering through a strange world, seeking something he can neither name nor recognize, and probably will not want. I think now that I shall refine this aphorism: Man is a buzzing fly beneath the inverted glass tumbler of his illusions.[10]

人間とは名指しで呼ぶこともできず、また見ても見分けがつかず、しかもおそらく欲しくもないやうな物を探し求めながら、未知の世界をまごつきながら飛び廻る、ブンブン唸つてゐる虫螻《むしけら》のやうなものです、とかつてわたしが言つたことを憶えてゐます。今、わたしはこの警句《アフォリズム》を次のやうに彫琢《リファイン》したいと思ひます。――人間とは幻影の這入つてゐる逆《さか》さに伏せたガラスのタンブラーの中でブンブン唸つてゐる蝿のやうなものである、と。》

「蝿」が出て来たついでに、『ルバイヤート』の中から一篇――


《一滴の水だつたものは海に注ぐ。

一握の塵《ちり》だつたものは土にかへる。

この世に来てまた立ち去るお前の姿は
一匹の蝿《はへ》――風とともに来て風とともに去る。

――オマル・ハイヤーム作、小川亮作訳『ルバイヤート』（岩波文庫、一九四八年）、第四一番。》

考へてみるに、どうやら《ハンガー》は、「この（儚《はかな》い憂《う》き）世は幻影に過ぎない」とする例の「幻影論」(illusionism = Theory or doctrine pertaining to or dealing with illusions; the theory that material world is an illusion. [*O.E.D.*]）を信奉する、いはゆる「幻影論者」（illusionist）であると呼んでいいのかもしれない。とは言

ふものの、幻影論者は、独り作中人物の《ハンガー》だけに止まらず、どうやら当時の――少なくとも『皐月祭《メイデー》』執筆当時、すなはち、一九二五年から二六年頃の作者ウィリアム・フォークナー自身でもあつたと、他人《ひと》はいざ知らず、筆者自身は考へたいのである。かう言へば、我々はどうしてもフォークナーお気に入りのシェイクスピアの人口に膾炙した一節、**"Life's but a walking shadow."**（「人生は歩き廻る影法師に過ぎない」――『マクベス』第五幕第五場第二四行）を想ひ起さないわけにはゆかなくなるだらう。

《**And young Sir Galwyn stopped at the brink of the stream and Hunger and Pain paused obediently near him, and as he gazed into the dark hurrying waters he knew that he had stood here before, and he wondered if his restless seeking through the world had been only a devious unnecessary way of returning to a place he need never have left.**(11)

そして若きギャルウィン卿は、川の水辺の所で立ち止まり、《ハンガー》と《ペイン》も従順に彼の近くでしばらく立ち止まつた、そして勢ひよく流れてゐる暗い川水をじつと覗き見た時、彼は以前ここに立ち止まつたことがあつたことに気がついたし、彼が世界中を落ち着きなく探し求めて経巡《へめぐ》るのは決して立ち去る必要がなかつた場所へと遠廻りした揚句に必要もないのに戻つて来るのに過ぎなかつたのではないかと思つたりした。》

さらに、例へば、英語の格言に、

《**He that will not endure labour in this world let him not be born.**
この世の労役に堪へようとしない者は生れて来ない方が良い。》

《**There will be sleeping enough in the grave.**

墓に入れば充分眠れるであらう。
（それ故、「生きてゐる間はあまり眠らずにせつせと働くべし」との含意《コノテーション》あり。）》

といふのがある。また、「人生は勤《つと》むるに在り」（「人生在レ勤」――蘇頌）、つまり、人間の一生は心身を労して勤め働くものと思ひ知るべきだといふ考へ方があるけれども、若きギャルウィン卿の人間観の究極の到達点は、たとへ人生いかに努力し勤めてみたところで――さう、刻苦勉励、悪戦苦闘、いくらあくせくと足掻《あが》いてみても、所詮、「人生は徒労（水泡）に帰す」（Cf. "All one's efforts come to nothing."）といふことになるのだらうか。さしづめ、《人生空転（空廻り）説（或いは、人生元《もと》の木阿弥《もくあみ》説）》とでも呼ぶべき悲観主義であることには変りないのである。

この物語の結末について、もつと具体的に言及すれば、若きギャルウィン卿は、勢ひよく流れてゐる暗い川の水面上で、彼の《空極の理想の女性》に巡り合ふのだ。と言つても、彼はこの女性とは、甚だ皮肉にも、この物語の初めの所ですでに一度出会つてゐるのだが……。

《and there in the hurrying dark waters was a face all young and red and white, and with long shining hair like a column of fair sunny water; and he thought of young hyacinths in the spring, and honey and sunlight.[12]
すると勢ひよく流れてゐる暗い水の中に、顔が一つ現れ、全く若々しい、色白の顔ではあるけれど赤面してをり、燦々と陽の光を受けた、美しい水柱のやうな長い、きらきらと光り輝いてゐる髪の毛をしてゐて、彼は春に咲く瑞々しい風信子《ヒヤシンス》の花や、蜂蜜《ハニー》や陽光《サンライト》を思ひ出した。》

そして、御参考までに、例の《愛《エロース》と死《タナトス》（Eros and Thanatos; Love and Death）》の原型《パターン》の一例として、締め括りの結末の箇所を次に引用しておかう。

《And Hunger and Pain drew subtly nearer, and there in the water was one all young and white, and with long shining hair like a column of fair sunny water, and young Sir Galwyn thought of young hyacinths in spring, and honey and sunlight. Young Sir Galwyn looked upon this face and he was as one sinking from a fever into a soft and bottomless sleep; and he stepped forward into the water and Hunger and Pain went away from him, and as the water touched him it seemed to him that he knelt in a dark room waiting for day and that one like a quiet soft shining came to him, saying: "Rise, Sir Galwyn; be faithful, fortunate, and brave."

And the tree covered with leaves of a thousand different colours spoke, and all the leaves whirled up into the air and spun about it; and the tree was an old man with a shining white beard like a silver cuirass, and the leaves were birds.

What sayest thou, good Saint Francis?

"Little sister Death," said the good Saint Francis.

Thus it was in the old days.(13)

すると《ハンガー》と《ペイン》は前よりかすかに躙《にじ》り寄つて来たが、川の水面《みなも》には全く若々しい、色白の女性が現れ、しかも燦々と陽の光を受けた、美しい水柱のやうな長い、きらきらと光り輝いてゐる髪の毛をしてゐて、若きギャルウィン卿は春に咲く瑞々しい風信子《ヒヤシンス》の花や、蜂蜜《ハニー》や陽光《サンライト》を思ひ出した。若きギャルウィン卿はこの顔をじつと見つめてゐると、まるで熱に浮かされて、快い底無しの眠りに落ちてゆく人のやうになり、彼が川の水の中に踏み込んで行くと、《ハンガー》と《ペイン》は彼からするりと離れて行き、そして川の水が彼に触れると、彼は夜明けを待ちながら暗い部屋の中で跪《ひざまづ》き、静かな柔らかい輝きのやうな人が彼に近づいて来て、かう話し掛けてゐるやうに彼には思はれた。「起《た》て、ギャルウィン卿、忠実であれ、幸運であれ、そして勇敢であれ」

そして無数の色とりどりの木の葉で蔽はれた木が口を利くと、木の葉が悉く空中にぐるぐると舞ひ上がつて、木の周りをぐるぐる廻りだし、するとその木は銀色の胴鎧《どうよろひ》のやうなきらきらと光り輝いてゐる白い顎鬚《あごひげ》を生やした老人となり、木の葉は小鳥たちになつた。

どう思ひますか、善良なる聖フランシス様。
「妹《リトル・シスター》たる死《デス》」と善良なる聖フランシス様は言つた。
その昔、斯様《かやう》な話があつたのだ。》

カーヴェル・コリンズ（Carvel Collins, 1912–90）教授は、『皐月祭《メイデー》』の精緻を極めた優れた「解題《イントロダクション》」の中で、ミシシッピー州には、《メイ・デーに纏はる幸福の民間伝承》があり、その一つに、「若者がメイ・デーに川の水を覗き込んでゐると水面上にいづれ結婚する相手の顔を見るであらう[14]」とする民間信仰のやうなものがあるといふ。それにしても、最後の所で、よりによつて、《聖フランシス様（Saint Francis）》が現れて、彼女こそが《Little sister Death（妹たる死）》であることを告げられるとは、甚だ皮肉かつ残酷な結末の付け方だと言はねばならない。コリンズ教授が「解題」の結びの所で、「T・S・エリオットの『荒地』は、四月は最も残酷な月であると謳ってゐるが、フォークナーのこの作品の標題は、五月一日もまた最も残酷な日になり得ることを暗示してゐる[15]」（傍点引用者）と書いてゐるのも頷けようといふものである。

「木と木の葉、老人と小鳥たち」で思ひ出したが、フォークナーには、一九二七年、奥さんのエステル・オールダム（Lida Estelle Oldham）の連れ子の一人で、ヴィクトーリア・フランクリン（Victoria Franklin——愛称「チョ・チョ」〔Cho-Cho〕といふが、どうやら上海《シャンハイ》で日本人の子守り女《ナースメイド》が呼び始めたらしい）に、彼女の八歳の誕生日のプレゼントとして、自らタイプライターで打ち、自ら製本した手造り本を一部贈つたと言はれる『魔法の木』といふ小冊子《ブックレット》（小品）がある。その中に極めて類似した一節が出てくるので、御参考までに、次に引いておかう。

《...the tree was a tall old man with a long shining beard like silver, and the leaves were birds of all colors and kinds.

——William Faulkner, *The Wishing Tree* (New York: Random House, 1967), p. 74.

……その木は銀のやうな長い、きらきらと光り輝いてゐる顎鬚を生やした背の高い老人となり、木の葉はありとあらゆる色と種類の小鳥たちになつた。

——ウィリアム・フォークナー『魔法の木』（ランダム・ハウス、一九六七年、七四ページ。）》

なほ、ランダム・ハウス版のドン・ボロニーズ（Don Bolognese, 1934–　）による挿絵（同書、七五ページ）が大変参考になることを言ひ添へておく。

さらに、フォークナーがお気に入りの聖人で鍾愛してやまない「（アッシージの）聖佛朗西斯《セイント・フランシス》（聖佛朗契斯科《サン・フランチェスコ》）」（Saint Francis of Assisi; San Francesco d'Assisi, 1182–1226）と言へば、筆者は、どうしても『響きと怒り』（一九二九年）の一節（第二部）を想ひ起さないわけにはゆかぬのだ。

《And the good Saint Francis that said *Little Sister Death*, that never had a sister. (Italics quoter's.)

——William Faulkner, *The Sound and the Fury* (New York: Jonathan Cape and Harrison Smith, 1929; New York: Random House, 1956), p. 94, ll. 7–8. "New, Corrected Edition" (Random House, 1984; Vintage International, 1990), p. 76.

それから、妹を持たないのに、（我が）妹たる死よと仰《おほ》せられた善良なる聖フランシス様。（傍点引用者）》

勿論、この一節は、直接的には、ハーヴァード大学生のクェンティン・コンプソン自身が、《死》と《妹のキャディ（キャンダシー）》との固執観念《オブセッションズ》に取り憑かれて、日夜懊悩する導入部となるわけだが、本稿では、これ以上の言及《コメント》を差し控へることにする。

ところで、聖フランシス（フランチェスコ）には、フランスの思想家エルネスト・ルナン（Ernest Renan, 1823–92）の言ふ「福音書」以後に書かれた最も美しい宗教詩『太陽の讃歌或いは被創造物の讃歌』（*Cantico del Sole* [*Canticle of the Sun*], *Laudes creaturarum* [*Canticle of the Creatures*]）といふ著作が遺つてゐるが、序でなので、直接関連のある一節のみを英訳本から引用しておかう。

《Praised be my Lord for *our sister, the death of the body,* from whom no man escapeth. Woe to him who dieth in mortal sin! Blessed are they who are found walking by thy most holy will, for the second death shall have no power to do them harm.[16] (Italics quoter's.)

——Saint Francis, *Canticle of the Sun*

何人《なんびと》も免《まぬが》れ得ぬ我らが妹たる現身（うつしみ）の死ゆゑに我が主を賞《ほ》め讃《たた》へよ。地獄に堕ちる大罪で死ぬ者に禍《わざはひ》あれ！汝の最も神聖なる御旨《みむね》によつて歩いてゐるところを目撃される人々は幸ひなる哉、と言ふのは、二度目の死は彼らに害を与へる力を持たぬであらうからである。

——聖フランシス『太陽の讃歌』（傍点引用者）》

御参考までに註記すれば、"the second death = the punishment or destruction of lost soul after physical death."[17]と土居光知（一八八六—一九七九）博士は註釈を付けてをられる。

少なくとも、マシュー・アーノルド（Matthew Arnold, 1822–88）の英訳から判断すると、聖フランシスは、《自然への友情《フレンドシップ》の証《あかし》》として、例へば、"our brother the sun," "our sister the moon," "our brother the wind," "our sister water," "our brother fire," "our mother the earth," "our sister, the death of the body" 等々といつた

具合に、《我らが兄弟姉妹》を、文法で謂ふところの「同格語」（appositive）として並置して用ゐてゐるのだ。粗末な修道服に縄の帯を締めてゐたと伝へられる聖フランシスは、大自然――山川草木花鳥風月を讃美し、自然に対する友愛と歓喜に満ち溢れてゐた。そして《自然の裡《うち》の神の愛》を賞め讃へた。ギリシア神話の《オルペウス（Orpheus）》は、無生物をも感動させたほどの堅琴の名手として知られるが、同じやうに、聖フランシスの説教の妙調に、鳥獣や山川草木も聞き惚れたといふ言ひ伝へがあり、彼は《中世のオルペウス》と呼ばれたりする。

因みに、イタリアの大詩人ダンテ（Dante Alighieri, 1265–1321）やペトラルカ（Francesco Petrarca, 1304–74）の友人でもあつた、中世末期の、イタリア・ルネサンス期前のフィレンツェ派の画家・彫刻家・建築家のジョット（Giotto di Bondone, 1266/67 or 1276–1337）に、アッシージの聖フランチェスコ教会の《連作壁画》『聖フランチェスコの生涯』（*The Life of St. Francis*）の一つとして、名作《小鳥に説教する聖フランチェスコ》があるのは知る人ぞ知るであらう。彼が小鳥に説教する絵は、言ふまでもなく、昔から多くの藝術家の好題目となつてゐるのだ。「作者不明」の名作も遺つてゐる。また、アッシージの或る教会に描かれた寓意的《アレゴリカル》な壁画《聖フランチェスコの貧困との結婚（*Marriage of St. Francis with Poverty*）》といふゴシック的フレスコ画（fresco）もある。

六　J・B・キャベルの『ジャーゲン――正義の喜劇』――或いは《時代の申し子（a child of the age）》としての若き日のフォークナーが《世紀末文学》と《時代思潮》から蒙つた影響に触れて

さて、若き日のウィリアム・フォークナーが、中世フランスの架空の神話的かつ理想郷《ユートピア》的王国《ポワテ（ズ）ム（Poictesme [pwaté(z)m] < *Poictou* + Angoule*sme*）》を舞台に建国者・救済者ドム・マニュエル（Dom Manuel）

とその子孫たちに纏はる叙事詩的な全十八巻に及ぶ野心的な連作小説《マニュエル一代記（*The Biography of the Life of Manuel*）――"Poictesme series"》で知られるジェイムズ・ブランチ・キャベル（James Branch Cabell, 1879–1958）から、文学上の《厭世主義的影響（pessimistic influences）》をかなり深く蒙つてゐることは以前からしばしば指摘[18]されてゐるところである。

キャベル（喀拝爾）の凝つた、いささか高踏的とも言へる文体とその懐疑的、厭世的な人生観・藝術観より由来するものと思はれる、現代社会に対する鋭い諷刺は、巧まずしてロマンティックな皮肉に満ち、世紀末的な幻滅（disillusion）と懐疑（skepsis; skepticism）と空虚《むなしさ》（vanity; vacancy）を深く漂はせてゐるところに或る種独特の魅力と味はひがあると言つていいだらう。もつと有り体に言へば、キャベルは、醜悪な現実（いはゆる「リアリズム」）を執拗に排除して、空想の世界（「ロマンス」、「ファンタジー」）に逍遙遊を試みながら、胸底深くに《幻滅と懐疑》を包蔵してゐたのだ。ジェニー・ストリンガー編『オックスフォード世界英語文学大辞典』（オックスフォード大学出版局、一九九六年／〔邦訳〕DHC、二〇〇〇年）の記述の中に、次のやうな鋭い指摘が見られる。

> 《キャベルは、第一次世界大戦後アメリカ小説界の主流であつた写実主義やモダニズムに反対する立場をとつてゐたため、次第に傍流的存在となり、批評家もキャベルの小説の奇抜さや現実逃避的傾向のみを取り上げ、その裏側にあるものまではあまり見極めようとはしなかつた。[19]（"Cabell set his face against both the realist and modernist tendencies in post-First World War American fiction, and consequently became an increasingly marginal figure, critics seeing little beyond whimsy and escapism in his fiction."）》

ところで、キャベルの七作目の小説『ジャーゲン――正義の喜劇』（*Jurgen: A Comedy of Justice*, 1919）は、不道徳で風俗を紊乱するといふ廉《かど》で非難を浴び、例の「カムストック法」（"Comstock law"—Cf. "New York Society for the Suppression of Vice"「ニュー・ヨーク悪書発売禁止協会」）によつて《発売禁止処分（一九二〇年—二三年）》を受けるに至り、皮肉にも（よくあることだが）、キャベルを一躍有名作家にのし上げるのに役立つた、曰く付きの作品なのだ。

『ジャーゲン』の粗筋《プロット》を簡単に紹介すれば、《ポワテム》を舞台に、中年の詩人くづれで、今は質屋（pawnbroker）の主人《おやぢ》である《ジャーゲン》が、或る日、ふとしたことから悪魔《コシュチェイ（Koshchei [kɔʃtʃéi] the Deathless）》に同情を示し、悪魔は、そのお礼として、結婚生活に愛情を全く感じてゐない恐妻家（henpecked husband）であるジャーゲンのお喋りな妻《リサ（Dame Lisa）》を攫《さら》つて洞窟に閉ぢ込め、ジャーゲンは《四月三十日の「ヴァルプルギス夜祭」（Walpurgis Night）から始まつて丸一年間の恋の冒険・女性遍歴（a year of amorous adventures）》の旅に出て青春を取り戻さうとするが——天界と霊界を経巡るうちに、《グェネヴィア（Guenevere）》、《アナイティス（Dame Anaïtis, the Lady of the Lake）》、そして《ヘレン（Queen Helen）》など神話や伝説上の《美女》に出会《でくは》すことになる。或る時など、《吸血鬼》と結婚する羽目にもなる——結局は悪魔《コシュチェイ》に頼んで幽閉されてゐる妻を返してもらつて元の生活に戻る（いはゆる「元の鞘《さや》に収まる」）といふハッピー・エンディングの《伝奇小説》なのだ。

とはいへ、主人公のジャーゲンは、《快楽主義者（hedonist）・肉欲主義者〔好色漢〕（sensualist）》であり、『ジャーゲン』は、主人公の《性愛遍歴（amorous adventures）》を描いてゐるのだから、当時、公序良俗に反する「猥褻書《ポルノグラフィ》」としてカムストック協会によつて告発されたのもあながち無理からぬことと言へるであらう。そして皮肉にも（いや、当然のことかもしれないが）、『ジャーゲン』は、「一九二〇年代の最も話題にのぼる作品の一つ」（"one of the most talked-about works of the 1920's”[20] となつたのである。

『ジャーゲン』と『皐月祭《メイデー》』の両作品の《類似点（similarities）》についてどうかと言へば、先づ、「形式」といふ点からは、《締め括りの一行（closing line）》が全く同一の文章であること（すなはち、どちらも “Thus it was in the old days,” で終つてゐる）、さらに《各ページの上部には物語の進展を追ひながら、要約した粗筋》が一行付記されてゐること、の二点が挙げられよう。また、「作中人物」といふ点から見れば、大雑把に言つて、《グェネヴィア、アナイティス、ヘレンの三人の美女》と《イスールト、イーリス、イーリアの三人の王女》が対比できるであらう。《皮肉《アイロニー》》と《諷刺《サタイア》》について言へば、『ジャーゲン』の方が、いはゆる「現代社会に対する痛烈な諷刺（a bitter satire on modern society）」といふ点で、『皐月祭《メイデー》』よりも優れてゐると言へよう。主人公は、《ジャーゲン》といふ中年の質屋兼詩人（pawnbroker-poet）、対するは、若き騎士《ナイト》《アースガイルのギャルウィン卿》である。物語の「結末」の点では、オプティミスティックな『ジャーゲン』に対して、ペシミスティックな『皐月祭《メイデー》』。しかしながら、両作品とも、中世の《幻想《ファンタスティック》的かつ官能的《センシュアル》──ロマンティックかつエロティックな恋愛・冒険小説（世に謂ふところの “romance,” “fantastic fiction”）》であることに変りはないのだ。

たまたま手許にある数種の公刊本《エディションズ》の中の一冊、ペーパー・バック版の『ジャーゲン』は──筆者が一九八一年七月十八日にハーヴァード大学生協書店で購入したもので愛着ひとしほなのだが──ニュー・ヨークのDover Publications, Inc. 版で、キャベルの作品の挿絵画家（illustrator）として著名なフランク・C・パペ（Frank C. Papé, 1878–1972）による “13 Plates (13 full-page Illustrations) and Decorations” 入りで、本文三一五ページから成る長篇小説《ノヴェル》であるのに対して、『皐月祭《メイデー》』の方は、本文僅か四三ページで、他にフォークナー自筆の水彩画三葉と黒インクのペン画二葉から成る瀟洒な中篇小説《ノヴェレット》なのだ。

『皐月祭《メイデー》』執筆のそもそもの経緯《いきさつ》について掻い摘んで言へば、この作品は、曰く付きの作品で、もともとフォークナーが自ら本文を古めかしい、華麗な字体（ornate archaic calligraphy）で清書し、前述のやうに、自ら描いた幻想的《ファンタスティック》で美しい水彩画とペン画の挿画《イラストレーション》を入れ、自ら装釘した、文字通り、手造り本を一部だけ造り上げて（"single manuscript impression"——「一九二六年一月二十七日、ミシシッピー州オックスフォードにて」）、当時、フォークナーがぞつこん惚れ込んでゐたといふか、首つたけだつた画家兼彫刻家（paintress and sculptress）志望の女性、ヘレン・ベアード（Helen Baird, 1904–73）に贈呈したものである。さしづめ《作者による贈呈用手造り本（the presentation copy hand-made by the author）》とでも呼ぶべきだらうか。

なほ、フォークナーは、ヘレン・ベアードに対して、すでに詩集『ヘレン——或る求愛』（*Helen: A Courtship*, writ. 1926; pub. 1981）を贈呈してゐるし、さらにフォークナーの第二長篇小説『蚊』（*Mosquitoes*, 1927）の中扉に"To HELEN"（「ヘレンに捧げる」）といふ《献辞《デディケーション》》が印刷されてゐるのだ。また『皐月祭《メイデー》』の扉絵の次のページには、"to thee/O wise and lovely/this:/a fumbling in darkness"（「おお　聡明にして美しい　汝に捧ぐ　本書は　暗闇の中の手探り」）といふ献題が記されてゐる。

フォークナーは、気心を知り合つた友人の画家でテューレイン大学建築学専任講師ウィリアム・スプラットリング（William Spratling, 1900–67）のニュー・オーリンズのフレンチ・クォーター（the French Quarter）の家で催されたパーティで、ミシシッピー州南東部、メキシコ湾に臨む都市パスカグーラ（Pascagoula）出身のヘレンにたまたま出会つて、どうやら見初めてしまつたらしいのである。いささか偏執的な傾向《きらひ》のあつたフォークナーは、ヘレンに猛然と執拗にアタックすれども、彼女の心をしつかり摑むまでに至らず（いはゆる「暗中模索」の状態で——ヘレンはフォークナーが好きだつたらしいのだ）、あいにくなことにヘレンの親の猛反対にも遭ひ、紆余曲折を経て、結局、彼女は、将来が海の物とも山の物ともつかない、駆け出しの物書きのフォークナーを諦めて、食ひつぱぐれのない青年弁護士と結婚してしまふのだ。いづれにしても、ヘレンは、フォークナーにとつて、“La Bell Dame sans Merci”（「つれなき美女《たをやめ》〔非情の麗人〕」Cf. “The Fair Lady without Pity”）となつたのだ。失恋の苦汁をしたたか味はつたフォークナーが、勢ひペシミスティックな心境に陥らざるを得なかつたのも、けだし、宜《むべ》なる哉である。

カーヴェル・コリンズ教授がすでに逸早く指摘してをられるやうに、“Mayday”といふ英語は、国際無線通信用語の一つとして、航空機や船舶の発する無線電話による「遭難救助信号」（“the voice signal of distress”）[21]、救助を求める合図の言葉として用ゐられるといふ。もともとはフランス語の“*m'aidez*”（＝help me）が変形して英語《イングリッシュ》綴り《スペリング》の“Mayday”になつたものだといふ。ヘレンとの間が暗中模索状態で苦悩してゐたフォークナーが、奥床しくも、無線電信によるSOSならぬ、文字通り、「助けてくれ《メイデー》！」と叫びたい気持ちを、標題の《メイデー》といふ言葉に、それとなく《言外の暗示的意味合ひ（connotation）》として内包させようと試みたのであらう。

多くのフォークネリアンや批評家がすでに指摘してゐるところに拠れば、ヘレン・ベアードは、『蚊』に登場するパトリシア・ロビン（Patricia Robyn）や『野性の棕櫚』（*The Wild Palms*, 1939）の女主人公《ヒロイン》シャーロット・リトンメイヤー（Charlotte Rittenmeyer）のモデルであり、《原型《プロトタイプ》》となつてゐると言はれる。

フォークナーが描くヘレン・ベアードを知る手掛かりの一助として、御参考までに、『ヘレン――或る求愛』の巻頭を飾る「泳ぐヘレンに」（一九二五年）と題する一篇を次に引用しておかう。（どうやら日本語訳が不可能に近いやうに思へる代物だが、一応、大雑把な試訳を添へておく。）

TO HELEN, SWIMMING

The gold of smooth and numbered summers does

She back to summer give in swift desire
And hushed the flashing music that is hers
By hands of water mooned to bubbled fire.

Where wind carves of its valleyed unrepose
Hewn changing battlements in slow deploy,
Silver reluctant hands of water lose
Her boy's breast and the plain flanks of a boy.

Throughout this surging city carven yet
To measured ceaseless corridors of seas,
Hands of water hush with green regret
The brown and simple music of her knees.(22)
PASCAGOULA—JUNE—1925

泳ぐヘレンに

滑らかに過ぎ去りゆく歳月の黄金を
彼女は、素早い欲望で夏に返すのだ
そして彼女のものなる燦めく音楽を鎮め
水の手によつてあてもなく彷徨《うろつ》いて泡立つ火となるのだ。

風がその谷間のざわめきを彫り刻み

狭間《はざま》胸壁をゆつくりした配備で変へてゐると、
銀色の水の手は嫌々ながら離すのだ
彼女の少年のやうな胸と少年を思はせるくびれてゐない脇腹を。

今なほ刻まれたままのこの波のやうに押し寄せる都市から
ゆつたりした絶え間のない海原《うなばら》の回廊まで、
水の手は緑色の悔恨の情を込めて鎮めるのだ
彼女の両膝の褐色で素朴な音楽を。
パスカグーラ――一九二五年六月

さらにもう一篇、「ビル」（"Bill," 1925）と題するソネット四篇の中から、比較的理解し易いやうに思はれる第四番を（やはり《象徴詩》だが）次に挙げておかう。

IV

Her unripe shallow breast is green among
The windy bloom of drunken apple trees
And seven fauns importunate as bees
To sip the thin young honey of her tongue.

The satyr, leafed and hidden, dreams her kiss
His beard amid, leaving his mouth in sight;

Dreams her body in a moony night
Shortening and shuddering into his;

Then sees a faun, bolder than the rest
Slide his hand upon her sudden breast
And feels the life in him go cold and pass
Until the fire their kiss had brought to be
Gutters and faints away: 'tis night, and he
Laughing wrings the bitter wanton grass.(23)
PASCAGOULA—JUNE—1925

彼女のいまだ熟さぬ薄つぺらな胸は緑色《あをあを》として
酩酊した林檎の木の風に揺れる花に包まれ
七人の半獣神《ファウヌス》が蜜蜂のやうに執念《しふね》く纏《まと》ひつくのだ
彼女の薄い舌の若々しい蜜を吸ふために。

サテュロスは、葉蔭に身を隠して、彼女の接吻《くちづけ》を夢見てゐる
彼は鬚《あごひげ》の中から、口だけ露《あら》はに出して、
月夜に彼女の体が小さくなつて戦《をの》の震へながら
彼の体に抱《いだ》かれるのを夢見てゐるのだ。

その時、他の仲間よりも大胆な、一人の半獣神《ファウヌス》が、

手を突然彼女の胸倉《むなぐら》に滑らせるところを見て
自分の中の生気が失《う》せて萎《な》えてゆくのを感じ
つひには彼らの接吻《くちづけ》がもたらした火も
だんだん弱くなつて消えてゆくのだ。夜になつて、
彼は笑ひながら苦い淫らな草を搾《しぼ》るのだ。
パスカグーラ――一九二五年六月

《いのち短し　恋せよ少女《をとめ》
朱《あか》き唇　褪《あ》せぬ間に
熱き血潮の　冷えぬ間に
明日《あす》の月日は　ないものを》

藪から棒に、御存じ、『ゴンドラの唄』（吉井勇作詞、中山晋平作曲）の第一節を引き合ひに出したりして甚だ恐縮だが、この歌はもともと島村抱月（一八七一―一九一八）が主宰する劇団《藝術座》におけるロシアの文豪ツルゲーネフ〔トゥルゲーニェフ〕（一八一八―八三）の『その前夜』（*Nakanune* [*On the Eve*], 1860）の公演で、女座長の松井須磨子（一八八六―一九一九）が歌ふ「劇中歌」として広く知れ渡るやうになつたものである。[24] 恋愛は独り乙女のみならず、若者の特権なるが故に、さしづめ「いのち短し　恋せよ若人（わかうど）　熱き血潮の　冷えぬ間に……今日ふたたび　来ぬものを」と言ひ換へてみてもおそらく何ら差し支へないであらう。

《Amare iuveni fructus est, crimen seni.
(To a young man it is natural to love, to an old man it is a crime.)

――Publilius Syrus (*fl.* 1st cent. B.C.), *Sententiae* (c. 43 B.C.), No. 26.
恋することは青年には当然にして、老人には恥づべきことなり。
――プーブリリウス・シュルス（紀元前一世紀頃）『警句集』（紀元前四三年頃）、第二六番。》

さて、そろそろこの辺で若き日のフォークナーが、とりわけイギリスやフランスの、いはゆる《世紀末文学（the *fin-de-siècle* literature）》や《時代思想（*der Zeitgedanke; die Zeitidee*）》などから蒙つたと覚しき影響に少しばかり言及しなければならぬ時が来た。ただここで一言お断りしておかねばならぬことがあるのだ。筆者は、かつて、「フォークナーの愛読書について――その古典主義的読書観にふれて」（一九八八年）と題して書いた旧稿[25]があるので、本稿では、なるべくそれとの重複を避けるやうに努めながら、論述して行きたいと思ふ。

フォークナーと全く同時代人《コンテンポラリーズ》の一人で、しばしば引き合ひに出されることの多い（そしてフォークナー自身も、生涯にわたつて、かなり意識し、当然ライヴァル視してゐたやうに思はれる）アーネスト・ヘミングウェイ（**Ernest Hemingway, 1899–1961**）に一言触れておく必要があるやうな気がする。ヘミングウェイ（海明威）と言へば、我々昭和二桁生まれの者が、大学生だつた二十歳《はたち》過ぎの頃、ヘミングウェイの原作が次々と映画化され、封切られて、興行的に大当りしたことと、ヘミングウェイの英文が何となく新鮮で比較的読み易かつたといふか、馴れ親しみ易かつたせゐもあつて、筆者は熱狂的に彼の原作を読み耽つた一時期があつたのだ。

ヘミングウェイ文学の底流にあるのは、周知のやうに、《虚無主義《ニヒリズム》》であつたと言へるだらう。彼の場合は、十九歳の時にたまたま経験した大失恋が経緯《きつかけ》となつて、彼を虚無に引き摺り込み、また虚無が行動への衝動を生み、彼の行動的文学の種を蒔くことになつたと言はれる。今や思想史上からも文学史上からも常識となつてゐることかもしれないが、大体、二十世紀前半の世界を色濃く染めたのは、《戦争と虚無》であつたと概括してもおそらく差し支へないであらう。ヘミングウェイの場合、例へば、『日はまた昇る』（*The Sun Also Rises*, 1926）における第一次世界大戦後の刹那的・享楽的な数人の男女の不毛な恋愛の生態といひ、『武器よさらば』（*A Farewell to Arms*, 1929）における第一次世界大戦を背景に若いアメリカ人将校とイギリス人篤志看護婦との悲劇に終る恋愛の逃避行といひ、大作『誰がために鐘は鳴る』（*For Whom the Bell Tolls*, 1940）における《スペイン内戦（Spanish Civil War, 1936–39）》を背景に人間の連帯と自己犠牲の精神を追求するアメリカ人の若き大学教師とスペイン娘といひ、また傑作『老人と海』（*The Old Man and the Sea*, 1952）におけるキューバの年老いた漁師が小舟で巨大なマカヂキ（marlin）を捕へようとして死闘を繰り広げる高貴な姿とその徒労（「不屈の精神」！）といひ、その底に一貫して流れてゐるのは、やはり《虚無主義《ニヒリズム》》に外ならないのだ。美的・頽廃的享楽への妖しき誘ひ、戦傷による性的不能、不毛な恋愛、落ち着かぬ不安と苦々しき懐疑、帝王切開による妊婦の出血多量死、甘美な憂愁《メランコリー》、巨大なマカヂキとの凄絶を極めた戦ひの揚句に鮫に襲はれて残骸しか残らぬといふ惨憺たる皮肉な結末、等々——ヘミングウェイ文学は、内省的な懐疑と精神的な苦悶にいささか囚はれてゐた若き日の筆者をいたく惹きつけて離さなかつた時期があつたことは確かである。

ところで、フォークナーは、若い頃に書いた或るエッセイの中で、イギリスの詩人A・C・スウィンバーン（斯文本恩）について、次のやうに告白してゐる。

《At the age of sixteen, I discovered Swinburne. Or rather, Swinburne discovered me, springing from some tortured undergrowth of my adolescence, like a highwayman, making me his slave....

Whatever it was that I found in Swinburne, it completely satisfied me and filled my inner life....[26]

——William Faulkner, “Verse Old and Nascent: A Pilgrimage” (Oxford, Mississippi: October, 1924)

十六歳の時に、僕はスウィンバーンを発見した。いや、むしろ、スウィンバーンの方が、僕を発見したのであつて、まるで追ひ剥ぎのやうに、僕の青年期のどこか捩ぢ曲がつた下生えの中から飛び出してきて、僕を彼の奴隷にしたのだ。……僕がスウィンバーンの中に見出したものがたとへ何であつたにせよ、それは僕を完全に満足させたし、僕の内的生活を充実させてくれた。……

——ウィリアム・フォークナー「古い詩と生まれつつある詩——或る遍歴」（一九二四年十月、ミシシッピー州オックスフォードにて）》

それで思ひ出したが、スウィンバーンには、御承知のやうに、長詩『ライオネスのトリストラム』（*Tristram of Lyonesse*, 1882）と題する後年の傑作がある（四十五歳の時の作）。いはゆる《中世趣味（Medievalism）》を一大特色とする例の《ラファエロ前派》に属するスウィンバーンが、《アーサー王伝説（Arthurian Legends）》——「アーサー王と円卓の騎士たち」（**King Arthur and the Knights of the Round Table**）をめぐる中世のロマンス伝説——の中から例のケルト民族の説話に遡るヨーロッパ中世の《愛の物語》「トリストラムとイスールト」（**Tristram and Iseult [Tristan und Isolde]**）の話を、詩の題材として、採り上げたとしても何の不思議もないのである。そして、そのスウィンバーンによつて開眼させられたかに見えるフォークナーが、自作『皐月祭《メイデー》』の中で、この「トリストラムとイスールト」の話材を借用したとしても、これまた、少しも不思議ではないだらう。

フォークナーが愛読し、いはゆる《文学的影響（literary influences）》を深く蒙つたと思はれる詩人・劇作家・小説家などの名前を、フォークナー自身のインタヴュー集[27]や研究書などを参考にしながら、次にごく大雑把に整理して挙げておかう。

《シェイクスピア、マーロウ、ボーモントとフレッチャー、トマス・キャンピオン、ダン、チョーサー、スターン、フィールディング、リチャードソン、スウィフト、デフォー、スコット、サッカレー、スティーヴンソン、ディケンズ、メルヴィル、マーク・トウェイン、アーヴィング、ホイットマン、ポー、ヘンリー・ジェイムズ、ドストエフスキー、トルストイ、ツルゲーネフ、バルザック、フローベール、ユゴー、モーパッサン、ラブレー、ゾラ、ダンテ、ボッカッチョ、ゲーテ、トーマス・マン、セルヴァンテス、ホメーロス、『旧約聖書』、『ギリシア・ローマ神話』、等々……》

その他に、さらに――

《スウィンバーン、バイロン、シェリー、キーツ、エドワード・フィッツジェラルドによる英訳『オマル・ハイヤームのルバイヤート』、ロバート・ブラウニング、マシュー・アーノルド、D・G・ロセッティ、ジェイムズ・トムソン、A・E・ハウスマン、ハーディ、コンラッド、モーム、D・H・ロレンス、H・G・ウェルズ、T・S・エリオット、オールダス・ハックスリー（『クローム・イエロー』（一九二一年）を想起させる諷刺小説『蚊』（一九二七年））、ドライサー、ドス・パソス、トマス・ウルフ、F・スコット・フィッツジェラルド、ヘミングウェイ、スタインベック、J・B・キャベル、アンダソン、E・E・カミングズ、ジョイス、ワイルド、イェイツ、アナトール・フランス、プルースト、ボードレール、マラルメ、ランボー、ヴァレリー、ジッド、ヴェルレーヌ、ラフォルグ、等々……》

今思ひ出したので、序でに書いておくが、象徴派の詩人《サンボリスト》たちには、どうやら気怠《けだる》いニヒリズムへの憧憬とか、不安の美化、落日の美しさへの陶酔感《エクスタシー》といった共通した雰囲気のやうなものがあつたのである。さう言へば、フォークナーは、"twilight" といふ言葉が、殊の外、お気に入りだつたことを言ひ添へておかう（Cf. "*le temps entre chien et loup* [the time between dog and wolf]"）。

フォークナーなど次の世代の作家にかなりな影響を与へたJ・B・キャベルの作品に、こんな一節がある。

《The optimist proclaims that we live in the best of all possible worlds; and the pessimist fears this is true.
——J. B. Cabell, *The Silver Stallion* (1926), Bk. IV, Chap. 26.

楽観主義者は我々がありとあらゆる世界の最上の中で暮してゐると公言するのに対して、悲観主義者はこのことが真実であることを怖れるのだ。
——J・B・キャベル『銀色の種馬』（一九二六年）、第四巻第二六章。》

例の明治期の哲学青年、旧制一高文科一年在学中の藤村操（一八八六—一九〇三）は、一九〇三（明治36）年五月二十二日、日光三名瀑の一つ、華厳滝に投身自殺する前に、滝上の水楢《みづなら》の大樹の木肌に《巌頭之感《がんとうのかん》》を書き遺してゐるのは、知る人ぞ知るであらう。

《悠々たる哉天壌　遼々たる哉古今　五尺の小軀を以て此大をはからむとす　ホレーショの哲学　竟《つひ》に何等のオーソリチーを価するものぞ　万有の真相は唯だ一言にして悉《つく》す　曰く不可解　我この恨《うらみ》を懐いて煩悶終《つひ》に死を決するに至る　既に巌頭に立つに及んで胸中何等の不安あるなし　始めて知る　大《おほい》なる悲観は大なる楽観に一致するを》

この「天下の耳目を聳動《しょうどう》させた」事件について一言挿記すれば、かつて大蔵省の銀行局長や国税庁長官、さらに博報堂の社長や会長を歴任された近藤道生《みちたか》（一九二〇—　　）氏の父君（外科医）、平心庵・近藤外巻《とまき》（一八八三—一九六八）は、藤村操とたまたま旧制一高の同級であつたといふ。この漢文調の、「肺腑《はいふ》を抉《えぐ》る」衝撃的な《辞世》の名文に接して、外巻は、やはり同級の奥田正造（一八八四—一九五〇）と共に「請ふ、安んぜよ。われら是《これ》を解くべし」と声を励まして語り合つたものだといふ。（近藤道生『平心庵日記——失はれた日本人の心と矜持』〔角川書店、二〇〇一年〕、一九七ページ参照。近著に『国を誤りたまふことなかれ』〔角川学藝出版、二〇〇六年〕がある。）

筆者が学部二年の時（一九六〇年）、一般教養科目の「哲学」の授業で、名講義で知られた名物教授の齋藤信治（一九〇七—七七）博士（今や名著『哲学初歩』（東京創元社〔創元選書275〕、一九六〇年）の著者として知られる）が、講義中に（と言つても、容貌魁偉であられた、いや、蘇格拉底《ソークラテース》もしくは黒格爾《ヘーゲル》を髣髴とさせる面容《かほつき》の齋藤先生の場合、毎回、教室に溢れんばかりの学生を前にして、一種の講演会のやうなものだつたが）、この《巌頭之感》を立て板に水のやうに滔々《たうたう》と諳《そら》んじられたのにはびつくりしたものだが、と同時に、これが十八歳の青年の《辞世の感懐》であることを初めて知り、二度びつくりした憶えがある。（序でに書いておくが、筆者の学生の頃の一般教養科目としての齋藤信治先生の「哲学」の講義と、例のフランス〔艶笑〕小咄で名高い田邊貞之助〔一九〇五—八四〕先生の「フランス文学」の講義は、教室がいつも学生で満員で、当時の名講義の双璧だつたと言へよう。話の内容〔起承転結〕・話術〔語り口・話の間《ま》〕・ユーモア・ウィット等々、非の打ち所がなく、聴く者を飽かせなかつた。空き時間を利用して、複数年度にわたつて聴講してゐた奇特かつ律儀なファンらしき学生がゐたことも確かなのだ。〔丸谷才一『ゴシップ的日本語論』（文藝春秋、二〇〇四年）、二三八—二四〇ページ参照。〕）それにしても、この歴史に残る哲学青年の自死は（文字通り、人生の意義に懐疑を抱いての煩悶自殺説の他に、失恋による自殺説もある）、何とも見事と言ふしかない《自己劇化（self-dramatization）》の典型的な一例であると言はねばならない。

さて、フォークナーといへども、所詮、《時代の申し子（a child of the age; ein Kind der Zeit; une enfant du siècle）》であり、その時代に広く行はれてゐる（prevailing）といふか、もてはやされ、滲透《しんとう》してゐる《時代精神（der Zeitgeist; der Geist der Zeit）》、《時代思想（der Zeitgedanke; die Zeitidee）》の影響を当然蒙らないわけにはゆかなかつたのである。ここで我々は、遅ればせながら、《厭世主義哲学（Philosophy of Pessimism）》の鼻祖《オリジネイター》、ドイツのアルトゥール・ショーペンハウアー（Arthur Schopenhauer, 1788–1860）の名を挙げないわけにはゆかないだらう。人生は考へ得る最悪の世界だとする彼の哲学的厭世主義が、澆季《げうき》的・末世的とも言へる《世紀末思想(der *fin-de-siècle* Gedanke)》と《戦争と虚無》に代表される厭世的、頽廃的、享楽的、病的世相に大いに歓迎されるやうになつたのは、或る意味で、当然であつたのかもしれない。ショーペンハウアー(叔本華)は、かう言つてゐる。「世界はまさしく地獄にほかならない。そして人間は一方ではそのなかで苛《さいな》まれてゐる亡者であり、地方では地獄の鬼である。[28]」(Die Welt ist eben *die Hölle*, und die Menschen sind einerseits die gequälten Seelen und andererseits die Teufel darin.[29] /For the world is Hell, and men are on the one hand the tormented souls and on the other the devils in it.[30]」(「世界の苦悩に関する教説に寄せる補遺」、『付録と補遺《パレルガ・ウント・パラリポーメナ》——哲学小論集』〔一八五一年〕)彼の《厭世的世界観(Weltschmerz)》は、とりわけ、ニーチェ、キェルケゴール、劇作家のヘッベル(Christian Friedrich Hebbel, 1813–63)、フロイト、リヒァルト・ヴァーグナー、トーマス・マン、トルストイ、プルーストなど同時代及び後世の広汎にわたる文学者や藝術家などに大きな影響を及ぼしたことは、これまた周知の事実であり、贅言するまでもないだらう。

フォークナーが、文学的にも哲学的にも、また藝術的にも、《厭世主義的影響》を何らかの形で蒙つたと思はれる詩人や小説家について、逍遙遊的《ペリパテティック》かつ慢慢的《マンマンデー》に縷々述べて来たわけだが、フォークナーに言はせれば、作中人物《キャラクター》の人間観や世界観は、あくまでも作中人物自身のものであつて、作者自身のものでは決してないといふ。確かに、さうだと筆者も思ふ。しかしながら、作者自身の人間観や世界観が、時に作者の意図にお構ひなしに、作中人物に投影《プロヂェクト》し、「語るに落ちる」(Cf. "let the cat out of the bag")といふか、隠しても自づから顕現《リヴィール》し、巧まずして顕在化《アクチュアライズ》することがしばしばあるのは、如何ともし難いと言ふべきだらう。敢へて言へば、少なくとも筆者の見るところでは、フォークナーは根つからの厭世主義者などでは決してなかつたのである。それどころか、アメリカ人の多くがよくさうであるやうに、どうやらフォークナーは、生得的にも、また体質的にも、楽天主義者であつたと言へるのだ。このことは、第二次世界大戦後のフォークナーの作品を思ひ浮べてみれば、誰しも充分納得が行く筈である。[31]しかしながら、一九一〇年代の中頃から二〇年代に掛けて、第一次世界大戦（一九一四年―一八年）があり、また個人的には失恋も経験し、いたく打ちのめされ、はたまた時代思潮のせゐもあつて、フォークナーが厭世的に、時にはいささか虚無的にならざるを得なかつた沈痛かつ暗鬱な時期・時代があつたものと考へるべきなのである。おしなべて「若い藝術家」（"artist as a young man"）にしばしば見られるやうに、「シニシズムは知的ダンディズム」（"Cynicism is intellectual dandyism...."――メレディス『エゴイスト』、前稿のエピグラム参照）と言はれる、一種のうはべだけの《見せ掛け（pretension）》ないしは一種の《悲愴なポーズ（pathetic pose）》と取れなくもないのだ。

さて、本稿を終るに当つて、ロマン派の代表的な詩人の一人、「永遠の漂泊《さすらひ》の詩人」（"The Pilgrim of Eternity"――P. B. Shelley, *Adonais* [1821], l. 264）バイロン（拜倫）卿（Lord Byron, 1788–1824）の自然愛に由来する自然の壮麗な描写と情熱の告白と憂鬱な瞑想――感動と夢想と憂愁と絶望の浪漫主義的思想が見られる、例の『チャイルド・ハロルドの遍歴』（*Childe Horold's Pilgrimage*, 1812, '16, '18）の第四篇第一二六聯（Can. IV, St. CXXVI）及びフランスの啓蒙思想家・モラリストで、例の《三権分立》の説とイギリス流の《立憲君主制》を唱道したことで名高い、シャルル＝ルイ・ド・モンテスキュー（Charles-Louis de Secondat, Baron de Montesquieu, 1689–1755）の諷刺文学の一傑作である書簡体小説『ペルシア人の手紙』（*Lettres Persanes*, 1721）の中の一節を引用して、拙稿をひと先づ締め括ることにする。

《Our life is a false nature: 'tis not in
The harmony of things,—this hard decree,

This uneradicable taint of sin,
This boundless upas, this all-blasting tree,
Whose root is earth, whose leaves and branches be
The skies which rain their plagues on men like dew—
Disease, death, bondage—all the woes we see,
And worse, the woes we see not—which throb through
The immedicable soul, with heart-aches ever new.

我らが人生は虚偽《いつはり》の自然であり、其《そ》は、
物事の調和の裡《うち》に在らず——この苛酷な神意、
この根絶し難き罪の汚点、
この限りなき毒樹《ウパス》(32)、このすべてを枯らす樹木、
その根は大地、その葉と枝は人々の上に
露の如く災厄を雨と降り注ぐ空であり——
病気《やまひ》、死、束縛——およそ眼に見えるすべての災禍《わざはひ》は、
さらに悪しきことには、眼に見えざる災禍は——
其《そ》は、癒《いや》し難き魂《たましひ》を通じて、常に新しき心痛で脈搏《う》つのだ。》

《Il faut pleurer les hommes à leur naissance, et non pas à leur mort.
(Men should be bewailed at their birth, and not at their death.—Translated by J. Ozell, 1722.)
——Charles-Louis de Montesquieu, *Lettres Persanes* (1721), No. 40.

人のために慟哭して悲嘆に暮れるのは、その生れた時にすべきことであって、死んだ時にすべきことではないのだ。

——シャルル＝ルイ・ド・モンテスキュー『ペルシア人の手紙』（一七二一年）、手紙の第四〇番。》

（August 2002）

（註）

（1）「司馬江漢全集（全四巻）」（八坂書房、一九九二年—九四年）、第二巻（一九九三年）、一三ページ参照。なほ、他に「喰うてひりつるんで迷ふ世界虫、上天子より下庶民まで」といふ写本の異文《ヴァリアント》もある。

（2）Flannery O'Connor, "Some Aspects of the Grotesque in Southern Fiction," *Mystery and Manners* (New York: Farrar, Straus & Giroux, 1969), ed. Sally and Robert Fitzgerald, p. 45.

（3）William Faulkner, *Mayday* (Notre Dame, Indiana: University of Notre Dame, 1977 [First Trade Edition]), with an Introduction by Carvel Collins, p. 60 (16). なほ、パーレン（丸）括弧内に、朝日出版社版（一九八一年）のページ数（pagination）を参考までに示しておいた。

（4）*Ibid.*, p. 74 (30).

（5）*Ibid.*, p. 68 (24).

（6）*Ibid.*, p. 71 (27).

（7）*Ibid.*, p. 71 (27).

（8）*Ibid.*, p. 71 (27).

（9）*Ibid.*, p. 71 (27).

（10）*Ibid.*, p. 80 (36).

（11）*Ibid.*, p. 82 (38).

（12）*Ibid.*, p. 50 (6).

（13）*Ibid.*, p. 87 (43).

（14）*Ibid.*, p. 39.

（15）*Ibid.*, pp. 39–40.

(16) Translated by Matthew Arnold for his essay “Pagan and Mediaeval Religious Sentiment” (1864), which is included in *Essays in Criticism* (1865), First Series. R. H. Super (ed.), *Matthew Arnold: Lectures and Essays in Criticism* [The Complete Prose Works of Matthew Arnold, No. Ⅲ] (Ann Arbor: The University of Michigan Press, 1973 [Second Printing]), p. 225.

(17) Matthew Arnold, *Essays in Criticism* [Selections] (Kenkyusha English Classics, 1923), with Introduction and Notes by Kochi Doi, p. 316.

(18) Cf. Richard P. Adams, *Faulkner: Myth and Motion* (Princeton, N.J.: Princeton University Press, 1968) Cf. Cleanth Brooks, *William Faulkner: Toward Yoknapatawpha and Beyond* (New Haven and London: Yale University Press, 1978) カーヴェル・コリンズ教授の『皐月祭《メイデー》』に付けた長文の「解題《イントロダクション》」の他に、例へば、Cleanth Books, “The Image of Helen Baird in Faulkner’s Early Poetry and Fiction,” *The Sewanee Review*, Spring 1977, pp. 218–234. や、Gail Moore Morrison, “‘Time, Tide, and Twilight’: *Mayday* and Faulkner’s Quest Toward *The Sound and the Fury*,” *The Mississippi Quarterly: The Journal of Southern Culture*, Special Issue, William Faulkner, Summer 1978, Vol. XXXI, No. 3, pp. 337–357. を参照されたい。

(19) Jenny Stringer (ed.), *The Oxford Companion to Twentieth-Century Literature in English* (Oxford University Press, 1996), p. 106. 訳文は、DHC版に拠つた。さらに、西川正身氏の解説文を借りれば、「彼は自然主義者と同様、人生を醜悪なものと見ながら現実主義をとらず、人間の夢が実現されるのは想像の世界においてであるとの文学観からもつぱらロマンスを書くが、その作品は皮肉と諷刺に充ち、幻滅したロマン主義者として特異な地位を占めてゐる。（傍点引用者）」（齋藤勇・西川正身・平井正穂編『研究社英米文学辞典（第三版）』〔研究社、一九八五年〕、一八六ページ。）

(20) See the back cover of *Jurgen* (New York: Dover Publications, Inc., 1977). 因みに、批評家のH・L・メンケン（H. L. Mencken, 1880–1956）は、かう言つてゐる。「この国の奔放な現代娘は誰でもこつそり『ジャーゲン』を読んでゐる。ミシシッピー河の東に住む祖母世代の三分の二は、この本を私から借りようとした。」（“every flapper in the land has read *Jurgen* behind the door; two-thirds of the grandmothers east of the Mississippi have tried to borrow it from me.”—Stringer, *op. cit.*, p. 350.）半世紀以上前に、寺澤芳隆訳『ジャーゲン』（六興出版社、一九五二年）が出たことがあるさうだが、残念ながら、筆者は未見。

(21) *Mayday* (University of Notre Dame, 1977), p. 39.

(22) William Faulkner, *Helen: A Courtship and Mississippi Poems* (New Orleans, La., and Oxford, Miss.: Tulane University and Yoknapatawpha Press, 1981), with Introductory Essays by Carvel Collins and Joseph Blotner, p. 111. なほ、本書には、ヘレン・ベアードに関して、"Biographical Background for Faulkner's *Helen*"（1981）と題するカーヴェル・コリンズ教授の長文の優れた論文（pp. 9–110）が収録されてゐるので、参照されたい。

(23) *Ibid.*, p. 115.

(24) 因みに言へば、全人類的な功業に燃えながら親を棄て異郷の地にさすらふ女主人公のエレーナは、当時の《ロシア・インテリゲンツィア（知識階級）》の理想の女性であり、未来の象徴《シンボル》として知られてゐる。

また、『ゴンドラの唄』で想ひ起すのだが、黒澤明（一九一〇―九八）監督の傑作映画の一つ『生きる』（一九五二〔昭和27〕年）の中で、胃癌のため余命幾許もないことを告知された或る市役所の市民課長が、自分の人生を見つめ直し、最後の御奉公として、住民からの要望が強かった《児童公園》を必死で完成させる。名優志村喬（一九〇五―八二）が扮する渡辺勘治課長が、小雪の舞ふ夜、完成したばかりの児童公園で独りブランコに揺られながら、この『ゴンドラの唄』を口ずさむ感動的な、心に残るシーンがあるのは知る人ぞ知るであらう。

(25) 『東京理科大学紀要（教養篇）』第二〇号、一九八八年三月、一―二二ページ参照。なほ、拙著『悪霊に憑かれた作家――フォークナー研究余滴』（松柏社、一九九六年）、三―三二ページに再録されてゐる。

(26) Cf. *The Double Dealer*, Vol. VII (April 1925) Carvel Collins (ed.), *William Faulkner: Early Prose and Poetry* (Boston: Little, Brown and Company [An Atlantic Monthly Press Book], 1962), pp. 114–115. *Helen: A Courtship and Mississippi Poems*, pp. 163–164.

(27) Cf. Robert A. Jelliffe (ed.), *Faulkner at Nagano* (Tokyo: Kenkyusha, 1956) Frederick L. Gwynn and Joseph Blotner (eds.), *Faulkner in the University: Class Conferences at the University of Virginia 1957–1958* (Charlottesville: The University of Virginia Press, 1959) Joseph L. Fant and Robert Ashley (eds.), *Faulkner at West Point* (New York: Random House, 1964) James B. Meriwether and Michael Millgate (eds.), *Lion in the Garden: Interviews with William Faulkner, 1926–1962* (New York: Random House, 1968)

(28) 齋藤信治訳『自殺について　他四篇』（岩波文庫、一九五二年）、六二ページ

(29) Arthur Schopenhauer, "Nachträge zur Lehre vom Leiden der Welt," *Parerga und Paralipomena: Kleine philosophische Schriften II* (Suhrkamp Taschenbuch Verlag, 1986), p. 354.

(30) Arthur Schopenhauer, "On the Suffering of the World," *Essays and Aphorisms* (Penguin Classics, 1970), selected and translated with an Introduction by R. J. Hollingdale, p. 48.

(31) これはずつと後の出来事だが、フォークナー（四人兄弟の長兄）が可愛がつてゐた末弟のディーン（Dean Swift Faulkner, 1907–Nov. 10, 1935）——例の『ローアン・オークの幽霊たち』（*The Ghosts of Rowan Oak*, 1980）の著者、ディーン・フォークナー・ウェルズ（Dean Faulkner Wells, 1936–　）さんの父親でパイロット——が飛行機の墜落事故で二十八歳の若さで死亡したこともあつて、悲観的性向を強めたことも否めないであらう。さらに、これはフォークナーの《厭世観》とは直接何ら関係はないのだが、若い頃から酒好きで知られてゐたフォークナーにとつて、何と十三年間もの長きに及ぶ《禁酒法時代（Prohibition Era, 1920–33）》はさぞかし堪《こた》へたことと思はれるが、アルコール類の「密売人」（bootlegger）が彼の作品中にしばしば時宜を得て登場し、その時代（一九二〇年から三〇年代）の雰囲気を髣髴させると同時に、作品に或る種の生気を与へ、また時代を象徴してゐるのは御承知の通りである。

(32) "Upas" = A fabulous tree alleged to have existed in Java, at some distance from Batavia, with properties so poisonous as to destroy all animal and vegetable life to a distance of fifteen or sixteen miles around it. (*O.E.D.*)「周囲一五―一六マイルの距離にあるすべての動物や植物の命を死滅させるほど有毒な特性を持ち、バタヴィア（ジャカルタの旧称）から少し離れたジャヴァ（爪哇）島（Java; Djawa）に存在してゐると伝へられる伝説上の樹木。」

葡萄酒色の海

Ⅱ

《Lo, this is she that was the world's delight;
— A. C. Swinburne, "Laus Veneris" (1866) St. 3, l. 1.
O sad kissed mouth, how sorrowful it is!
— *Ibid.*, st. 79, l. 2.
To have known love, how bitter a thing it is,
— *Ibid.*, st. 103, l. 2.》

Portrait of Algernon Charles Swinburne
(His Last and Best Photograph)

若き日のフォークナーとA・C・スウィンバーン（その一）

――奔放な想像力と饒舌性と官能性

《We can say nothing but what hath been said…Our poets steal from Homer.
――Robert Burton, "Democritus to the Reader," *The Anatomy of Melancholy* (1621)》(1)
《Immature poets imitate; mature poets steal.
――T. S. Eliot, "Philip Massinger" (1920)》
《At the age of sixteen, I discovered Swinburne. Or rather, Swinburne discovered me…(2)
――William Faulkner, "Verse Old and Nascent: A Pilgrimage," *The Double Dealer*, Vol. VII (April 1925)》
《…there is no reason to call anything but genius.(3)
――T. S. Eliot, "Swinburne as Poet" (1920)》

一　十六歳のフォークナーとラファエロ前派の官能的な頽廃《デカダン》詩人で英詩において空前絶後と言はれるほどの技巧家A・C・スウィンバーンとの運命的な巡り合ひ

本稿では、今やイギリスの《ヴィクトリア朝中期の詩的反乱の象徴（the symbol of mid-Victorian poetic revolt）(4)》として、また《卓越した技巧の抒情詩人（a lyric poet of unsurpassed virtuosity）(5)》、いや、もつと精確に言へば、《あらゆる韻律・詩型を巧妙自在に駆使し技巧上空前を以て許されるイギリスの詩人(6)》として知られるアルジャノン・チャールズ・スウィンバーン（Algernon Charles Swinburne, April 5, 1837–April 10, 1909）から若き日のウィリアム・フォークナーがおそらく蒙つたであらうと思はれる影響について、若干考察してみることにする。

さうは言つても、筆者は、英詩の全くの門外漢であり、加へて、もともと詩心も歌心もからきし持ち合せてゐない、何とも無粋で、風雅の心を解さない野暮天であり、俳句や短歌は言ふに及ばず、川柳一句すら捻《ひね》ることのない(また、さういふ試みとはほとんど全く無縁な)、極めて散文的(prosaic)かつ非創造的、非実作的(uncreative)な人間であることを先づ端《はな》からお断りしておかねばならない。初めにかう言つてしまへば、筆者としても、気が楽で、あまり肩肘張らずに、不馴れな詩論や詩人論を展開して行けるといふものである。

実を言へば、スウィンバーンなる詩人のことは、筆者としても、随分以前から脳裡《あたま》の片隅に多少引つ懸つてはゐたのだが、スウィンバーンの生前中に出版された全詩集、*The Poems of Algernon Charles Swinburne* (London: Chatto & Windus, 1904)の「全六巻本(天金・黒布表紙本)」をたまたま東京の某洋古書店で入手したのを機会に、付け焼き刃かつ俄仕込みで甚だ恐縮ではあるが、一つ思ひ切つて、「若き日のフォークナーとスウィンバーン」との関係《かかはり》について、少しばかり考へてみることになつた次第なのだ。

さういふわけで、筆者は、このところ、小閑を得ては、スウィンバーンの全詩集をここかしこ思ひつくままに拾ひ読みして大いに愉しませてもらつてゐるのだが(時には、ひどく難渋し、多少苛立つことがあるのも事実だが)、筆者の当初の思惑を遙かに超えた《物凄さ(tremendousness)》――例へば、「猥褻性」(obscenity)、「好色趣味」(eroticism)、「官能性」(sensuality)、「悖《はい》徳性」(immorality)、「露骨性」(indecency)、「異教精神」(paganism)、「中世精神」(medievalism)、「音楽性」(musicality)、「饒舌性・冗漫性」(verbosity; prolixity)、「積極果敢な精神」(aggressive spirit)、「批判的精神」(critical spirit)、等々――にびつくりしてゐるのだ(時として、度肝を抜かれることがある)。文字通り、目から鱗が落ちる思ひをしたのだ。それにつけても思ふのだが、わが国で、スウィンバーンの詩が訳出・紹介されてゐる数が何と少ないことか。筆者には、つくづく不思議に思はれてならない。それとも、もしかすると、わが国の錚々たる英文学研究者諸氏の「倫理観」が、ヴィクトリア朝のお堅い道学者先生と同じやうに、スウィンバーンの詩篇の中の幾篇かが、或いは幾つかの詩行が何としても許し難いとでも言ふのだらうか。何はともあれ、わが国のスウィンバーン研究家（Swinburnians）の怠慢の誹りは免れないであらう、とだけはこの際申し上げても差し支へないだらう。

とはいへ、ここまで書いて来て、筆者には、一つ思ひ当る節がないでもない。実のところ、筆者は、スウィンバーンの短い詩を、試みに、幾篇か邦訳してみて、驚き入つたのは、スウィンバーンの詩は日本語にどうも馴染まないといふか、とても日本語に移せるやうなものではないといふことに初めて気づいたのだ。スウィンバーンの詩篇の日本語訳が、キーツやシェリーに較べて、極端に少ないのも、けだし宜《むべ》なる哉の感を深くしたのだ。

ところで、わが学匠詩人（poeta doctus; scholar-poet）の矢野禾積《かづみ》（峰人）博士は、《研究社英米文学叢書》の一冊、T. S. Eliot, *Essays* (1951) に付けた「T・S・エリオット略伝」において、次のやうに書いてをられる。

《T. S. Eliot は Middle West に於て中等教育を受けたのであるが、英詩に対する彼の興味は夙くよりめざめて居たらしく、border ballads, Macaulay の *Horatius*, Tennyson の *Revenge* 等を愛誦した後、FitzGerald 訳 Omar Khayyám の *Rubáiyát* を手にし全然未知の世界を突如啓示されて深き感激と陶酔とに浸つたのは、彼が十四、五歳の交《かう》の事であつた。Omar の後には Byron, Shelley, Keats, Rossetti, Swinburne が相次いで彼の伴侶となつたのである。[7]》

出逢ひの順序こそ多少違ふが、T・S・エリオット（一八八八—一九六五）の《十代半ばの読書遍歴》が、エリオットよりも九年後に生まれ、ほとんど同世代人《コンテンポラリー》と言つてもよいフォークナー（一八九七—一九六二）にほぼそつくりそのまま当て嵌まると言へさうなのだ。思ふに、それは、ひよつとすると、当時、いやしくも詩人たらんと志す若者が当然歩む――通過すべき一種の「決まり切つた過程」（routine process）といふか、いはゆる「通過儀礼」（rite de passage; rite of passage）のやうなものであつたのかもしれない。

詩人の高橋睦郎《むつを》（一九三七―　　）氏はかう書いてゐる。

《詩歌は外からの、言ひ換へれば他者からの刺激感動によつて生まれる、といちおう言ふことができよう。刺激感動を与へる他者は自然だつたり人間だつたり藝術作品だつたりするが、他の詩歌であることも多い。

――高橋睦郎「飜訳詩と現代詩歌」（『朝日新聞』、二〇〇三年八月四日〔月〕付夕刊）》

さう言へば、改めて説明するまでもなく、フォークナーは、欧米の大方の文学者（例へば、T・S・エリオット）やわが吉田健一と同じやうに、紀元前九世紀頃のギリシアの大詩人、ホメーロス（荷馬）以来、ヨーロッパ文学が一貫して営々と創造してきたものこそ「文学の本然の規範《キャノン》」であると考へてゐた作家であつたやうに思はれる。

フォークナーは、若い時に発表した「古い詩と生まれつつある詩――或る遍歴」（“Verse Old and Nascent: A Pilgrimage,” 1925）と題する短いエッセイの中で次のやうに率直に当時の心境を吐露してゐるのだ（実際にフォークナーが執筆したのは一九二四年十月〔二十七歳になつたばかり〕、ミシシッピー州オックスフォードにて）。

《AT THE age of sixteen, I discovered Swinburne. Or rather, Swinburne discovered me, springing from some tortured undergrowth of my adolescence, like a highway-man, making me his slave. My mental life at that period was so completely and smoothly veneered with surface insincerity—obviously necessary to me at that time, to support intact my personal integrity—that I can not tell to this day exactly to what depth he stirred me, just how deeply the footprints of his passage are left in my mind. It seems to me now that I found him nothing but a flexible vessel into which I might put my own vague emotional shapes without breaking them. It was years later that I found in him much more than bright and bitter sound, more than a satisfying tinsel of blood and death and gold and the inevitable sea. True, I dipped into Shelley and Keats—who doesn't, at that age?—but they did not move me.[8]

十六歳で、私はスウィンバーンを発見した。と言ふよりむしろスウィンバーンが、あたかも追剥のやうに私の思春期のゆがめられた下生えのどこかから飛び出してきて、私を発見して彼の奴隷にしたのだつた。その時期の私の内面生活は、表面まことに完璧かつ滑らかに不誠実さに被はれてゐたので——それも当時は、本来の私の個性をそのまま維持するためには、明らかに私にとつては必要なことだつたのだが——今日に至るまで私は、いつたいどの位深くまで彼が私の心を揺り動かしたか、彼の足跡《そくせき》がどれ位深く私の心に残されてゐるか、正確にはわからないでゐる。今にして思へば、彼は、私自身の感情が形作つてゐる朧げなものを壊すことなしに入れることができる、しなやかな容器にほかならなかつたやうに私には思へる。私が彼の中に、鮮やかで辛辣な音色《ねいろ》以上のもの、血や死や金《きん》や、それからあの避けることのできぬ海が織りなす、心を楽しませてくれるきらびやかさより以上のものを見出したのは、何年も経つてからのことだつた。確かに、私はシェリーやキーツに少しばかり夢中になつたが——あの年齢で夢中にならない者がゐるだらうか——しかし、彼らは私の心を動かしはしなかつた。(大橋健三郎訳)》

《Whatever it was that I found in Swinburne, it completely satisfied me and filled my inner life. I cannot understand now how I could have regarded the others with such dull complacency. Surely, if one be moved at all by Swinburne he must inevitably find in Swinburne's forerunners some kinship. Perhaps it is that Swinburne, having taken his heritage and elaborated it to the despair of any would-be poet, has coarsened it to tickle the dullest of palates as well as the most discriminating, as used water can be drunk by both hogs and gods.

Therefore, I believe I came as near as possible to approaching poetry with an unprejudiced mind....[9]

私がスウィンバーンに見出したものが何であつたにせよ、それは私を完全に満足させ、私の内的生活を充実させてくれた。今の私は、どうしてほかの詩人たちをあのやうな独りよがりの眼で見てゐたか、理解することができない。仮にもスウィンバーンに心を動かされるのならば、必ずやスウィンバーンの先駆者たちにもそこばくの親近感を抱くはずである。たぶんスウィンバーンはみづから伝統を受けとめ、どんな詩人志望者をも絶望させてしまふほどにそれを磨きあげたあげくに、汚水は豚にも神々にも飲まれ得るの譬への通りに、最も識別力のある者ばかりでなく、最も鈍感な者の味覚をもくすぐるために、その伝統を肌目《きめ》の粗いものにした、といふわけなのだらう。

だから私は、偏見のない精神をもつて詩に親しむといふ状態に、可能な限り近づくことができたのだと信じてゐる……（大橋健三郎訳）》

同じエッセイの中で、フォークナーは、その頃読んだ詩人名や詩集名を挙げてゐるので、整理して、次に列挙しておかう。

《スウィンバーン、『オマル・ハイヤームのルバイヤート』（エドワード・フィッツジェラルドの英訳詩集）、ロビンソン[10]（Edwin Arlington Robinson, 1869–1935）、フロスト、オールディントン[11]（Richard Aldington, 1892–1962）、コンラッド・エイケン、A・E・ハウスマン『シュロップシアの若者』、シェイクスピア、スペンサー、エリザベス朝の詩人たち、シェリー、キーツ》

詩人は、天から稟《う》けたといふか、天から賦与《ふよ》された、いはゆる《天稟（天賦）の詩才》によるものであつて、学んで得られるものではない、などと言はれる——ラテン語の古諺にもあるやうに、「詩人は生まれるものだが、造られるものではない」（"Poeta nascitur, non fit. [A poet is born, not made.]"）とか、「雄弁家は造られるものだが、詩人は生まれるものである」（"Orator fit, poeta nascitur. [An orator is made, a poet is born.]"）などといふ。さうかと思へば、また一方では、「優れた詩人は生まれるばかりではなく造られるものである」（"A good poet's made as well as born."—Ben Jonson, "To the Memory of My Beloved, the Author, Mr. William Shakespeare" [Preface to the First Folio of Shakespeare, 1623]）ともいふ。駆け出しの青年詩人といふのは、概して、自分の愛読する詩人の作品のスタイルなどを先づ真似して、いはゆる《模倣詩《パスティッシュ》（pastiche）》を作つたりすることから詩作を始めることが多いやうである。フォークナーといへども、どうやらその例外ではなかつたやうに思はれるのだ。

さて、A・C・スウィンバーンだが、彼は一八三七年四月五日にロンドンで生まれ、一八四九年イートン校に入学し（五三年まで）、独力でイギリス文学を広く読み漁り、フランス語やイタリア語だけでなく、すでにギリシア語の詩文に堪能であつたといふ。一八五六年オックスフォード大学ベイリオル学寮《コレッジ》（Balliol College [est. 1623]）に入学し、特に古代ギリシア第一の合唱抒情詩人のピンダロス（Pindaros, *c.* 518 *or* 552–*c.* 438 *or* 446 B.C.）の作に熱中したといふが、一八六〇年に中退してゐる。スウィンバーンが、英詩とは構成原理が異なる古代ギリシアの典雅な詩型を、後年、英語で巧みに駆使し得たのもそのためであると言はれる。

何と言つても、スウィンバーン（斯温伯恩〔斯文本恩〕）は、一八六五年、ギリシア神話を下敷きにして、ギリシア古典劇の対話法に倣つた、二、三一七行から成る詩劇《ヴァース・ドラマ》『カリュドーンのアタランター——悲劇』（*Atalanta in Calydon: A Tragedy*, 1865）の出版によつて世の絶讃を博し、文名（literary fame）を確立したと言へるのだ。ギリシア悲劇の形式を取り、詩想の豊麗といひ、また用語の典雅といひ、やがてイギリスに現れる、いはゆる《希臘文化《ヘレニズム》（Hellenism）》の復興の気運を促したと言はれる所以である。この抒情詩劇[12]には有名な二つの合唱《コーラス》があるが、そのうちの最初の「合唱」を、幸ひなことに、たまたまわが吉田健一の名訳があるので、少し長いけれども、紹介を兼ねて、御参考までに、原文と併せて敢へて引用させていただくことにしよう。

Chorus

When the hounds of spring are on winter's traces,
  The mother of months in meadow or plain
Fills the shadows and windy places
  With lisp of leaves and ripple of rain;
And the brown bright nightingale amorous
Is half assuaged for Itylus,
For the Thracian ships and the foreign faces,
  The tongueless vigil, and all the pain.

Come with bows bent and with emptying of quivers,
  Maiden most perfect, lady of light,
With a noise of winds and many rivers,
  With a clamour of waters, and with might;
Bind on thy sandals, O thou most fleet,
Over the splendour and speed of thy feet;
For the faint east quickens, the wan west shivers,
  Round the feet of the day and the feet of the night.

Where shall we find her, how shall we sing to her,
  Fold our hands round her knees, and cling?
O that man's heart were as fire and could spring to her,

Fire, or the strength of the streams that spring!
For the stars and the winds are unto her
As raiment, as songs of the harp-player;
For the risen stars and the fallen cling to her,
And the southwest-wind and the west-wind sing.

For winter's rains and ruins are over,
And all the season of snows and sins;
The days dividing lover and lover,
The light that loses, the night that wins;
And time remembered is grief forgotten,
And frosts are slain and flowers begotten,
And in green underwood and cover
Blossom by blossom the spring begins.

The full streams feed on flower of rushes,
Ripe grasses trammel a travelling foot,
The faint fresh flame of the young year flushes
From leaf to flower and flower to fruit;
And fruit and leaf are as gold and fire,
And the oat is heard above the lyre,
And the hoofèd heel of a satyr crushes

The chestnut-husk at the chestnut-root.

And Pan by noon and Bacchus by night,
Fleeter of foot than the fleet-foot kid,
Follows with dancing and fills with delight
The Mænad and the Bassarid;
And soft as lips that laugh and hide
The laughing leaves of the trees divide,
And screen from seeing and leave in sight
The god pursuing, the maiden hid.

The ivy falls with the Bacchanal's hair
Over her eyebrows hiding her eyes;
The wild vine slipping down leaves bare
Her bright breast shortening into sighs;
The wild vine slips with the weight of its leaves,
But the berried ivy catches and cleaves
To the limbs that glitter, the feet that scare
The wolf that follows, the fawn that flies.(13)
——*Atalanta in Calydon*, ll. 65–120.

合唱

春の猟犬が冬を追つて、
月日の母が牧場に、また野原に、
影の場所や風が吹く場所を
木の葉の囁きと雨が滴るので満す。
そして茶色の羽を光らせて恋に苦む鴬も
イティラスの死と、トラキアの船や
異国人の顔や、言葉もなく過す夜の
胸の痛みが半ば和ぐのを感じる。

弓を張り、矢筒を空にして、
光を支配する女よ、最も美しい処女、
風と多くの河の音とともに、
河の水の轟きとなつて来て下さい。
誰よりも早く駈ける女よ、皮の靴を穿いて、
目覚しい姿をして駈けて来て下さい。
日の足の廻りに、また夜の足の廻りに、
東の空は息づき、西は蒼ざめて行きます。

どこに彼女はゐるのだらう。何を歌つて聞かせよう。
どうすればその膝を抱いて縋ることが出来るだらうか。
我々の心が炎になつて、彼女がゐる所まで届くならば、
炎になるか、どこまでも届く力がある泉の水になれたならば。

彼女には星も風も体に着けるものであつて、
竪琴弾きが歌ふ歌と変りはないのだ。
昇る星も傾く星も彼女に縋り、
南西の風も西風も彼女の為に歌ふ。

冬の雨や災難は終つて、
雪と罪の季節は過ぎ去つたのだ。
恋人と恋人を引き離してゐる日々も、
弱る光も忍び寄る夜も今はない。
そして思ひ出に悲みは戻らず、
霜は溶けて消えて、花が咲き出た。
緑の茂みに、又、緑の下生えに、
花から花へと春が拡る。

溢れる小川の水は葦の花を運んで行き、
熟した草が通り過ぎるものの足に搦み、
若い年の微かな炎が明るく木の葉から
花へ、花から果実へと伝はる。
そして果実と木の葉は黄金と火のやうで、
竪琴の音よりも高く麦笛の音が聞え、
牧羊神の蹄のある足が
栗の木の下で栗の実の殻を踏み砕く。

昼はパンが、夜はバッカスが、
山羊の子よりも早く駈ける足で、
ミイナッドとバサリッドを踊りながら追つては、
ミイナッドとバサリッドを喜ばせる。
そして笑ふのが聞えて見えない唇のやうに静かに
笑ふ木の葉が二つに分れ、
追つてゐる神が姿を現し、
女は隠れる。

女の髪からきづたの葉が落ちて、
眉毛にかぶさつて眼を見えなくする。
葡萄の葉は滑つて女の白い乳房が
溜息で引き締るのを露はにし、
葡萄の葉はその重さで滑り落ちるのだが、
実がなつてゐるきづたは光る肢体に、
音を立てる足に、追つて行く狼に、
又逃げて行く子鹿に搦み付く。
――『カリュドーンのアタランタ』、第六五行―第一一二〇行。（吉田健一訳）

カリュドーンの王子メレアグロス（Meleager [Meleagros]）には、母アルタイアー（Althaea [Althaia]）が秘匿する松明《たいまつ》の燃え尽きる日に死ぬだらうとの神託が出生時に下りてゐる。カリュドーンの王オイネウス（Oeneus

〔Oineus〕）は収穫《とりいれ》の後、感謝の祈りに際して、神々に犠牲《いけにへ》を供した折に、女神アルテミス（Artemis）だけを失念したため、女神は怒つて巨大で狂暴な野猪《ゐのしし》を遣はした。（これが有名なカリュドーンの猪狩りの猪である。Cf. "the Calydonian boar," "the Calydonian hunt"）猪退治に狩人を呼び集めて、《猪狩り《ボーア・ハンティング》》を催すと、その参加者の一人にアルカディアのイーアシオス（Iasius〔Iasios〕）の娘でアルテミスに寵愛されてゐる処女で快速の女狩人《ハントレス》・女丈《ぢよぢや》夫《うふ》のアタランタがゐて、メレアグロスは彼女と恋に落ちる。猪はメレアグロスに殺されるが、狩りの獲物の配分をめぐつて諍ひが起り、酔つて思慮を失つたメレアグロスはアタランタにその猪の皮を与へると、彼の二人の伯父《を》・叔父《ぢ》（アルタイアーの兄弟）、トクセウス（Toxeus）とプレークシッポス（Phlexippus〔Plexippos〕）が反対したため、彼は怒つて二人を殺す羽目になる。ところが母アルタイアーは兄弟たちの死の報せに接し、絶望と激怒のあまり、例の松明を火中に投じたので、神託の如く、メレアグロスも突然死ぬ。このギリシア神話に材を取つた悲劇的な詩劇の中に、すでに逸早くスウィンバーンのヴァイオレントな《サディズム》の萌しを看て取ることができるといふ指摘があるのだ。

序でに言へば、オランダのハールレム（Haarlem）やアムステルダムで活躍した十七世紀の画家ヤン・デ・ブライ（Jan de Bray, *c.* 1627–97）に、古代ローマの天成の詩人オウィディウスの『変身物語《メタモルポーセース》』（*Metamorphoses*, A.D. 1–8）から主題を取つた『メレアグロスとアタランテ』（*Meleager and Atalante*〔制作年不詳〕）といふ油彩の大作（一五七・三×一六五・五㎝）がある（ベルリン国立博物館島のボーデ博物館《絵画館》所蔵）。

イタリアの優れた英文学者で博学多識・博覧強記のマーリオ・プラーツ（Mario Praz, 1896–1982）博士は、古典的名著『ロマン派文学における肉体と死と悪魔』（*La carne, la morte e il diavolo nella letteratura romantica*, 1930;〔英訳〕*The Romantic Agony*, 1933; revised 1951）において、この詩劇を、「サディズム（加虐性愛）哲学の詩」（"the poem of sadistic philosophy"—Angus Davidson (trans.), *The Romantic Agony*, London: Oxford University Press, Second Edition, 1951, p. 223.）と呼び、《『カリュドーンのアタランタ』とサドの理論の影響（"*Atalanta in Calydon* and the influence of Sade's theories"—*Ibid*., pp. 223–226.）》について論じてゐるのは知る人ぞ知るであらう。いづれ、後刻（第三章〔次稿〕において）、プラーツ博士の「スウィンバーンと《イギリス風悪徳》」（"Swinburne and 'le vice anglais'"）と題する論文を援用しながら、改めてもつと詳しく論及するつもりでゐるので、今はこれ以上触れないことにする。ただスウィンバーンといふ人は、「詩心（詩思）滾々」といふのか、生まれながらにして、滾々と溢れんばかりに湧き出る詩才（poetical genius）に恵まれた《天成の詩人（a born poet）》であつたことだけは間違ひないやうだが、どうやら《放蕩三昧——破戒無慚》の頽廃的な生活に明け暮れてゐるうちに、当然の帰結として、身を持ち崩してしまひ、あたら非凡な詩的才能をいたづらに空費してしまつたやうなところがあるのだ、と敢へて付言しておいてもいいだらう。アルコール中毒と、紅燈の巷に遊び浸つて身を持ち崩してしまつたスウィンバーンは、幸ひにしてといふか（それにしても世の中には随分奇特な人がゐるものだが）、一八七九年、友人の詩人・小説家・批評家のウォッツ＝ダントン（Theodore Watts [later Watts-Dunton], 1832–1914）の、ロンドン南西部郊外、テムズ河南岸のパットニー（Putney）にある《松樹館《ザ・パインズ》（The Pines）》に引き取られて食客となり、以後の後半生、居候生活で病を養ひながら、さらに仕事を続けてゆくことになるのだが……。

序でに言ひ添へておくが、スウィンバーンの《淫蕩三昧》の生活と言へば、我々は直ちにわが永井荷風（一八七九——一九五九）の頽唐享楽の生活を想ひ起さぬわけにはゆかぬだらう。スウィンバーンがロンドンでしばしば登楼してゐた——妓楼にしげしげと足を運んで遊興してゐたと丁度同じやうに、東京で荷風がいつも決つて情交を持つたのは、藝者とか娼妓とかカフェーの女給といつた、いづれも玄人の女たちであつて、堅気な家の娘たちには決して手を出さなかつたのは、或る意味で、荷風には一見識があり、賢明であったと言へよう。彼は、生涯にわたつて、いちづに《紅燈の巷》の藝娼妓の生態、下層遊里の風俗をつぶさに描くことに専心した作家であつたが、自らも進んで、いや、嬉々として遊廓といふ《柳暗花明の世界》に足繁く通ひつめ、色街の事情・消息に通暁してゐた。彼はどうやら「イデス（イーディス）」――《Miss Edyth Girond》――といふ名のワシントンの娼婦との恋愛に耽溺したアメリカ留学中の一時期（一九〇五〔明治三十八〕年秋）を除いては、中学生の頃からいつぱしの放蕩息子であつた彼は、元来、女性といふものを冷めた眼で一歩引いた所から観察してゐたやうに思はれるのだ。そして荷風は女性をあくまでも《玩弄の対象》ないし《創作の材料》と見做してゐたと言つてよいのである（十七世紀英国詩壇の《形而上派詩人》ジョン・ダン［John Donne, 1572–1631］を想ひ起させるものがあるが……）。溢れんばかりの欲情に駆り立てられてゐた若い頃の荷風はいざ知らず、年老いて色欲の涸渇した齢七十一歳の荷風散人にこんなことがあつたといふ。彼は夜、帰り際、地下鉄浅草駅口付近で、三日前に煙草にマッチで火をつけてくれたお礼にチップを与へた街娼にたまたま再会したので、その経歴を聞き出さうと思つて、彼女を吾妻橋の上に連れて行つて、暗い川面を眺めつつ、しばらく話し込んでから、又してもチップを与へて別れたといふのだ。「年は廿一、二なるべし。その悪ずれせざる様子の可憐なることそぞろに惻隠の情を催さしむ。不幸なる女の身上を探聞し小説の種にして稿料を貪らむとするわが心底こそ売春の行為よりも却つて浅間しき限りと言ふべきなれ。」（『断腸亭日乗』、一九四九〔昭和二十四〕年六月十八日）

とはいへ、アメリカ留学中の日記に、「余の生命は文学なり。」（『西遊日誌抄』、一九〇五〔明治三十八〕年十二月八日）と書いた荷風の《作家魂》は、半世紀近く経つてもなほ健在であり、まことにあつぱれと言ふべきだらう。荷風自身の率直な考へに拠れば、「藝術の制作慾は肉慾と同じきものの如し。肉慾老年に及びて薄弱となるに従ひ藝術の慾もまたさめ行くは当然の事ならむ。余去年の六、七月頃より色慾頓挫したる事を感じ出したり。（中略）色慾消磨し尽せば人の最後は遠からざるなり。」（『断腸亭日乗』、一九三六〔昭和十一〕年二月廿四日）まだ五十代の後半に差し掛かつたばかりなのだが、気の早い、用意周到な荷風は、この日記のすぐ後の所で、「遺書の草案」なるものを認めてゐるくらゐなのである。荷風散人の場合に限つて言ふならば、彼が取り上げた文学作品の材料《ねた》にせよ、また彼を文学者として育んでくれた肥料《こやし》にせよ、どちらも《花柳界》といふ、言はば、不毛の地として一般に広く容認されてゐる所にあつたわけだが、少なくとも彼にとつては、《狭斜》は不毛の地どころか、《沃野》――肥沃・豊饒の、生産的な《母なる大地（mother earth）》、《文学の学堂》であつたのだから甚だ皮肉と言ふ外ないのである。なほ、日記と言へば、イギリスには、『サミュエル・ピープスの日記』（*The Diary of Samuel Pepys*, 11 vols.）といふ日記文学の《珍品》があることを書き添へておく。

二　偽善的な《ヴィクトリアニズム》への反抗としての『詩とバラッド集（第一輯）』（一八六六年）――"feverish carnality"―"Mr. Swineborn" (Punch, Nov. 10, 1866)

スウィンバーンは、二十八歳の時に『カリュドーンのアタランタ』を出版して一躍イギリス詩壇の寵児となつたが、翌年の七月、今度は長短併せて、六十二篇を収めた第一詩集『詩とバラッド集（第一輯）』（*Poems and Ballads*, First Series, 1866）を出版した。言葉の流麗な音楽性といひ、妖しいまでの韻律美といひ、また不遜とも言ひたいくらゐ大胆過激な因襲打破――お上品でお堅い、いはゆる《ヴィクトリアニズム（Victorianism）》、ヴィクトリア朝中期の厳格な既成道徳（mid-Victorian morality）に対する勇猛果敢な反抗といひ、また豊麗かつ官能的な異教主義《ペイガニズム》に対する鑽仰と憧憬といひ（宗教的にはキリスト教を拒否する虚無主義者、政治的には熱狂的な共和主義者［republican］）、はたまたエロティシズム――性愛主義・官能主義《センシュアリズム》礼讃といひ、この詩集の出版によつて、スウィンバーンは、当時の、とりわけ若い読者層の間に凄まじい、熱狂的な反響を惹き起すに至つたといふ。

しかしながら、例へば、十三世紀中葉のドイツの漂泊の恋愛詩人《ミンネジンガー》（Minnesinger）、《タンホイザー（Tannhäuser）伝説》に基づく四二四行から成る抒情詩「ウェヌス（ヴィーナス）讃歌」（“Laus Veneris” [“The Praise of Venus”]）、官能の悦楽（ecstasy）とそれに伴ふ堪へがたい倦怠感（ennui [weariness and satiety]）を詠つた四四〇行の傑作「ドローレス（我らが七つの悲しみの聖母）」（“Dolores (Notre-Dame des Sept Douleurs)”）、三〇四行から成る「アナクトリア」（“Anactoria”）、一六四行の「フォースティーン（ファウスティーナ）」（“Faustine”）、一四〇行の「癩病患者」（“The Leper”）などの詩篇において、スウィンバーンは、明らかに《性的倒錯（sexual perversion）》を扱つてゐるし、また例へば、（御参考までに、後刻、引用してお目に掛けるつもりでゐるけれども）散々な悪評を買つた「愛と眠り」（“Love and Sleep”）と題する、これはまた、そのものずばりと言つてもいい、いささか詩の品位・品格、いはゆる《詩品（poetic dignity）》に欠ける、何とも明け透けな十四行詩《ソネット》もあつて、魂消《たまげ》てしまふといふか、一読三嘆、ただただ呆れ返る外ないのだ。しばしば指摘されてゐるやうに（そしてこれは誰しも気がつくことだが）、スウィンバーンにとつては、どうやら《快楽（pleasure）》は《苦痛（pain）》といつも密接不可分（表裏一体）の関係を成してゐたらしいのである。

それはともかく、彼は『詩とバラッド集』の異教徒的（非キリスト教徒的）な奔放大胆な官能描写ゆゑに、大いに物議を醸し、ひどい非難を浴びることになつた。出版元（London: Edward Moxon & Co.）の、自らも詩人であつたエドワード・モクソン（Edward Moxon, 1801–58）は、訴訟を恐れて、遂に八月の上旬にその販売を止むなく中止するに至つたが、九月の中旬になつて、《性愛（猥褻）文学（erotic literature; pornography）》を売り物の一つにしてゐたジョン・キャムデン・ホッテン（John Camden Hotten, 1832–73）によつて再発行され、再び陽の目を見ることになつたといふ、いささか曰く付きの詩集なのだ。[14] スウィンバーンは、ホッテンの依頼に快く応じて、『詩と批評に関する覚え書』（*Notes on Poems and Reviews*, 1866）と題するパンフレットでもつて批評家たちの敵意に満ちた論評に対して敢然と反論したといふから、スウィンバーンといふ詩人、肝が太いといふか、稜々たる気骨の持ち主で、剛腹《がうふく》な、なかなかの傑物と言ふべきだらうか。いや、それとも革新ならぬ、言はば《確信犯的詩人（*Überzeugungstäter*-poet）》とでも呼ぶべきだらうか。

御参考までに、齋藤勇（一八八七—一九八二）博士は、註釈書『アルジャノン・チャールズ・スウィンバーンの詩選集』（研究社、一九二六年）の「解題《イントロダクション》」の中で、次のやうに述べてをられる。

《*Poems and Ballads* が出たのは、所謂 mid-Victorian morality の全盛時代である。*Idylls of the King* や *Enoch Arden*（どちらもアルフレッド・テニスンの作）が非常に読まれ、心ある人々はお座なりの道徳に太《はなは》だ慊《あきた》らず思ふやうになつて来た時代である。その停滞せる太平の世界に、キリスト教を罵倒して、Madonna よりも Venus を讃へ、又 Proserpine を拝む如き、既成の道徳や政治や社会組織を呪ふ共和主義的虚無思想を鼓吹する如き、はた *double entendre* を用ゐて盛んに eroticism を発揮せる如き方法によつて、爆裂弾を投じたのであるから、とにかく大評判となつた。只反抗の声をあげるだけならば、如何にそれが大音声であらうとも、容易に傾聴されないものであるが、スウィンバーンには言葉の音楽といふ華やかな魅力があつた。[15] ……》

さて、次に、当り障りのない、無難さうな詩を二篇——「海辺の恋」（"Love at Sea"）と「結婚相手」（"A Match"）と題する二篇を取り敢へず引用させていただくことにしよう。

Love at Sea

We are in love's land to-day;
   Where shall we go?
Love, shall we start or stay,
   Or sail or row?
There's many a wind and way,
And never a May but May;
We are in love's hand do-day;
   Where shall we go?

Our landwind is the breath
Of sorrows kissed to death
   And joys that were;
Our ballast is a rose;
Our way lies where God knows
   And love knows where.
      We are in love's hand to-day—

Our seamen are fledged Loves,
Our masts are bills of doves,
   Our decks fine gold;
Our ropes are dead maids' hair,

Our stores are love-shafts fair
And manifold.
We are in love's land to-day—

Where shall we land you, sweet?
On fields of strange men's feet,
Or fields near home?
Or where the fire-flowers blow,
Or where the flowers of snow
Or flowers of foam?
We are in love's hand to-day—

Land me, she says, where love
Shows but one shaft, one dove,
One heart, one hand.
—A shore like that, my dear,
Lies where no man will steer,
No maiden land.[16]
Imitated from Théophile Gautier.
——*Poems and Ballads*, I.

海辺の恋

我々は今日恋の国にゐるのだ。
　どこへ行かうか。
恋人よ、出掛けようか、ここにゐようか、
　それとも帆掛け船で行かうか、舟を漕いで行かうか。
多くの方向《むき》や道があるが、
陽春　酣《たけなは》ならぬ五月はない。
我々は今日恋の手中にあるのだ。
　どこへ行かうか。

我らの陸風《りくかぜ》は接吻《くちづけ》して
拭ひ去つた悲哀《かなしみ》と
過ぎ去りし歓喜《よろこび》の息遣ひである。
我らの底荷《バラスト》は一輪の薔薇。
我らの道は神のみぞ知る所に
　また恋が知つてゐる所にあつて、
　我々は今日恋の手中にあるのだ――

我らの水夫たちは翼の生《は》えた恋愛の神々《キューピッド》、
我らの桅檣《ほばしら》は鳩の　嘴《くちばし》
我らの甲板は純金製。
我らの綱《ロープ》は死んだ処女《をとめ》たちの髪の毛、
我らの必ず備へおくべき物は美しい

かつ多種多様の恋の矢。
　我々は今日恋の国にゐるのだ——

愛《いと》しい人よ、お前をどこに上陸させようか。
見知らぬ人々の歩む野原にか、
　或いは故郷《ふるさと》の近くの野原にか。
或いは火のやうに赤い花が咲く所か、
或いは雪のやうに白い花が咲く所か
　或いは泡の花が開く所か。
　我々は今日恋の手中にあるのだ。

彼女は言ふ、わたしを上陸させて下さい、
恋がただ一本の恋の矢、一羽の鳩（無邪気で清らかな思ひの象徴）、
　一つの心、一本の手だけを見せる所に。
——そのやうな海岸は、ねえ、お前、
どんな男も舵《かぢ》を取らないやうな、
　処女《をとめ》が一人も上陸しないやうな所にあるんだよ。
　　——テオフィル・ゴーティエの作に倣つて。

スウィンバーンは、海軍提督（admiral）の息子としてロンドンで生まれたが、幼少期の大半をイングランド南部、イングランドとフランスを分かつイギリス海峡（the English Channel）にある島、ワイト島（the Isle of Wight）

で過したせゐもあつて、スウィンバーンには生涯にわたつて（と言ふことは、初期の作品から晩年の作品に至るまで）《海洋趣味（sea hobby）》の如きものがあり、彼の《蒼茫たる大海》に対する並々ならぬ思ひ入れ——抑へ切れぬ憧憬と偏愛——は、人一倍強かつたやうである。《Sea》といふ単語はスウィンバーンのお気に入りの語で、疑ひもなく、頻用語の上位に入ることだらう。スウィンバーンは、《海の児（Child of the Sea; enfant de la mer)》として、誰よりも漫々たる大海原を鍾愛し、かつ海を詠んだ詩人でもあつたと言へるのだ。

A Match

If love were what the rose is,
　And I were like the leaf,
Our lives would grow together
In sad or singing weather,
Blown fields or flowerful closes,
　Green pleasure or grey grief;
If love were what the rose is,
　And I were like the leaf.

If I were what the words are,
　And love were like the tune,
With double sound and single
Delight our lips would mingle,
With kisses glad as birds are

That get sweet rain at noon;
If I were what the words are,
And love were like the tune.

If you were life, my darling,
And I your love were death,
We'd shine and snow together
Ere March made sweet the weather
With daffodil and starling
And hours of fruitful breath;
If you were life, my darling,
And I your love were death.

If you were thrall to sorrow,
And I were page to joy,
We'd play for lives and seasons
With loving looks and treasons
And tears of night and morrow
And laughs of maid and boy;
If you were thrall to sorrow,
And I were page to joy.

If you were April's lady,
  And I were lord in May,
We'd throw with leaves for hours
And draw for days with flowers,
Till day like night were shady
  And night were bright like day;
If you were April's lady,
  And I were lord in May.

If you were queen of pleasure,
  And I were king of pain,
We'd hunt down love together,
Pluck out his flying-feather,
And teach his feet a measure,
  And find his mouth a rein;
If you were queen of pleasure,
  And I were king of pain.[17]
——*Poems and Ballads*, I.

結婚相手

もし恋人が薔薇のやうなもので、
僕がその葉のやうなものであるならば、

僕らの人生は一緒に成長してゆくことだらう、
悲しい日も、歌を歌ひたくなるほど楽しい日も、
風が吹き荒れる野原にも、花咲き乱れる囲ひ地にも、
緑色の生き生きした歓楽《よろこび》の時も、灰色の陰鬱な悲嘆《かなしみ》の時も。
もし恋人が薔薇のやうなもので、
僕がその葉のやうなものであるならば。

もし僕が歌詞のやうなもので、
恋人が旋律《ふし》のやうなものであるならば、
二倍の音と一つの歓喜《よろこび》で
僕らの唇《くち》は混ざり合ふことだらう、
正午《ひる》に降る快い雨で濡れる
鳥のやうに嬉しい接吻《くちづけ》を交はしながら。
もし僕が歌詞のやうなもので、
恋人が旋律《ふし》のやうなものであるならば。

愛しき人よ、もし君が生で、
君の恋人である僕が死であるならば、
僕らは一緒に日が照つたり雪が降つたりすることだらう、
喇叭水仙《ダフオディル》や椋鳥《むくどり》や
花を咲かせ実を結ばせる微風《そよかぜ》が吹く時節が巡つて来て
三月に気候が爽やかになる前には。

愛しき人よ、もし君が生で、
君の恋人である僕が死であるならば。

もし君が悲哀《かなしみ》の奴隷で、
僕が歓喜《よろこび》の小姓であるならば、
僕らは生きてゐる限り精一杯遊ぶことだらう、
優しい容貌《かほ》や裏切りや
朝晩の涕涙《なみだ》や
少年少女の笑ひ声に混じつて。
もし君が悲哀《かなしみ》の奴隷で、
僕が歓喜《よろこび》の小姓であるならば。

もし君が四月の貴婦人で、
僕が五月の貴族であるならば、
僕らは何時間も葉を骰子《さいころ》代りに投げつけて
何日間も花で籤《くじ》を引くことだらう、
昼が夜のやうに翳《かげ》り
夜が昼のやうに明るく白《しら》む頃までは。
もし君が四月の貴婦人で、
僕が五月の貴族であるならば。

もし君が快楽の女王で、

僕が苦痛の王様であるならば、
僕らは一緒に恋愛の神《キューピッド》を追跡して引つ捕へ、
飛翔のための羽根を毟《むし》り取り、
足取りを整へて歩くことを教へ、
口に手綱で轡《くつわ》を掛けてやることだらう。
もし君が快楽の女王で、
僕が苦痛の王様であるならば。
（傍点引用者）

各スタンザ（聯）の書き出し二行（対句）をその同じスタンザの終りの所で繰り返し用ゐながら、《抒情性（lyricism）》を少しづつ高揚させてゆく詩人の手腕は見事と言ふ外ないだらう。《薔薇（rose）と葉（leaf）》、《歌詞（words）と旋律（tune）》、《生（life）と死（death）》、《悲哀（sorrow）と歓喜（joy）》、《貴婦人（lady）と貴族（lord）》、《快楽（pleasure）と苦痛（pain）》といつた具合に、スウィンバーンの得意とする《反対語・反意語（antonym）》を多用して、《対照・対比（contrast）》の妙を創り出しながら、詩人はまるで畳み掛けるやうに続けざまに詩作してゆく有様が眼前にありありと泛ぶやうな気がしてならぬのだ。

ここで一言挿記すれば、この「結婚相手」といふ詩は、スウィンバーンの詩の中でも、「ドローレス」に次いで、当時の他の詩人たちによつてしばしば恰好のお手本として真似られ、《模倣詩《パスティッシュ》》が数多く生み出されたといふ。(18)

それで思ひ出すのだが、そして話がいささか脇道に逸れるきらひがあるけれども、わが吉田健一は、名著『英国の文学』の第一章「英国と英国人」において、かう書いてゐる。

《芳烈な酒に酔ふのに必要なのは体力であり、又、冷静な頭脳である。我々がもし英国の文学を生んだ英国と英国人というものが理解したいならば、何よりも先づそのやうに苦痛、或は快楽に堪へることが、その感覚を失はずにゐることに堪へることまでを含む程強靱な頭脳を想定しなければならない。》（傍点引用者）

さて、今度は、『詩とバラッド集（第二輯）』（*Poems and Ballads*, Second Series, 1878）の中から比較的短いものを二篇だけ引用してみよう。

Before Sunset

In the lower lands of day
  On the hither side of night,
There is nothing that will stay,
  There are all things soft to sight;
Lighted shade and shadowy light
In the wayside and the way,
  Hours the sun has spared to smite,
Flowers the rain has left to play.

Shall these hours run down and say
  No good thing of thee and me?
Time that made us and will slay
  Laughs at love in me and thee;
  But if here the flowers may see

One whole hour of amorous breath,
　Time shall die, and love shall be
Lord as time was over death.[19]
——*Poems and Ballads*, II.

日歿前

白昼の明るい低地には
夜のこちら側では、
留まらうとするものは何もなくて、
視覚に柔らかなありとあらゆる物がある。
明るく照らされた日蔭と影のやうな光があり
路傍や路上には、
太陽が強く照りつけるのを惜んだ時間や、
雨が戯れようと残しておいた花々がある。

これらの時間は、過ぎ去つて行き
あなたや僕について良いことを言はないのでせうか。
僕らを造つて、かつ殺すであらう時間は
僕とあなたとの恋を嘲笑《あざわら》ひます。
しかしもしここの花々が
丸一時間にわたる春情溢るる性愛の息遣ひを見ることができれば、
時間は死ぬでせうし、恋は、

時間が死に打ち克つたやうに、君主になることでせう。

Song

LOVE laid his sleepless head
On a thorny rosy bed;
And his eyes with tears were red,
And pale his lips as the dead.

And fear and sorrow and scorn
Kept watch by his head forlorn,
Till the night was overworn
And the world was merry with morn.

And Joy came up with the day
And kissed Love's lips as he lay,
And the watchers ghostly and grey
Sped from his pillow away.

And his eyes as the dawn grew bright,
And his lips waxed ruddy as light:
Sorrow may reign for a night,(20)
But day shall bring back delight.

——*Poems and Ballads*, II.

唄

恋愛《キューピッド》の神が眠れぬ頭を横たへてゐた
棘《とげ》だらけの薔薇で飾つたベッドの上に、
彼の眼は泪で赤くなり
唇は死人のやうに蒼《あを》ざめてゐた。

恐怖や悲哀や嘲笑が
見棄てられた頭の近くで見張り番をしてゐた、
夜がへとへとに疲れ切り
世界が朝になつて活気づいてくるまでは。

《歓喜《よろこび》》が夜明けと共にやつて来て
寝てゐる恋愛《キューピッド》の神の唇に接吻《くちづけ》をした、
すると見張りの者どもは幽霊のやうに、蒼ざめて
彼の枕許から急いで退散して行つた。

彼の眼は夜が明けるにつれてぱつちりしてきて、
彼の唇は灯火《あかり》のやうに次第に赧《あか》らんできた、
《悲哀《かなしみ》》は一晩の間君臨するかもしれないが、
夜が明ければ歓喜《よろこび》を連れ戻してくれることだらう。

At Parting

For a day and a night Love sang to us, played with us,
  Folded us round from the dark and the light;
And our hearts were fulfilled of the music he made with us,
Made with our hearts and our lips while he stayed with us,
  Stayed in mid passage his pinions from flight
          For a day and a night.

From his foes that kept watch with his wings had he hidden us,
  Covered us close from the eyes that would smite,
From the feet that had tracked and the tongues that had chidden us
Sheltering in shade of the myrtles forbidden us
  Spirit and flesh growing one with delight
          For a day and a night.

But his wings will not rest and his feet will not stay for us:
  Morning is here in the joy of its might;
With his breath has he sweetened a night and a day for us;
Now let him pass, and the myrtles make way for us;
  Love can but last in us here at his height
          For a day and a night.[21]

——*Poems and Ballads*, II.

別れに際して

一昼一夜の間恋愛《キューピッド》の神は僕らに歌ひ掛け、僕らと一緒に音楽を奏でたのだ、
暗闇や光明《あかるみ》から僕らを包み込んだ、
僕らの心は、彼が僕らの所に逗留中、彼が僕らと一緒に奏でた、
僕らの心と唇で奏でた愛の音楽で充ち満ちてゐた、
途中で飛ぶのを止めて翼を休めたのだ
一昼一夜の間。

見張りをする彼の敵どもから彼は翼でもつて僕らを隠してくれたのだつた、
射竦《いすく》めるやうな眼から僕らを蔽ひ隠してくれたのだ、
僕らを追跡してゐた足や叱つてゐた舌から
銀梅花《マートル》の木蔭に身を隠しながら、僕らに禁じたのだ
霊魂と肉体とが悦楽で一つになることを
一昼一夜の間。

しかし彼の翼は休まぬだらうし、彼の足は僕らのために留まらぬだらう、
朝はまた元気よく楽しげにやつて来た、
彼はひと息で僕らのために一昼一夜を快いものにしてくれたのだ、
さあ、彼を行かせよう、銀梅花《マートル》の木にも僕らのために道を開けさせよう、
恋愛《キューピッド》の神はその絶頂時において僕らの所にただ居続けるだけなのだ
一昼一夜の間。

ところで、「藝術は智力と霊感との娘なり」（Ars filia ingenii et animae. [Art is the daughter of intellect and inspiration.]）といふラテン語の言葉がある。また、オウィディウスは、代表作『変身物語《メタモルポーセース》』の中で、「かくも藝術は自分の藝術を隠す」（Ars adeo latet arte sua. [So does his art conceal his art.]—Ovid [Publius Ovidius Naso], *Metamorphoses* (*c.* A.D. 7), Bk. X, l. 252.）と言つてゐる。さらに、次のやうな有名なラテン語の諺がある。

《Ars est celare artem.
（Art consists in concealing art.）
藝術は藝術を隠すことなり。》

これは、「藝術は技巧（或いは作為）を隠すことなり」とも解釈できるであらう。「技巧を持たぬ藝術」（art without art）などどだい存在するはずがないだらうし、いやしくも藝術である以上必ず技巧を伴ふものであると言つていいのである。とりわけ、《エロティシズム》は、「隠すより顕るるは莫《な》し」などと言はれるやうに、できるだけ直截的、即物的な表現を避けて、暗示的、婉曲的な表現を取るやうに心掛けるべきであり、象徴主義《サンボリスム》を旨とするに越したことはないのだ。エロスの詩、恋愛詩（poésie érotique）の場合は、なほさらさうあるべきであつて、エロティシズムは巧まずして顕るる方がよりエロティックであり、功まざる美しさと品格が滲み出てくるものだと言へるだらう。（Cf. “Si latet ars, prodest. [If the art is concealed, it succeeds.]”—Ovid, *Ars Amatoria*, Bk. II, l. 313.）

次に《性愛官能詩人（libidinous sensualistic poet）》としてのスウィンバーンの「愛と眠り」（“Love and Sleep”）と題する、散々な酷評を浴びた、甚だ《詩品・詩美》に欠ける、極め付きの一篇を引用してお目に掛けることにしよう。因みに、第一行目の “stroke” といふのは、現在最大最良の英語辞典である例の『オックスフォード英語大辞典』

の《新補遺》に拠ると、"An act of copulation. *slang. rare.*" とある。従つて "an act of stroking, esp. by way of caress." などといつた生易しいものでは決してないのだ。

Love and Sleep

LYING asleep between the strokes of night
　I saw my love lean over my sad bed,
　Pale as the duskiest lily's leaf or head,
Smooth-skinned and dark, with bare throat made to bite,
Too wan for blushing and too warm for white,
　But perfect-coloured without white or red.
　And her lips opened amorously, and said—
I wist not what, saving one word—Delight.
And all her face was honey to my mouth,
　And all her body pasture to mine eyes;
　　The long lithe arms and hotter hands than fire,
The quivering flanks, hair smelling of the south,
　The bright light feet, the splendid supple thighs
　　And glittering eyelids of my soul's desire.[22]
——*Poems and Ballads*, I.

愛と眠り

夜の愛の営みの合間に眠つてゐると

僕は恋人が僕のベッドの上に身を乗り出してくるのを見て悲しい気がした、
ひどく黒ずんだ百合の葉か、もしくは頭花のやうに蒼白《あをじろ》く
皮膚《はだ》が滑らかで浅黒く、咬《か》むやうにつくられた咽喉《のど》を剥《む》き出しにして、
顔を赭《あか》らめるには余りに蒼白く、蒼白い割には暖か過ぎる、
しかし、白くも赤くもなくて、一点非の打ち所のない色をしてゐるのだ。
そして彼女の唇が艶《なま》めかしく開《あ》いて、言つた——
僕には、歓喜《うれしい》といふ一語の外は、何が何だかよく判らなかつた。
彼女の顔はすべて僕の口には蜂蜜だつた、
彼女の肉体はすべて僕の眼には牧草地だつた、
長いしなやかな腕と火よりも熱い手、
わなわなと震へる脇腹、南国の匂ひがする恥毛《ヘア》、
艶々《つや》した軽やかな足、柔らかくしなやかな見事な太腿《ふともも》、
それにきらきらと輝く眼瞼《まぶた》が、僕の魂からの欲求に外ならぬのだ。

これは、例のイタリアのペトラルカ（Francesco Petrarca, 1304–74）が創始した、いはゆる《ペトラルカ式（或いは、イタリア式）ソネット（Petrarchan [*or* Italian] sonnet）》の一典型で、前半の八行（*abba abba*）と後半の六行（*cde cde*）の二部に分かれ、韻を踏んでゐる。

イギリスの政治家、伝記作家、文藝批評家のジョン・モーリー（John Morley, 1838–1923）は、この《ヴィクトリア朝文学の異端児（the *enfant terrible* of Victorian letters）》について、かう言つて揶揄してゐる。

《He is either the vindictive and scornful apostle of a crushing iron-shod despair, or else he is the libidinous laureate of a pack of satyrs.[23]

彼は押し潰さんばかりの鉄の靴を履いた絶望の復習心に燃える、かつ他人《ひと》を軽蔑する使徒であるか、さもなければ大勢の半獣神《サテユロス》を謳《うた》ふ愛欲の桂冠詩人であるかである。》

また、スコットランド生まれのイギリスの詩人・小説家のロバート・ブキャナン（Robert Buchanan, 1841–1901）の如きは、ラファエロ前派、特に画家・詩人（painter-poet）のD・G・ロセッティ（Dante Gabriel Rossetti, 1828–82）やスウィンバーンやユダヤ人で《同性愛（homosexuality）》によつて逮捕されたこともあるホモセクシユアル画家シメオン・ソロモン（Simeon Solomon, 1840–1905）らの肉感的描写を痛烈に（時に、下卑た、唾棄すべきものとして）非難攻撃し、《官能〔肉感〕詩派（The Fleshly School of Poetry）》といふ蔑称の下にこの一派を一纏めに引つ括めて呼んでゐる（長期にわたる有名な文学論争の序幕を切つたのである）。ブキャナンは、スウィンバーンの、とりわけ、《無神論（atheism）》と《サド・マゾヒスティックなエロティシズム（sadomasochistic eroticism）》を痛烈に非難するのだが、この「愛と眠り」と題する詩美皆無な詩に至つては、「猥褻な駄作」（prurient trash）[24]と極めつけ、ばつさりと斬り捨ててゐる。

今、筆者は、D・G・ロセッティの「翠帳紅閨《すいちやうこうけい》の歌」（"The Song of the Bower"）といふ題の五聯四〇行から成る詩を想ひ起すが、御参考までに、そのうちの第三聯八行のみを引いてお目に掛けよう。

What were my prize, could I enter thy bower,
　This day, to-morrow, at eve or at morn?
Large lovely arms and a neck like a tower,
　Bosom then heaving that now lies forlorn.

Kindled with love-breath, (the sun's kiss is colder!)
  Thy sweetness all near me, so distant to-day;
My hand round thy neck and thy hand on my shoulder,
  My mouth to thy mouth as the world melts away.(25)

今日か明日、晩か朝に、
僕が君の閨房に入ることができれば、僕の手にするものは何だらうか。
大きな美しい腕と塔のやうな頸、
今は寂しげにしてゐるが僕の姿を見るや高鳴り波打つ胸。
愛の吐息に火をつけられて、（太陽の接吻《くちづけ》の方がずつと冷たい！）
君の甘美な芳香《かをり》が、今日はひどく遠いけれども、僕にずつと近くなるのだ、
僕の手は君の頸の周りに、君の手は僕の肩の上に、
僕の口が君の口に合はさると、世界がいつの間にか溶けて消え失せてしまふのだ。
（傍点引用者）

蛇足だが、恍惚状態《エクスタシー》において、“the world melts away”（「世界が溶けて無くなる」）と感ずるのは、この期に及んで、《世界》などといふ概念を引き合ひに出すのは、いかにも西欧的であつて東洋的ではないのである。序でに言へば、D・G・ロセッティが好んで描く女性のタイプは、絵画といひ、また詩といひ、ほとんど大半が「大きな美しい腕と塔のやうな頸」の持ち主なのである。より具体的に言へば、ロセッティは、《赤みがかつた金髪で、大きな眼と肉厚の唇、ほつそりとした華奢な指、微かに不機嫌さうな口許、かつ塔（或いは、白鳥）のやうな長い頸をした優婉典雅な美女》を描くことを主題とし、かつ得意としたのである。（このことは、ラファエロ前派の盟友、サー・エド

ワード・バーン＝ジョウンズ［Sir Edward Coley Burne-Jones (1833–98)］の絵にもほぼそつくりそのまま当て嵌まると言つていいのである。）『旧約聖書』の「雅歌（ソロモンの歌）」（*The Song of Solomon*）の第七章第四節に「汝の頸は象牙の戍楼《やぐら》の如し」（**Thy neck is as a tower of ivory.**）とあり、元来、「象牙の塔」（**a tower of ivory; an ivory tower**）といふ言葉自体は、文字通りの意味において、《女性の肉体（特に頸）の形容》として用ゐられてゐたのである。そしてロセッティが好んで描く艶《なま》めかしい美女は、文字通りの聖書的意味において、「象牙の塔」を想はせる、或いは古代ギリシアの大理石の彫像を想はせる頑丈な「塔のやうな頸」の持ち主であると言つてよいのだ。大雑把な言ひ方をすれば、すらりとした、やや大柄な、とりわけ、頸が少々太目で、かつ白鳥のやうに長く、逞しく勁い感じのする女性が多く、いささか男性ぽくもあり、表情には内面を暗示する神秘的な陰翳《かげり》と、霊妙にして妖艶《えうえん》な魅力を湛へ、或る意味で、両性具有的（**hermaphroditic; androgynous**）な面を持ち、何となく得体の知れない、謎めいた（**enigmatic**）、意味ありげな感じがするのである。とはいへ、この詩は、お世辞にも《高尚な詩（**a lofty poem**）》と言ふわけにはゆくまい。

　実を言へば、D・G・ロセッティには、当時の英国詩壇の顰蹙を買ひ、物議を醸すに至つた曰く付きの十四行詩《ソネット》「新枕《にひまくら》」（**"Nuptial Sleep,"** ***The House of Life***）と題する性的表現が露骨とも言へる一篇があるのだ。わたしは、もともとポルノグラフィの研究者では決してないけれど、若い頃から《文学におけるエロティシズム》といふ問題には少なからぬ関心があつたことは確かである。この一篇は、ロセッティが、長い婚約期間の後、一八六〇年五月に、ようやくエリザベス・エレナー・シダル（**Elizabeth Eleanor Siddal, 1829–62**）と結婚し、いはゆる《初枕《うひまくら》》、《初契り》を交はした時の至福の思ひを詠んだものと言はれてゐる。ロセッティは、一八五〇年に絵のモデルとしてミス・シダルに初めて会つて、忽ちリジー（**Lizzie**）と恋に落ちてしまつたのである。正式に結婚して二年後の一八六二年二月、妻の死に際して、彼がそれまでに書き溜めた詩の原稿は一纏めにして愛妻の遺骸と共に棺の中に入れて埋葬され、七年の間地中に埋もれてゐたが、一八六九年十月、ロセッティが友人たちの執拗な勧告に服して発掘を許したので、やうやく *Poems by D.G. Rossetti*（London: Ellis, 1870）として上梓され、陽の目を見るに至つたのである。若くしてD・G・ロセッティの詩にたまたま出逢つて心酔するやうになつたと言はれるわが象徴派詩人、蒲原有明（一八七五―一九五二）の訳が幸ひにして遺つてゐるので、有明に対して敬意を表するためと、有明訳の御紹介を兼ねて、借用させていただかう。

NUPTIAL SLEEP

At length their long kiss severed, with sweet smart:
　And as the last slow sudden drops are shed
　From sparkling eaves when all the storm has fled,
So singly flagged the pulses of each heart.
Their bosoms sundered, with the opening start
　Of married flowers to either side outspread
　From the knit stem; yet still their mouths, burnt red,
Fawned on each other where they lay apart.

Sleep sank them lower than the tide of dreams,
　And their dreams watched them sink, and slid away.
Slowly their souls swamp up again, through gleams
　Of watered light and dull drowned waifs of day;

Till from some wonder of new woods and streams
He woke, and wondered more: for there she lay.

——W. M. Rossetti (ed.), *The Poems of Dante Gabriel Rossetti* (London: Ellis & Elvey / Boston: Little, Brown, & Comapany, 1904), Vol. II, p. 98.

合歓

遂に二人《ふたり》の長い接吻がここちよく解放される。
風雨《ふうう》が過ぎ去つたあとで輝く下枝《しづえ》の木の葉から
最後の滴《しづく》が徐ろに、ふと落ちかかるかのやうに
めづらしくも脈搏は二人もろともに弛緩《しくわん》する。
二人の胸と胸とは、ちやうど絡みあつた草茎《くさぐき》から
夫婦花《めをとばな》が双方へ離れて咲いてゐるかと見えたが、
しかも二人の唇《くちびる》は別れ別れになつても、なほ
赤く燃えて、互《かたみ》に切ない思ひを通はしてゐるのだ。

眠《ねぶり》は夢の水準よりも更に深目《ふかめ》であつたので、二人が
夢もない熟睡《うまい》に陥ちたのを見極めて、眠は引きさがつた。
徐々として、再び潤《うるほ》つた光耀と湿《ぬ》れそぼちて打寄せた
芥の中から、二人の魂《たましひ》が浮び上るその時、彼は眼ざめて
目新《めあたら》しい木々と流水の姿に驚いたが、それにも増して
驚かされたのは、彼女が傍《かたはら》に臥《ね》てゐたといふこと。

（蒲原有明訳）

有明訳は、善意に解釈すれば、《性的にきはどい（highly suggestive）》箇所を無難に（?）、うまく擦り抜けてゐると言つていいかもしれない。とりわけ、原詩の五行目から七行目にかけて、“opening” といひ、“married flowers” といひ、“outspread” といひ、“knit” といひ、はたまた “stem” といひ（因みに、俗語で「陰茎《ペニス》」の謂《いひ》があるといふ）、いづれも《性的なものを暗示させる（sexually suggestive）》言葉であることは言ふまでもあるまい。

考へてみるに、たとへ創作の意図・動機がいかに純粋であらうとも、また待ち侘びた《合歓》の日の純粋経験をいかに誠実かつ率直に詠つたものであらうとも、いつたん出来上がつた詩篇自体がいささか露骨過ぎて、詩美・詩品に著しく欠けるものであれば、唾棄すべき《駄作《トラッシュ》》と決めつけられても致し方ないであらう。淫ら（impure）で、放恣で、性的表現に慎みがないと言はれて世の酷評を浴びたとしても、また彼の詩集や全詩集の類から、しばらくの間、この問題の一篇が削除される羽目に立ち至つたとしても、あながち無理からぬことと言へるかもしれない。

削除と言へば、D・G・ロセッティの弟で、女流詩人クリスティーナ・ロセッティ（Christina Georgina Rossetti, 1830–94）の兄であつたW・M・ロセッティ（William Michael Rossetti, 1829–1919）は、兄の全集（一八八六年）及び伝記・書簡集（一八九五年）、さらに妹の詩集（一八九六年）、全詩集（一九〇四年）及び書簡集（一九〇四年）、等々を編輯したことで知られる他に、*Dante Gabriel Rossetti as Designer and Writer* (London: Cassell & Company, Limited, 1889) といふ有名な著書がある。その中には、例の《理想美の追求》を主題とする一〇一篇の連作ソネット集『人生の家』（*The House of Life*, 1881）の《敷衍《ふえん》的散文訳（Prose Paraphrase）》が含まれてゐるのだが、果せる哉と言ふべきか、いや、惜しむらくはと言ふべきか、件《くだん》の “Nuptial Sleep” の一篇は割愛・削除されてゐることを一言付記しておく必要があるだらう。いづれにしても、偽善的でお堅い《ヴィクトリア朝中期の道徳観》からすれば、この一篇はどうにも許し難いものに思はれるのだらう。

序でなので、D・G・ロセッティの「アスタルテー・シュリアカ（シリア人のアスタルテー）」（“Astarte Syriaca,” 1877）と題する、自分が描いた《絵画》のための説明・補足として書いた十四行詩《ソネット》を一篇紹介しておかう。

ASTARTE SYRIACA

(For a Picture)

Mystery: lo! betwixt the sun and moon
　Astarte of the Syrians: Venus Queen
　Ere Aphrodite was. In silver sheen
Her twofold girdle clasps the infinite boon
Of bliss whereof the heaven and earth commune:
　And from her neck's inclining flower-stem lean
　Love-freighted lips and absolute eyes that wean
The pulse of hearts to the spheres' dominant tune.

Torch-bearing, her sweet ministers compel
　All thrones of light beyond the sky and sea
　The witnesses of Beauty's face to be:
That face, of Love's all-penetrative spell
Amulet, talisman, and oracle,——
　Betwixt the sun and moon a mystery.

——W. M. Rossetti (ed.), *The Poems of Dante Gabriel Rossetti* (London: Ellis & Elvey/ Boston: Little, Brown, & Company, 1904), Vol. I, p. 196.

シリア人のアスタルテー

（絵画のために）

神秘――見よ！　太陽と月の間の
シリア人のアスタルテー（フェニキア人らの崇拝した古代セム族の豊穣・性愛・多産の女神）を――アプロディーテーが誕生する以前の
女王ウェヌスを。銀色の綺羅《きら》びやかな衣裳を纏ひ
彼女の二重の飾り腰帯《ガードル》は、天と地が親しく語り伝へる、
無限の至福の恵みを留め金で留めてあるのだ――
彼女の頸《くび》の前屈《まへかが》みの、ほつそりした花梗から
心臓の脈搏を天空の主旋律に慣れさせる
愛に溢れた唇と完全無欠の瞳を。

松明《たいまつ》を掲げて、彼女の可愛らしい侍女たちが
空と海の彼方のすべての光の玉座に
《美神》の顔容《かんばせ》の目撃者たれと急き立てるのだ――
《恋愛の神》のすべてを見通す魔力
護符、魔除け、神託たるあの顔容を――
太陽と月の間の神秘を。

ロセッティは、優れた画家であると同時に、優れた詩人でもあつたので、彼の描く絵画には概して詩趣に富んでゐるといふか、詩情――詩的味はひに溢れてゐるものが多いと言つていいのである。さう言へば、往古《いにしへ》から、「詩は絵の如し。」（Cf. “Ut pictura poesis.” [“As is a picture, so is a poem.” / “Poetry is like painting.”]—Horatius

[Horace], *Ars Poetica* [*c.* 20 B.C.], l. 361.）といひ、また、「詩は物言ふ絵、絵は物言はぬ詩。」（Cf. "Poetry is articulate painting, and painting is silent poetry."—Plutarchus [Plutarch], *Moralia: How to Study Poetry* [*c.* A.D. 95], 18A.）などといふのを参照されたい。

御参考までに、《エスプリとエロティシズム》溢れる例の「乳房」や「ヴェニュス生誕」などの詩篇で夙に名高い、わが堀口大學（一八九二―一九八一）の最晩年の詩文集『秋黄昏』（一九八〇〔昭和五十五〕年）の中からエロスの短詩を二篇引用させていただくことにする。老いても意気軒昂たる大學老詩生の《エロスの詩人》、《恋愛詩人（érotique）》としての面目躍如たるものがあると言へよう。

愛のあかし

あれ以外
愛のあかしはないものか
霊長類の人間に
男と女のなしやうに

身を寄せ合つて
さしいれる
吸ひうけて
包みこむ
息はづませて
突きたてる
緩　急　徐

移し露交はし合ふ

霊長類の人間に
愛のあかしはないものか
あれ以外[26]！

至福の時

八十八年生きて来て
もも度《たび》ち度《たび》まだ飽きぬ
至福の時はあれだつた
顔を埋《うづ》めるほとのへや
核のわれめの舌ざはり

至福の時はあれだつた
八十八年生きて来て[27]

それで思ひ出したが、アルゼンチンの詩人・小説家・批評家にして、まことに瞠目すべき厖大な読書量と該博な知識で以て知られる、例のホルヘ・ルイス・ボルヘス（Jorge Luis Borges, 1899–1986）の如きは、その『英文学入門』（en colaboración con María Esther Vázquez, *Introducción a la literatura inglesa,*[28] Editorial Columba, 1965）において、スウィンバーンを「エロティシズムの大詩人」と呼んでゐることを、御参考までに、書き添へておかう。
しかしながら、フォークナーは、その処女長篇小説『兵士の報酬』（*Soldiers' Pay,* 1926）の中で、或る作中人物にスウィンバーンのことを「スウィンバーンといふ名の二流詩人」（**"a minor poet named Swinburne"**[29]）と言はせてゐるのだ。確かに、スウィンバーンは、詩的才能に恵まれた、優れた詩人ではあつたと思ふが、《大詩人（**a major poet**）》と呼ぶわけにはゆかぬのだ。

　堀口大學のことは今はさて措くとして、本題のスウィンバーンに戻らねばならぬが、スウィンバーンの天馬空を行くが如き想像力の豊かさ、迸《ほとばし》るやうな饒舌性、韻律美、言葉の音楽性、なかんづく露骨で奔放な官能性・肉感的な魅力（**wanton [raw] sensuality**）、等々[30]——これらが、「偏見のない精神をもつて詩に親しむ」（**"approaching poetry with an unprejudiced mind"**[31]）ことに努めてゐた若き日のフォークナーを強力な磁石《マグネット》のやうに惹きつけて奴隷《とりこ》にしてしまつたとしても無理からぬことだと我々は納得しないわけにはゆかぬのだ。フォークナーは、若き日に書いた前掲のエッセイをかう結んでゐる。「我々の中には、何か美しく熱情的で、悲しませるのではない、悲しい詩を書くことのできる誰かは、ゐないのだろうか？（大橋健三郎訳）」（**"Is not there among us someone who can write something beautiful and passionate and sad instead of saddening?"**[32]）

　また、引き合ひに出した《エロスの詩人》、わが堀口大學は、一九七九年（昭和五十四年）、文化勲章受章者で、もともと品位・品格（**dignitas**）のある詩人であり、十八世紀英文学の理想ではないが、《優麗典雅（**elegance and politeness**）》の詩人であると言へるのだが、その大學老詩生をして、最晩年期に、前掲の如き明け透けな詩篇を書かしめたとは、老詩人の心の汪溢《わういつ》と見るべきなのだらうか。往時を追憶する回想と取るわけにはゆかぬだらう。古代ローマのエピグラム詩人（**epigrammatist**）として知られるマルクス・ヴァレリウス・マルティアーリス（**Marcus Valerius Martialis, *c.* 40–*c.* 104**）の言を援用しておかう（因みに、彼自身も露骨で猥褻な詩を遺したことで知られる）。

《Lasciva est nobis pagina, vita proba.
(My poems are lascivious, but my life is pure.)
——Martialis, *Epigrammata* [*Epigrams*] (*c.* 90), Bk. I, No. 4.
わが詩は淫猥《みだら》なれど、わが生は清浄《きよらか》なり。
——マルティアーリス『エピグラム集』第一巻、第四番。》

ここに至つて、我々は、つくづく文学者たる者の《業《ごふ》(karma)》の深さといふか、抗しがたい《宿命(fatum)》のやうなものに思ひを致さぬわけにはゆかぬといふことになるのだらうか。

あれこれ縷々述べてきたが、ここで想ひ起す人物が一人ゐるのだ。シェイクスピアとほぼ同時代人に、サー・トマス・オーヴァベリー(Sir Thomas Overbury, 1581–1613)といふ文人・詩人がゐた。わが国では、さほど馴染みがないやうなので、簡単に紹介しておく。彼は、オックスフォード大学で法律学を学び、宮廷に仕へた「廷臣」(courtier)で、彼のパトロンで、かつジェイムズ一世(James I, 1566–1625)の寵臣であつたロバート・カー(Robert Carr, ?–1645; Viscount Rochester, 1611——のちのサマセット伯Earl of Somerset, 1613)と第三代エセックス伯の淫蕩でもつて知られる前夫人(Lady Frances Howard, Countess Essex)との結婚話に横槍を入れたといふか、強く反対したために、一六一三年、例のロンドン塔に監禁・幽閉の身となり、どうやらエセックス夫人が巧妙に仕組んだらしい《胆礬《たんばん》〔硫酸銅〕(blue vitriol: $CuSO_4 \cdot 5H_2O$)》を少しづつ与へ続けることによつて徐々に緩慢に毒殺される羽目になつたといふ(享年三十二歳)。この事件は、審問には、哲学者・法律家・文人として名高い例のフランシス・ベイコン(Francis Bacon, 1561–1626)が当り、二人は起訴されたらしいのだが、犯罪史上に残る有名な謎の事件の一つとされてゐる。そのオーヴァベリーが、万物の霊長を以て自任してゐる人間が誰しもぎくりとし、驚愕を覚えずにをれぬやうな、こんなことをさらりと言つてのけてゐるのだ。

《The bed is the best rendezvous of mankind, and the most necessary ornament of a chamber.... If the bed should speak all it knows, it would put many to the blush.
—Sir Thomas Overbury, "News from the Bed" (1614)

寝台《ベッド》は人間の最善の密会《ランデブー》の場所であり、閨房の最も必要な装飾品である。……万一寝台が知つてゐることを全部喋るとすれば、それは多くの人々を赤面させずに措かぬだらう。
——サー・トマス・オーヴァベリー「寝台からの通信《たより》」（一六一四年）》（傍点引用者）

昔から「礼儀三百威儀三千」などと言はれるが、また他方では、貴賤老若の別なく、「閨中に威儀なし」（**"No manners in the bedchamber."**）ともいふ。また俗に「昼は貴婦人、夜は淫婦《まぢょ》」（**"Lady in daylight, nympho at night."**）ともいふ。「ベッドは何でも知つてゐる」とはいへ、「閨中の交はり、大いに乱る」ではないが、閨房での慎ましやかな羞恥《はぢらひ》は一切無用、儒教で謂ふところの「五常」（人として常に守るべき五つの道徳・礼節——すなはち、仁・義・礼・智・信）の道もへつたくれもなく、須らく天真爛漫に、心の赴くままに振舞ふべし、とでもいふことになるのだらうか。

（August 2003）

（註）

（1） T. S. Eliot, *Selected Essays* (London: Faber and Faber, 1951), p. 206.

（2） Carvel Collins (ed.), *William Faulkner: Early Prose and Poetry* (Boston: Little, Brown and Company [An Atlantic

Monthly Press Book], 1962), p. 114. Cf. William Faulkner, *Helen: A Courtship and Mississippi Poems* (New Orleans, La., and Oxford, Miss.: Tulane University and Yoknapatawpha Press, 1981), with Introductory Essays by Carvel Collins and Joseph Blotner, p. 163.

（3） T. S. Eliot, *op. cit.*, p. 324.

（4） Cf. Stephen de Rocfort Wall, “Algernon Charles Swinburne,” *Encyclopaedia Britannica* (1968), Vol. 21, p. 524.

（5） *Ibid.*

（6） 齋藤勇編『研究社世界文学辞典』（研究社、一九五四年）、五一五ページ（野町二解説）参照。

（7） Kazumi Yano (ed.), *Essays by T. S. Eliot* [Kenkyusha British & American Classics, No. CCXV] (Tokyo: Kenkyusha Press, 1970, 17th printing), “Introduction,” p. i.

（8） Carvel Collins (ed.), *op. cit.*, p. 114.

（9） *Ibid.*, pp. 115–116.

（10） アメリカの詩人。「彼はしばしば失敗の人生を歌ひ、自ら宿命論者であることを認め、その世界は暗いけれども、決して虚無に陥ることなく、人間の努力の価値を信じ、毅然として運命と戦はんとする風が見えるのは、ニュー・イングランドの最もよき伝統に立つ詩人といへる。」（西川正身）――齋藤勇編『研究社世界文学辞典』（一九五四年）、一、一五五ページ参照。

（11） イギリスの詩人、小説家。詩集『イメージ』（*Images*, 1915）で簡潔な文体と明快なイメージを組み合はせ、《イマジズム（Imagism）》運動の中心人物の一人になつた。

（12） Cf. Ian Ousby (ed.), *The Cambridge Guide to Literature in English* (Cambridge: Cambridge University Press, 1993), p. 41. “The subject is the myth of Meleager and the hunt for the Calydonian boar, a monster sent by the goddess Artemis to punish King Oeneus for neglecting to honour her. His queen, Althaea, is the mother of Meleager; at his birth the Fates promised him strength and good fortune but warned that his life would last no longer than the stick burning in the hearth fire. When they had left Althaea snatched the stick from the fire, put out the flames, and hid it. When a great hunt was organized to kill the boar, one of the participants was the virgin huntress Atalanta, daughter of Iasius of Arcadia and a favourite of Artemis; Meleager fell in love with her. The boar was killed but a quarrel arose over the distribution of the spoils. When the besotted Meleager gave everything to Atalanta his uncles, Toxeus and

Phlexippus (Althaea's brothers), objected. Meleager killed them, and in revenge Althaea burned the stick that measured her son's life and so destroyed him."
なほ、この詩劇の「梗概」に関しては、齋藤勇博士による註釈書、Takeshi Saito (ed.), *Select Poems of Algernon Charles Swinburne* [Kenkyusha English Classics] (Tokyo: Kenkyusha Press, 1926), pp. 149–150. に詳しいので参照されたい。

(13) *The Poems of Algernon Charles Swinburne* (London: Chatto & Windus, 1904), Vol. IV, pp. 249–250.

(14) Cf. Algernon Charles Swinburne, *Poems and Ballads & Atalanta in Calydon* (Penguin Classics, 2000), edited by Kenneth Haynes, pp. 403–418.

(15) Takeshi Saito (ed.), *op. cit.*, p. v.

(16) *The Poems of Algernon Charles Swinburne*, Vol. I, pp. 179–180.

(17) *Ibid.*, pp. 104–105.

(18) Clyde Kenneth Hyder, *Swinburne's Literary Career and Fame* (Durham, N.C.: Duke University Press, 1933; New York: AMS Press, 1984), pp. 110–111.

(19) *The Poems of Algernon Charles Swinburne*, Vol. III, p. 92.

(20) *Ibid.*, p. 93.

(21) *Ibid.*, p. 100. 因みに、《銀梅花《マートル》》は、香りのある白い花をつける常緑低木で、葉や果実にも芳香のあるところから、古くはヴィーナスの神木と見做され、また今日では愛の象徴として結婚式の花輪に用ゐられる。

(22) *The Poems of Algernon Charles Swinburne*, Vol. I, p. 272.「愛と眠り」といふ一篇を引き合ひに出したついでに註記するが、イギリスの世紀末にライオネル・ジョンソン（Lionel Pigot Johnson, 1867–1902）といふ名門パブリック・スクールのウィンチェスター校（一三八二年創立の英国最古のパブリック・スクール）からオックスフォード大学を卒業した詩人・批評家がゐたが、どうやらアル中であたら寿命を縮めることになつてしまつたらしいのだ。彼は、祖先の国アイルランドに対する熱烈な愛国詩の他に、カトリック教的色彩の強い神秘的な宗教詩を数多く書き、またトマス・ハーディの技法《アート》の研究（一八九四年）などを遺したことで知られてゐるけれども、次に掲げるやうな、日本語訳を付けるのをいささか憚るやうな、また読むのが何とも気恥かしい《猥褻淫靡な詩》を一篇物してゐるのだ。世紀末文学機関誌『パジェント』（*The Pageant*, 1896）に掲載した諷刺文「度し難きもの」（"The Incurable"）の中に出てくる一篇だといふ。（矢野峰人著『世紀末英文学史〔補訂近代英

文学史〕』〔牧神社、一九七八年〕、上巻、一二四―一二五ページ参照。）

《Sometimes, in very joy of shame,
Our flesh becomes one living flame:
And she and I
Are no more separate, but the same.

Ardour and agony unite;
Desire, delirium, delight:
And I and she
Faint in the fierce and fevered night.

Her body music is: and oh!
The accords of lute and viola,
When she and I
Play on live limbs love's opera.

時々、恥辱の愉悦《よろこび》の最中《さなか》に、
僕らの肉体は一つの生きてゐる火焔《ほのほ》となるのだ。
そして彼女と僕は
もはや別個のものではなく、一心同体なのだ。

熱情と苦悶が一体となり、
欲望、精神錯乱、歓喜が一体となるのだ。

そして僕と彼女は
凄まじい、ひどく熱狂した夜に失神するのだ。

彼女の肉体は音楽である。――おお！
リュートとヴィオラの奏でる調和した妙《たへ》なる楽《がく》の音《ね》となるのだ、
彼女と僕が生身《なまみ》の四肢《てあし》で
愛の歌劇《オペラ》を演奏する時には。》

(23) Clyde K. Hyder (ed.), *Swinburne: The Critical Heritage* (London: Routledge & Kegan Paul, 1970), p. 29.

(24) *Ibid.*, p. 32. Cf. Robert Buchanan, *Athenaeum*, 4 August 1866, pp. 137–138. ロバート・ブキャナンは、皮肉にも、今日、《ラファエロ前派の画家や詩人たち（the Pre-Raphaelites）》に対する執拗で悪意に満ちた非難・攻撃で知られてゐると言つても過言ではあるまい。彼は、トマス・メイトランド（Thomas Maitland）といふ筆名を用ゐて、月刊評論誌『現代批評』（*Contemporary Review*, October 1871）で、特にD・G・ロセッティ及びスウィンバーンらの肉感的言葉遣《ディクション》ひを、《官能〔肉感〕詩派（The Fleshly School of Poetry）》（Cf. *The Fleshly School of Poetry, and Other Phenomena of the Day* [London: Strahan, 1872]）と蔑称し攻撃したのに対して、D・G・ロセッティは、週刊文藝誌『アシニーアム』（*Athenaeum*, 16 December 1871）で、ブキャナンが仮名を使つたことを皮肉つて、《隠密批評派（The Stealthy School of Criticism）》と呼んで敢然と応酬してゐるのだから、彼もスウィンバーンに劣らず肝が大きいと言ふべきだらうか。

(25) *The Collected Works of Dante Gabriel Rossetti* (London: Ellis and Elvey, 1897), edited with Preface and Notes by William M. Rossetti, Vol. I, p. 301. 序でに言へば、昨秋、ハーヴァード大学付属のフォッグ美術館（Fogg Art Museum）所蔵の「ウィンスロップ・コレクション（Winthrop Collection）」展で、筆者は、たまたまD・G・ロセッティの大作三点――すなはち、《祝福されし乙女（The Blessed Damozel, 1875–78）》、《海の呪文（A Sea Spell, 1877）》、《ラ・ドンナ・デルラ・フィネストラ〔窓辺の淑女〕（La Donna della Finestra, 1879）》を見る機会を得たのは、願つてもない僥倖に恵まれたと思はざるを得ないのだ。感覚的・官能的でありながら、霊的なものを感じないわけにはゆかなかつたと言ふべきだらうか。（国立西洋美術館にて、二〇〇二年十月五日〔土〕）また、今夏は、「ヴィクトリアン・ヌード――十九世紀英国のモラルと藝術

（The Victorian Nude: Morality and Art in 19th-century Britain）」展で、ロセッティのヌード画の一つ、《ウェヌス・ウェルティコルディア〔心変りを誘ふヴィーナス（魔性のヴィーナス）〕（Venus Verticordia, 1864–68）》（ラッセル・コーツ美術館 Russell-Cotes Art Gallery & Museum, east Cliff, Bournemouth, England 所蔵）を見ることができたのは幸ひだつた。ロセッティの描いた、例の男を惑はし、破滅させずに措かない、妖しくも艶《なま》めかしい絶世の美女（妖婦・毒婦・傾城《けいせい》）、いはゆる"femme fatale (beauté fatale)"の一典型と言へるだらう。（東京藝術大学大学美術館にて、二〇〇三年七月二十六日〔土〕）

それにしても、道徳的に厳格で、「お堅い」ことで知られるヴィクトリア朝（一八三七年―一九〇一年）の大英帝国において、事もあらうに、タブー視されてゐた、フェロモン（pheromone）たつぷりの絢爛たる《裸体画》の大作が次々と秘密裡に描かれてゐたとは、何とも皮肉と言ふ外あるまい。

(26) 堀口大學『秋黄昏』（河出書房新社、一九八〇年）、五四―五五ページ。旧仮名遣ひに改めた。

(27) 同書、五六ページ。

(28) Cf. L. Clark Keating and Robert O. Evans (trans.), *An Introduction to English Literature* (The University Press of Kentucky, 1974) 中村健二訳『ボルヘスのイギリス文学講義』（国書刊行会、二〇〇一年）参照。

(29) William Faulkner, *Soldiers' Pay* (New York: Liveright, 1954), Chap. V, 10, pp. 199–200.

(30) Cf. Ian Ousby (ed.), *op. cit.*, p. 919. "His poetry is chiefly for its verbal cascades, luxurious imagery and metrical pyrotechnics, for it would be difficult to make a case for its spiritual, philosophical or political profundity."（「彼の詩は主として言葉の小滝《ほとばしり》、華美なイメジャリーや韻律の華麗さで名高い、と言ふのは、精神上の、哲学上の、或いは政治上の深遠な思想の証拠を挙げて弁護するのは難しいだらうからである。」）

(31) Carvel Collins (ed.), *op. cit.*, p. 116.

(32) *Ibid.*, p. 118.

若き日のフォークナーとA・C・スウィンバーン（その二）

——奔放な想像力と饒舌性と官能性

《...sexual flagellation has been practised in England with greater frequency than elsewhere...[1]
——Mario Praz, *The Romantic Agony* (1933; rev. 1951)
……性的な鞭打ち行為がイングランドにおいて他のどこよりも頻繁に行はれてきた……
——マーリオ・プラーツ『ロマンティック・アゴニー』〔英訳版〕一九三三年、〔改訂版〕一九五一年）》

《Libido cunctos etiam sub vultu domat.
(Lust subdues all men even behind grave countenance.)
——Publilius Syrus, *Sententiae* (c. 43 B.C.), No. 341.
肉欲は謹厳な顔をした人々をさへもすべて打ち負かす。
——プーブリリウス・シュルス『警句集』、第三四一番。》

《A Man of Pleasure is a Man of Pains.
——Edward Young, *The Complaint: or, Night-Thoughts on Life, Death and Immortality* (1742–6), "Night 8," l. 793.》

三　《サディズム——苦痛性愛（algolagnia）》——《「宿命の女」ドローレス（Dolores: Femme Fatale [Fatal Woman]）》——ジョセファン・ペラダン（Joséphin Péladan）の謂ふ「イギリス風悪徳」（"le vice anglais"）の体現者としてのスウィンバーン

スウィンバーンは、若い頃からフランスの詩歌に馴れ親しみ、とりわけ、ユゴー（Victor Hugo, 1802–85）、ゴーティエ（Théophile Gautier, 1811–72）、ボードレール（Charles Baudelaire, 1821–67）を鍾愛し、特に《美と自由の詩人》として、これを巧みに壮麗に詠つてゐるのだ。その詩想は豊麗で、時に激情的に荒々しくなり、多くの場合、肉感的な情念（精神分析学で謂ふところの《リビドー（libido）》）に付き纏はれてゐると言つてよい。その詩風は、饒舌（verbosity）で、脚韻（rhyme）を踏むのは言ふに及ばず、過剰なまでの頭韻（alliteration）を駆使して極めて音楽的であつた。スウィンバーンは流麗な韻律を飽くことなく追求してやまなかつた、少なくとも前半生は比類なき《詩的才能（poetical genius; poet's genius）》に恵まれた詩人であつたと言へるだらう。

スウィンバーンには、例へば、パーシー・ビッシュ・シェリー（Percy Bisshe Shelley, 1792–1822）をわが師として——すなはち、奔放な抒情詩人として、また自由恋愛論者で美と反抗の詩人として——礼讃した、こんな《オマージュ（hommage）》が、《死者への賞讃詩（necrological eulogy; eulogistic sonnet）》があるので次に引用しておかう。

Cor Cordium

O HEART of hearts, the chalice of love's fire
  Hid round with flowers and all the bounty of bloom;
  O wonderful and perfect heart, for whom
The lyrist liberty made life a lyre;
O heavenly heart, at whose most dear desire
  Dead love, living and singing, cleft his tomb,
  And with him risen and regent in death's room
All day thy choral pulses rang full choir;
O heart whose beating blood was running song,

O sole thing sweeter than thine own songs were,
Help us for thy free love's sake to be free,
True for thy truth's sake, for thy strength's sake strong,
Till very liberty make clean and fair
The nursing earth as the sepulchral sea.(2)

心情《コル・コルディウム》の切なる人

おお、他に並ぶ者なき心情の切なる人よ、火のやうに燃える愛の情熱を盛る酒盃《さかづき》よ、
汝は、堆《うづたか》く供へられた手《た》向けの花々の下に埋もれて、かつ咲き誇る花の与へる恩恵《めぐみ》に浴して隠れてゐた。
おお、素晴らしい、非の打ち所なき心情の切なる人よ、汝のために
抒情詩人の特権が人生を竪琴《リラ》で奏でたのだ。
おお、天にまします心情の切なる人よ、その切なる願ひ通りに
いつたん死んだ恋人（P・B・シェリー）が生き返つて、歌ひながら、その墓場《おくつき》に孔《あな》を開けた、
そして彼は死の部屋で甦り、統治しながら、
ひねもす汝の合唱する時の胸の鼓動が聖歌隊全員の歌声を響き渡らせた。
おお、胸の脈搏《う》つ血潮が流麗な詩歌となつた心情の切なる人よ、
おお、汝自身の詩歌よりも甘美なる唯一の人よ、
汝の自由恋愛のために我らも自由になるべく、どうか手を貸し給へ、
汝の真実のために我らも真実なるべく、汝の力のために我らも力強くなるべく、どうか手を貸し給へ、
あの汝自身の自由が汝を育む大地を
墳墓なる大海（シェリーは、一八二二年七月八日、イタリアのラ・スペツィア湾頭で溺死した）のやうに清潔で美しくする日まで。

序でに、さらにもう一篇、スウィンバーンが敬愛してやまなかつたシェイクスピアを讃美したソネットを引いておかう。因みに、スウィンバーンは、晩年、『シェイクスピアの時代』（*The Age of Shakespeare*, Chatto & Windus, 1908）といふ題名の批評書をも出してゐるほどのシェイクスピアの熱烈なる《崇拝者（worshiper）・讃美者（eulogist）》でもあつたのだ。

William Shakespeare

NOT if men's tongues and angels' all in one
　Spake, might the word be said that might speak Thee.
　Streams, winds, woods, flowers, fields, mountains, yea, the sea,
What power is in them all to praise the sun?
His praise is this,—he can be praised of none.
　Man, woman, child, praise God for him; but he
　Exults not to be worshipped, but to be.
He is; and, being, beholds his work well done.
All joy, all glory, all sorrow, all strength, all mirth,
Are his: without him, day were night on earth.
　Time knows not his from time's own period.
All lutes, all harps, all viols, all flutes, all lyres,
Fall dumb before him ere one string suspires.
　All stars are angels; but the sun is God.[3]

ウィリアム・シェイクスピア

たとへ人間の言葉と天使の言葉とが一つになつて語るとしても、
汝を語り尽せるぴつたりの言葉で言ひ表せないだらう。

小川、風、森、野原、山、さらに海、
それらすべてに、太陽を讃美し得るどんな力があらうか。

彼に対する讃美はかうだ――彼は何人にも讃美し切れないほどなのだ。

男も女も子供も、彼のために神を讃美せよ。

しかし彼は崇拝されることではなくて、存在することに小躍りして喜ぶのだ。

彼は存在する。そして、存在しながら、自分の作品が立派に行はれるのを見てゐるのだ。

ありとあらゆる愉悦《よろこび》も光栄も悲哀《かなしみ》も強さも浮かれ騒ぎも、彼のものなのだ。

もし彼がゐなければ、この世は昼もさながら夜となつてしまふことだらう。

時間は、彼の生きた時代と時代自身の期間を区別することができないのだ。

あらゆるリュートもハープもヴィオルもフルートもリラも、
彼の前では一弦が嘆息する前に押し黙つてしまふのだ。

あらゆる星は天使であるが、太陽は神であるのだ。


スウィンバーンは、十四行詩の中で、シェイクスピアを口を極めて讃めちぎつてゐると言つていいだらう。

さて、スウィンバーンの四四〇行（各聯八行づつの都合五五聯）から成る淫靡かつエロティックな傑作長篇抒情詩「ドローレス（我らが七つの悲しみの聖母）」（“Dolores (Notre-Dame des Sept Douleurs),” 1865）に言及しなければならぬ時が来た。《ドローレス》といふ名前は、もともとラテン語の “dolor”（pain; sorrow）に由来してゐる。伝統的に、《聖母マリア（the Virgin Mary; Our Lady of Sorrows）》を暗にそれとなく指してゐることは言ふまでもあるまい。この詩は、《我らが苦痛の聖母（Our Lady of Pain）》に向つて呼び掛けるといふ形式を採り、詩の中で、スウィンバーンは《禁じられた快楽（forbidden pleasures）の愉悦《よろこび》》とそれに伴ふ飽き飽きした《倦怠（ennui; languor; weariness and satiety）》を詠つてゐるのだが、出版当時は、一方では囂《がう》々たる非難を浴びはしたが、また他方では多くの絶大なる賞讃を博しもしたといふ。愛読するあまり、《弱弱強格《アナペスト》（anapaest）》を多用した「ドローレス」の詩句の一節を低唱微吟するといふか、何度も口吟《くちずさ》む——いはゆる「舌頭に千転する」若者も決して珍しくなかつたと言はれる。

何はともあれ、紙幅の都合もあつて、「ドローレス」の書き出しの第一聯から第一一聯までの併せて八八行のみを次に引いてみることにする。御参考までに、恥を忍んで、試訳を（文字通りの拙訳を）付けておかう。とはいへ、どうやら詩の翻訳はどだい無理な話のやうで、「翻訳はせいぜい反響《エコー》に過ぎず」（"Translation is at best an echo."—George Borrow, *Lavengro* [1851], Ch. 25.）、「翻訳は作品の欠点を増大させ、その美点を台無しにする」（"Les traductions augmentent les fautes d'un ouvrage et en gâtent les beautés." ["Translations increase the faults of a work and spoil its beauties."]—Voltaire, *Essai sur la Poésie épique* [1726], Ch. 2）だけなのかもしれない。

Dolores
(NOTRE-DAME DES SEPT DOULEURS)

COLD eyelids that hide like a jewel
  Hard eyes that grow soft for an hour;
The heavy white limbs, and the cruel

Red mouth like a venomous flower;
When these are gone by with their glories,
What shall rest of thee then, what remain,
O mystic and sombre Dolores,
Our Lady of Pain?

Seven sorrows the priests give their Virgin;
But thy sins, which are seventy times seven,
Seven ages would fail thee to purge in,
And then they would haunt thee in heaven:
Fierce midnights and famishing morrows,
And the loves that complete and control
All the joys of the flesh, all the sorrows
That wear out the soul.

O garment not golden but gilded,
O garden where all men may dwell,
O tower not of ivory, but builded
By hands that reach heaven from hell;
O mystical rose of the mire,
O house not of gold but of gain,
O house of unquenchable fire,

Our Lady of Pain!

O lips full of lust and of laughter,
Curled snakes that are fed from my breast,
Bite hard, lest remembrance come after
And press with new lips where you pressed.
For my heart too springs up at the pressure,
Mine eyelids too moisten and burn;
Ah, feed me and fill me with pleasure,
Ere pain come in turn.

In yesterday's reach and to-morrow's,
Out of sight though they lie of to-day,
There have been and there yet shall be sorrows
That smite not and bite not in play.
The life and the love thou despisest,
These hurt us indeed, and in vain,
O wise among women, and wisest,
Our Lady of Pain.

Who gave thee thy wisdom? what stories
That stung thee, what visions that smote?

Wert thou pure and a maiden, Dolores,
  When desire took thee first by the throat?
What bud was the shell of a blossom
  That all men may smell to and pluck?
What milk fed thee first at what bosom?
  What sins gave thee suck?

We shift and bedeck and bedrape us,
  Thou art noble and nude and antique;
Libitina thy mother, Priapus
  Thy father, a Tuscan and Greek.
We play with light loves in the portal,
  And wince and relent and refrain;
Loves die, and we know thee immortal,
  Our Lady of Pain.

Fruits fail and love dies and time ranges;
  Thou art fed with perpetual breath,
And alive after infinite changes,
  And fresh from the kisses of death;
Of languors rekindled and rallied,
  Of barren delights and unclean,

Things monstrous and fruitless, a pallid
   And poisonous queen.

Could you hurt me, sweet lips, though I hurt you?
   Men touch them, and change in a trice
The lilies and languors of virtue
   For the raptures and roses of vice;
Those lie where thy foot on the floor is,
   These crown and caress thee and chain,
O splendid and sterile Dolores,
   Our Lady of Pain.

There are sins it may be to discover,
   There are deeds it may be to delight.
What new work wilt thou find for thy lover,
   What new passions for daytime or night?
What spells that they know not a word of
   Whose lives are as leaves overblown?
What tortures undreamt of, unheard of,
   Unwritten, unknown?

Ah beautiful passionate body

That never has ached with a heart!
On thy mouth though the kisses are bloody,
　Though they sting till it shudder and smart,
More kind than the love we adore is,
　They hurt not the heart or the brain,
O bitter and tender Dolores,
　Our Lady of Pain.(4)

ドローレス
（我らが七つの悲しみの聖母）

一時間の間に柔和《にうわ》になる鋭い眼《まなこ》を
宝石のやうにひた隠す冷たい眼瞼《まぶた》。
重くて白い四肢《てあし》、毒液を分泌する花のやうな
残酷な紅い口唇《くち》。
これらがその栄光と共に消え去る時、
御身《おんみ》の何が残存《のこ》り、何が後《あと》まで残るのだらうか、
おお、神秘的で陰鬱なドローレス、
我らが苦痛の聖母よ。

僧侶たちは彼らの聖母に七つの悲しみを与へる。
だが、御身の罪は、七の七十倍にもなり、

七つの時代を経ても御身の罪を贖《あがな》ふことはできないであらう。
さればそれらの罪は天上にても絶えず御身に付き纏ふであらう。
熾烈《しれつ》な真夜中と餓死しさうなくらゐお腹がぺこぺこの朝、
肉欲のすべての愉悦《よろこび》と、魂を疲れ果てさせる
肉欲のすべての悲哀《かなしみ》を全《まつた》きものにし、
かつ制御する愛。

おお、黄金製ではなく、金鍍金《きんめつき》の衣裳《ころも》よ、
おお、すべての男たちが住むことができる庭園《には》よ、
おお、象牙ではなく、地獄から天に
伸びる手によつて築かれた塔よ。
おお、泥沼の神秘的な薔薇よ、
おお、黄金ではなく、枘《ほぞ》と枘穴で接合した家よ、
おお、消すことができない火焔《ほのほ》の家よ、
おお、我らが苦痛の聖母よ!

おお、情欲と笑ひに満ちた口唇《くちびる》よ、
僕の胸から養分を摂つて育つてゐるとぐろを巻いた蛇どもが、
思ひ残すことがないやうに、激しく咬み、
あなたがひしと抱き寄せてゐる辺りを生々しい口唇《くちびる》で接吻《くちづけ》するのだ。
と言ふのは、僕の心臓もその圧力で跳び上がり、
僕の眼瞼《まぶた》も潤んで燃え上がるからだ。

ああ、快楽で僕を養ひ、僕を満たし給へ、
苦痛がまたやつて来る前に。

昨日の手の届く所にも明日の手の届く所にも、
彼らは今日も同衾《ねて》ゐるけれども見えない所にゐるのだ、
性愛の最中に強打もせず、咬んだりもしない
悲哀《かなしみ》がこれまであつたし、まだこれからもあることだらう。
人生や恋愛を御身は軽蔑するが、
これらが実際に我らの感情を害したところで、無駄なのだ、
おお、女の中でもとりわけ聡明な女《ひと》よ、最も聡明な女《ひと》よ、
我らが苦痛の聖母よ。

誰が御身に叡智を与へたのか。御身を
刺したのはどんな話か、強打したのはどんな幻か。
情欲が御身の喉笛を絞めた時、
御身は清浄無垢で処女《きむすめ》であつたか、ドローレスよ。
すべての男たちが匂ひを嗅いで摘むことのできる
花の外皮《かは》はどんな蕾《つぼみ》であつたか。
どんな胸で最初にどんな乳が御身を養つたことか。
どんな罪が御身に乳を飲ませたのか。

我らは衣服を着替へ、粧《めか》し込み、掛け布を纏《まと》ふ、

御身は気高く、一糸も纏はず、往古《いにしへ》の人。
リビティーナ（古いイタリアの死と葬礼の女神）が御身の母、プリアーポス（男根で表される生殖力と豊穣の神、庭園や葡萄園の守護神）が
御身の父、トスカーナ人とギリシア人の混血児《あひのこ》。
我らは正門で浮気な恋人たちと戯れ、
たぢろぎ、不憫に思ひ、自制する。
恋人たちが死んでも、御身が不死であることを我らは知つてゐる。
我らが苦痛の聖母よ。

果実は萎《な》え、恋人が死に、時は移り変る。
御身は永遠の息吹に養はれ、
限りない有為転変の後にも生き存《ながら》へ、
死の接吻によつて元気溌剌となる。
再び燃え上がり、元気を恢復し倦怠の、
不毛にして不浄の歓喜の、
怪物のやうな、実を結ばぬ者どもの、
蒼ざめた、毒性のある女王よ。

甘美なる口唇《くちびる》よ、僕が御身を傷つけても、御身は僕を傷つけることができるだらうか。
男たちはその口唇に触れると、瞬く間に変へるのだ、
美徳の百合と倦怠を
悪徳の恍惚と薔薇に。
百合は床の上の御身の足許の辺りに横たはり、

薔薇は御身の冠となり、御身を愛撫し、鎖で縛りつける、
おお、華麗にして石胎女《うまずめ》のドローレス、
我らが苦痛の聖母よ。

新たに見つかるかもしれぬ罪があり、
新たに愉しめるかもしれぬ行為がある。
御身は恋人のためにどんな新しい性行為《くふう》を、
昼間や夜のためにどんな新しい情熱を見つけてくれるのだらうか。
吹き飛ばされた木の葉のやうな人生について
彼らが一言も知らないどんな呪文を、
夢にも見たことがない、話にも聞いたことがない、
文字にも書かれたことがない、世に知られざるどんな責め苦を見つけてくれるのだらうか。

ああ、心の痛みを覚えることが絶えてなかつた
美しい、情熱的な肉体よ！
御身の口の上は接吻《くちづけ》のせゐで血だらけになり、
接吻は、戦《をのの》き震へ、ひりひり疼《うづ》くまで、刺すやうな痛みを与へるけれども、
我らが崇敬する愛よりも思ひやりがあり、
接吻は心や頭脳《あたま》に痛みを与へはしない、
おお、苛酷にして優しいドローレス、
我らが苦痛の聖母よ。

「ドローレス」といふ詩は、奔放傲慢で《毒性のある霊気《オーラ》を放つ耽美的な美女》を讃美した、いささか病的で加虐趣味の強い詩であると言はねばなるまい。一読したなら誰しもお気づきのやうに、或る意味で、確かに「語るも恐ろしい」（"horribile dictum [horrible to relate]"）、戦慄すべき（horrifying）、衝撃的《ショッキング》、かつ驚嘆すべき（marvelous）作品であると筆者も思ふ。いかにも反社会的・反道徳的であり、破壊力が充分な詩だとは思ふが、さうかと言つて、「淫乱の単なる神格化にすぎぬ」（"mere deification of incontinence"[5]）などと直ちに決めつけて、「ドローレス」を唾棄し、安易に斬つて捨て去るのは、これまた大人気ないのも甚だしいと言はねばならぬだらう。世に「書いたものを見ればその人の本性が知れる〔現れる〕」（"A man reveals himself in what he has written."）といふ。思ふに、スウィンバーンの半ば生得的とも言へる生理的、体質的本性〔特性〕がどうやらこの辺り――すなはち、節操の無さといふか、性的な面での自制心の欠如（lack of restraint）、より端的に言へば、淫楽に恣《ほしいまま》に耽ること（indulgence of lust）――に存在してゐるやうな気がしてならないのだ。

ここで一言註記しておかねばならない。作者不詳の『フロッシー――十五歳のヴィーナス』（*Flossie: A Venus of Fifteen*, 1908）といふ《世紀末の花も恥ぢらふ美少女と青年紳士との性愛》を扱つた、ポルノグラフィックな中篇小説《ノヴェレット》があることは知る人ぞ知るであらう。一説には、A・C・スウィンバーンの晩年の《筆の遊《すさ》び》説が今以て根強いが、その確証があるわけではない。（因みに、『四畳半襖の下張』の場合は、永井荷風が作者であるといふ確証〔「文明」、一九一七〔大正六〕年七月〕がある。）わが国では、古くは梅原北明〔貞康〕（一九〇一―四六）訳（文藝市場社、一九二八〔昭和三〕年）を嚆矢として、筆者の知る限りでも、この五十年余りの間に、松戸淳訳、藤井純逍訳、片桐童二訳、江藤潔訳、等々の諸訳があつて、同好の士の間では今なほ隠然たる人気があるのだ。また、前掲の《ドローレス（Dolores）》といふ名前の愛称は、《ローラ（Lola）》ないし《ロリータ（Lolita; Loleta）》である。ここに至つて、我々は、どうしても《十二歳のニンフェット（nymphet）と中年知識人の異常な性愛》を扱つたウラジミール・ナボコフ（Vladimir Nabokov, 1899–1977）の例の代表的傑作長篇小説『ロリータ』（*Lolita*, 1955 [Paris: Olympia Press]; 1958 [American ed.]; 1959 [British ed.]）を想ひ起さぬわけにはゆかぬだらう。ロシア貴族の子として生まれ、一九一九年に亡命し、ケンブリッジ大学トリニティ学寮《コレッジ》で学んだナボコフは、エドガー・A・ポーの生涯からヒントを得ただけではなく、スウィンバーンの詩からも大きな恩恵を蒙つてゐると言つていいだらう。

ボストン大学の古典文学研究学科のケネス・ヘインズ（Kenneth Haynes）氏は、ペンギン古典叢書中の一冊、*Poems and Ballads & Atalanta in Calydon*（2000）の巻末に付けた《註解》の中で、かう説明してをられる。「ドローレスはスウィンバーンの反《アンチ》マドンナ（anti-madonna）である。彼女の名前は《我らが七つの悲しみの聖母》（それをフランス語で表記したのがスウィンバーンの副題《サブタイトル》である）といふ句《フレイズ》から来てゐる。《我らが苦痛の聖母》、スウィンバーンの異教徒のやや浅黒いヴィーナスは、キリスト教の《我らが悲しみの聖母》に対する彼の答である、尤も彼の異教主義は彼自身のサド・マゾヒズム（sadomasochism）に対する関心にいささか染まつてゐるけれども。(6)」

さらに付言すれば、スウィンバーンは、一八六〇年代の中頃（より正確には、一八六四年の秋から一八六八年の八月に掛けての一時期と言ふべきか）、彼の詩の讃美者で、自らも詩を書き、乗馬がうまい女丈夫で、多彩な男性遍歴を重ね、何と五回もの結婚歴を有する、ニュー・オーリンズ生まれの阿婆擦れ女優、エイダ・アイザックス・メンケン（Adah Isaccs Menken, 1835–68）と《愛情関係（liaison amoureuse）》を結び、どうやら彼はマゾヒストとして彼女の足許にひれ伏してゐたらしく、彼女が「ドローレス」の紛れもないモデルであるといふのは今やほぼ定説になつてゐると言つてもよいのである。思ふに、スウィンバーンといふ詩人は、いはゆる《イギリス風放蕩（English libertinism）》の典型的な実践者（flagellant）であつたのである。

どうやらスウィンバーンに、あの他人の苦痛の中に快楽を求めるといふサド侯爵（Marquis de Sade, 1740–1814）の著作を初めて伝授したのは、政治家・文人のリチャード・マンクトン・ミル（ン）ズ[7]、初代ホートン男爵（Richard Monckton Milnes, 1st Baron Houghton, 1809–85）であつたといふ。（彼はまた奔放な詩的想像力と涸れることなく湧き出る詩的霊感に恵まれたスウィンバーンの《天才的詩才》を逸早く認めてゐたやうだ。）イタリアの瞠目すべき、かつ畏怖すべき英文学者マーリオ・プラーツ博士の例の古典的名著の記述を借りることにしよう。

《It was Monckton-Milnes who introduced the young poet, in 1860, to the writings of the Marquis de Sade; but this highly amiable and cynical gentleman did no more in this case than he was accustomed to do in social intercourse: he brought into contact two kindred temperaments. There are spiritual intermediaries who delight in bringing about the encounter of minds which seem destined to fertilize each other, and Milnes loved to exercise this function—which in many cases is both useful and noble—with a sting of Mephistophelian malice. He used to gather round him the most incompatible characters in order to watch them clash, or else he set to work to bring to light affinities of perversion. He used his friends, in fact, as instruments, in order to put together some strange, weird comedy, from which he, as spectator, would derive the greatest possible enjoyment, nor did he much care whether the spiritual welfare of the actors gained anything from it. The youthful Swinburne, as will be seen, showed the promise of abnormal tendencies; Milnes, to satisfy his mind, opened to the poet the *enfer* of his library—and a very rich *enfer* it was, with a European reputation.

But Milnes, whom Swinburne gratified with the honourable but sinister title of 'guide of my youth' (a Virgil guiding him through the Inferno of a library), did no more than reveal to Swinburne the existence of companions in erotic singularity. The singularity was inborn.[8]

——Translated from the Italian by Angus Davidson.

一八六〇年、若き詩人にサド侯爵の著作を教へたのはマンクトン＝ミルンズだつた。とはいへ、このすこぶる愛想の良いシニカルな紳士は、この場合普段人間関係の中で行つてゐることをしたに過ぎない。すなはち、二人の相似た気質の持ち主を引き合せたのである。互ひに多くを与へ合ふために生まれてきたやうな精神《こころ》と精神の出遇ひを設けて喜ぶ、さういふ精神の仲介者《とりもち》とでも言ふべき人間が世の中にはゐるものだ。ミルンズは、メフィストフェレス的な一抹の悪意をもつて、かうした役廻りを果すことが大好きだつた。それは多くの場合、有益で立派な行ひと言へるものだつた。彼は身のまはりにおよそ水と油のやうな性格の人間たちを集めて、彼らが衝突するのを見物したり、或いは、誰かと誰かが似た倒錯趣味を持つてゐることを教へてやつたりするのが常だつた。彼は友人たちを道具にして異様で刺激的な喜劇を上演し、自分は観客席で思ふさま楽しんでゐたのであり、それによつて俳優たちの精神の健康が増進したか否かにはあまり頓着しなかつたのである。のちに見る通り、若きスウィンバーンにはアブノーマルな傾向の萌しがあつた。ミルンズはそこで彼の精神を堕落させ、倒錯にいよいよ磨きを掛けさせるために、自分の書斎の《春本保管棚《アンフェール》》を詩人に開放してやつたのである。実際ヨーロッパにその名も高い春本蒐集家であつたから、それこそ奇本珍本山なす《地獄棚《アンフェール》》であつた。

スウィンバーンはミルンズに「わが若き日の先導者」（書斎地獄を案内するウェルギリウス）といふ名誉ある不吉な呼び名を贈つて恩に報いた。しかし彼はエロティックな特異性を共にする仲間がゐることをスウィンバーンに教へてやつただけである。特異性それ自体は生まれつきだつた。(9)（南條竹則訳）》（傍点引用者）

《猥本・春本・淫本（pornography）》といつた、《性愛〔好色〕世界文学（erotischen Weltliteratur）》に関しては、ほとんど全くと言つていいくらゐ不案内な筆者だが、それでも、例へば、イギリスの十八世紀に、ジョン・クレランド（John Cleland, 1710–89）といふ作家がゐたことぐらゐは知つてゐる。彼は、ロンドンのウェス〔ト〕ミンスター校を出てから、スミルナ（イズミルの旧称。トルコ西部、エーゲ海の入江イズミル湾に臨む港湾都市。）のイギリス領事館やボンベイの東インド会社勤務を経て、中年に差し掛かる頃、小説家に転身し、今や知る人ぞ知る《猥褻本《ポルノグラフィ》の古典》となつた、例の書簡体小説『ファニー・ヒル――或る遊女の回想記』（*Fanny Hill: Memoirs of a Woman of Pleasure*, 2 vols., 1748 & 1749）の作者として知られる。作者のジョン・クレランドといふ人物、未婚で生涯独身を通したらしいが、伝へられるところに拠ると、どうやら同性愛者《ホモセクシャル》の疑ひが掛けられてゐる。荷風流に言へば、独り身の無聊を慰める一興として、彼はどうやら一七三〇年頃（二十歳過ぎ！）から春本の草稿を書き始めてゐたらしいのだから、全く以て、呆れ返る外ないのである。一七四九年（フィールディングの『トム・ジョウンズ』が出版された年。リチャードソンの『クラリッサ』はその前年出版。）に発売禁止処分になつて以来、何と二百年以上の長きに亘つて秘密出版（地下出版《アングラ》）が執拗に繰り返し行はれてきたが、一九六三年にイギリスで《無削除版（**unexpurgated edition**）》が公刊された時も、やはり警察当局によつて押収された。しかし、現在では、様々な版が相次いで刊行され、容易に入手できるやうになつた。皮肉にも、この春本が、最も広くかつ最も密かに愛読されてきた十八世紀イギリス小説の一冊であつたことは、まことに愉快といふ外ないのである。そして、A・C・スウィンバーンも、当然のことながら、若い頃に読了してゐたに違ひないのである。

　さて、ウィリアム・フォークナーの文学世界について、例のフロイトの精神分析学的に言へば、例へば、サディストの典型は、『八月の光』（***Light in August***, 1932）において、ジョー・クリスマス（Joe Christmas）を虐殺する、州民軍の青年大尉でファシスト的な作中人物、パーシー・グリム（**Percy Grimm**）に筆者は白羽の矢を立てたいやうな気がしてならない。彼はジョー・クリスマスにありつたけの銃弾を撃ち込んだ揚句に肉切り庖丁で死体の何と、男根《いちもつ》を切除して、かう捨て台詞を吐くのだ、「さあ、これで、貴様、地獄へ行つても、白人の女に手出しはできないぞ」（**"Now you'll let white women alone, even in hell"**[10]—Chap. 19）と。ここまで書けば、必然的に我々日本人は、例の絞殺した愛人の陰茎を切り取つた猟奇殺人《阿部定事件》（昭和十一年五月）を想ひ起さざるを得ないが……。

　また、『サンクチュアリ』（***Sanctuary***, 1931）に登場するメンフィスのギャング兼酒の密売人（bootlegger）で、父親譲りの先天性梅毒（congenital syphilis）のため性的能力を失つた異常性格者のポパイ・ヴィッテリ（Popeye

Vitelli）もサディストであり、彼は「現代社会における悪の象徴」（a symbol of evil in modern society）[11] となつたとフォークナーは言つてゐる。ポパイは、ひよんなことから、ジャクソンのドレイク判事（Judge Drake）の一人娘で十八歳の女子大生、奔放な蓮つ葉娘《フラッパー》のテンプル・ドレイク（Temple Drake）を（何と驚くなかれ）《玉蜀黍《とうもろこし》の穂軸（corncob）》で強姦《レイプ》し、次々と殺人を重ねてゆく。ポパイとテンプルの関係は《サド・マゾヒズム》のそれであると言へるだらう。テンプルは、《苦痛性愛《アルゴラグニア》（algolagnia）》を享受してゐると言つていいだらう。

さらに、フォークナーの数多い短篇の中でもおそらく最も有名で代表的な傑作短篇「エミリーに捧げし一輪の薔薇」（"A Rose for Emily," 1930）の女主人公《ヒロイン》ミス・エミリー・グリアスン（Miss Emily Grierson）は「抑圧された性衝動」（repressed sexuality）から「性的倒錯」（sexual perversion）――《サディズム》の古典的な変形の一種である《死体愛好症《ネクロフィリア》〔屍姦症〕（necrophilia）》に陥つてしまふ。自分を棄てた愛人を砒素（arsenic）で毒殺し、エミリーはまるで生きてゐる夫であるかのやうに死体を自分の寝室のベッドに寝かせて、どうやら夜な夜な添ひ寝してゐたらしいのだから、唖然・愕然・呆然、これまた何とも魂消《たまげ》てしまふとしか言ひ様がないのだ。彼女は、《南部》の記念碑的存在とはいへ、疑ひもなく魔性の女なのだ。

話題をスウィンバーンに戻すが、スウィンバーンが《反《アンチ》マドンナ、「我らが苦痛の聖母」（Anti-Madonna, "Our Lady of Pain"）》として選んだドローレスといふ女は、美貌で艶めかしい、危険かつ妖しげな魅力を持ち、男を眩惑させ、手玉に取り、遂には破滅させずには措かない冷酷な魔性の女、いはゆる《宿命の女《ファム・ファタール》（Femme Fatale [Fatal Woman]）》の一典型であると言つていいのだ。彼女は、世紀末に悪魔崇拝者（Satanist）がキリスト教を嘲つて、茶化して行なつた、例の《黒弥撒《ミサ》（Black Mass）》における如く、《サディスティックな冒瀆の完璧な例（a complete example of sadistic profanation）[12]》として執拗に繰り返される《連禱（litany）》によつて詩人が呼び出す《我らが官能的な苦痛の聖母（Our Lady of Sensual Pain）[13]》であり、《苦痛の女王（Reine de douleurs）[14]》に外ならないのである。そしてスウィンバーンの作品に出てくる男はと言へば、大体が「美女の荒れ狂ふ怒りになす術《すべ》もない犠牲者」（"the powerless victim of the furious rage of a beautiful woman"[15]）であり、また、「その態度は受身であり、その愛は殉教であり、その快楽は苦痛」（his attitude is passive, his love a martyrdom, his pleasure pain[16]）に外ならないのだ。しかも、マーリオ・プラーツ博士は、例の名著の「原註[17]」に、マゾヒズムの実例として、精神病理学（psychopathology）の論文にしばしば引用されることの多い、ジャン＝ジャック・ルソー（Jean-Jacques Rousseau, 1712–78）の例の『告白』（*Les Confessions*, writ. 1764–70; pub. 1782–89）の中の有名な一節を引用することを忘れないのだ。「女帝の如き女主人の前に跪き、その命ずるがままに従ひ、許しを乞ふといふのは、私にとつてこの上ない甘美な愉悦《よろこび》であつた。」（Être aux genoux d'une maîtresse impérieuse, obéir à ses ordres, avoir des pardons à lui demander, étaient pour moi très douces jouissances.）さらに言ひ添へれば、これは、取りも直さず、マゾヒスト詩人たるスウィンバーン自身が、ルソーと同じやうに、実生活においても、ドロレスのやうな妖しい魅力を放つ冷酷な魔性の美女——例の《情愛《つれ》無き手弱女《たをやめ》》、《宿命の女《ファム・ファタール》》の足許に嬉々として跪き、ひれ伏し、かつ踏み躙られる——さう、鞭打たれることを冀《こひねが》つてゐることに通ずるのである。

ところで、象徴派以降の藝術家や作家に少なからぬ影響を与へたことで知られるフランスの作家・神秘思想家、ジヨセファン・ペラダン（Joséphin Péladan, 1859–1918）は、『最高の美徳』（*La Vertu suprême*, 1900）の中で、かう言つてゐる。

《Je pense à Swinburne qui a osé chanter le même penchant de férocité qui tient sir Arthur... Des gens bien

intentionnés et peu occupés, comme on chasse à la vipère, devraient chaser au vice anglais... Swinburne a chanté le sadisme et toujours l'Anglo-Saxon incarnera la honte humaine: la race qui ensanglante la volupté, qui cache le couteau de l'assassin dans le lit de l'amour!
—Cf. Mario Praz, "Swinburne and 'le vice anglais'," [18]

私はアーサー卿のうちに潜む凶暴な性向を敢へて詩に歌つたスウィンバーンのことを思ふのである。……おほいに意もあり、暇もある人は、蝮狩りでもするやうに、イギリス風の悪徳を狩りに出掛けるべきであらう。……スウィンバーンはサディズムを歌つた。そして、アングロ・サクソン人は、いつでも人間の恥辱を一身に体現してゐるのかも知れぬ。快楽を血潮で染め上げ、情欲の床に殺人のナイフを隠してゐる種族なのだ。（土田知則訳）》（傍点引用者）

そしてプラーツ博士は、次のやうに結論づけるのだ。

《Though Swinburne may show up in sinister fashion against the background of the Decadent Movement, as did Machiavelli against the background of the Elizabethan age, it would be a mistake to regard him as a monster in the way in which the English, until a comparatively recent time, regarded Machiavelli. The figures of both were distorted by legends to which their works gave credence: round their names crystallized analogous elements which already existed and which became coloured with a decided tinge of national quality.[19]

マキャヴェルリがエリザベス朝の背景に邪悪な姿を浮き上がらせてゐたのと同じやうに、スウィンバーンは、デカダン派文学運動の背景に凶々《まが》しい姿を浮き上がらせてゐる。しかし、スウィンバーンを、イギリス人が割合と最近までマキャヴェルリをさう見做してゐたやうな極悪人と考へるのは間違ひだらう。この二人の人物像は、その作品を読むとさもありなんと思へるやうな多くの伝説によつて歪められてゐた。彼らの名のまはりには、すでに存在してをり、やがて国民性の色合ひを決定的に帯びるに至つた、類似の要素が集まつて凝結していつたのである。（南條竹則訳）》

スウィンバーンの場合は、単にサディストと言ふよりもむしろサディズムとマゾヒズムが重複して現れる《サド・マゾヒスト》と言ふべきだらう。異性に対して精神的または身体的に苦痛を与へることによつて性的快楽を充足させるサディズムにせよ、また、相手から苦痛を与へられて性的興奮を起すマゾヒズムにせよ、その原因は複雑で一筋縄では行かないだらうが、少なくともその原因の一つとして考へられるのは、《不安のエロス化〔性欲化〕(érotisation de l'angoisse; erotization of anguish [anxiety])》といふ捕捉《とら》へ方が近頃はかなり一般的ではないだらうか。

放蕩三昧の生活に明け暮れてゐたスウィンバーンは、一八六八年頃(三十歳を過ぎた頃)、どうやら《鞭打ち売春宿(flagellation brothel)》に足繁く通ひつめてゐたらしいのだが、彼は疑ひもなくサド・マゾヒスト、つまり加虐趣味と自虐趣味の両方の持ち主、言はば、鞭打ちの両刀使ひであつたと思はれるのだ。ただスウィンバーンの詩篇などから受ける印象から言へば、彼が娼家にしばしば登楼してゐたのは、サディストとして他人を鞭打つことよりもむしろマゾヒストとして自分が他人に鞭打たれること(flagellation)によつて性的満足感を味はふ一種の変態性欲者(flagellomaniac)だつたやうに思はれる。それにしても、人間といふのは、色々な趣味の人がゐるもので、一言で言へば、複雑怪奇な存在といふか、一筋縄では行かぬ、矛盾だらけの不可思議な存在であることを《文学》といふ言語によつて表現される藝術がいみじくも我々の前に思はず知らず提示して見せてくれるのである。

さらに敢へて極言すれば、もともと英国人(アングロ・サクソン人)といふのは、或る意味で、「高貴性と野卑性」とも言ふべき《両面性》を——すなはち、世界に冠たる文明の先進国にして紳士淑女の国と言はれるだけあつて礼儀正しく品位・品格がある反面、歴史上の英国貴族の堕落腐敗ぶりが何よりも雄弁に物語つてゐるやうに、どうやらしたたかで鼻持ちならぬほど堕ちに堕ちるといふ品性の下劣さをも持ち合せてゐるのである。

四　五詩脚四行詩（十一音節《ヘンデカシラブル》三行とアドニース詩格一行から成る）の《サッポー詩体（**Sapphic verse**）》――スウィンバーンの《サフィックス（**Sapphics**）》――フォークナーの《擬似サフィックス（**pseudo-Sapphics**）》、フォークナーに見られる《スウィンバーンの木霊《エコー》（**echoes**）》

さて、スウィンバーンには、感覚的な、言ふなれば、形而下的な詩ばかりではなく、例へば、《天使のやうな子供（an angel of a child）》の《清浄無垢・天真爛漫（innocence）》を讃へた、「子供の笑ひ」（“A Child’s Laughter,” 1882）と題する、何とも微笑ましい詩もあるので、次に紹介しておかう。

A Child’s Laughter

ALL the bells of heaven may ring,
All the birds of heaven may sing,
All the wells on earth may spring,
All the winds on earth may bring
　All sweet sounds together;
Sweeter far than all things heard,
Hand of harper, tone of bird,
Sound of woods at sundawn stirred,
Welling water’s winsome word,
　Wind in warm wan weather,

One thing yet there is, that none

Hearing ere its chime be done
Knows not well the sweetest one
Heard of man beneath the sun,
  Hoped in heaven hereafter;
Soft and strong and loud and light,
Very sound of very light
Heard from morning's rosiest height,
When the soul of all delight
  Fills a child's clear laughter.

Golden bells of welcome rolled
Never forth such notes, nor told
Hours so blithe in tones so bold,
As the radiant mouth of gold
  Here that rings forth heaven.
If the golden-crested wren
Were a nightingale—why, then,
Something seen and heard of men
Might be half as sweet as when
  Laughs a child of seven.[20]

子供の笑ひ

あらゆる天の鐘が鳴り響くかもしれない、
あらゆる天空《そら》の鳥が歌ふかもしれない、
あらゆる地上の井戸が湧き出るかもしれない、
あらゆる地上の風があらゆる快い響きを
寄せ集めるかもしれない。
耳に聞えるあらゆるものよりも遙かにずつと快い、
ハープ奏者の手、鳥の音調《しらべ》、
明け方に戦《そよ》ぐ森の響き、
湧き出る水の愛嬌のある言葉、
暖かく薄暗い天気に吹く風、

まだ一つのものがあるのだ、
子供の笑ひ声が終る前に、聞いても
太陽の下にあつて人間が耳で聞いた、
今後、天上において期待される、
最も快いものを誰一人よく知らない者がないものがあるのだ。
柔らかくよく通る、声高く明るい、
朝のこの上なく薔薇色に染まつた天空《そら》から聞える
光そのものの響きに外ならない、
あらゆる歓喜の霊魂《たましひ》が
子供の清浄無垢な笑ひを満たす時。

歓迎の黄金の鐘が
このやうな音調《しらべ》を鳴り響かせたためしはないし、
またこれほど大胆な音調でこれほど楽しさうな時刻《とき》を数へたこともない、
天上に向つて鳴り響く
この燦然たる黄金の口のやうに。
たとへあの金色の鳥冠《とさか》のある鷦　鷯《みそさざい》が
小夜啼鳥《ナイチンゲール》のやうに美声で歌ふことがあつても——まあ、そんな時でも、
人々が見たり聞いたりしたどんなものだつて
七歳の子供が笑ふ時に較べると
半分も快いものではなくなるだらう。

この詩の聯（スタンザ）の各々前半四行と後半六行とが押韻してゐるのは、「ハハハ…」といふ笑ひ声を聯想させる形式であるからだといふ。この詩の他にも、スウィンバーンには、子供を詠つた優れた詩が数篇ある——すなはち、「子供の哀れみ」（"A Child's Pity"）、「子供の感謝」（"A Child's Thanks"）、「子供の戦ひ」（"A Child's Battle"）、「子供の未来」（"A Child's Future"）、等々。

かつてフォークナーは、「若い頃、私は、判断力もなく、思慮分別もない乱読家だつた——私は手当り次第何でも読み漁つた。」（"When I was young I was an omnivorous reader with no judgment, no discretion—I read everything."(21)）とニュー・ヨーク州南東部、ウェスト・ポイントの米国陸軍士官学校（The United States Military Academy）の学生たちに語つたことがあつた（一九六二年四月二〇日）。また、ジューディス・L・センシバー（Judith L. Sensibar）女史は、《フォークナーの読書歴》をかう手際よく簡潔に要約して述べてをられる。

《At twenty-two, Faulkner had read the major novelists of the past three centuries, as well as Shakespeare, the Romantics, the Symbolists, Swinburne, the Georgians, Yeats, and finally, Eliot, Aiken, and other Modernists.[22]

二十二歳の時に、フォークナーは、シェイクスピア、ロマン派の詩人たち、象徴主義者《サンボリスト》たち、スウィンバーン、ジョージ王朝（ジョージ五世時代、一九一〇年代から二〇年代前半）の詩人たち、イェイツ、そして最後に、エリオット、エイケンや他のモダニストたちは勿論、過去三世紀の主要な小説家たちを読んでしまつたのだつた。》（傍点引用者）

フォークナーには、若い頃、どうやらスウィンバーンの《サッポー詩体（Sapphic verse [stanza, strophe]）》を模倣して書いたと見られる、六聯から成る「サフィックス」（"Sapphics," 1919）といふ《模倣詩》がある。因みに、《サッポー詩体》とか《サッポー聯《スタンザ》》といふのは、多少知つたかぶつて言へば、もともとは古代ギリシアの抒情詩人アルカイオス（Alkaios [Alcaeus], *c.* 620–*c.* 580 B.C.）が使ひ始めた詩型なのだが（「アルカイオス風四行詩」）、韻律《ミーター》と音節数《シラブル》ゆゑに、また創案者のアルカイオスよりも、彼とほぼ同時代人でギリシア最大の女流抒情詩人サッポー（Sappho [Psappho], *c.* 612 B.C.–?）の方がこの詩型をよりしばしば愛用したこともあつて、《サッポー風十一音節《ヘンデカシラブル》の詩行（Sapphic hendecasyllable[23]）》と呼ばれてゐる（「サッポー風四行詩」）。とはいへ、この詩型は、サッポーが用ゐた多くの韻律の一つに過ぎないのだ。さらに、のちの古代ローマの詩人ホラーティウス（Horatius [Horace], 65–8 B.C.）がラテン語で模倣し、広めた詩型を"Sapphic verse"と言ひ、その形式を取つた詩を"Sapphics"と言つてゐる。韻律は、三番目（中間）の所に「強弱弱格」（dactyl [ト××]）を伴ふ「十一音節」（hendecasyllable）三行と「アドーニス詩格」（Adonic [ト××ト×]）一行から成る。古典詩の長短（―⏑）の記号ではなく、英詩の強弱（ト×）の記号で表記すれば、すなはち、――

ト×ト××ト×ト×ト×

ト×ト×ト×ト×ト×
ト×ト×ト×ト×ト×
ト××ト×

いづれにしても、サッポー詩体の四行詩は、高度の技巧を必要とするために、英詩における使用は極めて困難とされ、僅かに、サー・フィリップ・シドニー（Sir Philip Sidney, 1554–86）、トマス・キャンピオン（Thomas Campion, 1567–1620）、アイザック・ウォッツ（Isaac Watts, 1674–1748）、ウィリアム・クーパー（William Cowper, 1731–1800）、ジョージ・キャニング（George Canning, 1770–1827）、ロバート・サウジー（Robert Southey, 1774–1843）、アルフレッド・テニスン（Alfred Tennyson, 1809–92）、そしてスウィンバーンなどにその例を見るに過ぎないといふ。

《作詩法・韻律法（prosody）》の点から言へば、英詩は《音節の強勢・強弱（stress）》を基礎とした詩（いはゆる《強勢詩（accentual verse）》）であるのに対して、古代ギリシア・ローマのギリシア詩・ラテン詩のやうな古典詩は《音節の長短・音量〔音長〕（quantity）》を基礎とした詩（いはゆる《音量詩（quantitative verse）》）である。要するに、古典詩の韻律は、英詩におけるやうに音の強弱（ト×）ではなく、音の長短（—⌣）から成り立つてをり、《Classical prosody》と《English prosody》とは氷炭相容れずといふか、その性質を全く異にするものであると言つていいのである。Cf.《長音記号〔macron（—）〕》、《短音記号〔breve（⌣）〕》。

《サッポー風（五詩脚）四行詩》といふのは、《lesser Sapphic verse》と呼ばれ、最初の三行が、各行の三番目（中間）の所（詩脚）に、《長短短格（dactyl）》を伴ふ、《五歩格（pentapody [pentametre]）》の《十一音節の詩行（hendecasyllable）》、さらに四行目に《アドーニス詩格（Adonic—dactyl〔長短短格〕に spondee〔長長格〕またはtrochee〔長短格〕が続く五音節〔pentasyllable〕）の詩行》一行から成る聯《スタンザ》である。古典詩学の母音の上に付ける《音量記号（quantity marks）》で表記すれば、すなはち、——

— ∪ | — — | — ∪ ∪ | — ∪ | — ⏓
— ∪ | — — | — ∪ ∪ | — ∪ | — ⏓
— ∪ | — — | — ∪ ∪ | — ∪ | — ⏓
— ∪ ∪ | — ⏓

論より証拠（Res ipsa loquitur.）——先づは《恋愛詩（恋歌）》で名高いサッポーのギリシア語の詩を一篇具体的に引例して、御高覧に供することにしよう。掻い摘んで言へば、サッポーは、自分が恋に落ちてゐる或る少女への愛の告白に際して、恋敵の青年に対する嫉妬に苛まれ、取り乱しながらも、《恋の狂気に伴ふ心理的、肉体的錯乱状態》を、この短い詩篇に、簡潔に、かつリアリスティックに見事に詠ひ込んでゐるのだ。なほ、名著『イタリアのルネサンス』（*The Renaissance in Italy*, 7 vols., 1875–86）や『ギリシア詩人研究』（***Studies of the Greek Poets***, 2 vols., 1873–6）の著者で、《近代印象主義的批評》の先駆者の一人であるジョン・アディントン・シモンズ（John Addington Symonds, 1840–93）は、自らが詩人で、名翻訳家でもあつた。十九世紀におけるサッポーの詩篇の様々な英訳詩の中でも白眉、最良のものの一つとされるJ・A・シモンズの英訳例も併せて挙げておかう。（因みに、彼は、同性愛者《ホモセクシャル》で、A・C・スウィンバーンの交友仲間の一人であつたことを付言しておく。）

φαίνεταί μοι κῆνος ἴσος θέοισιν
ἔμμεν' ὤνηρ, ὄττις ἐνάντιός τοι
ἰσδάνει καὶ πλάσιον ἆδυ φωνεί-

σας ὐπακούει.

καί γελαίσας ἰμέροεν, τό μ' ἦ μὰν
καρδίαν ἐν στήθεσιν ἐπτόαισεν,
ὡς γὰρ ἔς σ' ἴδω βρόχε', ὤς με φώναι–
σ' οὐδ' ἒν ἔτ' εἴκει,

ἀλλ' ἄκαν μὲν γλῶσσα πέπαγε, λέπτον
δ' αὔτικα χρῶι πῦρ ὐπαδεδρόμηκεν,
ὀππάτεσσι δ' οὐδ' ἒν ὄρημμ', ἐπιρρόμ–
βεισι δ' ἄκουαι,

κὰδ δέ μ' ἴδρως κακχέεται, τρόμος δὲ
παῖσαν ἄγρει, χλωροτέρα δὲ ποίας
ἔμμι, τεθνάκην δ' ὀλίγω 'πιδεύης
φαίνομ' ἔμ' αὔται.[24]

Peer of gods he seemeth to me, the blissful
Man who sits and gazes at thee before him,
Close beside thee sits, and in silence hears thee
Silverly speaking,

Laughing Love's low laughter. Oh this, this only
Stirs the troubled heart in my breast to tremble.
For should I but see thee a little moment,
Straight is my voice hushed;

Yea, my tongue is broken, and through and through me
'Neath the flesh, impalpable fire runs tingling;
Nothing see mine eyes, and a noise of roaring
Waves in my ear sounds;

Sweat runs down in rivers, a tremor seizes
All my limbs and paler than grass in autumn,
Caught by pains of menacing death I falter,
Lost in the love trance.
——Translated by John Addington Symonds.

He seems equal to the gods to me,
the man who sits opposite you
and closely listens to you talking sweetly

and your lovely laugh—this excites the heart
in my breast, for when I see you fleetingly

my voice fails me

instead, my tongue is frozen, instantly
a gentle fire flickers under my skin,
my eyes see nothing, I hear throbbing,

a sweat runs down me, a trembling
seizes my whole person, I am paler than grass,
and I feel not far from death.
——A. Norman Jeffares & Martin Gray (eds.), *The Collins Dictionary of Quotations* (London: Harper Collins Publishers, 1995), p. 563.

その人は　神さながらとこそ思ほゆれ、
かのますらをは——そも君がひた真向ひに
座を占めて、さやけくも汝《な》がもの言はするを
　はたほのぼのと、

笑みまけせすに、近々と聞き入りたまふ、
そも我ならば胸おどろぎて　胆もそはじを。
げにたまゆらも君をし見れば、すなはち声も
　またく出で来ず、

舌ははた、ひたすらに萎え、膚《はだへ》にはまた
小さき焔《ほむら》の　うつたへに馳《は》せめぐるなす、
まなこさへはや昏《くら》みてわかず、耳ぬちはいや
　鳴りてとどろき、

汗のみぞ　しだり流れて、身はわななきの
とどめもあへず、草よりもなほ色蒼ざめて
ありぬべらなる　わが姿こそ、命たえけむ
　人にも異《ことな》らじかし………

（呉茂一訳）

（同上・別訳）

その方《かた》は、神々たちに異《ことな》らぬ者とも　見える、
その男の方《かた》が、あらうことか、あなたの真正面に
座を占めて、近々《ちかぢか》と　あなたが爽かに物をいふのに
　聴き入つておいでの様《さま》は、

また、あなたの惚々《ほれぼれ》とする笑ひぶりにも。それはいかさま、
私へとなら　胸の内にある心臓を　宙にも飛ばしてしまはうものを。
まつたくあなたを寸時《ちよつと》の間でも　見ようものなら、忽ち
　声もはや　出ようもなくなり、

唖のやうに舌は萎えしびれる間もなく、小さな
火燄《ほむら》が　膚《はだへ》のうへを　ちろちろと爬《は》つてゆくやう、
眼はあつても　何一つ見えず、耳はといへば
　ぶんぶんと　鳴りとどろき、

冷たい汗が手肢《てあし》にびつしより、全身にはまた
震へがとりつき、草よりもなほ色蒼ざめた
様子こそ、死に果てた人と　ほとんど違はぬ
　ありさまなのを。…………
　　（呉茂一訳）

サッポーは、紀元前六百年頃、小アジアに近いエーゲ海（the Aegean Sea）のレスボス（Lesbos）島のミュティレーネー（Mytilene）、またはエレソス（Eresos）に生まれた瑞々しい抒情、揺るぎない措辞、清冽な詩魂の詩人として知られる。余計なことかもしれぬが、伝へられるところに拠れば、彼女はあまり背丈が高くなく、色も浅黒かつたといふ。彫心鏤骨の名訳詩集『ギリシア抒情詩選』（岩波文庫、一九三八年、〔増補版〕一九五二年）、『花冠――呉茂一訳詩集』（紀伊國屋書店、一九七三年）、『ギリシア・ローマ抒情詩選』（岩波文庫、一九九一年）、等々で知られる呉茂一（一八九七―一九七七）の言葉を援用すれば、彼女は、「初期の琴歌抒情詩人としてほぼ同代のアルカイオスと並び称され、その声誉は極めて高く、或はホメーロスと並んで第一の女詩人と呼ばれ、或はムーサイ（楽神）の十人目とさへ称された」[25]（傍点引用者）といふ。

《ギリシア・レスボス島・サッポー》と言へば、落語の《三題噺》ではないが、我々は、どうしてもロマン派の大

詩人バイロン卿（George Gordon, Lord Byron, 1788–1824）の叙事詩『ドン・ジュアン』（*Don Juan*, 1819–24）の第三歌に出てくる有名な抒情詩 "The isles of Greece..." を想ひ起さぬわけにはゆかぬのだ。

《The isles of Greece, the isles of Greece!
Where burning Sappho loved and sung,
Where grew the arts of war and peace,
Where Delos rose, and Phoebus sprung!
Eternal summer gilds them yet,
But all, except their sun, is set.[26]
—Lord Byron, *Don Juan*, Canto III (1821), St. 86 (Song, St. 1).

ああギリシアの島々、ギリシアの島々よ！
燃えるサッポーの愛し、歌ひしところ、
戦ひと平和の技《わざ》生ひ立ちしところ、
デーロスの島盛り上がり、ポイボスの躍り出でしところ、
常夏《とこなつ》はその島々、いまも彩れど、
すべては、陽《ひ》のほかは、没し去りぬ。
——バイロン卿『ドン・ジュアン』第三歌（一八二一年）、第八六聯（歌・第一聯）（小川和夫訳）》

さて、サッポー（薩福〔莎孚〕）のことを《第十番目のムーサ（the tenth Muse）》と呼んだのは、知る人ぞ知る、かの古代ギリシア最大の哲学者、いや愛智者プラトーン（Platon [Plato], *c.* 427–*c.* 347 B.C.）であつたのだ。例の

『ギリシア詞華集』（*The Greek Anthology*, 5 vols., Loeb Classical Library, Harvard University Press）の中に、プラトーン（柏拉圖）の名を冠したサッポーへの《頌詞（eulogia）》が採録されてゐて、彼女は第十番目のムーサと呼ばれてゐる。

《’Εννέα τὰς Μούσας· φασίν τινες· ὡς ὀλιγώρως·
ἠνίδε καὶ Σαπφὼ Λεσβόθεν ἡ δεκάτη.[27]
(Some say the Muses are nine, but how carelessly!
Look at tenth, Sappho from Lesbos.[28])
——Platon [Plato], “Epigram” (*c.* 370 B.C.), *The Greek Anthology*, Bk. IX, No. 506.
ムーサは九人だと言ふ人がゐるが、何と不注意なことか！
第十番目のムーサ、レスボス島生まれのサッポーを見てごらんなさい。
——『ギリシア詞華集』、第九巻、第五〇六番。》

また、英語で “the tenth Muse” と言へば、シェイクスピアの『ソネット集』（*Sonnets*, 1609）の第三十八番を想ひ起す人がゐるかもしれない。「昔の詩人が呼びかけた詩神は九人でしたが、／あなたは十倍も価値ある十人目の詩神となり、／あなたに呼びかけるものには後世に残る／不朽の名詩を生ませてやってください。（小田島雄志訳）」（“Be thou the tenth Muse, ten times more in worth/Than those old nine which rhymers invocate;/And he that calls on thee, let him bring forth/Eternal numbers to outlive long date.[29]”—Shakespeare, *Sonnets* [1609], No. 38, ll. 9–12.）

閑話休題（To return to our muttons）、いかにも西欧的で知的な詩的感性の詩人、スウィンバーンにも、やはり、

「薩福詩体《サフィックス》」（"Sapphics," 1866）と題する四行詩、二〇聯、都合八〇行から成る詩があることはよく知られてゐるところである。彼は、サッポーの熱烈な《心酔者》で、かつ際限《かぎり》ない《讃美者》でもあつた。紙幅の都合もあるので、前半の十一聯だけを次に引用してみることにしよう。御参考までに、試訳を付けておかう。

Sapphics

ALL the night sleep came not upon my eyelids,
Shed not dew, nor shook nor unclosed a feather,
Yet with lips shut close and with eyes of iron
　Stood and beheld me.

Then to me so lying awake a vision
Came without sleep over the seas and touched me,
Softly touched mine eyelids and lips; and I too,
　Full of the vision,

Saw the white implacable Aphrodite,
Saw the hair unbound and the feet unsandalled
Shine as fire of sunset on western waters;
　Saw the reluctant

Feet, the straining plumes of the doves that drew her,

Looking always, looking with necks reverted,
Back to Lesbos, back to the hills whereunder
Shone Mitylene;

Heard the flying feet of the Loves behind her
Make a sudden thunder upon the waters,
As the thunder flung from the strong unclosing
Wings of a great wind.

So the goddess fled from her place, with awful
Sound of feet and thunder of wings around her;
While behind a clamour of singing women
Severed the twilight.

Ah the singing, ah the delight, the passion!
All the Loves wept, listening; sick with anguish,
Stood the crowned nine Muses about Apollo;
Fear was upon them,

While the tenth sang wonderful things they knew not.
Ah the tenth, the Lesbian! the nine were silent,
None endured the sound of her song for weeping;

Laurel by laurel,

Faded all their crowns; but about her forehead,
Round her woven tresses and ashen temples
White as dead snow, paler than grass in summer,
Ravaged with kisses,

Shone a light of fire as a crown for ever.
Yea, almost the implacable Aphrodite
Paused, and almost wept; such a song was that song.
Yea, by her name too

Called her, saying, "Turn to me, O my Sappho;"
Yet she turned her face from the Loves, she saw not
Tears for laughter darken immortal eyelids,
Heard not about her(30)

薩福詩体《サフィックス》

一晩中眠りが、私の瞼に訪れなかつた、
泪の雫《しづく》を流すこともなく、瞼を少しも動かしたり、開くこともなかつたが、
唇をぴつたり閉ぢて、冷酷な眼をして、
立ち止まつて、私をじつと見つめてゐた。

その時、さうやつて横になつたままんじりともせずに起きてゐる私の方に、幻影《まぼろし》が
眠らずに海を越えてやつて来て、私に触れた、
私の瞼と唇にそつと優しく触れた、そして私もまた、
　その幻影で一杯になつて、

色白の仮借することなきアプロディーテー（ローマ神話のウェヌスに当たる女神）を見た、
束を解《ほど》いた髪の毛と履物を脱いだ足が
西方の海上で日歿の火のやうに燦然と光り輝くのを見た、
　私の見たのは厭々ながらの

素足、彼女の乗つてゐる戦車《くるま》を牽《ひ》く鳩の懸命に突ついて整へてゐる羽毛、
いつも見てゐると、首を後ろにのけ反らせて、振り返つて
レスボス島の方を、丘の方を見てゐると、その下には
　ミュティレーネーが光り輝いてゐた。

彼女の背後の恋愛の神々の大空を飛翔《ひしやう》する足が
海上で突然雷のやうな音を立てるのを私が聞いたのは、
大風の強い、開いてゐる翼から
　雷鳴が轟いてきた時だつた。

そこで女神はその場から慌てて逃げ出した、
彼女の周囲に恐ろしい足音と翼を雷のやうに轟かせて、

その間に、背後で歌妓《うたひめ》たちの喧《やかま》しい歌声が
　曙の空を破つた。

ああ、歌よ、ああ、歓喜《よろこび》よ、情熱よ！
すべての恋愛の神々は、耳を傾けながら泣いた、苦悶のあまり気持ちが悪くなつて、
アポローン（詩歌・音楽などを司る凛々しく美しい青年の神）を取り囲んで王冠を戴いた九柱の詩女神《ムーサ》の神々が立つてゐた、
　恐怖が彼女たちに近づいてゐたのだ。

その間に、第十番目のムーサは、彼女たちの知らない素晴らしい事柄を歌つてゐたのだ。
ああ、第十番目のムーサよ、レスボス島の人よ！　九柱のムーサの神々は黙つてゐた、
彼女の歌の響きに誰も堪へられず泪を流してしまつたのだ。
　月桂樹が次々と、

彼女たちの王冠がすべて萎《しを》れていつたのだ、しかし彼女の額《ひたひ》のまはりや、
編んだ頭髪《かみ》や灰のやうに蒼白な顳顬《こめかみ》のまはりは、
雪のやうに真つ白で、夏草よりも蒼白く、
　接吻《くちづけ》で荒らされてゐた、

王冠のやうな一条《ひとすぢ》の火の光が永久《とは》に光り輝いてゐた。
さうなのだ、ほとんど仮借することなきアプロディーテーが
立ち止まつて、危ふく泪を流しさうになつた、このやうな歌こそまさしく歌であつた。
　さうなのだ、彼女の名前も使つて

彼女を呼んで、かう言つた、「私の方を向いて頂戴、おお、私のサッポーよ」
だが、彼女は恋愛の神々から顔を背けた、
笑ひの代りに泪が不死の女神（アプロディーテー）の瞼を曇らせるのを彼女は見もやらず、
　自分についての話を聞きもしなかつた

こんな調子で二〇聯まで続くのだが、何しろ高度の詩的技巧を必要とするため、英詩におけるサッポー詩体の使用は極めて困難とされてきたのだ。だが、ひとたび《韻律の魔術師（**a metre magician**）》スウィンバーンの手に掛かると、その困難とされてきた詩型・韻律を物ともせずに、自家薬籠中のものにして、見事に巧妙自在に使ひこなしてゐるところは、さすがにスウィンバーンの面目躍如たるものがあり、その端倪すべからざる詩才の為せる業と言ふ外ないであらう。幻影《まぼろし》に現れる女神アプロディーテーが《第十番目のムーサ》と言はれるサッポーに執拗に言ひ寄るのだが、サッポーが女神を素気《すげ》なく袖にするのだから、これは明らかにレスビアンであり、女性間におけるサディズムと言つていいだらう。スウィンバーンの得意とする例の《つれなきたをやめ（**"La Belle Dame sans Merci" ["The Fair Lady without Pity"]**）》、《冷徹冷厳な美女・佳人》のサディズムの神秘性（**mysticism**）に外ならないのだ。

一言註記すれが、フランスの詩人アラン・シャルティエ（**Alain Chartier,** *c.* **1385–***c.* **1433**）の宮廷文学の伝統を継ぐ、八行詩、一〇〇聯、八〇〇行から成る長篇恋愛詩『つれなきたをやめ』（*La Belle Dame sans Merci, c.* **1424**）の標題をたまたまキーツ（濟慈〔基茨〕）が借用して、同名の詩（四行詩、十二聯、都合四八行）を書いたことから、英語圏で一気に人口に膾炙するやうになつたフランス語である。敢へて低俗な言ひ方をすれば、「情愛《つれ》無き手弱女《たをやめ》」、「冷酷無慈悲な美女」ほど、男女を問はず、口説きの達人メルクリウス（**Mercurius**）ならずとも、おそらく口説き落してみたいといふ挑戦欲を凄まじく掻き立てる相手はゐないであらう。

ところで、フォークナーも二十二歳の時に、自分が鍾愛してやまぬスウィンバーンの作品を模倣して、「サッポー調」（"Sapphics," *The Mississippian*, Nov. 26, 1919, IX, p. 3）と題する、四行詩、六聯、都合二四行から成る《模倣詩《パスティッシュ》（pastiche）》を訳知り顔に物してゐるのだ。

SAPPHICS

So it is: sleep comes not on my eyelids.
Nor in my eyes, with shaken hair and white
Aloof pale hands, and lips and breasts of iron,
　So she beholds me.

And yet though sleep comes not to me, there comes
A vision from the full smooth brow of sleep,
The white Aphrodite moving unbounded
　By her own hair,

In the purple beaks of the doves that draw her,
Beaks straight without desire, necks bent backward
Toward Lesbos and the flying feet of Loves
　Weeping behind her.

She looks not back, she looks not back to where
The nine crowned muses about Apollo

Stand like nine Corinthian columns singing
　In dear evening.

She sees not the Lesbians kissing mouth
To mouth across lute strings, drunken with singing,
Nor the white feet of the Oceanides
　Shining and unsandalled.

Before her go cryings and lamentations
Of barren women, a thunder of wings,
While ghosts of outcast Lethean women, lamenting,
　Stiffen the twilight.(31)

サッポー風の詩

かくの如きなのだ――眠りが私の瞼に訪れないのだ。
また私の眼にも訪れないのだ、頭髪《かみ》を振り乱し、色蒼ざめて、
よそよそしげに、仄白《ほのじろ》い手をし、唇を堅く閉ぢ、冷たい乳房をして、
　そんな風にして彼女は私をじつと見つめてゐるのだ。

そしてまだ眠りが私のもとに訪れないけれども、
眠たさうな、ふつくらした、滑らかな額《ひたひ》から幻影《まぼろし》が現れるのだ、
自らの髪に縛られずに、気随気儘に近づいてくる

色白のアプロディーテー、

彼女の乗つてゐる戦車《くるま》を牽《ひ》く鳩の紫色の 嘴《くちばし》には、
欲望を持たぬ真直ぐな嘴、首をレスボス島の方へのけ反《ぞ》らせて、
彼女の背後で泪を流してゐる恋愛の神々の
　天空を飛翔《ひしやう》する足。

彼女は振り返つて見もしないのだ、アポローンのまはりの
王冠を戴いた九柱の詩女神《ムーサ》たちが、澄み切つた夕べに
歌を歌ひながら、まるで科林斯式《コリント》（ギリシア古典建築様式の一つで、柱頭部に二列のアカンサスなどの葉飾りと渦巻き装飾を施してあるのが特徴）の九本の円柱のやうに立つてゐる方を
　彼女は振り返つて見もしないのだ。

彼女はレスボス島の人々がリュートの弦《げん》越しに口に口を寄せ合つて
接吻し、歌を歌ひながら、酒に酔ひ痴れてゐるのを見もしないのだ、
また、オーケアニスの娘たち（大洋神オーケアノスとテーテュースの娘たちで、大洋の精、その数三千と言はれる）が履物を脱いで
　燦然と光り輝く色白の足を見もしないのだ。

彼女の前には、石女《うまずめ》たちの泣き叫ぶ声や悲嘆の声が行き交ひ、
翼の轟くやうな凄まじい音がしたかと思ふと、黄泉《よみ》の国の
忘却《レーテー》の川の寄る辺なき女たちの亡霊が、嘆き悲しみながら、
　黄昏《たそがれ》を昏《くら》くする。

御覧のやうに、フォークナーのは、明らかに単なる四行から成る《自由詩（free verse; vers libre）》と言ふべきであり、いはゆる《サッポー詩体（サフィックス）》と言ふわけにはゆかぬのだ。極言すれば、本物のサフィックスとは程遠い、《擬似サフィックス（pseudo-Sapphics）》とでも呼びたいやうな、全く以て似て非なる疑ひ物（sham）であり、《似而非《えせ》サッポー詩体》なのだ。思ふに、若き日のフォークナーは、おそらく、“Sapphic stanza” の何たるかを全く理解しないままに四行の自由律詩を模作してみたのであらう。一読すればすぐ気がつくことだが、先づ肝心の韻律（metre）と音節数（the number of syllables）があまりにも出鱈目過ぎるし、あはや剽窃（plagiarism）とも取られかねない、何とも如何はしい駄作と言ふべきだらうか。フォークナーの《未熟な青年時代（salad days）》における若書きの《模倣詩《パスティッシュ》》を引き合ひに出して難癖《けち》を付けるのもいささか大人気ないやうに思ふけれども……。

スウィンバーンといふ人は、音楽的流麗さを求めて、倦むことなく韻律に工夫を凝らし、詩の形式に結晶させるべく努めた詩人であつたと言へるのだ。彼は、その端倪すべからざる詩才ゆゑに、極めて困難とされる《サッポー風四行詩》の韻律を、難なくとは言はないまでも、かなり巧妙自在に駆使し得たわけだが、実を言へば、彼自身も、どうやらローマの大詩人ホラーティウス（Quintus Horatius Flaccus, 65–8 B.C.）の詩を模倣して書いてゐるのだと言はれる。さらに、スウィンバーンの「サフィックス」は、サッポーから明らかに直接大きな影響を蒙つてゐることは言ふまでもないだらう。さういふ意味からも、また、スウィンバーンのサッポーの天才に対する鑽仰《さんぎやう》・讃美（eulogy）といふ意味からも、いはゆる「薩福詩体《サフィックス》」七聯二八行から成る彼女の現存する詩の中で最も有名な長歌「アプロディーテー禱歌」（“Ode to Aphrodite”）を、例のJ・A・シモンズの英訳及び、幸ひにして、たまたま遺つてゐるわが呉茂一氏の名訳と併せてぜひ引用しておかねばならない。

ποικιλόθρον' ἀθανάτ 'Αφρόδιτα,
παῖ Δίος δολόπλοκε, λίσσομαί σε,
μή μ' ἄσαισι μηδ' ὀνίαισι δάμνα,
πότνια, θῦμον,

ἀλλὰ τυίδ' ἔλθ, αἴ ποτα κὰτέρωτα
τὰς ἔμας αὔδας ἀίοισα πήλοι
ἔκλυες, πάτρος δὲ δόμον λίποισα
χρύσιον ἦλθες

ἄρμ' ὐπασδεύξαισα˙ κάλοι δὲ σ' ἆγον
ὤκεες στροῦθοι περὶ γᾶς μελαίνας
πύκνα δίννεντες πτέρ' ἀπ' ὠράνωἴθε–
ρος διὰ μέσσω˙

αἶφα δ' ἐξίκοντο˙ σὺ δ', ὦ μάκαιρα,
μειδίαίσαισ' ἀθανάτῳ προσώπῳ
ἤρε' ὄττι δηὖτε πέπονθα κὤττι
δηὖτε κάλημμι

κὤττι μοι μάλιστα θέλω γένεσθαι
μαινόλα θύμωι˙ τίνα δηὖτε πείθω

ἄφ σ' ἄγην ἐς σὰν φιλότατα; τίς σ', ὦ
Ψάπφ', ἀδικήει;

καὶ γὰρ αἰ φεύγει, ταχέως διώξει,
αἰ δὲ δῶρα μὴ δέκετ', ἀλλὰ δώσει,
αἰ δὲ μὴ φίλει, ταχέως φιλήσει
κωὐκ ἐθέλοισα.

ἔλθε μοι καὶ νῦν, χαλέπαν δὲ λῦσον
ἐκ μερίμναν, ὄσσα δέ μοι τέλεσσαι
θῦμος ἰμέρρει, τέλεσον, σὺ δ' αὔτα
σύμμαχος ἔσσο.[32]

Glittering-throned undying Aphrodite,
Wile-weaving daughter of high Zeus, I pray thee
Tame not my soul with heavy woe, dread mistress,
Nay, nor with anguish,

But hither come, if ever erst of old time
Thou didst incline, and listenedst to my crying,
And from thy father's palace down descending
Camest with golden

Chariot yoked: thee fair swift flying sparrows
Over dark earth with multitudinous fluttering,
Pinion on pinion through middle ether
Down from heaven hurried.

Quickly they came like light, and thou, blest lady,
Smiling with clear undying eyes, didst ask me
What was the woe that troubled me, and wherefore
I had cried to thee;

What thing I longed for to appease my frantic
Soul: and whom now must I persuade, thou askedst,
Whom must entangle to thy love, and who now,
Sappho, hath wronged thee.

Yea, for if now he shun, he soon shall chase thee;
Yea, if he take not gifts, he soon shall give them;
Yea, if he love not soon shall he begin to
Love thee, unwilling.

Come to me now too, and from tyrannous sorrow
Free me, and all things that my soul desires to

Have done, do for me Queen, and let thyself too
　Be my great ally.
——Translated by John Addington Symonds.

アプロディーテー禱歌

はしけやし　きらがの座《くら》に　とはにます神、アプロディータ、
天帝《ゼウス》のおん子、謀計《たくみ》の織り手、御前にねぎまつらくは、
おほよその世のうきふし、なやみごともて
　吾《あ》が胸を挫《ひし》ぎたまはで、

いざここに　神降《かんくだ》りませ、あはれ、かのいその昔に、
はるかより　我が祈《の》るこゑを　しるべして　聴きとめ給ひ、
父のみの　父の御神《みかみ》の　真黄金《まこがね》の宮いでたたせ、
　吾《あ》がもとに　来ませしがごと、

神輦《みくるま》のたづなとらせて。翅迅《はねと》く美《は》しき
二羽の日雀《ひがら》　か黒の地《つち》へ　御神《おんかみ》を伴《ともな》ひませし、
渦をまく　羽音《はおと》をしげみ、高そらのさ中を分けて
　久方《ひさかた》の　天《あめ》より下り、

たまゆらに　地《つち》に降《お》りゐぬ。御神《おんかみ》はいとも畏《かしこ》し、
とこはなる　不死のおもわに　笑《ゑ》みまけて問はせ給ひぬ、

そも我《われ》の　何かを悩み、如何《いか》なればまた
　御神《おんかみ》を招《よ》びおこせしと。
はた何を　くるほしき我が　玉の緒に全《なべ》てを措きて、
うつたへに　願《ね》ぎもとむると。「誰をかもかたらひて、
馴れなれし　汝《な》がむつごころ　契らむとかは逸《はや》る、
　そも誰ぞ　サッポオ汝《な》を害《あや》めしは。」
「よしや今　汝《な》を避くるとも、やがてこそ追ひもて来なめ、
贈物《たまもの》を　いま受けずとも、やがて彼方《かなた》より送りおこさむ、
よしや今　汝《な》を恋ひずとも、いつしかもあくがれ寄せむ、
　そもおのが、心ともなく。」
来ませよや、こたびもまた、いと辛《つら》きもの思ひより
吾《あ》を救ひ　まもりたまひね、はた我《われ》の懐《おも》ひとげんと、
わが胸に　くがるるほどを、手づからに協《かな》へ給ひね、
　御神わが　楯ともならせ。
（呉茂一訳）

サッポーが出たついでに言へば、これはどうやらアルカイオスのものだといふ確証は必ずしもないやうだが、彼女を形容して、「菫《すみれ》のみづら、きよらかに、やさしく微笑《ゑま》ふサッポオよ（呉茂一訳）／菫色の髪の毛をした、神々しい、優しく微笑《ほほゑ》むサッポーよ」（ἰόπλοκ' ἄγνα μελλιχόμειδε Σάπφοι(33) [violet-haired, holy, sweetly-smiling Sappho]

—Alkaios [Alcaeus]）といふ現在通常アルカイオスのものとされる有名な一行が遺つてゐる。

さう言へば、ブラームス（Johannes Brahms, 1833–97）に、「サッポー頌歌」（Sapphische Ode [Op. 94, No. 4]）といふ時間にして三分余りの、ピアノ伴奏付きチェロ曲があることを書き添へておく。

さて、フォークナーにおけるスウィンバーンの《文学上の反響・木霊（literary echoes）》に関しては、実のところ、筆者如きに、もとより、語り得る能力も資格もほとんど皆無に近いと言つていいのだ。この種の分野における、少なくとも先駆的な、パイオニアリングな研究・著作として、今直ちに筆者の脳裡に思ひ浮ぶのは、テューレイン大学の故リチャード・P・アダムズ教授とイェイル大学の故クリアンス・ブルックス博士とボン大学のロータル・ヘニングハウゼン教授のものぐらゐであらうか。

Richard P. Adams, "The Apprenticeship of William Faulkner," *Tulane Studies in English*, XII (1962), pp. 113–156.
Richard P. Adams, *Faulkner: Myth and Motion* (Princeton, N.J.: Princeton University Press, 1968)
Cleanth Brooks, "Literary Borrowings and Echoes in Faulkner," *William Faulkner: Toward Yoknapatawpha and Beyond* (New Haven, Conn.: Yale University Press, 1978), pp. 345–354, and "The Influence of *Jurgen*," pp. 364–366.
Lothar Hönninghausen, *William Faulkner: The Art of Stylization in his Early Graphic and Literary Work* (Cambridge, England: Cambridge University Press, 1987)

フォークナーは、例のジーン・スタイン女史との有名なインタヴューの中で、かつ言つてゐる。「藝術家は、作品を完成させるためには、相手構はず誰からでも奪ひ取つたり、借りて来たり、乞うたり、或いは盗んで来たりしようとするのだから全く道徳観念《アモラル》がないのです。」（"He [An artist] is completely amoral in that he will rob, borrow, beg, or steal from anybody and everybody to get the work done.[34]")

勿論、多くのフォークナー研究書において短い言及と指摘があつたり、例の "Reading Faulkner Series" (Jackson: University Press of Mississippi) の註釈において註釈者の指摘と教示並びに研究書類からの適宜引用による指摘と紹介があつたりするのは、先刻、御承知の通りである。指摘されてゐる類似箇所を瞥見してみたところでは、筆者に言はせれば、フォークナーの場合、この程度であるとすれば、これは《影響（influences）》などと言ふよりもむしろ《反響・木霊（echoes）》の類と言ふ方がより適切であるやうに思はれる。スウィンバーンは、青年詩人フォークナーよりもずつと詩才に恵まれた、天成の詩人であつたと言つても差し支へないだらう。どちらかと言へば、フォークナーは、その文学的な生涯を詩人として出発した頃よりもむしろ、その後小説家に転身してからの精神形成期に、スウィンバーンから感化を受けて血肉化したと覚しき、例の奔放な想像力、饒舌性・冗漫性、官能性、露骨性などといつた、文学上の様々な影響を自らの作品中に思はず知らず顕現化・具象化していつたと考へていいだらう。

序でに言ふならば、フォークナーといふ作家には、例へば、『八月の光』（一九三二年）や『サンクチュアリ』（一九三一年）などを読んだことのある者なら誰しも必ずお気づきのやうに、一見どうでもいいやうに思はれる枝葉末節の細部に至るまで実に丹念に、執拗かつ徹底的に書き込む傾向があるのだ。おそらく他の作家なら軽く流し書きするであらうところを、フォークナーは律儀と言つていいほど骨身を惜しまずに、大雑把に割愛したり端折《はしよ》つたりせずに、細かい所までとことん書き込むことを怠らぬのである。フォークナーの愚直なほど一途《いちづ》で、必ずしも洗練されてゐるといふわけにはゆかない、独得の冗漫な文章による濃密な描写は、フォークナー文学の大きな魅力の一つであり、作中人物の造型力に優れ、存在感があり、臨場感溢れる所以でもあるのだ。

最後にフォークナーの初期習作期《アプレンティスシップ》の《エチュード（étude）》と呼びたいやうな十四行詩《ソネット》を二篇だけ次に引用して、本稿を一応締め括ることにする。二十一、二歳当時の、まだ純で初々しい文学青年だつた頃のフォークナーが偲ばれようといふものである。いづれにせよ、フォークナーは、若き日にスウィンバーンの甚だ頽廃的なロマンティシズムの洗礼を受けたにもかかはらず、後年、現実（reality）を逞しく、果敢に受け容れ、かつ感傷に流されることなく、冷静に現実的な評価を試みながら、偉大な小説家へと成長発展を遂げてゆくことになるのは、ここで敢へて贅言するまでもないだらう。

After Fifty Years

Her house is empty and her heart is old,
And filled with shades and echoes that deceive
No one save her, for still she tries to weave
With blind bent fingers, nets that cannot hold.
Once all men's arms rose up to her, 'tis told.
And hovered like white birds for her caress:
A crown she could have had to bind each tress
Of hair, and her sweet arms the Witches' Gold.

Her mirrors know her whiteness, for there
She rose in dreams from other dreams that lent
Her softness as she stood, crowned with soft hair.
And with his bound heart and his young eyes bent

And blind, he feels her presence like shed scent,
Holding him body and life within its snare.(35)

五十年後

住居には人は無く、心は老いて、
亡霊と木霊が満ちてゐる。それに
欺かれてゐるのは彼女だけ。といふのは未だに
盲《めしひ》た曲がつた指で、何も摑まへられない網を編まうとしてゐる。
かつては、男たちは皆、彼女に腕を差し伸した、さうな。
そして、彼女の愛撫を求めて白い鳥のやうに舞つたとか。
彼女がかぶつたかも知れぬ冠は髪の一房一房を
結ばなければならなかつたし、美しい両腕は、魔女の黄金。

彼女の夢の中で、他の夢から覚めて起き上がつたのだ。
その夢は、やはらかな髪で飾られて起き上がつた
彼女にやさしさを与へた。
ひたすらな心と盲た若き眼で、
彼は放たれた芳香のやうに彼女の存在を感じるのだ。
その罠に肉体も生活も捉へられて。

（石田毅訳）

To a Co-ed

The dawn herself could not more beauty wear
Than you 'mid other women crowned in grace,
Nor have the sages known a fairer face
Than yours, gold-shadowed by your bright sweet hair.
Than you does Venus seem less heavenly fair;
The twilit hidden stillness of your eyes,
And throat, a singing bridge of still replies,
A slender bridge, yet all dreams hover there.

I could have turned unmoved from Helen's brow,
Who found no beauty in their Beatrice;
Their Thais seemed less lovely then as now,
Though some had bartered Athens for her kiss.
For down Time's arras, faint and fair and far,
Your face still beckons like a lonely star.(36)

或る女子学生に

暁自身とてこれほどは美しくなることあらじ
他の女性《ひと》の中にありて、恩寵をかづきたる君よりは。
あまたなる賢者も知らず、君よりはより美しき顔《かんばせ》を。
輝ける美しき髪により後光の射せる。
ヴィーナスも君に比すれば比類なき美しさとてなし。

君の眼のうす明るき、秘めたる静けさ。
そして咽喉、静かなる答を発する歌ふ鼻筋、
すつと鼻筋の通つた鼻、すべての夢はそこにさまよふ。

わが顔背け得ん、心動かず、ヘレーネの 貌《かんばせ》 からも
また見えず、かのベアトリーチェの美しさ。
その昔《かみ》はタイスといへど今ほど美しくあらじ、
されど人、その口づけとアテネ市を換へたるとかや。
そのわけは、時の織りなす綴《つづ》れ織り、下れど仄かに華美《はで》やかに
また遙かなる、君の顔、いまだ誘ふ、ひとつ星のごと。
（石田毅訳）

(December 2003)

（註）

（1） Mario Praz, *The Romantic Agony* (London: Oxford University Press, 1951 [Second Edition]; 1954 [Second Impression]), translated from the Italian by Angus Davidson, p. 415.

（2） *The Poems of Algernon Charles Swinburne* (Chatto & Windus, 1904), Vol. II, p. 171.

（3） *Ibid.*, Vol. V, p. 298.

（4） *Ibid.*, Vol. I, pp. 154–157.

（5） Cf. Clyde Kenneth Hyder, *Swinburne's Literary Career and Fame* (Durham, N.C.: Duke University Press, 1933; New York: AMS Press, 1984), p. 42.

（6） Algernon Charles Swinburne, *Poems and Ballads & Atalanta in Calydon* (Penguin Classics, 2000), p. 352.

(7) 因みに、リチャード・マンクトン・ミル(ン)ズには、*Life, Letters and Literary Remains of John Keats* (2 vols.; London: Edward Moxon, 1848; rev. ed., 1867) といふキーツ研究として特筆すべき最初の伝記がある。

(8) Mario Praz, *op. cit.*, pp. 215–216. ここに出てくるフランス語の *"enfer"* といふのは、「(図書館などに設けられた) 猥褻本〔閲覧禁止本〕保管棚」、「禁書棚」のこと。

(9) 倉智恒夫・草野重行・土田知則・南條竹則訳『肉体と死と悪魔』(図書刊行会、一九八六年)、二八六ページ。

(10) William Faulkner, *Light in August* ("The Corrected Text"; New York: Vintage International, 1990), p. 464.

(11) Frederick L. Gwynn and Joseph L. Blotner (eds.), *Faulkner in the University: Class Conferences at the University of Virginia 1957–1958* (Charlottesville, Virginia: The University of Virginia Press, 1959), p. 74.

(12) Mario Praz, *op. cit.*, p. 231.

(13) *Ibid.*

(14) *Ibid.*, p. 271.

(15) *Ibid.*, p. 271. Cf. Georges Lafourcade, *La Jeunesse de Swinburne* (2 vols.; Paris: Les Belles Lettres, 1928), Vol. II, p. 32.

(16) *Ibid.*

(17) *Ibid.*, p. 278.

(18) *Ibid.*, p. 428.

(19) *Ibid.*, p. 429.

(20) *The Poems of Algernon Charles Swinburne*, Vol. V, pp. 283–284.

(21) Joseph L. Fant and Robert Ashley (eds.), *Faulkner at West Point* (New York: Random House, 1964), p. 114.

(22) Judith Sensibar, *The Origins of Faulkner's Art* (Austin: University of Texas Press, 1984), p. 8.

(23) Cf. Sappho and Alcaeus, *Greek Lyric*, I (Loeb Classical Library, No. 142; Harvard University Press, 1982/1994), edited and translated by David A. Campbell, pp. 32–33.

(24) D. L. Page (ed.), *Lyrica Graeca Selecta* (London: Oxford University Press, 1968), pp. 104–105, No. 199. Cf. Horatius, "mascula Sappho [masculine Sappho]." 御参考までに、英語の散文訳を挙げておく。

《That man seems to me on a par with the gods who sits in your company and listens to you so close to him speaking sweetly and laughing sexily, such a thing makes my heart flutter in my breast, for when I see you even for a moment, then power to speak another word fails me, instead my tongue freezes into silence, and at once a gentle fire has caught throughout my flesh, and I see nothing with my eyes, and there's a drumming in my ears, and sweat pours down me, and trembling seizes all of me, and I become paler than grass, and I seem to fail almost to the point of death in my very self.》

序でに、別の英訳例として、小児科医（pediatrician）でもあつたアメリカの医者・詩人（doctor-poet）のウィリアム・カーロス・ウィリアムズ（William Carlos Williams, 1883–1963）による日常語を用ゐた、極めて簡潔平易な文体の英訳詩の例を挙げておかう。ウィリアムズの訳詩は、もしかすると、言葉の細部まで抑制の利いた、装飾的かつ無駄な美辞麗句を一切排除した、単純平明にして優雅な言葉で綴られた、往古の《生ける詩女神《ムーサ》サッポー》のギリシア語の原詩の息吹を想起させるものがあると言つていいかもしれない。

Peer of the gods is that man, who
face to face, sits listening
to your sweet speech and lovely
laughter.

It is this that rouses a tumult
in my breast. At mere sight of you
my voice falters, my tongue
is broken.

Straightway, a delicate fire runs in
my limbs; my eyes

are blinded and my ears
        thunder.

Sweat pours out: a trembling hunts
me down. I grow paler
than dry grass and lack little
        of dying.
——William Carlos Williams, *Paterson* (5 vols., 1946–58), Bk. V, Sec. II.

(25) 齋藤勇編『研究社世界文学辞典』(研究社、一九五四年)、三八七―三八八ページ。

(26) Frederick Page (ed.), *The Poetical Works of Byron* (Oxford University Press, 1970), p. 695.

(27) *The Greek Anthology,* III (Loeb Classical Library, No. 84; Harvard University Press, 1917/1983), with an English translation by W. R. Paton, p. 280.

(28) *Ibid.*, p. 281. 画家の田村能里子(一九四四―　)氏に《ミューズの庭》(一九九四年)といふ魅惑的な作品がある。

(29) W. G. Ingram and Theodore Redpath (eds.), *Shakespeare's Sonnets* (Warwick Lane: University of London Press Ltd., 1964/1967), p. 91.

(30) *The Poems of Algernon Charles Swinburne*, Vol. I, pp. 204–205. スウィンバーンは、《サッポー聯》を強勢・強弱(stress)によつて見事に模倣してゐるのだが、御参考までに、第一聯の《韻律分析(scansion)》試みておかう。

All the night sleep came not upon my eyelids,
Shed not dew, nor shook nor unclosed a feather,
Yet with lips shut close and with eyes of iron
  Stood and beheld me.

(31) Carvel Collins (ed.), *William Faulkner: Early Prose and Poetry* (Boston: Little, Brown and Company, 1962), pp. 51–52. Cf. Carvel Collins (ed.), *Faulkner's University Pieces* (Tokyo: Kenkyusha Press, 1962), pp. 45–46.

(32) David A. Campbell (ed.), *Greek Lyric,* I (*Sappho and Alcaeus*), pp. 52 and 54. 御参考までに，英語の散文訳を挙げておく。

《Ornate-throned immortal Aphrodite, wile-weaving daughter of Zeus, I entreat you: do not overpower my heart, mistress, with ache and anguish, but come here, if ever in the past your heard my voice from afar and acquiesced and came, leaving your father's golden house, with chariot yoked: beautiful swift sparrows whirring fast-beating wings brought you above the dark earth down from heaven though the mid-air, and soon they arrived; and you, blessed one, with a smile on your immortal face asked what was the matter with me this time and why I was calling this time and what in my maddened heart I most wished to happen for myself: 'Whom am I to persuade this time to lead you back to her love? Who wrongs you, Sappho? If she runs away, soon she shall pursue; if she does not accept gifts, why, she shall give them instead; and if she does not love, soon she shall love even against her will.' Come to me now again and deliver me from oppressive anxieties; fulfill all that my heart longs to fulfill, and you yourself be my fellow-fighter.》 (*Ibid.*, pp. 53 and 55.)

(33) *Ibid.*, pp. 404–405, No. 384.

(34) Malcolm Cowley (ed.), *Writers at Work: The Paris Review Interviews* (New York: The Viking Press, 1958), pp. 123–124. Cf. *Lion in the Garden* (Random House, 1968), p. 239. 因みに，ジーン・スタイン（Jean Stein, *c.* 1935–　）女史とフォークナーとの《徒ならぬ関係（liason amoureuse）》については，以下の記述を参照されたい。

《A companion and lover of Faulkner's in the mid-1950s, she was a 19-year-old student at the Sorbonne when they met in St. Mortiz, Switzerland, in the winter of 1953. Jean Stein seems to have restored Faulkner's morale, shattered by the end of his affair with Joan Williams. The novelist, working in Egypt with Howard Hawks on the movie *Land of the Pharaohs*, saw Stein in Paris and Rome that winter. Despite the 37-year difference in their ages, the affair lasted four years.

Jean kept notes of their conversations and, with Faulkner's help, published them in a famous *Paris Review* interview in May 1956. She broke off the affair with the aging novelist in 1957. The action devastated Faulkner, touching off a serious drinking bout that landed him in the University of Virginia Medical Center in Charlottesville.—

A. Nicholas Fargnoli and Michael Golay (eds.), *William Faulkner A to Z: The Essential Reference to His Life and Work* (New York: Facts On File, Inc., 2002), p. 223.》

(35) *William Faulkner: Early Prose and Poetry*, p. 53. Cf. *Faulkner's University Pieces*, p. 47.

(36) *Ibid.*, p. 70. Cf. *Ibid.*, p. 65.

葡萄酒色の海

Ⅲ

《Es irrt der Mensch, so lang er strebt.
(Man errs, while his struggle lasts.)
—Johan Wolfgang von Goethe, *Faust*, Pt. I (1808),
"Prolog im Himmel" ("Prologue in Heaven")》

Portrait d'Arthur Rimbaud
(par Étienne Carjat, octobre 1871)

若き日のフォークナーとアルチュール・ランボーについて

——走り書き的覚え書

《Lasciate ogne speranza, voi ch'intrate.
(All hope abandon, ye who enter here.[1]
—Traditional translation. Inscription at the entrance to Hell.)
—Dante Alighieri, *La Divina Commedia* [*The Divine Comedy*] (1307), "Inferno," Cant III, l. 9.
一切の望みは捨てよ、汝ら、われをくぐる者
—ダンテ・アリギエーリ『神曲』（一三〇七年）、「地獄篇」、第三歌、第九行。（寿岳文章訳）》

《To reveal art and conceal the artist is art's aim.[2]
—Oscar Wilde, *The Picture of Dorian Gray* (1891)
藝術を顕はにし、藝術家を覆ひ隠すことが藝術の目的である。
—オスカー・ワイルド『ドーリアン・グレイの肖像画』（一八九一年）》

一

既に刊行されてゐるウィリアム・フォークナーの数々の会見記や各種のセミナーにおける質疑応答録などにおいて、フォークナーが、時折、フランスの詩人たちに——とりわけ、十九世紀後半のフランスに興つた自然主義や高踏派（école parnassienne）に対する新しい《象徴主義運動（mouvement symboliste; the Symbolist movement）》の詩人たちに言及してゐることはよく知られてゐるところである。フランス象徴派（école symboliste）の詩人たちを、もしごく大雑把に挙げるとすれば、ボードレール（Charles Baudelaire, 1821–67）を

先駆者とし、象徴派の総帥で指導的理論派のマラルメ（Stephane Mallarmé, 1842–98）、ヴェルレーヌ（Paul Verlaine, 1844–96）、ランボー（Arthur Rimbaud, 1854–91）など中心的三詩人を経て、ラフォルグ（Jules Laforgue, 1860–87）、さらにヴァレリー（Paul Valéry, 1871–1945）などがその代表的な象徴主義《サンボリスト》詩人たちといふことになるだらう。

ところで、手許の或る文学辞典に記載されてゐる《フランスの象徴主義》について、これほど簡にして要を得た解説は、さう簡単には見つかりさうもないやうに思へるので、少し長くなるが、次にぜひ引用させていただきたい。

《オスモン夫人（Madame Osmont）の定義によれば、「浪漫主義と自然主義の反動として生まれ、事実や感情思想の記述に努めず、映像と音楽によつて暗示を求める創作」である。その第一は美の新しい認識であり、第二は新しい藝術技法として「交感」（correspondance）といふ現象乃至認識を意識的・計画的に利用したことである。高踏派全盛の頂点を飾る『現代高踏詩集』に既に象徴詩の萌芽は見出され、ヴェルレーヌとマラルメがそれである。マラルメはボードレールの「交感」を一層深く掘り下げ、その詩の中には象徴主義の新しい発見である「純粋詩」（la poésie pure）の典型が見出される。ヴェルレーヌは詩人としてよりも押韻家としての影響が強かつた。ランボーはそれらの変革に更に一歩進め、その自由詩は象徴派のもたらした新形態の魁をなすものであつた。彼等の象徴詩が発表されたのは一八七〇年代からであるが、一般に認められず、一八八〇年代になると思想文藝の各分野に新しい思想が展開され、一八八五年頃彼等三人の名が燦然と閃き始め、第二十世紀初頭に繚乱たるこの派の開花期が出現した。この派に対しボードレールと共に影響を与へたのは、ポーとリヒャルト・ヴァーグナーである。[3]》

フォークナーは、一九五五年（昭和三〇年）八月、国務省の後援による文化使節として来日し、例の《長野セミナー》を終へて、アメリカに帰国の途中、九月、パリに立ち寄り、シンシア・グルニエ（Cynthia Grenier）女史とのインタヴューの中で、かう言つてゐる。「わたしには今なほ読み返す旧友の詩人たちがゐます。……フランスの詩人では、ヴェルレーヌとラフォルグです。」（"I have my old friends which I still read over ... the French poets, Verlaine and Laforgue."[4]）実のところ、ヴェルレーヌとラフォルグについて、フォークナーは、日本とパリでもう一度づつ言及してゐるほどなのだ。[5]

わが国の大正期から昭和期に掛けてのフランス文学研究者たちの中で、フランス近代詩を専攻した学徒は改めて言ふまでもなく、また学者くづれの詩人、批評家、小説家、フランス詩かぶれの好事家《ディレッタント》、或いは詩人を志す青年たち、等々を含めて、日本の比較的知的、高踏的（?）な教養人・文学通（lettré）の人々がおしなべて近代フランスの象徴派、高踏派及び世紀末の詩人たちの洗礼を受けてゐると言つていいだらう。これには、勿論、今から百年ほど前の、上田敏（一八七四―一九一六）の優婉典雅の美を以て鳴つた名訳詩集『海潮音』（一九〇五年〔明治三八年〕）、死後出版の『牧羊神』（一九二〇年〔大正九年〕）や『上田敏詩集』（一九二三年〔大正一二年〕）などの影響を無視するわけにはゆかぬだらう。さらに、永井荷風（一八七九―一九五九）の『珊瑚集』（一九一三年〔大正二年〕）及び堀口大學（一八九二―一九八一）の『月下の一群』（一九二五年〔大正一四年〕）といつた近代フランス詩の名訳詩集が日本の近代詩形成に与へた大きな影響を看過することができないだらう。ボードレール、マラルメ、ランボーなどは、例へば、蒲原有明（一八七六―一九五二）、北原白秋（一八八五―一九四二）、三木露風（一八八九―一九六四）などの諸詩人に、また昭和初期のいはゆるモダニズム詩運動に、例へば、岩佐東一郎（一九〇五―七四）、村野四郎（一九〇一―七五）、三好達治[6]（一九〇〇―六四）、その他多くの詩人に極めて大きな影響を及ぼしたのである。

ヴェルレーヌ（維爾倫）と言へば、我々日本人が何を措いても先づ第一に思ひ浮べるのは、例の上田敏の名訳による「秋の日の／ヴィオロンの／ためいきの／身にしみて／ひたぶるに／うら悲し。」（Les sanglots longs / Des violons / De l'automne / Blessent mon cœur / D'une langueur / Monotone. [The long sobbings / Of the violins / Of autumn / Wound my heart / With monotonous / Languor.]）で始まる六行三聯から成る「落葉《らくえふ》」（原題「秋の歌」"Chanson d'automne [Autumn Song]," *Poèmes saturniens*）であらう。

またランボー（蘭波）の場合ならば、さしづめ小林秀雄訳『地獄の季節』（白水社、一九三〇年）、「錯乱Ⅱ　言葉の錬金術」の中の、例の「また見附かつた、／何が、／永遠が、／海と溶け合ふ太陽が。」（Elle est retouvée! / Quoi? l'éternité. / C'est la mer mêlée / Au soleil. [It has been found again! What? Eternity. It is the sea mingled with the sun.[7]—Translated by Oliver Bernard]）が有名かもしれない。しかし多少知つたかぶつて、この名訳に敢へて難癖を付けるとすれば、オリヴァー・バーナード氏の英訳が参考になると思ふが、「海と溶け合ふ太陽が。」といふよりもむしろ「太陽と溶け合ふ海が。」の方がより適切かもしれないのだが……。何と言つても、《海》こそは、昔から《男のロマン（rêve d'homme; man's adventurous spirit）》を掻き立てる源泉でもあるのだから。

話をまたヴェルレーヌに戻すが、彼の一生は、鈴木信太郎（一八九五—一九七〇）博士の言葉を借りれば、「酒と女と、神と祈りと、悖徳と悔恨とに献げられて、全く頽唐《デカダン》と称せられるに相応しい[8]」のである。さらに鈴木博士は言ふ。

《全生涯を通してヴェルレエヌを看る時、彼は詩人《ポエト》としてよりも押韻家《メトリシアン》としての影響を多くもつてゐる。そして生前は現代詩の中心として考へられてゐたにも拘らず、死後時を経るにつれて、彼の象徴詩人達に対する影響が案外に深くもなく広くもないことに、却つて奇異の感が抱かれるのである[9]。

——鈴木信太郎『フランス象徴詩派覚書』（青磁社、一九四九年）》

一八七三年七月十日、ベルギーの首都ブリュッセルで、泥酔したヴェルレーヌは、「一人でパリに行く」と言ひ張る、一緒に放浪生活をしてゐたランボー目がけて拳銃を発射し、左手首に傷を負はせた例の悪名高い事件で逮捕監禁され、モンス刑務所の独房に服役中に創作した（一八七四年四月）と言はれる、有名な九音節《エンネアシラッブ》（ennéasyllabe）の詩、「詩法」（“Art poétique” [“The Art of Poetry”], *Paris-Moderne*, 10 novembre 1882）と題する、マラルメの《火曜会》に出席してゐた詩人で象徴主義の理論家、シャルル・モリス（Charles Morice, 1861–1919）に献げられた詩の第一聯の第一行目、「何ごとを措《お》きても先に、音楽を、」（De la musique avant toute chose,）及び第八聯の第一行目、「音楽を、なほ只管《ひたすら》に　永久に。」（De la musique encore et toujours!）を御参考までに挙げておかう。

それかあらぬか、若き日のフォークナーは、どうやらヴェルレーヌを殊の外鍾愛してゐたやうで、驚くなかれ、ヴェルレーヌの短詩を四篇ほど英訳して、ミシシッピー大学の週刊学生新聞『ザ・ミシシッピアン』に発表してゐるほどである。とはいへ、フォークナーの英訳[10]の出来映えの程は、今は筆者にはよく判らないとだけ言つておくことにしよう。ただ四篇とも、どうやらアーサー・シモンズ（Arthur Symons, 1865–1945）の例の『文学における象徴主義運動』（*The Symbolist Movement in Literature*, 1899）の中の英訳に基づいてゐるらしいといふことだけは言つておかねばならぬだらう。

「傀儡」（“Fantoches,” *The Mississippian*, February 25, 1920）
「月の光」（“Clair de Lune,” March 3, 1920）
「街路」（“Streets,” March 17, 1920）
「クリメーヌ（クリュメネー）に」（“A Clymène,” April 14, 1920）

なほ、これらの詩篇は、現在、カーヴェル・コリンズ編『ウィリアム・フォークナー——初期の散文と詩』（Carvel Collins [ed.], *William Faulkner: Early Prose and Poetry* [Boston: Little, Brown & Company, 1962], pp. 57–59, 61）に採録されてゐる。

フランス象徴主義の代表的詩人であつたステファヌ・マラルメとわがフォークナーに関しては、筆者は、かつて他の[11]所で少しく言及したことがあるので、ここでは触れないことにする。ただマラルメ（馬拉美）の象徴主義が純粋な言語藝術として次世代の欧米のアヴァン・ギャルドな詩人たちに与へた影響は、例へば、フランスではポール・ヴァレリーに、またドイツのシュテファン・ゲオルゲ（Stefan George, 1868–1933）、イタリアのガブリエレ・ダ（ン）ヌンツィオ（Gabriele D'Annunzio, 1863–1938）、そしてイギリスのオスカー・ワイルド（Oscar Wilde, 1845–1900）などに及んでゐるのは周知の通りである。

さて、これから以下、しばらくの間、若き日のフォークナーにかなり大きな文学的影響を及ぼしたと覚しきフランスの端倪すべからざる怪物的野性児、アルチュール・ランボー（Jean-Nicolas-Arthur Rimbaud, 20 octobre 1854–10 novembre 1891）を中心にして、文字通り、生齧りの半可通《ディレッタント》な立場から、取り留めのない駄文を、《走り書き的覚え書（some hastily scribbled notes）》を少しばかり書いてみることにする。と言つても、フォークナーの習作期の詩の中に、ランボーの詩篇から採つてきたと覚しき、確たる証拠となるやうな片言隻句や《模倣詩《パスティッシュ》》の類が見つかつたといふわけでは決してないことを先づ初めにお断りしておかねばならない。

二

閑話休題、A・C・スウィンバーン（**Algernon Charles Swinburne, 1837–1909**）が英国詩壇の寵児となつて、五、六年後のことだが、ほぼ時を同じくして（《同時代人《コンテンポラリー》》と言つていいと思ふが）、フランスでは、《神童・早熟の天才児（**enfant prodige; infant prodigy**）[12]》で象徴派《サンボリスム》・頽廃派《デカダンティスム》の代表的詩人、ランボーが彗星のやうに詩壇に出現して清新な驚異の念を起させたのだ。周知のやうに、ランボーは、一般的に言へば、《文学の習作期（**literary apprenticeship**）》に相当する年齢である十六歳から十九歳に掛けての凝縮した、濃密かつ生産的な三年余りのうちに、空前絶後の、衝撃的とも言へる、後代に影響力絶大な、燦然と光輝を放つ傑作詩篇——すなはち、十二音節《アレクサンドラン》（**alexandrin**）四行詩二十五聯《スタンザ》一〇〇行から成る彼の韻文詩中の最高傑作長篇詩『酔ひどれ船（酩酊船）』（***Le Bateau ivre* [*The Drunken Boat*], writ. 1871; pub. 1883**）や、ヴェルレーヌのいはゆる《非凡な心理的自伝》としての散文詩『地獄の季節』（***Une Saison en enfer* [*A Season in Hell*], 1873**）や、フランス近代詩の最高峰の一つに数へられる卓越した、独創的な散文詩集『イリュミナシオン（色摺り版画集）』（***Illuminations*, 1886 [writ. 1874–75]**）、等々——堰を切つたやうに矢継ぎ早に書き上げ、何と二十歳になるかならぬかで率然《そつぜん》として詩筆を折り、詩作を完全に抛棄し、再び彗星のやうに文学の世界から姿を消してしまふのである。

ランボーは、電光石火の早業で《離れ業（***tour de force***）》をやつてのけたかと思ふ間もなく、文学の世界を足速に駆け抜けて行き、以後文学と全く乖離してしまふのである。彼も、《ヴィクトリア朝文学の異端児（**the *enfant terrible* of Victorian letters**）》スウィンバーンと同じやうに、既成の宗教・政治・権威・道徳や価値に対して著しく反抗的、挑戦的であつた。彼は、宗教的には、反聖職者〔反教権〕主義者（**anticlericalist**）で、かつ異教的・反キリスト教的（**anti-Christian**）であり、政治的には熱狂的な共和主義贔屓《びいき》（**pro-Republican**）でナポレオン三世（一八〇八—七三）嫌ひ、また道徳的には、放逸無慚で、酒や麻薬に耽溺したり、ヴェルレーヌと波瀾に満ちた同性愛関係を持つなど、甚だ悖徳的、頽廃的でもあつた。

因みに、ヴェルレーヌとランボーは、一八七二年九月に連れ立つてロンドンに行き、そこの歓楽街《ソーホー（Soho）》地区に住んでゐたことが知られてゐる。英国の優れた女流フランス文学者でランボー研究の大家であつたイーニッド・スターキー（Enid Starkie, 1897–1970）博士の名評伝『アルチュール・ランボー』（一九三八年〔初版〕、一九四七年〔改訂第二版〕、一九六一年〔改訂第三版〕）に拠れば、「ロンドンでヴェルレーヌとランボーは英国の文学運動のメンバーたちに――ロセッティやスウィンバーンのやうな作家たちと会つたと言はれる」(13)が、実際に英仏の詩人たちが会つたといふ確証ないし後日談の類が遺つてゐないらしい。たとへ彼らが実際にロンドンの名士や藝術家たちの集まるカフェで面識の機会があつたにしても、さして深い付き合ひがあつたとは思へないと推測するしかないといふ。なほ、スターキー女史は、例の『大英百科事典（ブリタニカ大百科事典）』（*Encyclopaedia Britannica*）の"ARTHUR RIMBAUD"の項目の執筆者でもある。

少なくとも英仏の二人の詩人が――既に『カリュドーンのアタランタ』（*Atalanta in Calydon*, 1865）及び『詩とバラッド集（第一輯）』（*Poems and Ballads*, First Series, 1866）を出版して英国詩壇の寵児となつてゐたスウィンバーン（三十五歳）と、処女詩集『サテュルニアン詩集』（*Poèmes saturniens*, 1866）、『女の友達』（*Les Amies*, 1868）、ロココ美術の創始者の一人で、田園における宮廷の男女の集ひを描いた、いはゆる《雅宴《フェート・ギャラント》画（fêtes galantes)》の確立者のアントワーヌ・ワトー〔ヴァトー〕（Antoine Watteau, 1684–1721）の豊かな色彩と繊細で華やかな詩情を表現したと言はれる絵への想起として十八世紀フランスの歓楽と憂愁の幻想的な世界を詠つた『艶なる宴』（*Fêtes glantes* [*Gallant Parties*], 1869）、『良き歌』（*La Bonne Chanson*, 1872）を既に出版してゐたヴェルレーヌ（二十八歳）とが、仮に実際にロンドンで、例へば、リージェント街（ウェスト・エンド）にある、エドワード王朝風の建物《カフェ・ロイヤル（Café Royal）》あたりで、たまたま出会つたとしたら（空想するだけでも愉快だが）、けだし、《英仏の放蕩三昧の雄》同士の劇的な出会ひとなつたことだらう。二人とも盛唐の詩人・李白（七〇一―七六二）が自らの酒に酔ひ痴れる様子を妻に対してユーモラスに述べたと言はれる例の「三百六十日、日日酔ひて泥の如し」を地で行くやうな毎日を送つてゐたことであらう。おそらく二人してつるんで悪徳の限りを、放埒三昧――破戒無慚な生活を送つたことだらうと思はれるのだが……。いづれにしても、二人の間に実際に接触の機会があつたにせよ、或いは単なる異常接近《ニアミス》で終つたにせよ、甚だ興味深いと言はねばなるまい。

実のところ、若き日のフォークナーには、スウィンバーンの詩の虜になつた一時期があつたし、また先に言及したやうに、フォークナーがヴェルレーヌの詩の英訳を試みてゐるところから察するに、近代フランス詩の中では、どちらかと言へば、ボードレールやマラルメやランボーなどよりもヴェルレーヌの方がおそらくフォークナーの感性に最も強く訴へ掛けたのではなからうか。フォークナーは、その口吻からして、どうやらヴェルレーヌの詩を終生鍾愛し、愛読してゐたやうに思はれてならぬのだ。

ところで、ランボーは、いはゆる《見者《ヴォワイヤン》の手紙（Lettre du voyant [Letter of the seer]）》として知られてゐる恩師ジョルジュ・イザンバール（Georges Izambard, 1848–1931）に宛てた有名な手紙において、かう書いてゐる。

《Maintenant, je m'encrapule le plus possible. Pourquoi? Je veux être poète, et je travaille à me render *Voyant*: vous ne comprendrez pas du tout, et je ne saurais presque vous expliquer. Il s'agit d'arriver à l'inconnu par le dérèglement de *tous les sens*. Les souffrances sont énormes, mais il faut être fort, être né poète, et je me suis reconnu poète.[14]

――Arthur Rimbaud, *Lettre à Georges Izambard*, 13 mai 1871. Cf. *La Revue européenne*, octobre 1926.

I'm lousing myself up as much as I can these days. Why? I want to be a poet, and I am working to make myself a *seer*: you won't understand this at all, and I hardly know how to explain it to you. The point is, to arrive at the unknown by the disordering of *all the senses*. The sufferings are enormous, but one has to be strong, to be born a poet, and I have discovered I ***am*** a poet.(15)
——Translated by Oliver Bernard.

近頃、僕は放蕩無頼の限りを尽してゐます。何故とおつしやるのですか。僕は詩人になりたいと思つてゐます。そして見者《ヴォワイヤン》になりたいと努めてゐます。貴方《せんせい》には何のことやらさつぱりお判りにならないことでせうし、僕にもどう説明してよいのか、よく判らないのです。問題は、あらゆる感覚を奔放に錯乱させることによつて、未知なるものに到達することなのです。並大抵の苦労ではありませんが、しかしそのためには強くならなければなりませんし、詩人に生まれなければなりません。しかも、僕は間違ひなく詩人であることに気づいたのです。

——アルチュール・ランボー『ジョルジュ・イザンバール宛の手紙』、一八七一年五月〔十三日〕付。》（傍点引用者）

序でに言へば、この引用文のすぐ後の段落の冒頭に、

《Je est un autre.
(*I* is someone else.—Translated by Oliver Bernard.)
私とは一箇の他者である。》

といふ名高い一文が出てくる。

ランボーの言ふ《見者《ヴォワイヤン》（**voyant**）》といふのは、普通の人には知り得ない、不可知な世界を感じ、無窮を見透し、

神の声を聴き取り得る域に達した詩人の謂《いひ》であるといふ。そして詩人の役割は、《あらゆる感覚の奔放なる撹乱《かうらん》〔壊乱〕化（le dérèglement de *tous les sens*; the disordering [derangement] of *all the senses*）》によつて、撹乱（壊乱）した感覚を表現するに当つて、何ら意識的な抑制を加へずに書き留めることであるといふ。

さらにランボーは、すぐ引き続いて、イザンバール先生の友人の詩人で、やはり教師のポール・ドゥメニー（Paul Demeny, 1844–1918）に宛てて、いはゆる《見者《ヴォワイヤン》の手紙》の「二通目」を書いてゐる。こちらの方が、イザンバール宛の「一通目」のものよりも三倍以上の長文であり、ランボーの当時の《文学観（詩論及び詩人論）》を窺知《きち》する上で手掛かりとなる大変貴重な資料とされてゐるものである。とにかく、十七歳にも満たぬ少年が書いたものとはとても思へない堂々たる文学論を展開してゐるのだから、何とも恐れ入る、参るといふか、ただただ敬服するしかないのだ。この一事を以てしてもランボーが、まことに瞠目すべき《怖るべき子供《アンファン・テリーブル》（enfant terrible）》、《早熟の《アンファン・》天才児《プロディージュ》（enfant prodige）》であることが判るやうな気がする。

《La première étude de l'homme qui veut être poète est sa propre connaissance, entière; il cherche son âme, il l'inspecte, il la tente, l'apprend. Dès qu'il la sait, il doit la cultivar;...

Je dis qu'il faut être *voyant*, se faire *voyant*.

Le Poète se fait *voyant* par un long, immense et raisonné *dérèglement* de *tous les sens*. Toutes les formes d'amour, de souffrance, de folie; il cherche lui-même, il épuise en lui tous les poisons, pour n'en garder que les quintessences. Ineffable torture où il a besoin de toute la foi, de toute la force surhumaine, où il devient entre tous le grand malade, le grand criminel, le grand maudit,—et le suprême Savant!—Car il arrive à l'*inconnu*![16]

—Arthur Rimbaud, *Lettre à Paul Demeny*, 15 mai 1871.

The first study for a man who wants to be a poet is the knowledge of himself, complete. He looks for his soul, inspects it, puts it to the test, learns it. As soon as he knows it, he must cultivate it!...

I say that one must be a *seer*, make oneself a *seer*.

The poet makes himself a *seer* by a long, prodigious, and rational *disordering* of *all the senses*. Every form of love, of suffering, of madness; he searches himself, he consumes all the poisons in him, and keeps only their quintessences. This is an unspeakable torture during which he needs all his faith and superhuman strength, and during which he becomes the great patient, the great criminal, the great accursed—and the great learned one!—among men.—For he arrives at the unknown![17]

——Translated by Oliver Bernard.

詩人になりたいと思ふ人間が最初にしなければならない研究は、自分自身を認識すること、それも完全に認識することです。彼は自分の魂を探索し、それを仔細に調査し、それを試練にかけ、それを学ぶのです。彼は、自分の魂を知るや否や、それを養ひ育てなければならぬのです。……

見者《ヴォワイヤン》であらねばならぬ、自分を見者《ヴォワイヤン》たらしめねばならぬ、と僕は言ふのです。

詩人は、あらゆる感覚を長い間かかつて、大がかりに、かつ理性的に奔放に錯乱させることによつて、見者《ヴォワイヤン》になるのです。ありとあらゆる形態の愛と苦悩と狂気。彼は自己を探索し、自己の内なるすべての毒を飲み尽して、その精髄のみを保存するのです。これは言語に絶した責め苦であり、その間に彼はあらゆる信念、あらゆる超人的な力を必要とするし、またその間に彼はとりわけ重病人、重罪人、堕地獄者になり——そして至高の大学者になるのです！——と言ふのは、彼は未知なるものに到達するからなのです！

——アルチュール・ランボー『ポール・ドゥメニー宛の手紙』、一八七一年五月十五日。》

序でに、もう少し引用しておかう。

《...Baudelaire est le premier voyant, roi des poètes, *un vrai Dieu*. Encore a-t-il vécu dans un milieu trop artiste; et la forme si vantée en lui est mesquine: les inventions d'inconnu réclament des formes nouvelles.
...la nouvelle école, dite parnassienne, a deux voyants, Albert Mérat et Paul Verlaine, un vrai poète.[18]
...Baudelaire is the first *seer*, king of poets, ***a real God***! Unluckily he lived in too artistic a circle; and the form which is so much praised in him is trivial. Inventions from the unknown demand new forms.
...the new school, called Parnassian, possesses two seers: Albert Mérat and Paul Verlaine, a real poet.[19]

……ボードレールこそ第一の見者《ヴォワイヤン》であり、詩人たちの王にして、真の神なのです。あいにく彼はあまりにも藝術的な環境の中に暮してゐました。それにボードレールにおいてあれほど賞讃されてゐる形式《フォルム》も、瑣末《メスキーヌ》なものでしかありません。未知なるものを創造するには、様々な新しい形式が要求されるからです。

……高踏派《パルナシアン》と呼ばれてゐる新流派の中には、二人の見者《ヴォワイヤン》が含まれてゐて、それはアルベール・メラ[20]（一八四〇―一九〇九年。詩集『レ・シメール』〔一八六六年〕、『パリの詩篇』〔一八八〇年〕）と、真の詩人であるポール・ヴェルレーヌです。》

それで思ひ出すのだが、ランボーのいはゆる「詩人としての《見者《ヴォワイヤン》》の詩法」が『地獄の季節』（白水社、一九三〇年）の訳者でもある若き日のわが小林秀雄（一九〇二―八三）にどれほど大きな影響を与へたか、おそらく測り知れないものがあるだらう。小林の仏蘭西文学科の卒業論文がフランス語による ***Arthur Rimbaud*** であつたといふ。世に「炯眼人を射る」とか「眼光炯々人を射る」といふ。さう言へば、還暦を迎へた頃の小林秀雄を筆者は二度ほど拝見したことがあるのだ。最初は大手町の産経ホールにおける文藝講演会で、二度目は上野の東京文化会館における小澤征爾を励ます音楽会においてだつた——余談にわたるが、この直後だつたが、吉田健一さんに音楽会で小林秀雄を見掛けたお話をすると、その晩、例の《小川軒》（当時は新橋駅前）にたまたま立ち寄られた小林さんにお目に掛かつたと話してをられた。余談はさて措いて、その頃の小林のあの相手を射竦めるやうな鋭い眼光は、《見者ランボー（Rimbaud, le voyant）》に倣つて、小林が若い頃から長年にわたつて《見　者《ヴォワイヤン》》として直視・凝視する訓練及び眼光紙背に徹する（read between the lines）読みの訓練を積んだ賜物であると言へるかもしれない。《見者小林（Kobayashi, le voyant）》として物を素直に見つめる達人になり得たと言ふべきであらうか。凡人には知り得ない、事物の真を見抜く直観的洞察力・鋭い眼力があつて、初めて小林の《真理の認識と批評的裁断》を可能にし、あの凝縮した、濃密な批評文が成り立ち得たと言へるだらう。

見　者《ヴォワイヤン》としての小林は、究極的には、壮年期以降の小林が書画や陶磁器などの古美術品を鍾愛する、例の《骨董趣味・骨董偏愛癖》――さう言へば、川端康成（一八九九―七二）もさうだつた――にも通ずるものと考へることができるであらう。眼光鋭き《達眼の士》といへども、その晩年期の顔写真などを見ると、頬《ほほ》がふつくらとして、穏やかさうで、人間が円熟して、随分丸くなつた（mellowed）やうに見受けられたけれども……。小林は、往々にして常識の意表を衝く、例の巧妙な言ひ廻しによつて、その真面目を発揮する批評家であつた。因みに、小林秀雄には、「人生斫《しやく》断家アルチュル・ランボオ」[21]（『佛蘭西文学研究』、第一号、一九二六年〔大正十五年〕十月）と題する、二十四歳の時に発表した一文（「ランボオ　I」参照）の他に、ランボー論が数篇あるのは御承知の通りである。

実を言ふと、怖るべき《天才詩人（poète de génie）》アルチュール・ランボーといひ、またわが《批評の神様》小林秀雄といひ、二人ともあまりにも難解すぎて（難詩・難批評文と言ふべきである）、惜しむらくは、一知半解の筆者には何度読み返してみても未だによく理解できない有様なのだ。ランボーに至つては、少なくともわたしなどの理解を遥かに超えてをり、《高踏派《パルナシアン》》的とでも言ふしかないのだらうか。

《韻律法と詩的文体を自在に駆使し得る大巨匠（a supreme master of prosody and style—Enid Starkie）》に若

くしてなつた不世出の詩人ランボーの詩篇は、手許の数種類の日本語訳や英訳本などを参照しながら読んでみても筆者にはよく解らないのだから、少なくとも一般の人々の理解を遙かに超えてゐることだけは確かであらう。さうは言つても、たとへ充分に理解できないにもかかはらず、不思議にも人の心を魅了せずに措かないところに、どうやら文学や絵画や音楽など藝術一般が持つ神秘性があるとも言へるのではないだらうか。優れた藝術作品の中には、神韻霊妙な、神技ないし神技に近いとしか思へないやうなものが多々あるのだ。それで思ひ出したが、「詩の骨髄は神韻なり」と言つたのは、坪内逍遙（『小説神髄』、「小説総論」、一八八五年）である。ランボーは、例の「詩心滾々」といふか、ただ滾々と溢れんばかりに湧き出る詩想を、さして四苦八苦せずに、どんどん詩に詠つていつたに過ぎなかつたのかもしれない。それにしても、ランボーほど読者を無視したといふか、眼中に置かなかつた詩人もまことに珍しいのではなからうか。小林秀雄は、かう書いてゐる。

《ランボオ程、己れを語つて吃らなかつた作家はゐない。痛烈に告白し、告白はそのまま、朗々として歌となつた。吐いた泥までが晃《きらめ》く。彼の言葉は常に彼の見事な肉であつた。……ランボー程、読者を黙殺した作家はない。……ただ歌から逃れる為に、湧き上つてくる歌をちぎりちぎつてはうつちやつた。……彼程短い年月に、あらゆる詩歌の意匠を凶暴に圧縮した詩人はゐない。人々は彼と共に、文学の、藝術の極限をさまよふ。[22]
——小林秀雄「ランボー　Ⅱ」（一九三〇年）》

スウィンバーンと、小林秀雄のいはゆる「侮蔑嘲笑の天才[23]」ランボー——この詩的才能溢れる英仏の両詩人には（どちらも《大詩人（major poet; grand poète）》と呼ぶわけにはゆかないけれども）、奇しくも、著しい共通点（commonalities）や類似点（similarities）が多々見られると言つていいだらう。ボードレール、マラルメ、ランボーの三詩人が、もともと詩人として出発した若き日のフォークナーに様々な《文学的影響（literary influences）》を及ぼしたことは、今や周知の事実であると言はねばならぬだらう。フォークナーは、ランボーを引き合ひに出して、次のやうに言つてゐる。

《The artist must create his own language. This is not only his right but his duty. Sometimes I think of doing what Rimbaud did—yet, I will certainly keep on writing as long as I live.[24]

そもそも藝術家といふのは独自の言語を創造しなければなりません。このことは藝術家の権利であるばかりでなく、また義務でもあります。時々わたしはランボーがやつてのけたこと（若くして完全燃焼して詩作を完全に拋棄したこと）をやつてみようかなと思ふことがありますが——だが、わたしは生きてゐる限り、間違ひなく書き続けてゆくつもりです。》

ところで、ランボーの《前期韻文詩》の中から、御參考までに、長篇詩「太陽と肉体」（"Soleil et chair" ["Sun and Flesh"], 1870）と題する一篇の冒頭の三十二行だけを次に引用しておかう。

Le Soleil, le foyer de tendresse et de vie,
Verse l'amour brûlant à la terre ravie,
Et, quand on est conché sur la vallée, on sent
Que la terre est nubile et déborde de sang;
Que son immense sein, soulevé par une âme,
Est d'amour comme dieu, de chair comme la femme,
Et qu'il renferme, gros de sève et de rayons,

Le grand fourmillement de tous les embryons!

Et tout croît, et tout monte!
—Ô Vénus, ô Déesse!

Je regrette les temps de l'antique jeunesse,
Des satyres lascifs, des faunes animaux,
Dieux qui mordaient d'amour l'écorce des rameaux
Et dans les nénufars baisaient la Nymphe blonde!
Je regrette les temps où la sève du monde,
L'eau du fleuve, le sang rose des arbres verts
Dans les veines de Pan mettaient un univers!
Où le sol palpitait, vert, sous ses pieds de chèvre;
Où, baisant mollement le clair syrinx, sa lèvre
Modulait sous le ciel le grand hymne d'amour;
Où, debout sur la plaine, il entendait autour
Répondre à son appel la Nature vivante;
Où les arbres muets, berçant l'oiseau qui chante,
La terre berçant l'homme, et tout l'Océan bleu
Et tous les animaux aimaient, aimaient en Dieu!
Je regrette les temps de la grande Cybèle
Qu'on disait parcourir, gigantesquement belle,

Sur un grand char d'airain, les splendides cités;
Son double sein versait dans les immensités
Le pur ruissellement de la vie infinie.
L'Homme suçait, heureux, sa mamelle bénie,
Comme un petit enfant, jouant sur ses genoux.
—Parce qu'il était fort, l'Homme était chaste et doux.[25]

THE Sun, the hearth of affection and life, pours burning love on the delighted earth, and when you lie down in the valley you can smell how the earth is nubile and very full-blooded; how its huge breast, heaved up by a soul, is, like God, made of love, and, like woman, of flesh; and that it contains, big with sap and with sunlight, the vast pullulation of all embryos!

And everything grows, and everything rises!

—O Venus, O Goddess!

I long for the days of antique youth, of lascivious satyrs, and animal fauns, gods who bit, mad with love, the bark of the boughs, and among water-lilies kissed the Nymph with fair hair!

I long for the time when the sap of the world, river water, the rose-coloured blood of green trees, put into the veins of Pan a whole universe! When the earth trembled, green, beneath his goatfeet; when, softly kissing the fair Syrinx, his lips formed under heaven the great hymn of love; when standing on the plain, he heard round about him living Nature answer his call; when the silent trees cradling the singing bird, earth cradling mankind, and the whole blue Ocean, and all living creatures loved, loved in God!

I long for the time of great Cybele who said to travel, gigantically lovely, in a great bronze chariot, through splendid cities; her twin breasts poured, though the vast deeps, the pure streams of infinite life. Mankind sucked

joyfully at her blessed nipple, like a small child playing on her knees.—Because he was strong, Man was gentle
and chaste.(26)

生命と愛情の源泉、太陽は
歓喜する大地に烈火の愛を通はせる、
人はまた、思ひ知る、谷間《たにあひ》に身を横たへる時なんぞ
大地は今や妙齢で青春の血に燃えてると、
情炎にふくれ上がつたその巨大な胸《むな》ぐらは
神に似る情愛と、貪婪《どんらん》な女の肉で出来てると、
血気と光輝でふくらんだその胸の奥所《おくが》には
一切の胎芽《たいが》の 夥《おびただ》しい蝟集《ゐしふ》を包蔵してゐると。

かくて一切は生長する、かくて一切は増大する！
　——ヴィーナスよ、おお、美と恋と女神よ！

僕はなつかしく偲《しの》ぶよ、一切が若かつたいにしへの
多淫な半獣神《サティール》や獣的な牧神《フォーヌ》のやうに
恋慕に燃えては樹《き》の皮を噛《かじ》つたり
睡蓮《すいれん》にまぎれて亜麻色髪《がみ》の水精《ニンフ》らに接吻したりした
神々が世にあつた時代を。
僕はなつかしく偲ぶよ、世界の血気が
大河の水が、緑樹の薔薇色の血潮が

牧羊神《パン》の血管に別天地を流し込んだ時代を。
彼の山羊足《やぎあし》が踏むだけで、緑の土が嬉しさに胸をどらせたその頃を、
音《ね》いろ明るい葦笛《あしぶえ》をなげやりに含むと見るや
天地の闇にひろがつて、彼の唇から、
朗々の愛の調べが流れ出たその頃を。
広野《ひろの》の上に立つ牧羊神《パン》が、その呼びかけに応と立つ
「自然」の生気ある声を身近にきいたその頃を。
無言の樹々《きぎ》は安らかに歌ふ小鳥を揺すぶつて眠らせてやり
大地は人間と青海原《あをうなばら》を静かに揺すつて眠らせてやり
あらゆる獣類が大様《おほやう》に愛し合つたその頃を。
僕はなつかしく偲ぶよ、台地の女神シベールの時代を、
噂によれば彼女はその濃艶《のうえん》な美しさを
青銅の大戦車に運ばせて、配下の華麗な市々《まちまち》を駆け廻《めぐ》つたとか、
彼女の両の乳房《ちぶさ》は無窮の境《さかひ》に注いだとか
不滅の生命力の清純な流れをば。
「人間」はよろこんで、彼女の神聖な乳房をしやぶり
小児《せうに》のやうに彼女の膝にたはむれ遊んだとか。
みづからの強さのゆゑに、「人間」は純潔で温柔だつた。
（堀口大學訳）

ランボーは、この詩において、一口に言へば、《父なる太陽》と《母なる大地》とが仲睦まじく睦み合ふ「エロスと調和《アルモニー》」の世界を高らかに謳ひ上げてゐるのだが、スウィンバーンと全く同じやうに、ここにはランボーの

《希臘文化《エレニスム》（**hellénisme**）》に対する鑽仰と憧憬といふか、古代ギリシア・ローマ神話の多神教的神々への讃歌といふ《反キリスト教主義《アンティクリスティアニスム》（**antichristianisme**）》、《異教主義《パガニスム》（**paganisme**）》、《官能主義《サンシュアリスム》〔肉感礼讃〕（**sensualisme**）》などが顕著に現れてゐるのは敢へて贅言するまでもないだらう。

序でに言へば、フォークナーは、若かりし頃に、約八〇〇行から成る『大理石の半獣神』（***The Marble Faun,*** **1924**）といふ題名の処女詩集を処女出版してゐるし、また「半獣神の午後」（**“L'Apres-Midi d'un Faune,” 1919**）と題する詩（四〇行）を書いてゐるのだが、勿論、これはフランス象徴主義運動の詩人・指導的理論家、マラルメの有名な傑作長篇詩『半獣神の午後』（***L'Après-midi d'un Faune,*** **1876**）から直接的な影響を蒙つた《模倣詩《パスティッシュ》》であることは疑念を差し挟む余地がないのである。フォークナーは、おそらくランボーの長詩「太陽と肉体」（二六四行）は言ふに及ばず、「半獣神《フォーヌ》の頭」（**“Tête de faune” [“Faun's Head”], 1871**）といふ短い詩（一二行）も、さらに当然のことながら、ヴェルレーヌの八行（四行二聯）の短詩「半獣神」（**“Le faune”**）も既に読んでゐたことだらうと推察しても差し支へないのだ。

フォークナーが、最初に発表した詩の題名（「半獣神の午後」）をマラルメから借用して来てゐることは万人が認めるところだが、ヴェルレーヌの「半獣神」からフォークナーは『大理石の半獣神』の《中心的な文学的手法（**central device**）[27]》を借りて来てゐると言はれる。

Tête de faune

Dans la feuillée, écrin vert taché d'or,
Dans la feuillée incertaine et fleurie
De fleurs splendides où le baiser dort,

Vif et crevant l'exquise broderie,

Un faune effaré montre ses deux yeux
Et mord les fleurs rouges de ses dents blanches
Brunie et sanglante ainsi qu' un vin vieux
Sa lèvre éclate en rires sous les branches.

Et quand il a fui—tel qu' un écureuil—
Son rire tremble encore à chaque feuille
Et l'on voit épeuré par un bouvreuil
Le Baiser d'or du Bois, qui se recueille.(28)

Faun's Head

AMONG the foliage, green casket flecked with gold; in the uncertain foliage that blossoms with gorgeous flowers where sleeps the kiss, vivid, and bursting through the sumptuous tapestry.

a startled faun shows his two eyes and bites the crimson flowers with his white teeth. Stained and ensanguined like mellow wine, his mouth bursts out in laughter beneath the branches.

And when he has fled—like a squirrel—his laughter still vibrates on every leaf, and you can see, startled by a bullfinch, the Golden Kiss of the Wood, gathering itself together again.(29)

——Translated by Oliver Bernard.

半獣神《フォーヌ》の頭

黄金斑《こがねふ》のみどりの小匣が、群葉繁みに、
接吻ねむる光かがよふ花々つけて
あえかに華やぐ群葉繁みに、
みごとな錦繍を引裂いて生き生きと、

周章《あわ》てた半獣神《フォーヌ》が双の眼をのぞかせる
それから皓い歯でくれなゐの花々を噛み
古葡萄酒のやうにつややかに紅《あけ》に染つた
その唇は瑞枝《みづえ》のもとに高らかな笑ひを響かせる。

やがて奴《やつ》が——栗鼠さながらに——逃れ去つたとき
笑ひはなほも葉末に揺れて残つてゐる
今度は一羽の鷽鳥《うそどり》にも肝をひやすが
森の黄金の〈接吻〉は、やがて静かな思ひにかへる。

（平井啓之訳）

Le faune

Un vieux faune de terre cuite
Rit au centre des boulingrins,
Présageant sans doute une suite
Mauvaise à ces instants sereins

Qui m'ont conduit et t'ont onduite,
—Mélancoliques pèlerins,—
Jusqu' à cette heure dont la fuite
Tournoie au son des tambourins.(30)
——Paul Verlaine

半獣神

陶物《すゑもの》の　年経て古き半獣神、
芝生のさなかに　高笑ひ、
哀愁の二人《ふたり》の順礼われときみを
導き連れし　麗《うらら》かの

この束《つか》の間《ま》は、今の今
太鼓の音に渦巻きて　遁《のが》れて消えて、
とり続《つづ》き　追ひ来《く》るものは
禍津日《まがつひ》と、兆占《きざしうら》へて高笑ひ。
（鈴木信太郎訳）

フォークナーの「半獣神」（"The Faun," 1925）と題する十四行詩《ソネット》を、御参考までに、次に挙げておかう。

The Faun

To H.L.

When laggard March, a faun whose stampings ring
And ripple the leaves with hiding: vain pursuit
Of May's anticipated dryad, mute
And yet unwombed of the moist flanks of spring;

Within the green dilemma of faint leaves
His panting puzzled heart is wrung and blind:
To run the singing corridors of wind,
Out-pace waned moons to May hand shapes and grieves;

Or, leafed close and passionate, to remain
And taste his bitter thumbs 'till May again
Left bare by wild vines' slipping, does incite
To strip the musiced leaves upon the breast
And from a cup unlipped, undreamt, unguessed,
Sip that wine sweet-sunned for Jove's delight.[31]

半獣神

H・L・に

進むに倦みし三月に、半獣神、その足踏み鳴らし
木の葉鞭打ちさざめかす。追へど甲斐なし、
五月のものなるドリュアス（森と樹木の精であるニンフ）は声なく、

いまだ春のうるほひの来らず。

微かなる木の葉の緑なす窮地にありて
その喘《あへ》ぎ惑へる心、苦しみに打ちひしがれて盲ひ、
風の歌ふ回廊を駆け、欠けし月
足早に追ひ越し五月にいたらんとして、様々な形、また嘆きを手わたす。

あるいは木の葉のうちにしつかりと潜み、
苦き思ひ噛みしめつ、待たんとす、
再び五月の、野の蔦草ほどけて露はとなり、
胸のうへなる妙なる調べの木の葉を剥《は》ぎとり、
唇つけられず夢見られず思ひなされることなき盃にて、
ユーピテル（神々の最高神）の喜びたる豊かなる日に熟れし葡萄酒をすすれと誘《いざな》ふを。
（石田　毅訳）

さて、わが吉田健一は、『詩と近代』（小澤書店、一九七五年）所収の「ランボオ」(32)論において、詩人ランボーについて、実に手際よく、いや、まことに見事に要点を押へながら述べてをられるのだ。そこで彼の言葉を借りて手っ取り早く言へば、ランボーは、「二十歳になつたかならないかで自分が書くべきものを凡て書いて」しまつたのであり、「自分が書くべきものを書いてしまつたならば誰でももう書く必要がなくなる」ものだといふ。そして「ランボオ程自由に詩を書いた人間は珍しい」ともいふ。また、いはゆる彼の詩神《ムーサ》が黙したからでもなく、「ランボオが十代を過ぎて文章を書く力が衰へたのでもなかつた」といふ。ここでどうしても言ひ落すわけにはゆかないのは、ランボーの

経済問題（bread-and-butter problem）で、彼は自活する必要があつたわけで、「一体に詩といふものが営利の手段にならないことも十九世紀末のヨオロッパの状況では殊の外明かだつた筈で、ランボオには自分で金を作らなければいつまでも母親の厄介になつてゐる他ないといふ事実があつた」（傍点引用者）ことである。ランボーには、詩などといふ《純文学《ベル・レトル》（belles-lettres）》を書いてゐた日には飯が食へぬといふ、決して小さくない、厳然たる《経済的事情》といふものが存在してゐたことを我々は度外視するわけにはゆかないのである。例の「詩を作るより田を作れ」（**"Better cultivate land than poetry."**——齋藤秀三郎訳　Cf. **"Carmina non dant panem."** [*Lat.*]「詩集はパンを与へない」）といふことなのだらう。

若い詩人によくあるやうに、ランボーも、激越かつ冒瀆的な詩を書いて、《人生に対する抑へ難い嫌悪感》を表白し、また、善と悪の間で苦しみ跪きながら、《無垢《イノセンス》の世界》に逃避しようと試みるのである。

《Ma journée est faite; je quitte l'Europe. L'air marin brûlera mes poumons; les climats perdus me tanneront.[33]
——Arthur Rimbaud, "Mauvais Sang," *Une Saison en enfer* (1873)

My day is done; I'm quitting Europe. Sea air will burn my lungs; strange climates will tan my skin.[34]
——"Bad Blood," *A Season in Hell*, translated by Louise Varèse.

俺の全盛期は終つた。俺はヨーロッパを去るのだ。海辺の空気が俺の肺腑《はい》を焼くだらう、辺境の気候が俺の皮膚《はだ》を鞣《なめ》すだらう。
——アルチュール・ランボー『地獄の季節』（一八七三年）、「悪血」》

繰り返して言ふが、ランボーは、その青年期《アドレッセンス》の後半に（三年余）、いはゆる《詩的天命《ヴォカシオン・ポエティーク》（vocation poétique; poetical vocation）》により自分が書くべく運命づけられてゐる詩篇を見事に、かつ矢継ぎ早に書き上げて、以後詩作を完全に抛棄し、文学と乖離したのは、詩がどうにも書けなくなつたからといふよりもむしろ自分が書くべき詩を全部書いてしまつたからであつて、ひと先づ詩人を引退《リタイア》して、成人後は貿易業者ないしビジネスマンへの転身――言はば、《「虚業」から「実業」への決然たる転身》――を図つたものと見るべきなのである。因みに、ランボーは、文学と訣別してからは、先づ放浪者から始めて、終にはアビシニア（エチオピアの旧称）で貿易業者（コーヒー、ゴム、象牙、獣の皮などを扱ふ）、銃砲弾薬類の密輸入者（gunrunner）や探検家などをしてゐる。ランボーの文学との何とも潔い訣別の必然性としては、一種の《詩的完全燃焼》――すなはち、自分が書くべきものをすべて書いてしまつた以上、もうランボーには書く必要がなくなつた点が考へられよう。いや、もつと厳密に言へば、ランボーは、世人を瞠目させる《詩的言語表現の極限的達成》によつて、若くして詩的才能の消尽・涸渇を来たし、にはかに詩作を抛棄し、いきほひ《詩作からの遁走（flight）》を余儀なくされたものと考へるべきだらう。大雑把に言ふと、「ランボオの文学的生涯は、ヴェルレエヌと出会つた頃から始まり、別れた頃に終つたと言つていい」[35]（小林秀雄）のである。早熟の天才詩人ランボーがたとへ創作期間が異常なほど短かつたとはいへ、必要かつ充分な量の詩篇を後世に遺してくれたのは、世界文学史上、まことに幸ひであつたと言はねばならないのである。

周知のやうに、若き日の駆け出しの詩人フォークナーには、フィル・ストーン（Phil Stone, 1893–1967）といふ、彼より四歳年長で、ミシシッピー州オックスフォード在住の、イェイル大学法学部出身の弁護士兼文学者（lawyer and litterateur）がゐて、幸運なことには、フォークナーの《読書の指南役》を買つて出てくれたのだ。ストーンは、フォークナーのかつての《良き師（mentor）》であるばかりでなく、（多少のトラブルはあつたやうだが）《終生の友

（lifelong friend）》でもあつたと言つていいだらう。さしづめランボーにとつてのイザンバールやドゥメニーを想ひ起させるが……。ストーン家は、オックスフォードの名家の一つで、どうやらフォークナー家とは古くから付き合ひがあつたやうである。フィル・ストーンは法律家でありながら、文学にも強い関心を持ち、フォークナーの文才を逸早く看て取るや、彼を文学上の《秘蔵つ子《プロテージェ》（protégé）》と見做して、蔵書を快く貸し与へたり、また《必読書のリスト》を作つて与へたり、フォークナーが書くものを読んでは適切な批評をするなどして、フォークナーの文学上の最初の良き助言者・知的かつ有能な指導者となつたのである。

若き日のフォークナーは、当然ながらランボー風の詩を物さうといささか乱暴な企てを試みたことであらうと勘ぐつてみるのだが、少なくともすぐに看破られるやうな、ランボーの《模倣詩《パスティッシュ》》の類をどうやら遺してゐないところからして、それもその筈といふか、いかにも尤もな話だと納得が行くのである。と言ふのは、ランボーばりの模倣詩を作らうと思つてみても、どだい無理な話で、およそ凡庸な詩人にはランボーの真似などさう簡単にできるものではないからである。大方の駆け出しの詩人がその習作期に《模倣》によつて《模倣詩《パスティッシュ》》を作らうとするのは自然の成り行きだと思ふが、《模倣（imitation）》と《剽窃（plagiarism）》を厳然と区別しなければならないのは言ふまでもあるあまい。考へてみるに、真に新奇かつ独創性に富む詩篇といふのは、他の人の《見え透いた模倣（transparent imitation）》を、追随を容易に許さないものかもしれない。さうは言つても、ランボーが過度のアルコールとドラッグの服用で幻視者になることによつて新しい言語を探求し得たやうに、若き日のフォークナーも、少なくともアルコールの過飲によつて、ひよつとしたら自らを、アメリカ南部版のランボー風の《呪はれた詩人（poète maudit; accursed poet）》に擬《なぞら》へてゐた一時期があつたかもしれない。

若き日の小林秀雄は、「人生斫断家アルチュル・ランボオ」（一九二六年、後年の「ランボオ I」）といふ論文において、言ふ。

《彼はあらゆる変貌をもつて文明に挑戦した。然し、彼の文明に対する呪詛と自然に対する讃歌とは、二つの異つた断面に過ぎないのである。彼にとつて自然すらはや独立の表象ではなかつた。或る時は狂信者に、或る時は虚無家に、或る時は諷刺家に、然しその終局の願望は常に、異る瞬時に於ける異る全宇宙の獲得にあつた、定着にあつた。[36]》（傍点引用者）

小林は、さらに終りの所で、かう言ふ。

《ランボオが破壊したものは藝術の一形式ではなかつた。藝術そのものであつた。この無類の冒険の遂行が無類の藝術を創つた。私は、彼の邪悪の天才が藝術を冒瀆したと言ふまい。彼の生涯を聖化した彼の苦悩は、恐らく独特の形式で藝術を聖化したのである。[37]》（傍点引用者）

そもそも詩人を志してゐた若き日のフォークナーが、或る一時期、ランボーの詩に夢中にならない筈はなかつたのだ。そして彼は、とどのつまり、ランボーの《模倣詩《パスティッシュ》》を一篇たりとも遺し得なかつたのである。もしかしたら彼には模倣詩を試みることすら不可能であつたかもしれない。

フォークナーは、若い頃から、少なくとも文学的には根つからの《新しがり屋》で、誰も知るやうに、絶えず斬新な《表現形式》を模索し、追求して止まない、一作毎にがらりと作風の変つた作品を創造する典型的な《モダニスト》であつた。《新しい葡萄酒（new wine）》はやはり《新しい革袋（fresh wine-skins）》に盛るに越したことはないといふのであらう――さう、新しい内容は、それを表現するのに最もふさはしい、新しい表現形式を必要とすると言はねばならぬのだ。フォークナーの《モダニズム》に対する鍾愛といふか、偏愛ぶりは、甚だ一途《いちづ》なものがあつと言つていいだらう。

もともと《モダニズム》は、アメリカ出身のエズラ・パウンド（Ezra Pound, 1885–1972）、T・S・エリオット（T. S. Eliot, 1888–1965）、ガートルード・スタイン（Gertrude Stein, 1874–1946）女史などが、この文学潮流の中心人物として興つたものだが……。そして今や少なくともアメリカにおいては、フォークナーが《モダニズム》の中心的人物の一人として一般に見做されるやうになつたのである。序でに、言はずもがなのことを一言挿記すれば、英米文学史上、《モダニズム》の注目に値する画期的な作品としては、例へば、ヘンリー・ジェイムズの『使者たち』（*The Ambassadors*, 1903）、ジョウゼフ・コンラッドの『ノストローモ』（*Nostromo*, 1904）、T・S・エリオットの『荒地』（*The Waste Land*, 1922）、ジェイムズ・ジョイスの『ユリシーズ』（*Ulysses*, 1922）、それにフォークナーの『響きと怒り』（*The Sound and the Fury*, 1929）などを挙げることができよう。

さて、《叛逆児《ルベル》（rebelle）》ランボーは、どうやら「生れながら、苦く、重く、強烈に、燦々とした心(38)」の持ち主であつたやうだ。ヴェルレーヌのいはゆる《非凡な心理的自伝》と言はれてゐる『地獄の季節』は、ヨーロッパ文学史から見ると、当然のことながら、ダンテ（Dante Alighieri, 1265–1321）の三部作『神曲』（*La Divina Commedia* [*The Divine Comedy*], writ. *c.* 1307–21）の第一部「地獄篇」（*Inferno*）及びミルトン（John Milton, 1608–74）の『失楽園』（*Paradise Lost*, 1667, '74）などからの直接的な文学的影響を様々な点で蒙つてゐると言つていいだらう。そして少なくともヨーロッパにおいて、例のホメーロス（紀元前九—八世紀頃）以来、脈々と続く正統的な、大いなる文学伝統といふ肥沃な土壌があつたからこそ、ランボーのやうな極めてヨーロッパ的な奇蹟的かつ突然変異的な、いはゆる《世紀末文学の怪物的異端児（the monstrous *enfant terrible* of the *fin-de-siècle* letters）》が生まれるべくして生まれたのだと言へるのではなからうか。ランボーこそは、わが吉田健一がいみじくも言つてゐるやうに、ヨーロッパを最もよく体現し得た、まさしく「ヨーロッパの人間(39)」の一人であつたと言へるのだ。

この辺で『地獄の季節』に少しばかり触れないわけにはゆくまい。とはいへ、ここで作品論を展開するつもりは毛頭ない。この散文詩は、今日では、どうやらランボーの最後の作品、いはゆる《白鳥の歌（chant du cygne; swan song）》ではなかつたことが判明してゐる。例のスターキー博士は、夙に名著の誉れ高い評伝『アルチュール・ランボー』（改訂第三版）において、『地獄の季節』の《主題》を実に簡潔に分類して述べてをられるので、御参考までに、紹介しておかう。

《The three important *leit motiven* in *Une Saison en Enfer* are the problem of sin, the problem of God—his personal need to believe in God—and finally the problem of life, the acceptance of life. These thread their way backwards and forwards through the texture of the work, and only, at the very end, are brought to full conclusion.(40)

『地獄の季節』における三つの重要な中心思想《ライトモティーフ》は、罪の問題、神の問題――神の存在を信じねばならぬ彼の個人的な必要――及び最後に、人生の問題、人生の受容といふことである。これらのライトモティーフが、作品の生地《きぢ》の間を縫ふやうに行きつ戻りつして、最後の所で初めて充実した結論に達するのである。》（傍点引用者）

ランボーが、若さから来る怖いもの知らずで、鼻つ端が強く、向ふ見ずで、総撫で切りで、神や人間や人生などに対して、いかに毒づいたり、喚き散らしたり、嘲つたり、侮つたり、蔑んだりしようとも、究極的には、神の存在を受け容れ、人生を受容したことに我々読者は安堵の胸を撫で下ろし、ランボーを、今なほ、いや、これからもずつと愛し続ける所以でもあると言つていいだらう。生まれて来たからには、「人間誰しも惨めな宿命の奴隷である以上」

(puisque chaque homme est esclave de cette fatalité misérable[41] [since every man is a slave of that miserable fatality])、神を信じ、人生を素直に受け容れ（accept）、人生を堪へ忍び（endure）ながら生き存《ながら》へてゆくより仕方がないといふわけなのだらう。大雑把に言へば、ここに至つて、少なくともフォークナー文学に馴れ親しんで来た者ならば、どうしても成熟期以降のフォークナーを想ひ起さぬわけにはゆかぬだらう。

とはいへ、フォークナーの作品には、ランボーの詩作品からのこれといふ際立つた、直接的な《文学上の借用語句及び反響《エコー》（Literary Borrowings and Echoes）》の類が見られないと言つていいだらう。筆者の知る限りでは、今のところ、少なくともランボーとフォークナーの二人から実例を採つてきて対比して解説を試みてゐるフォークナー学者は、内外を問はず、見当らないやうである。フォークナーは、ランボーからも、どうやらスウィンバーンからと同じやうな文学上の影響を蒙つたらしいと見ていいのではあるまいか。すなはち、結局のところ、フォークナーは、スウィンバーンからと同様にランボーからも、奔放かつ旺盛な《詩的想像力（poetic imagination）》と《饒舌性（verbosity）》と《官能性（sensuality）》などを受け継ぐことになつたと言つても構はないだらう。

神もなく、地上の愛も捨てて、言はば、この世を、この人生を呪ふことから始まつたランボーと覚しき詩人の主人公の《俺》が、洗礼の奴隷たちに他ならぬすべての西欧人たちに向つて、「この世（この人生）を呪ふまい」（ne maudissons pas la vie [let us not curse life]）と叫ぶのだ。「如何にも、新しい時といふものは、何はともあれ、厳しいものだ。」（Oui, l'heure nouvelle est au moins très sévère. [Yes, the new hour is at least very severe.]）といひ、また、「断じて近代人でなければならぬ。」（Il faut être absolument moderne. [One must be absolutely modern.]）ともいふ。小林秀雄は言ふ、「ヴェルレエヌの歌が比類のない成熟人《おとな》の歌ならば、ランボオは比類のない青春の詩人です。[42]」と。

麻薬《ドラッグ》に関する俗語に、“trip”といふ英語があることは、大方の読者ならおそらく御存じであらう。蛇足かもしれぬが、例の『オックスフォード英語大辞典』の《新補遺》に拠れば、“*slang* (orig. and chiefly *U.S.*). A hallucinatory experience induced by a drug, esp. LSD.”（「〔元々、かつ主として米語〕麻薬、特にLSD〔精神分裂病に似た症状を起す幻覚剤〕によつて誘発する幻覚体験」）とある。そして、一九五九年の初出用例が引用されてゐる。英文学史上、例へば、《阿片常用癖（opiumism）》による《幻覚体験《トリップ》》から生まれた代表的な傑作詩篇としては、S・T・コールリッジ（Samuel Taylor Coleridge, 1772–1834）の《三大幻想詩》――すなはち、神秘的・超自然的なロマン詩『老水夫行（老水夫の歌）』（*The Rime of the Ancient Mariner*, 1798）、神韻縹渺たる幻想詩『クリスタベル』（*Christabel*, 1816）、ロマン派最大の傑作の一つで夢幻詩『忽必烈汗《クーブラ・カーン》』（*Kubla Khan*, 1816）を挙げることができるであらう。

フランスでは、同時代人によつてその真価を充分に認められることの少なかつた《呪はれた詩人たち》の中でも、何と言つても、ランボーの最も有名な《幻覚体験《トリップ》》の傑作『酔ひどれ船』を挙げねばならぬだらう。代表作『地獄の季節』は、主として、例のアル中の麻薬詩人ヴェルレーヌとのアンビヴァレントな同性愛関係から生まれた精神の内奥への《幻視の旅《ヴィジョナリー・トリップ》》の産物とでも言ふ方がより適切であるかもしれない。因みに、アルコール中毒者にとつては、《アルコール飲料（alcohol; alcoholic drink [beverage]）》なら何でも大歓迎なことは言ふまでもあるまい。当時のフランスでは、葡萄酒や白蘭地《ブランデー》酒は言ふまでもなく、艾酒《アブサン》（absinthe〔アプサント〕）といふ苦艾《ニガヨモギ》を主な香味料とした、アルコール分約七〇パーセントの緑色のリキュール酒が愛飲されてゐたやうで、いはゆる《艾酒中毒症《アブサンティスム》》（absinthisme）》に罹る人が多かつたらしい。

フォークナーは、今や知る人ぞ知るやうに、若い、駆け出しの詩人の頃から、《アル中三兄弟（three alcoholic

brothers)》——ボードレール、ヴェルレーヌ、スウィンバーンなどといった例の悪名高き《詩人の伝統（poetic tradition)》であるアルコール中毒症を受け継ぎ（フォークナーの場合、遺伝的には明らかに父親譲りと言ふべきだが)、自由奔放に生きようとする詩人として、いはゆる《中産階級の価値観（middle-class values)》など頭から拒否して、過度の、大量の飲酒に耽つてゐたと言つてよいのだ。フォークナーにとつての酒とは、もつぱらバーボン・ウィスキーを意味することは言ふまでもない。彼は、テネシー・ウィスキーの代表格《ジャック・ダニエルズ（Jack Daniel's)》が殊の外お気に入りで愛飲してゐたやうである。

フォークナーの場合、血気盛んな壮年期あたりからのアルコール中毒による幻視・幻聴・幻触などの凄まじい《アルコール幻覚症（alcoholic hallucinosis)》、《幻覚体験（hallucinatory experience)》を何度も何度も体験したことであらうが、どうやらドラッグの類に耽溺することはなかつたやうである（断言はできないけれども）。フォークナーにとつて、文字通り、《酒は詩人の馬にして精神なり（Vinum equus ac anima poetarum. [Wine is the horse and soul of poets.])》であつたと言つていいのである。少なくともフォークナーにとつて、飲酒は疲れ切つた神経を慰撫するのに大いに役立つだけではなく、創作衝動・執筆欲を駆り立て、ストーリーの構想を練り、作中人物の造型に資するところ甚大であつたのである。フォークナー自身、当然のことながら、凄まじいばかりのアルコール中毒症にひどく悩まされてゐたやうで、《記憶喪失症（amnesia; loss of memory)》や《アルコール中毒性の意識喪失（alcoholic blackout)》に陥つたりして、治療のために、随分あちこちの病院に入退院を繰り返してゐたのだ。とはいへ、フォークナーの場合は、飲酒が必ずしもマイナス面ばかりではなく、文学創造に大いに役立ちもしたのだから、まことに皮肉と言へば皮肉である。《酒は百薬の長（Sake is the best of all medicines.)》でもあり、かつまた《酒は百毒の長（Sake is the best of all poisons.)》と言はれる所以でもある。

この辺で、ランボーの戯画ならぬ戯詩（戯《たはむ》れ詩《うた》）を、しかも知る人ぞ知る《猥褻詩（obscene poem）》を御参考までに、紹介しておかう。それは、「昔のけものたちは……」（Les anciens animaux...）で始まる《淫猥詩篇《レ・スチューブラ》（Les Stupra)》（十四行詩三篇）の中の一篇で（一八七一年秋頃の作）、ランボーは、全く乱暴としか言ひやうのない野卑な言葉遣ひで、半ば巫山戯《ふざけ》ながら、当世の獣や人間の《失はれた獣性及び生殖能力（lost animality [beastliness] and reproductive ability)》を高らかに世に知らしめんとしたのであらうか。どうやら文明が進むにつれて、人間の生殖能力だけではなくて、詩歌までもが衰頽してゆくきらひがあるやうに思はれるのだ。ともあれ、ランボーがパリでヴェルレーヌに会ひ、彼の友人宅を転々としてゐる頃で、満十七歳になつたばかりの作である。「詩に別才あり」（「詩有㆓別才㆒」）とは言ふものの、それにしても老成した、まことに怖るべき十七歳だと言はねばなるまい。

Les anciens animaux saillissaient, même en course,
Avec des glands bardés de sang et d'excrément.
Nos pères étalaient leur membre fièrement
Par le pli de la gaine et le grain de la bourse.

Au moyen âge pour la femelle, ange ou pource,
Il fallait un gaillard de solide grément;
Même un Kléber, d'après la culotte qui ment
Peut-être un peu, n'a pas dû manquer de ressource.

D'allieurs l'homme au plus fier mammifère est égal;

L'énormité de leur membre à tort nous étonne;
Mais une heure stérile a sonné: le cheval

Et le bœuf ont bridé leurs ardeurs, et personne
N'osera plus dresser son orgueil génital
Dans les bosquets où grouille une enfance bouffonne.[43]

THE ancient beasts bred even on the run, their glans encrusted with blood and excrement. Our forefathers displayed their members proudly by the fold of the sheath and the grain of the scrotum.

In the middle ages, for a female, angel or sow, a fellow whose gear was substantial was needed; [and] even a Kléber, judging by his breeches—which exaggerate, perhaps, a little—can't have lacked resources.

Besides, man is equal to the proudest mammal; we are wrong to be surprised at the hugeness of their members; but a sterile hour has struck: the gelding

and the ox have bridled their ardours, and no one will dare again to raise his genital pride in the copses teeming with comical children.[44]

——Translated by Oliver Bernard.

昔のけものたちは　走つてゐるときでさへ
ペニスの亀頭を血と糞にまみれさせて番《つが》つたものだ。
われわれの父祖たちも、鞘の襞、巾着の小さな玉によつて
自分のものを誇らしく見せつけたものだ。

中世では、天使であれ蓮っ葉女であれ、
しつかりしたお道具をもつたくましい男がもてたものだ。
クレベールみたいな男でも、おそらく多少のごまかしはあつたにせよ
その半ズボンからすれば、立派な一物を持つてゐたはずだ。

そもそも人間とは最も威張りくさつた哺乳動物と言ふに同《おな》じ、
そのいちもつの巨大さにおどろく方がまちがひさ。
しかも子作りなしの刻が告げられた、馬も

牛もその情火を抑制した、それでもはや誰ひとり
おどけた子供たちがひしめく植込みの中で
その自慢のいちもつを敢へておつ立てたりはせぬだらう。

（平井啓之訳）

最後に、『地獄の季節』の中でも最も美しい箇所の一つと言はれる、「朝」（“Matin” [“Morning”]）と題する章を丸ごと全部と、さらにスターキー博士の言葉を引用して、そろそろこの慢慢的《マンマンデー》な蕪稿を締め括ることにする。

MATIN

N'eus-je pas *une fois* une jeunesse aimable, héroïque, fabuleuse, à écrire sur des feuilles d'or,—trop de chance! Par quel crime, par quelle erreur, ai-je mérité ma faiblesse actuelle? Vous qui prétendez que des bêtes poussent des sanglots de chagrin, que des malades désepèrent, que des morts rêvent mal, tâchez de raconter ma chute et mon sommeil. Moi, je ne puis pas plus m'expliquer que le mendiant avec ses continuels *Pater* et *Ave*

Maria. Je ne sais plus parler!

Pourtant, aujourd'hui, je crois avoir fini la relation de mon enfer. C'était bien l'enfer; l'ancien, celui dont le fils de l'homme ouvrit les portes.

Du même désert, à la même nuit, toujours mes yeux las se réveillent à l'étoile d'argent, toujours, sans que s'émeuvent les Rois de la vie, les trois mages, le cœur, l'âme, l'esprit. Quand ironsnous, par delà les grèves et les monts, saluer la naissance du travail nouveau, la sagesse nouvelle, la fuite des tyrans et des démons, la fin de la superstition, adorer—les premiers!—Noël sur la terre!

Le chant des cieux, la marche des peuples! Esclaves, ne maudissons pas la vie.[45]

MORNING

Had I not *once* a lovely youth, heroic, fabulous, to be written on sheets of gold, good luck and to spare! Through what crime, through what fault have I deserved my weakness now? You who declare that beasts sob in their grief, that the sick despair, that the dead have bad dreams, try to relate my fall and my sleep. As for me, I can no more explain myself than the beggar with his endless *Paters* and *Ave Marias. I can no longer speak!*

However, I have finished, I think, the tale of my hell today. It was really hell; the old hell, the one whose doors were opened by the son of man.

From the same desert, in the same night, always my tired eyes awake to the silver star, always, but the Kings of life are not moved, the three magi, mind and heart and soul. When shall we go beyond the mountains and the shores, to greet the birth of new toil, of new wisdom, the flight of tyrants, of demons, the end of superstition, to adore—the first to adore!—Christmas on the earth.

The song of the heavens, the marching of peoples! Slaves, let us not curse life.[46]

——Translated by Louise Varèse.

朝

一度はこの俺にも、物語を想ひ、英雄を想ひ、幸運に満ち満ちて、黄金の紙に物書いた、――愛らしい少年の日がなかつたらうか。何の罪、何の過ちがあつて、俺は今日の日の衰弱を手に入れたのか。諸君は、けものは苦しみに噎《むせ》び泣き、病人は絶望の声をあげ、死人は悪夢にうなされると語るのか、では俺の淪落《りんらく》と昏睡とを何と語つてくれるのか。ああ、俺にどうして俺が語れよう、乞食等がパアテルとアヴェ・マリヤとを繰り返すやうなものだ。俺にははや話す術すらわからない。

だが、今日となつては、俺も、俺の地獄とは手を切つたと信じてゐる。いかにも地獄だつた、人の子が扉を開けた、昔ながらのあの地獄だつた。

生命の『王達』、三人の道士《マージュ》、心と魂と霊とは、静まり返り、同じ沙漠から同じ夜へと、俺の疲れた眼は、いつも銀色の星の下で目覚めてゐる。砂浜を越え、山を越え、新しい仕事、新しい叡智、僭主と悪魔との退散、妄信の終焉を謳ふ為に、――最初の人々として、――地上の『降誕』を称へる為に、俺達の行く日は幾時《いつ》だ。

天上の歌、民衆の歩み。奴隷ども、この世を呪ふまい(47)。

（小林秀雄訳）

《Rimbaud was an amazing phenomenon in literature. His meteoric poetic life spanned only five or six years. But in these few years he opened up a rich field for literature, and few poets have been the object of more passionate study, or have exercised greater influence on modern poetry.(48)—Enid Starkie

ランボーは文学における驚嘆すべき天才であつた。彼の流星のやうな詩人としての生活は僅か五、六年にわたるに過ぎなかつた。しかしこの数年間に彼は文学の沃野を切り開いたし、これほど熱烈な研究の対象になつて来た、或いは近代詩にこれほど偉大な影響を及ぼして来た詩人はほとんどゐないのである。――イーニッド・スターキー》

（May 2004）

(註)

(1) 他に、英訳例を挙げれば、"Abandon all [every] hope, you who enter," / "Leave every hope behind, ye who enter." / "Leave all hope, ye that enter here." / "Abandon hope, all ye who enter here." 等々、数多《あまた》あるが、伝統的・代表的英訳例としては、エピグラフに引いたロングフェロー（Henry Wadsworth Longfellow, 1807–82）のものが名高い。

(2) Oscar Wilde, *The Picture of Dorian Gray* (Paris: Charles Carrington, 1908), p. ix.

(3) 「フランスの象徴主義」、齋藤勇編『研究社世界文学辞典』（研究社、一九五四年）、四七九ページ参照。

(4) James B. Meriwether and Michael Millgate (eds.) *Lion in the Garden: Interviews with William Faulkner, 1926–1962* (New York: Random House, 1968), p. 217.

(5) *Ibid.*, pp. 135 and 234.

(6) 一九二八年（昭和三年）、三好達治の東大仏文科の卒業論文は、『ポオル・ヴェルレエヌの「智慧」に就て』であつたといふ。因みに、仏文同期卒業生の卒論名は以下の通りである。小林秀雄『アルチュル・ランボオ研究』、中島健蔵『シャルル・ボオドレエル研究（『悪の華』の心理的構造）』、今日出海『ジャン・サルマンの戯曲における世紀病』、田邊貞之助『ジョリス＝カルル・ユイスマンス厭世的魂の進展』、淀野隆三『ボヴァリー夫人』、飯島正『アルフレッド・ド・ミュッセの戯曲における心理的一開展』。当時の仏文科の卒論はすべてフランス語で書くことが義務づけられてゐたといふ。

(7) *Arthur Rimbaud: Collected Poems* (London: Penguin Classics, 1962/1997), introduced and edited by Oliver Bernard with plain prose translations of each poem, p. 333.

(8) 「鈴木信太郎全集」（大修館書店、一九七三年）、第四巻（研究Ⅱ）、七〇九ページ。

(9) 前掲書、七一六ページ。

(10) Cf. Martin Kreiswirth, "Faulkner as Translator: His Versions of Verlaine," *Mississippi Quarterly*, No. 30 (1977), pp. 429–432.

(11) 齋藤久「『皐月祭《メイデー》』とフォークナーの《厭世観》をめぐつて（その一）——A・E・ハウスマン、『ルバイヤート』、そしてマラルメを中心に」、『東京理科大学紀要（教養篇）』、第三十四号、二〇〇二年三月、一—四五ページ参照。

(12) Cf. Enid Starkie, *Arthur Rimbaud* (London: Faber and Faber, 1938, 1947 and 1961 [Third Version]; New York: New Directions, 1968, Eighth Printing), p. 39.

(13) *Ibid.*, p. 250.

(14) *Arthur Rimbaud: Œuvres complètes*, édition établie, présentée et annotée par Antoine Adam, Gallimard, 1972 (coll. Bibliothèque de la Pléiade), p. 249.

(15) Oliver Bernard (ed. & trans.), *Arthur Rimbaud: Collected Poems* (Penguin Classics, 1997), p. 6.

(16) *Œuvres complètes* (Plèiade), p. 251.

(17) *Collected Poems* (Penguin Classics), pp. 10–11.

(18) *Œuvres complètes*, pp. 253–254.

(19) *Collected Poems*, p. 16.

(20) 日本フランス語フランス文学会編『フランス文学辞典』(白水社、一九七四年)参照。「その詩風は繊細・軽快で、的確な描写力をそなへてをり、パリの情景の描写には特に妙を得てゐる。」(南條彰宏氏)

(21) 「〔第五次〕小林秀雄全集」(新潮社、二〇〇一—〇二年)、第一巻(「様々なる意匠・ランボオ」、二〇〇二年)、「ランボオ I」八三—九五ページ。

(22) 前掲書、「ランボオ II」、三八九ページ。

(23) 小林秀雄『地獄の季節』(岩波文庫、一九七〇年)、「訳者後記」、一二一ページ。

(24) *Lion in the Garden*, p. 71.

(25) *Œuvres complètes*, pp. 6–7.

(26) *Collected Poems*, pp. 71–73.

(27) David Minter, *William Faulkner: His Life and Work* (Baltimore, Md.: Johns Hopkins University Press, 1980), p. 36. 御参考までに、ナサニエル・ホーソーン(Nathaniel Hawthorne, 1804–64)の作品に、『大理石の半獣神——或いは、モンテ・ベニのロマンス』(*The Marble Faun: or, The Romance of Monte Beni*, 1860)といふ題名の、イタリアを舞台にした、《罪と罰と贖罪》を主題とする一大長篇小説(六五〇ページ余り)があることを言ひ添へておく。

(28) *Œuvres complètes*, p. 38.

(29) *Collected Poems*, p. 112.

(30) Yves-Gérard Le Dantec (ed.), & Jacques Borel (revised), *Verlaine: Œuvres poétiques complètes* (Paris: Gallimard,

1962 [Pléiade]), p. 115.

(31) Carvel Collins (ed.), *William Faulkner: Early Prose and Poetry* (Boston: Little, Brown and Company, 1962), p. 119.

(32) 吉田健一著『詩と近代』(小澤書店、一九七五年)、七七—九五ページ参照。因みに、「吉田健一著作集」(集英社)、第二十五巻(一九八〇年)、五四—六六ページ。

(33) *Œuvres complètes*, pp. 95–96.

(34) Louise Varèse (trans.), *A Season in Hell & The Drunken Boat by Arthur Rimbaud* (New York: New Directions, 1945; 1952; 1961 [bilingual]), p. 13.

(35) 小林秀雄、前掲書、一一九ページ。

(36) 小林秀雄「ランボオ Ⅰ」、「小林秀雄全集」、第一巻(二〇〇二年)、八九ページ。

(37) 前掲書、九五ページ。

(38) 小林秀雄「アルチュル・ランボオの恋愛観」(一九三〇年)、前掲書、四五〇ページ。

(39) 吉田健一著『ヨオロッパの人間』(新潮社、一九七三年)所収の「ランボオ」(第十一章)、一八八—二〇五ページ参照。「吉田健一著作集」、第二十一巻(一九八〇年)、三七五—三九〇ページ。

(40) Enid Starkie, *op. cit.*, p. 289.

(41) ランボーの家族に宛てた手紙(Rimbaud aux siens—Aden, le 10 septembre 1884)の一節。*Œuvres complètes*, p. 391.

(42) 小林秀雄「アルチュル・ランボオの恋愛観」、前掲書、四五〇ページ。

(43) *Œuvres complètes*, p. 206.

(44) *Collected Poems*, p. 181.

(45) *Œuvres complètes*, p. 115.

(46) Louise Varèse (trans.), *op. cit.*, pp. 81 and 83.

(47) 小林秀雄、前掲書、三〇六—三〇七ページ。新漢字・新仮名遣ひ・脚註付きの「(第六次)小林秀雄全作品」(新潮社)、第二巻(二〇〇二年)、及び新字・新仮名遣ひの岩波文庫(〔改版〕一九七〇年)、その他を参照し、字句を一部改変した箇所があることをお断りしておく。

(48) Enid Starkie, "Arthur Rimbaud," *Encyclopaedia Britannica* (1968), Vol.19, p. 337.

IV 葡萄酒色の海

《La critique...est surtout un don, un tact, un flair, une intuition, un instinct, et dans ce sens, elle ne s'enseigne pas et ne se démontre pas, elle est un art.
(Criticism is above all a gift, an intuition, a matter of tact and *flair*; it cannot be taught or demonstrated, — it is an art. — Translated by Mrs. Humphry Ward.)
— Henri-Frédéric Amiel, *Fragments d'un journal intime d'Amiel, 1846–1881* (1882–84), 19 Mai, 1878.》

Dante Gabriel Rossetti 《Dr. Johnson and the Methodist Ladies at the Mitre Tavern》 (Paris, 1860)
(Pen and ink on paper, 21.59 × 20.96 cm, Fitzwilliam Museum, Cambridge, England)

《文学研究（Study of Literature）》と《文学批評（Literary Criticism）》の狭間で

——一つの大まかな覚え書

《In Poets as true genius is but rare,
True Taste as seldom is the Critic's share;
Both must alike from Heav'n derive their light,
These born to judge, as well as those to write.
——Alexander Pope, *An Essay on Criticism* (1711), ll.11–14.

詩人のうちで本当の天才は極めて稀だが、
本当の鑑識力を持つ批評家もまた稀だ、
いづれもそれぞれの光を天から授けられ、
批評家は判断に、詩人は創作に生まれつくものだ。
——アレグザンダー・ポープ『批評論』（一七一一年）、第十一行—第十四行。（矢本貞幹訳）》

《Il est aisé de critiquer un auteur, mais il est defficile de l'apprécier.
——Luc de Clapiers, marquis de Vauvenargues, *Reflexions et maximes* (1764), No. 264.
(It is easy to criticize an author, but difficult to appreciate him.)
作者を批評するのは容易だが、その良さを正しく評価するのは難しい。
——リュック・ド・クラピエ・ヴォーヴナルグ『省察と箴言』（一七六四年）、第二六四番。》

《Life imitates Art far more than Art imitates Life.
——Oscar Wilde, "The Decay of Lying" (1889), *Intentions* (1891)
藝術が人生を模倣するよりも寧ろ人生が藝術を模倣する。
——オスカー・ワイルド「嘘をつく技術の衰頽」（一八八九年）、『意向集』（一八九一年）》

《文学研究》や《文学批評》の歴史は、「文学の歴史」とほぼ同じぐらゐ古くて長いものであることは、洋の東西を問はず、その軌を一にしてゐると言つても過言ではあるまい。優れた文学作品を読んで感動した人々の中には、当然のことながら、その感動を表現しようと欲し、かつ試みずにはをれない人がゐるものである。（ずぶの素人の「鑑賞的批評」[appreciative criticism] といふこともあり得るだらうし、また当然あつて差し支へないのだ。）ここに文学の研究や批評といふもののそもそもの根源があると言はねばならないのだ。ヨーロッパ文学史上、今日、我々が文学の研究ないし批評だと言へる最初の仕事は、周知のやうに、紀元前四世紀頃のギリシアの大哲学者、アリストテレース（Aristoteles, 384–322 B.C.）が書いたと伝へられる『詩学』（*Peri poiētikēs*〔ペリ・ポイエーティケース〕原題『詩作の技術について』[*Aristotle's Poetics*]）である。アリストテレースの文学論の遺産は、次代のローマ文学に受け継がれ、ローマ帝政時代初期の詩人、ホラーティウス（Quintus Horatius Flaccus, 65–8 B.C.）の『詩論』（*Ars Poetica* [*The Art of Poetry*], 原題『詩作《ポイエーシス》の技術』）が現れるに及んで、ここに古典主義的な文学研究・文学批評は理論的に一応の完成をみることになつたと考へていいのである。

なほ、ホラーティウスの『詩論』は、後世の文学、とりわけ、十七、十八世紀の古典主義文学全盛時代に「規範」と仰がれ、大きな影響力を及ぼしたわけだが、フランスの詩人で近代批評の先駆者、ニコラ・ボワロー[1]（Nicolas Boileau-Despréaux, 1633–1711）やイギリスの詩人、アレグザンダー・ポープ（Alexander Pope, 1688–1744）らの詩論の基となつたといふことだけを言ひ添へるにとどめておかう。序でに言へば、今年（一九九七年）になつて、たまたまこれら詩論二篇の新訳が出た（松本仁助・岡道男訳『アリストテレース詩学・ホラーティウス詩論』、岩波文庫、一九九七年、青帯六〇四―九）。

さて、古くから《文学研究（studia litterarum）》には、例へば、伝記的（biographical）研究、歴史的

（historical）研究、社会学的（sociological）研究、心理学的（psychological）研究、等々、数多《あまた》あるが、本稿の趣旨は、主題は、文学の、いはゆる「研究法」（method）や、文学の「研究史」や「批評史」についてここで論証するものでは毛頭ないことを先づ初めにお断りしておかねばならない。アメリカ文学の研究者として外国文学研究に携はつてきた者の端くれの一人として言はせてもらふが、おそらく、文学の伝統的な研究の根本的観念は、何と言つても、文学作品の内容や形式への考察・分析をも引つ括めた総体的《トータル》な「解釈」（interpretation）の一語に尽きるであらう。すなはち、文学といふ藝術を解釈することであり、大雑把に言へば、それ自身、人間並びに人生といふもの、及び自然を創作的に解釈し、かつ理解することに外ならないであらう。そして、《文学研究》なり、《文学批評》なりの目指すものは、さまざまな前段階の作業を経て、究極的には、文学作品の「批評的判断（評価・価値づけ）」（critical judgment; evaluation）をその目標としてゐると極論しても差し支へないかもしれない。（Cf. Classical [Romantic, Realistic, Impressionistic, Aesthetic, Textual, Historical, Comparative, Interpretative, Judicial, Scientific, Speculative, Philosophical, Psychoanalytical, &c.] criticism.）

例のフローベール（Gustave Flaubert, 1821–80）は、《文藝サロン（salon littéraire）》を主催してゐた女流詩人・作家のルイーズ・コレ夫人（Madame Louise Revoil Colet, 1810–76）に宛てた或る手紙（一八四六年十月二十二日付）の中で、次のやうな、何とも独善的な、いや、独断的としか言ひやうのない、あまりにも有名かつ辛辣な言葉を言つてのけてゐる。「人は、藝術家になれない時に、批評家になるのだ」（"A man is a critic when he cannot be an artist,..."—Gustave Flaubert, *Correspondance*, à Louise Colet, October 22, 1846）また、十八世紀のフランスの劇作家で、巡業劇団の座付き作者として多くの教訓劇を遺した、デトゥーシュ（一六八〇―一七五四）の『威張り屋』（一七三二年）の第二幕第五場にある、「批評は容易《たやす》く、藝術は難し」（"La critique est aisée, et l'art est difficile.” [“Criticism is easy, and art is difficult.”]—Destouches [Philippe Néricault], *Le Glorieux* [1732], Act II, Sc. 5.）といふ名高い言葉は、知る人ぞ知るであらう。

いはゆる「藝術」（創作）と「批評」（評論）をめぐつて、もとより筆者は、ここで敢へて堂々たる論陣を張るつもりなど毛頭ないし、その資格もないが、文学研究と文学批評との《乖離》といふ点に長年囚はれ、かつ拘泥《こだは》つてきた者として、少しく言及してみようと思ふ。筆者の鍾愛するウィリアム・フォークナーは、次のやうな辛辣な持論を敢然と言ひ放つてゐる。

《藝術家は批評家に耳を傾ける暇がない。作家になりたいと思ふ人は評論を読む。ただ書きたいと思ふ人は評論を読む暇がない。批評家は“Kilroy was here”と言はうとしてゐる。その機能は藝術家そのものに向けられてゐない。藝術家は批評家よりも一枚上手なのです。と言ふのは、藝術家は批評家を感動させるものを書いてゐるからです。批評家は藝術家以外のすべての人を感動させるものを書いてゐる。

——『庭のライオン——ウィリアム・フォークナーとのインタヴュー集、自一九二六年—至一九六二年』（ランダム・ハウス社、一九六八年）、二五二ページ。》（傍点引用者）

とは言ふものの、例のドクター・ジョンソン（Dr. Samuel Johnson, 1709–84）が言つてゐるやうに、我々は、何も「料理を批評するためにコックになるには及ばない」（“One doesn’t have to be a cook to criticise the cooking.”）のだ。さうなのだ、「カエサルを理解するためには、カエサルである必要はない——マックス・ヴェーバー『理解社会学のカテゴリー』（一九一三年）」（Cf. “nicht Cäsar sein, um Cäsar zu verstehen”—Max Weber, *Über einige Kategorien der verstehenden Soziologie* [1913]）のと同じやうに。

《You *may* abuse a tragedy, though you cannot write one. You may scold a carpenter who has made you a bad table, though you cannot make a table. It is not your trade to make tables.
——James Boswell, *The Life of Samuel Johnson* (1791), Vol. I, June 25, 1763.

君は、自分で悲劇を書くことができなくても、悲劇を酷評しても差し支へないのだ。自分でテーブルを作ることができなくても、君に不細工なテーブルを作つてきた大工を君は叱りつけても構はないのだ。テーブルを作ることが君の仕事ではないのだから。

——ジェイムズ・ボズウェル『サミュエル・ジョンソン伝』（一七九一年）、第一巻、一七六三年六月二十五日。》

ところで、筆者は、近年、小閑を偸んでは、世界中の折紙付きの古典ないし古典的著作を繙いて、気の赴くままに、落穂拾ひ（**gleaning**）をしたり、摘み食ひ（拾ひ読み［**browsing**］）をしたりしながら、あの《世界文学（**Welt-literatur; World Literature**）》といふ文苑を独り逍遙するのを、無上の愉しみとしてゐる者である。それといふのも、自分が英米文学科の教師でないことの気楽さとでも言はうか、わたしには、英米の文学作品を虱潰しに片端から読破して、「英米文学史」などといふ、あの途轍もない、大それた講義をする必要性も義務もないからである。万が一、さういふ羽目になつたら、わたしは、夜を日に継いでも読了し得ないほどの「文学の宝庫」を前にして、ただ茫然自失、幸せを一気に通り越して、ただ暗澹たる気持ちになるしかないであらう。（Cf. J.P. Eckermann, ***Gespräche mit Goethe*** [***Conversations with Goethe***, 1836], Jan. 31, 1827.）

《La critique (...), c'est la plaisir de connaître les esprits, non de les régenter.
——Charles Augustin Sainte-Beuve, *Les Cahiers*
批評とは（……）、さまざまな精神の有り様を識る楽しさであり、それにとやかく嘴を入れることではない。
——シャルル・オーギュスタン・サント＝ブーヴ『手帳』》（傍点引用者）

《Le bon critique est celui qui raconte les aventures de son âme au milieu des chefs-d'oeuvre.
(The good critic is he who relates the adventures of his soul among masterpieces.)
——Anatole France, Preface to *La Vie littéraire* (*The Literary Life*, 1883–92), I.
優れた批評家とは、さまざまな傑作の中にあつて自分の魂の冒険を物語る人のことである。
——アナトール・フランス『文学生活』（一八八三年）、「序文」》（傍点引用者）

それにしても、読書人なら誰しも先刻お気付きのことかもしれぬが、我々が、常日頃、岩波文庫の、とりわけ、《青帯版》などを読む時に、何とも羨ましく思へてならないのは、今の世に伝はる古代ギリシアやローマの哲人や文人たちのことではないだらうか。わが吉田健一（一九一二—七七）は、「批評と随筆」について、例によつて、まことにさらりと次のやうに述べてゐる。

《批評はもともと随筆から発達したものであつて、散文でものを書くといふ基本的な仕事が先づ随筆の形を取り、これが発達して微妙な思想の表現に堪へる所まで来て批評に変つた。少なくとも、フランスや日本、又英国ではさうであつて、ギリシア人は随筆を書くと、それが哲学になつた。[2]
——吉田健一「批評と随筆」、『色とりどり』（雪華社、一九六一年）、一三七ページ。「吉田健一全集」（原書房、一九六八年）、第四巻、四六一ページ。》

序でに、吉田健一の「批評」についての文章をもう一つ引いておかう。

《批評は一般に、その対象になつたものを説明し、解釈し、分析して、要するにこれに何か付け足す役目を果すものとされてゐる。（中略）そしてもし小説家の仕事が社会、或は人生、或は自然を描くことであるならば、批評も文学である限り、批評家の仕事はさういふ人間の営みとその結果を描くことなのである。
——吉田健一「小林秀雄」、『日本の現代文学』（雪華社、一九六〇年）、五八—六〇ページ。「吉田健一全集」（原書房、一九六八年）、第九巻、五九—六一ページ。》（傍点引用者）

さて、わが「批評の神様」、今は亡き小林秀雄（一九〇二—八三）ではあるまいし、取り上げる対象を「だし」にして、畏れ多くも、「自らを語る」(3) ことなど筆者如きにはとてもできる藝当ではない。自らを語ると言つたところで、第一、筆者には（徒らに馬齢を重ねたとはいへ）他人に語つて聞かせるに値する「人生の糧」になるやうな叡智など——まことに悲しむべきことだと思ふが——ほとんど持ち合せてゐないと言つていいのだ。

従つて、近年の筆者の「批評的姿勢・態度」は、敢へて要約して言へば、特定の形式主義《フォーマリズム》に囚はれずに、取り上げようとする「対象」と、言はば、「即かず離れず（いはゆる「不即不離」）の関係」を保ちながら、対象そのものに執拗に肉薄してゆく、主題に絶えず収斂してゆくやうに心掛けてゐるに過ぎないのだ。ただ一主義、一流派、一傾向に固執したり、偏傾したりしないやうに努めてゐることは言ふまでもない。

御参考までに、「批評家」や「批評」に関する名言の類を幾つか挙げておくことにする。

《A wise skepticism is the first attribute of a good critic.
——James Russell Lowell, "Shakespeare Once More," *Among My Books* (1870, '76)
賢明な懐疑的態度は優れた批評家の一番の特性である。
——ジェイムズ・ラッセル・ローウェル「シェイクスピアよ、今一度」、『わが書籍の間に』（一八七〇年、七六年）》

《A critic is a man who knows the way but can't drive the car.

——Kenneth Tynan (1927–80), *The New York Times Magazine*, Jan. 9, 1966.
批評家とは道を知つてゐるが車の運転のできない人のことである。
——ケネス・タイナン（イギリスの劇評家）》

《Equidem pol vel falso tamen laudari multo malo.
(I much prefer a compliment, insincere or not, to sincere criticism.)
——Titus Maccius Plautus, *Mostellaria* (*The Ghost*, *c.* 200 B.C.), l. 179.
私は誠実な批評よりも、不誠実であらうとなからうと、お世辞の方がずつと好きだ。
——ティトゥス・マッキウス・プラウトゥス『幽霊』（紀元前二〇〇年頃）、第一七九行。》

《People ask you for criticism, but they only want praise.
——W. Somerset Maugham, *Of Human Bondage* (1915), Chap. 50.
人々は人に批評を乞ふが、讃辞を欲してゐるにすぎぬ。
——W・サマセット・モーム『人間の絆』（一九一五年）、第五〇章。》

古くはプラウトゥスのナイーヴな言葉といひ、また、皮肉屋モームの、例によつて、辛辣な言葉といひ、どちらも、とかく過信家で断言癖の強い物書きの偽らざる微妙な本音をいみじくも言ひ表してゐるだらう。エマソン（Ralph Waldo Emerson, 1803–82）は、「償ひ」（“Compensation”）と題する有名な論文において、「非難の方が賞讃よりも安全だ。」（“Blame is safer than praise.”——『エッセイ集（第一輯）』*Essays*, First Series, 1841）と言つてゐるが、一般的には、やはり「貶すよりも褒める」方が遙かに無難であるだらう。モームの如きは、まさに「この人にして、この言葉あり」（Qualis vir, talis oratio. / Qualis homo, talis sermo. [Such man, such style of speech.]）と言ふべきであらう。

ところで、鋭敏犀利な批評眼と的確峻厳な論評で知られた福田恆存(一九一二―九四)は、「小林秀雄の『考へるヒント』」といふ一文において、「真の学問・真の書物」に言及して、かう述べてゐる。

《吾々にとつて大事な事は何かを知る事ではない。知る事より生きる事の方が余程大事であり、人は行為を通じてしか何も知る事が出来ない。といつて言行一致などと早合点されては困る。もし何かを知る事が大事な事であるなら、それは何かが知られて来る様に行動し、生きられるからである。知つた結果が知識となるのではなく、知る事が生の体験になる様な、さういふ学問や読書でなければ全く意味が無い。さういふ事になれば、学問は学者の人格、志、生き方を離れては存在しない筈である。我々が道を歩いてゐる時、一里先の山道に目を奪ふ様な桜の大樹がある事を我々は知らない。それに出遭つた時の喜びが人生に伝はらぬ様な書物は、真の書物とは言へない。その時の喜びが、或は尋ねて巡り遭へぬ辛さが伝はつて来る書物だけが古典なのであり、さういふ生きた人間の姿に接する喜びや辛さが経験として学問の醍醐味なのである。(4)》

――福田恆存「小林秀雄の『考へるヒント』」(一九六八年)、「小林秀雄全集」、第十二巻、「解説」》(傍点引用者)

私事に亘つて甚だ恐縮だが、わたしは、若き日に、英文学者の高橋康也先生(わたしは、氏の二十代の終り頃の数へ子の一人だから、弟子の端くれの一人と言ふべきか)の処女作で夙に名著の誉れ高い英文学論集『エクスタシーの系譜』(アポロン社、一九六六年)や、吉田健一先生(わたしは、大学院で丸五年間、親しく氏の謦咳に接し、目を掛けていただいたので、不肖の弟子の一人を自任してゐる)の《英文学研究》の「三部作」、いや「三大名著」――『英国の文学』(一九四九年)、『シェイクスピア』(一九五二年)、『英国の近代文学』(一九五九年)等々を読んで、わたしも将来、死ぬまでに、何とかして本を一冊著すことができたら、どんなに幸せだらうかと強烈に、かつ畏れ多くも、思つたことがあつた。文字通り、「眼から鱗が落ちる」といふ何とも鮮烈な思ひがしたとは、もしかすると、このやうな名著とのたまさかの出遭ひを言ふのであらうか。

《And immediately there fell from his eyes as it had been scales: and he received sight forthwith,...
——*New Testament, The Acts of the Apostles*, IX. 18.
直ちに彼の目より鱗のごときもの落ちて見ることを得、……
——『新約聖書』、「使徒行伝」、第九章第一八節。》

それで思ひ出したが、わが吉田健一(S・T・コールリッジのいはゆる **"the perfect well-bred gentleman"**)でさへも、自分の全集(「原書房版」)の刊行に寄せて書いた一文で、次のやうに述懐してゐる。「思へば、本が一冊出せたらどんなに嬉しいだらうと、そのことばかり考へてゐた時代もあつた。」(「私の近況」、『新刊ニュース』、東販、一九六八〔昭和43〕年三月号)ここで氏が言ふところの「本」とは、勿論、「共著」や「翻訳書」のことではなく、単独で著した書物、言はば、「単著」(?)のことを言つてゐるのは言ふまでもあるまい。

つらつら惟るに、何の弾みで(いや、何の因果で)、よりによつて、「英語英米文学」とやらを専攻し、飯を食ふ羽目になつたものやら、わたし自身、今以てよく判らないし、今までにとことん突き詰めて考へてみたこともなかつたやうな気がする。敢へて腹蔵の無いところを言へば、「英米文学」などといふ何とも **"sophisticated"** な、高尚で聞えのいい生業《なりはひ》で生計の資を得てきたわけでは決してなく、今まで何とか糊口を凌いできたのは、もつぱら中級程度の英語を大学生に教へるといふ「語学教師稼業」のお蔭なのである。もとより筆者如きがおよそ偉さうな口を利ける柄ではないのだが……。

それはさて措き、御参考までに、例の『オックスフォード英語大辞典』（いはゆる*O*・*E*・*D*・）に拠れば、「批評」（criticism）とは、「文学作品ないし藝術作品の特質や性格を評価する技術――批評家の機能ないし仕事」（The art of estimating the qualities and character of literary or artistic work; the function or work of a critic.）であると言ふ。桂冠詩人・劇作家・批評家でもあつたドライデン（John Dryden, 1631–1700）は、批評の最も主要な要素は、「思慮分別のある読者を大いに悦ばせずには措かぬ長所を看て取ること」（"to observe those excellencies which should delight a reasonable reader"—Cf. Preface to *The State of Innocence and Fall of Man* [1674]）であると言ひ、またアイルランド（愛蘭土）の批評家で著名なシェイクスピア学者であつたダウデン（Edward Dowden, 1843–1913）は、批評の仕事は、「依怙贔屓なしに、個人的な好悪を押しつけずに、物事を在るがままに見ること」（"to see things as they are, without partiality, without obtrusion of personal liking or disliking"—*Studies in Literature: 1789–1877* [1878]）であると言ふ。さらに、学匠詩人で批評家、《オックスフォードの詩学教授（Oxford Professor of Poetry）》でもあつたマシュー・アーノルド（Mathew Arnold, 1822–88）は、批評を定義づけて、「この世において知られ、かつ考へられ得る限りの最善のものを学び、かつ普及させようとする公平無私の努力」（"a disinterested endeavour to learn and propagate the best that is known and thought in the world"—Cf. *Essays in Criticism*, First Series, "The Function of Criticism at the Present Time" [1865], Macmillan, pp. 16, 18, 37, 38）のことであるといふ名高い言葉を再三再四述べてゐる。さう言へば、アーノルドは詩を、文学を定義して、「人生の批評」（"criticism of life"—"Poetry is at bottom a criticism of life." Cf. *Ibid.*, First Series & Second Series [1888], "Wordsworth"）と喝破してゐる。

考へてみるに、「インプレッショニズム（印象主義）」（Impressionism）の方法であれ、また、筆者の学生の頃（昭和三十年代）、わが国においても、全盛を極めた観のある、「ニュー・クリティシズム（新批評）」（New Criticism）の方法であれ、また、一九六〇年代半ばにフランスを中心に勃興した「ストラクチャラリズム（構造主義）」（Structuralism）の方法であれ、また、同じく、一九六〇年代の後半からアメリカで盛んになつた「ディコンストラクショニズム（脱構築主義・解体批評主義）」（Deconstructionism——例のアルジェリア出身のフランスの哲学者、ジャック・デリダ [Jacques Derrida, 1930–2004] の用語）の方法であれ、はたまた、近頃、流行の「ニュー・ヒストリシズム（新歴史〔重視〕主義）」（New Historicism）の方法であれ、「批評方法」そのものは、多種多様、今後も次々と考へ出され得ることだらうとは思ふけれども、「文学（文藝）批評」といふものの一番の根柢にあるものは、たとへ時が移り、時代が変らうとも、さうころころと変るものとは思へないのである。

ここで一言挿記すれば、例へば、わが中野好夫（私事にわたつて恐縮だが、筆者は、学部の学生の頃、中野先生の著作を手当り次第愛読し、私淑してゐたが、幸ひにして、大学院生になつて、たまたま先生の謦咳に接し、親炙する機会に恵まれた）や佐伯彰一などに通底する共通の特徴として、どちらも《思想（ideas）》よりもむしろ《人間（people）》に対する貪欲かつ飽くなき興味、旺盛な関心を挙げることができるだらう。彼らが何よりも好きなのは、《生身の人間》そのものなのである。次々と華々しく現れては、しばらく持て囃されてゐたかと思ふと、やがて廃れてゆく批評の新しい理論や方法論など、彼らにとつては、およそ虚しい観念的遊戯に過ぎないのであつて、要するに、どうでもよいものと言つていいのだらう。思ふに、彼らほど《抽象観念（abstract ideas）》の空虚《むなしさ》（emptiness）を知悉し、その濫用、その知的遊戯を執拗に嫌悪し、嫌忌してきた批評家を、わたしは知らないのだ。かく言ふ筆者も、間違ひなく、この範疇《カテゴリー》に入る者であると敢へて言つておいていいだらう。

いづれにしても、《創造的批評（creative criticism）》と言へば、我々は、やはり、何と言つても、わが小林秀雄に指を屈しないわけにはゆかないだらう。小林氏は、「批評」といふものを『創造』にまで見事に昇華し得た稀有な思想家であつたと言つていいだらう。氏が、その「批評」と題する一文の中で、批評といふものの本質をいみじくも喝破した、まことに傾聴に値する言葉を、御参考までに、次に引用させていただくことにする。

《……自分の仕事の具体例を顧ると、批評文としてよく書かれてゐるものは、皆他人への讃辞であつて、他人への悪口で文を成したものはない事に、はつきりと気付く。そこから率直に発言してみると、批評とは人をほめる特殊の技術だ、と言へさうだ。人をけなすのは批評家の持つ一技術ですらなく、批評精神に全く反する精神的態度である、と言へさうだ。（中略）ある対象を批判するとは、それを正しく評価する事であり、正しく評価するとは、その在るがまゝの性質を、積極的に肯定する事であり、そのためには、対象の他のものとは違ふ特質を明瞭化しなければならず、また、そのためには、分析あるひは限定といふ手段は必至のものだ。カントの批判は、さういふ働きをしてゐる。（中略）批評文を書いた経験のある人たちならだれでも、悪口を言ふ退屈を、非難否定の働きの非生産性を、よく承知してゐるはずなのだ。（中略）論戦に誘ひこまれる批評家は、非難は非生産的な働きだらうが、主張する事は生産する事だといふ独断に知らず識らずのうちに誘はれてゐるものだ。しかし、もし批評精神を、純粋な形で考へるならば、それは、自己主張はおろか、どんな立場からの主張も、極度に抑制する精神であるはずである。そこに、批評的作品が現れ、批評的生産が行はれるのは、主張の断念といふ果敢な精神の活動によるのである。これは、頭で考へず、実行してみれば、だれにも合点の行くきはめて自然な批評道である。（中略）批評的表現は、いよいよ多様になる。文藝批評家が、美的な印象批評をしてゐる時期は、もはや過ぎ去つた。日に発達する自然科学なり人文科学なりが供給する学問的知識に無関心で、批評活動なぞもうだれも出来はしない。（中略）批評は、非難でも主張でもないが、また決して学問でも研究でもないだらう。それは、むしろ生活的教養に属するものだ。学問の援用を必要としてはゐるが、悪く援用すればたちまち死んでしまふ、そのやうな生きた教養に属するものだ。(5)……

――小林秀雄「批評」、『読売新聞』（一九六四年一月三日付朝刊）　引用文は、「新訂小林秀雄全集」（新潮社）、第十二巻に拠つた。》（傍点引用者）

この一文は、「批評」ないし「批評道」といふものの核心をものの見事に衝いた、名言と言ふべきであり、天才的批評家・小林秀雄氏の長年に及ぶ実績と絶えざる研鑽に裏打ちされた、稀に見る慧眼に対して、我々は改めて感服しないわけにはゆかないのだ。このいささか長過ぎる嫌ひのある引用文には、もはや言ひ足すことなど、ほとんど皆無に近いであらう。さうは言つても、これだけは声を大にして繰り返し言つておかねばならないだらう。――批評文なり研究論文なりを草する大前提（propositio major）として、我々は、粗探しや揚げ足取りや無い物ねだりをせずに、少なくとも、取り上げる対象に魅せられ、感動し、惚れ込み、惚れ抜くことが何より必要であるだらう、と。そもそもの取つ掛かりは、そのやうな「他（人）への讃辞」（Eulogy [εὐλογία; eulogia] on Others）から始まると言つても差し支へあるまい。敵意を含んだ、中傷的で、人を委縮させたり、或いは滅多斬りにしてしまふやうな批評は、真の批評とは言へず、取るに足らない、愚にもつかぬものとして当然一蹴されるべきであらう。また、世の中には、いはゆる「揚げ足取り」を得意とし、人を陥れることに異常な情熱を燃やす卑劣かつ可笑しな御仁（書評子）を新聞や雑誌の書評欄で時折見掛けることがある。「木を見て森を見ず」の譬へを引くまでもなく、些々たる文辞（言葉尻や片言隻句）を捕らへて、まるで鬼の首を取つたやうに、得々として、人をなじつたり、皮肉つたり、大仰に批判する輩が必ずゐるものである。「（いい齢をして）大人気がない」と言つてしまへば、それまでだが……。敢へて極言すれば、揚げ足取りの如きは、愚人の囈言《たはごと》の類に近いのであり、例の「負け犬の遠吠え」ないし「引かれ者の小唄」の類と思つて先づ間違ひないであらう。さういふ意味からも、「批評家」たる者は、決して「酷評家」、「冷評家」、「悪評家」であつてはならぬのだ。誹《そし》つたり、悪しざまに評するのは、「誹評」であつて、「批評に非ず」（「非評」）と言へよう。

才子多病の典型のやうな人で、頭脳明晰、溢れんばかりの文学的才能に恵まれてゐた磯田光一（一九三一―八七）氏は、中央大学文学部英文学科の助教授の任に在つた頃、大学院生を中心とする『中央英米文学』といふ英米文学研究の年刊機関誌の発刊に際して（一九六七年十二月）寄せられた「新雑誌の人々へ」と題する、まことに含蓄に富む、秀逸としか言ひやうのない、《巻頭言》において、英文学研究の指針（道標《みちしるべ》）を、次のやうに簡潔かつ明確に述べてをられる。

《……文学研究がたんなる科学的実証性をはなれて、それ自身「文学」たりうるか否かは、「作品」としての論文にあらはれた論者の表情のリアリティによつてきまるといつてよい。（中略）過去一世紀の日本の英文学研究史をふり返つてみるとき、現在でも読むに耐へる研究は、作品としての論文が何かのかたちで論文筆者の人間の陰影をもつてゐるばあひに限られる。（中略）そして私がここで言ひたいのは、研究が「文学」たりうるためには、つねに作品としての論文を現代の尖鋭な「古典」たらしめる努力が必要であるといふことである。……》（傍点引用者。仮名遣ひのみ歴史的仮名遣ひに改めた。）

編集担当の大学院生からの依頼に快く応じられて、磯田氏が、大学院生を念頭に置いて、ごく気軽に書き下ろされたと覚しいこの一文は、目下のところ、氏のどの著作にも採録されてゐないやうな気がするが、同人研究誌に書き捨てのままにしておくにはあまりにも勿体ない、含蓄のある、啓蒙的な文章であると言はねばならない。（ここで一言挿記すれば、知性と感性と文才とに恵まれ、いかにも明敏犀利な、秀才タイプの英文学者・文藝批評家であつた磯田氏は、実のところ、心の暖かい、優しい教育者でもあつたし、現に彼を慕ふ教へ子が大勢ゐるのだ。）少なくとも、筆者は、全文で一ページ余りのこの短文を、この三十年余りの間に、折りある毎に、何度読み返したことであらうか。この一文は、いつ読み返してみても、その都度、新たな感銘を覚え、かつ襟を正さずにはをれぬ、「文学研究の指針（道標）」を与へてくれる、極めて啓発的（revealing）な文章であると言へよう。とは言ふものの、論者の「顔」といふのは——論者の個性、人柄、人となり、体臭、陰影、存在感のやうなものは、あまり剥き出しにはせずに、あくまでも自然と滲み出てくるといふか、「巧まずして顕はる」ぐらゐが慎ましくて一番いいのではあるまいか、とだけ言つておかう。因みに、批評家は、大学人として教職に席を置く "an academic critic" と一匹狼として在野にあつて仕事をする "a journalistic critic" の二種類に大別できると言つてよいだらう。

フランスの炯眼なモラリストで辛辣な諷刺家としても知られるジャン・ド・ラ・ブリュイエール（Jean de La Bruyère, 1645–96）は、『人さまざま（カラクテール）』（*Les Caractères ou les Mœurs de ce siècle*, 1688）の中で、「批評の喜びは、非常に素晴らしい作品に深く感動する喜びを奪つてしまふ。――《文学作品について》20」（"Le plaisir de la critique nous ôte celui d'être vivement touchés de très belles choses." ["The pleasure of criticizing robs us of the pleasure of being moved by some very fine things."]—"Des ouvrages de l'esprit." Aphorism 20.）と言つてゐるが、まことに宜なる哉である。おそらく、今までに批評文の類を書いたことのある者なら誰しも、感動といふ「主観性」と批評といふ「客観性」をめぐつて、間違ひなく、思ひ当る節があるであらう。

アイルランドのダブリン生まれのイギリスの世紀末作家（劇作家・詩人・小説家・批評家）である、例のオスカー・ワイルド（Oscar Wilde, 1854–1900）は、或る編集者に宛てた書簡の中で、痛烈な皮肉（bitter irony）を込めて、かう言ひ放つてゐる。

《The critic has to educate the public; the artist has to educate the critic.
批評家は大衆を教育しなければならぬが、藝術家は批評家を教育しなければならぬ。
（一八九〇年八月十六日付）》

さうかと思ふと、ワイルド（王爾徳）は、自らの「藝術至上主義」（唯美主義）の立場を表明した文学評論集『意向集（藝術的意想）』（*Intentions*, 1891）に収められてゐる「藝術家としての批評家」[6]（"The Critic as Artist"）と題する有名かつ卓越した批評文において、二人の人物の対話形式の形を取りながら、一方の男（ギルバート〔ワイルドの分身〕）に、次のやうに言はせてゐる。

《...Why should it not be? It works with materials, and puts them into a form that is at once new and delightful. What more can one say of poetry? Indeed, I would call criticism a creation within a creation. For just as the great artists, from Homer and Æschylus, down to Shakespeare and Keats, did not go directly to life for their subject-matter, but sought for it in myth, and legend, and ancient tale, so the critic deals with materials that others have, as it were, purified for him, and to which imaginative form and colour have been already added. Nay, more, I would say that the highest Criticism, being the purest form of personal impression, is in its way more creative than creation, as it has least reference to any standard external to itself, and is, in fact, its own reason for existing, and, as the Greeks would put it, in itself, and to itself, an end. Certainly, it is never trammelled by any shackles of verisimilitude. No ignoble considerations of probability, that cowardly concession to the tedious repetitions of domestic or public life, effect it ever. One may appeal from fiction unto fact. But from the soul there is no appeal.[7]

（「批評は本当に創造的な藝術なのだらうか」といふ質問に対して）だつてさうぢやないか。先づ材料があつて、それに新しい、魅惑的な形式を与へる。詩に就てだつてそれ以上のことは言へないぢやないか。僕は寧ろ批評を、創造の中の創造と呼びたいんだ。と言ふのは、ホメロスやアイスキュロスからシェイクスピア、キイツに至るまでの偉大な藝術家が直接に人生に材料を求めず、神話や伝説や昔話を種にして作品を書いたのと同様に、批評家も言はば他のものが彼の為に既に浄化して、想像力によつて色と形を与へた材料を扱つてゐる訳なのだ。僕は更に一歩進めて、最高の批評は個人的な印象の最も純粋な形なのだから、それは創造よりも創造的なのだと言ひたい。それはそれ自身以外の基準によつて支配されることが最も少なく、それ自体がその存在理由なのであり、ギリシア人の言ひ方を借りれば、それ自身がそれ自身にとつてその目的をなしてゐるのだ。兎に角、批評は何かに似てゐるかどうかといふことに少しも束縛されてゐない。かくかくのことがありさうかどうかといふつまらない懸念、日常生活、或は公的な生活に見られる退屈な事件の繰り返しへのあの卑屈な譲歩は批評に対しては無力なのだ。我々は創作に関しては事実に訴へることが出来る。併し魂に対して不服を申し立てることは出来ないのだ。（吉田健一訳）》（傍点引用者）

アリストテレース（Aristoteles [Aristotle], 384–322 B.C.）の言葉に「藝術は自然を模倣する」（"Art mimics Nature."—*Physics*, ii. 2）といふのがあつて、藝術創作の原理は「模倣《ミメーシス》」（μίμησις [mimesis]; imitation）であるといふ。文藝は言ふまでもなく、言語による模倣であると考へるのだ。これはローマのストア派の哲学者セネカ（Lucius Annaeus Seneca, 4 B.C.?–A.D. 65）が『ルーキーリウス宛（道徳）書簡集』（紀元六四年頃）の中で（第六五番第三節）、

《Omnis ars naturae imitatio est.
(All art is but an imitation of nature.)
——Seneca, *Ad Lucilium epistulae morales* (c. A.D. 64), No. LXV, Sect. 3.
すべての藝術は自然の模倣にすぎない。》

とラテン語で述べてから、どうやら一層人口に膾炙する言葉になつたやうである。

例の知的で極度に洗練された唯美主義者ウォールター・ペイター（Walter Pater, 1839–94）などが唱へた《藝術至上主義》、いはゆる「藝術のための藝術」（ars gratia artis; l'art pour l'art; art for art's sake）——これはあのトルストイ（Leo Tolstoy, 1828–1910）によつて代表される「人生のための藝術」（l'art pour la vie; art for life's sake）

の対立概念である——といふ考へ方をさらに徹底させ、藝術論として確立させ、かつ実践してみせたのが、他ならぬワイルドなのだ。ワイルド一流の《逆説《パラドックス》》で、ヴィヴィアン（Vivian）といふ人物にかう言はせてゐる。「藝術が人生を模倣するよりも寧ろ人生が藝術を模倣する」（『意向集』に所収の一篇、「嘘をつく技術の衰頽」の終りに近い箇所）と。いかにもワイルドらしいと言ふべきだらうか。

因みに、ワイルドと言へば、わが吉田健一は、名著『英国の近代文学』の開巻劈頭において、いみじくもかう喝破してゐる。

《英国では、近代はワイルドから始る。……世界文学の上では、近代はポオから始つて、ボオドレエルがこれを受け継ぎ、それがフランスの象徴主義に発展して、最後にヴァレリイが近代といふものにその定義を与へた。》（「I　ワイルド」）

知る人ぞ知るあまりにも名高い箇所だと言はねばなるまい。

さて、ワイルドは、どうやら才気煥発の才人であつたらしいことは事実のやうだが、同時に、自惚《うぬぼ》れもよほど強かつたものと思はれる。溢れんばかりの才能に任せて、天衣無縫と言つていいくらゐ自由に物を書きまくり、自由に物を言つてのけた男のやうである。

《All art is immoral.
——Oscar Wilde, *Intentions* (1891), "The Critic as Artist," Pt. II.
あらゆる藝術は悖《はい》徳的である。》

《Education is an admirable thing, but it is well to remember from time to time that nothing that is worth knowing can be taught.

——*Ibid.*, Pt. I.

教育といふのは立派なことだが、知るだけの価値があることは何一つ教へてもらへないといふことを時々思ひ出すがいい。》

真偽のほどは定かではないので、筆者としては何とも言ひかねるけれども、一説によると、ワイルドは、一八八二年、ニュー・ヨークの税関通過の際に、「私には自分が天才である以外に何も申告すべきことがない。」（"I have nothing to declare except my genius."—Frank Harris, *Oscar Wilde: His Life and Confessions* [New York: Printed by the Author, 1918], p.75）と言ひ放つたと伝へられてゐるし、また、アンドレ・ジッドとの対話中に、「私の生活の偉大なドラマをお知りになりたいですか？　私はわが天才のすべてを生活に傾注してきたし、私が作品に注ぎ込んできたのは僅かにわが才能だけです。」（"Voulez-vous savoir le grand drame de ma vie? C'est que j'ai mis tout mon génie dans ma vie; je n'ai mis que mon talent dans mes oeuvres." ["Do you want to know the great drama of my life? It's that I have put all of my genius into my life; all I've put into my works is my talent."]—André Gide, *Oscar Wilde: In Memoriam* [1910]）と語つたといふ。

序でに言へば、彼の『ドーリアン・グレイの肖像画』（*The Picture of Dorian Gray*, 1891）を御一読なさつた方なら、おそらくその巻頭に、作者の「序文」（"The Preface"）が付いてゐるのを憶えていらつしやることでせう。この序文は、前掲の『意向集』とほぼ同時期に書かれた文章であり、ワイルドの藝術観・文学観を知るのに極めて有益であらうと思はれるので、御参考までに、次に全文を引用しておかう。

《The artist is the creator of beautiful things.

To reveal art and conceal the artist is art's aim.

The critic is he who can translate into another manner or a new material his impression of beautiful things.

The highest, as the lowest, form of criticism is a mode of autobiography.

Those who find ugly meanings in beautiful things are corrupt without being charming. This is a fault.

Those who find beautiful meanings in beautiful things are the cultivated. For these there is hope.

They are the elect to whom beautiful things mean only Beauty.

There is no such thing as a moral or an immoral book. Books are well written, or badly written. That is all.

The nineteenth century dislike of Realism is the rage of Cariban seeing his own face in a glass.

The nineteenth century dislike of Romanticism is the rage of Caliban not seeing his own face in a glass.

The moral life of man forms part of the subject-matter of the artist, but the morality of art consists in the perfect use of an imperfect medium.

No artist desires to prove anything. Even things that are true can be proved.

No artist has ethical sympathies. An ethical sympathy in an artist is an unpardonable mannerism of style.

No artist is ever morbid. The artist can express everything.

Thought and language are to the artist instruments of an art.

Vice and virtue are to the artist materials for an art.

From the point of view of form, the type of all the arts is the art of the musician. From the point of view of feeling, the actor's craft is the type.

All art is at once surface and symbol.

Those who go beneath the surface do so at their peril.

Those who read the symbol do so at their peril.

It is the spectator, and not life, that art really mirrors.

Diversity of opinion about a work of art shows that the work is new, complex, and vital.
When critics disagree the artist is in accord with himself.
We can forgive a man for making a useful thing as long as he does not admire it. The only excuse for making a useless thing is that one admires it intensely.
All art is quite useless.—*The Picture of Dorian Gray* (Paris: Charles Carrington, 1908), pp. ix–xi.

藝術家とは、美なるものの創造者である。

藝術を顯《あらは》にし、藝術家を覆ひ隱すことが藝術の目標である。

批評家とは、美しきものから受けた印象を、それとは別の方法、詰り新たな素材に移し變へうる者のことをいふ。

批評の最高の形式は、その最低の形式と同樣、自敍傳の一樣式である。

美しきもののうちに醜き意味を見出す人々は、魅力あるものを何ひとつ持たぬ墮落した人間である。これは一種の過失でしかない。

美しきものに美しき意味を見出すものは教養人であり、かかる人物こそ有望である。

美しきものがその人にとつてただ「美」のみを意味する人々こそ選民である。

道德的な書物とか非道德的な書物といふものは存在しない。書物は巧《うま》く書かれてゐるか、拙《まづ》く書かれてゐるか、どちらかである。ただそれだけの話だ。

十九世紀のリアリズム嫌惡は、鏡に映つた自分の顏を見たときのキャリバンの怒りと異るところがない。

十九世紀のロマンティシズム嫌惡は、鏡に自分の顏の映つてゐないのを知つたときのキャリバンの怒りと異るところがない。

人間の道德生活は藝術家の扱ふ主題の一部を形成してはゐる、が、藝術の道德性は、不完全な媒體を完全な方法によつて處理することにあるのだ。

藝術家は何事も證明しようとは欲しない。いかなることも、眞實さへ證明できるのだ。

藝術家は道德的な共感など一切もたない。藝術家における道德的な共感は赦すべからざる形式上のマナリズムである。

藝術家は決して病的なものではない。藝術家はあらゆるものを表現しうるのだ。

思想も言語も藝術家にとつては藝術の道具にほかならない。

善も悪も藝術家にとつては藝術の素材にすぎない。

藝術と名のつくものはすべて、形式の上では音樂家の技術を範とし、感情の上では俳優の演技をこそその範とすべきである。

すべて藝術は表面であり、しかも象徴である。

表面より下に赴かんとするものは、危險を覺悟してさうするのである。

象徴を讀みとらうとするものは、危險を覺悟してさうするのである。

藝術が實際に映しだすものは、人生を眺める觀客であつて人生そのものではない。

ある藝術作品に關する意見がまちまちであることは、とりもなほさず、その作品が斬新、かつ複雑であり、生命力に溢れてゐることの證しである。

批評家たちの意見が相違するとき、藝術家はまさしくおのれ自身と一致してゐる。

有用なものを作ることは、本人がそれを讃美しないかぎり、大目に見ることができる。無用なものを作つてもよい唯一の口實は、本人がそれを熱烈に讃美することである。

すべて藝術はまつたく無用なものである。（福田恆存訳）》

これは、あまりにも名高い、また、あまりにもしばしば引用されるワイルドの唯美（耽美）主義観（**aesthetic views**）を自ら要約《サマリー》したものだが、人間にとつて最も価値のあるものは、善や真実や道徳などではなく、もつぱら《美》を最高の価値ないし人生の唯一の目的であると考へる、いはゆる、唯美（耽美）主義者（**aesthete**）にして、かつ（筆者に言はせれば）独善的独断主義者（**a self-righteous dogmatist**）、ワイルドの面目躍如たるものがあると言へよう。（**Cf. "...it is better to be beautiful than to be good. But...it is better to be good than to be ugly."—**

The Picture of Dorian Gray, Chap. 17.）

「文学（文藝）批評」は今や文学の一形式としてその《存在理由《レゾン・デートル》（raison d'être; reason for being）》が認知されてゐるはずであるとはいへ、批評といふものに対しては、古来、辛辣な言葉が多いのである。例へば、

《Facilius est destruere quam construere. [*Lat.*]
It is easier to pull down than (to) build (up).
築くよりも取り壊す方が易しい。》

《It is easier to criticize than to imitate.
模倣するよりも批評する方が易しい。》

ともあれ、かうまで露骨に言はれると、何とも痛烈過ぎて、筆者にはもう返す言葉など思ひ浮ばないのである。

さうは言つても、「口の悪いのだけが儂《わし》の取り柄さ」（"I am nothing if not critical."—Shakespeare, *Othello* [1605], II. i. 119.）といふ、あのイアーゴーの台詞は、必ずしも戴けないとしても、「辛辣な評言は愛してくれる人しか言つてくれぬのだ」（"Critical remarks are only made by people who love you."—Federico Mayor [1934–　], *The Guardian* [London, June 24, 1988]）といつた言葉に出くはしたりすると、我々はほつとして救はれたやうな気がしないでもないのである。

それで思ひ出したが、わが国では、神代の昔から、「《言霊の幸《さき》はふ国》（The Land of Yamato is a land / Where the word-soul gives us aid.）であると言はれてきた。ここで改めて説明するまでもないかもしれぬが、「言霊」（「言語精霊」、「言葉（ギリシア語で言ふ λόγος [logos]）に宿ると信じられた霊力」——the word-soul; the soul [spirit, miraculous power] of language; die Wortseele; die Seele der Sprache; *Kotodama:* the uttered words were believed to possess spirits of their own and the wishes would therefore bring forth what were requested in them.）、すなはち、「発せられた言葉の内容通りの状態が実現するといふ神秘的な霊力」が言葉には内在すると信じられてゐたために、例へば、江戸時代末から近代に掛けて、これを悪用した、例の国粋主義的な発想の「言霊思想」は、この際、しばらく論外に置くとしても、この大和の国には皇祖の神様が厳然としておいでになる国、言霊の霊妙な働きによつて幸福をもたらす国であるとする、いはゆる「言霊信仰」が語り継がれ、言ひ伝へられてきたことは誰も知る通りである。

《そらみつ　倭《やまと》の国は　皇神《すめかみ》の　厳《いつく》しき国　言霊の　幸《さき》はふ国……》（『萬葉集』、巻第五―八九四、山上憶良）

《磯城島《しきしま》の日本《やまと》の国は言霊の幸《さき》はふ国ぞま幸《さき》くありこそ》（『萬葉集』巻第十三―三二五四、柿本人麻呂）

敢へて極論すれば、わが国では、「言霊」が憑依してゐるといふか、乗り移つてゐると考へられなくもない文学作品を、それ自体で一つの自己完結した藝術作品として、「藝術作品の自律性」といふことを考へ合せるならば、我々のやうな外国文学研究者や文学（文藝）批評家の類がしやしやり出てきて、作品を分析したり、論評したり、とやかく批評したりするものではないと思ひ知るべきなのかもしれない。

例のユダヤ系アメリカの女流作家で批評家のスーザン・ソンタグ（Susan Sontag, 1933–2004）は、理性的な、いはゆる「解釈」（interpretation）に反対して、前衛文化に対してより深い理解を示して、「新しい感受性」（new sensibility）の重要性を強調してゐる。「解釈とは藝術に対する知性の復讐である。」（"Interpretation is the revenge of the intellect upon art."—*Against Interpretation* [1966]『反解釈』、標題評論《タイトル・エッセイ》〔一九六四年〕）とにかく、

「批評」に関して、どちらかと言へば、否定的な辛辣な名言の類が圧倒的に多いのには驚かされるのだ。――

《Reviewers are usually people who would have been poets, historians, biographers, etc., if they could; they have tried their talents at one or at the other, and have failed; therefore they turn critics.
――Samuel Taylor Coleridge, *Seven Lectures on Shakespeare and Milton* (delivered 1811–12; published 1856), Lecture I.

批評家とは、通例、出来得べくんば、詩人や歴史家や伝記作家、等々になりたいと思つた人たちのことである。彼らはあちこちで才能を試してみたが、失敗したのである。それ故に、彼らは批評家になるのだ。

――サミュエル・テイラー・コールリッジ『シェイクスピアとミルトンに関する七つの講義』(一八一一年―一二年〔講義〕、一八五六年〔出版〕、第一講。》

《Reviewers, with some rare exceptions, are a most stupid and malignant race. As a bankrupt thief turns thief-taker in despair, so an unsuccessful author turns critic.
――Percy Bysshe Shelly, Preface (first draft, later removed) to *Adonais* (1821)

批評家とは、若干の稀な例外はあるものの、極めて愚鈍かつ悪意のある人種のことである。破産した泥棒が絶望して泥棒を捕まへる人になるのと同じやうに、作家になり損ねた人は批評家になるのだ。

――パーシー・ビッシュ・シェリー『アドネイイス』(一八二一年)、「序文」(第一稿にあれども、出版前にこの一節は削除される)》

《The severest critics are always those who have either never attempted, or who have failed in, original composition.

—William Hazlitt, *Characteristics: In the Manner of Rochefoucault's Maxims* (1823), No. 270.

最も辛辣な批評家といふのはいつも決つて独創的な作品を書かうとしたことがなかつたか、或いは書いてはみたけど失敗した人たちのことである。

——ウィリアム・ハズリット『人さまざま——ロシュフコーの箴言に倣つて』（一八二三年）、第二七〇番。》

《He who would write and can't write, can surely review.

—James Russell Lowell, *A Fable for Critics* (1848), l. 1785, of Emerson.

書きたいと思ふけれどもうまく書けない人は、確かに論評することはできる。

——ジェイムズ・ラッセル・ローウェル『批評家のための寓話』（一八四八年）、第一七八五行、エマソン論。》

《You know who the critics are? The men who have failed in Literature and Art.

—Benjamin Disraeli, *Lothair* (1870), Chap. 35.

批評家とはどんな人のことだか御存じかね。文学や藝術に失敗した人たちのことさ。

——ベンジャミン・ディズレイリ『ロスエア』（一八七〇年）、第三五章。》

《They who write ill, and they who ne'er durst write,
Turn critics out of mere revenge and spite.

—John Dryden, *The Conquest of Granada by the Spaniards* (1672)

書くのが下手な人たちや敢へて書く勇気がなかつた人たちが、
単なる復讐と悪意から批評家になるのだ。

——ジョン・ドライデン『スペイン人によるグラナダの制服』（一六七二年）》

「人を謗るは鴨（雁《がん》）の味」といふ諺があるが、世の文藝批評家の言葉は概して秋霜烈日、辛辣針の如きものが多いことも事実である。その批評家が、よし実際に文学作品を書いてみても、碌な作品が出来上がらないのは何とも皮肉である。それ故に、批評家は、自分ではうまく書けないので、或る意味で、《鬱憤晴らし》をかねて、辛辣な批評をするのだ、と極論する者がゐたとしても無理からぬことと言はねばならない。

さう言へば、筆者をも含めて、文学研究家や文学批評家は、創作家、実作者に対して、或る種のコンプレックスを全く抱いてゐないと言つたら、おそらく嘘になるだらう。しかしながら、「蓋《けだ》し文学の世界に於て最高の勲章を受くる者は創作家なれども之を授くる者は批評家なり」[8]（大西祝〔一八六四―一九〇〇〕、「批評家」〔一八八八（明治21）年〕）といふ言葉もまた真実であるだらう。ここに至つて、我々はオスカー・ワイルドの例の「藝術家としての批評家」といふ批評文の第一部に出てくる有名な箇所をどうしても引用しておかねばならぬのだ。

《...surely, Criticism is itself an art. And just as artistic creation implies the working of the critical faculty, and, indeed, without it cannot be said to exist at all, so Criticism is really creative in the highest sense of the word. Criticism is, in fact, both creative and independent.

……批評そのものが明らかに一つの藝術なんぢやないか。凡て藝術的な創造が批評する能力を必要として、それなしでは考へられないといふことは批評が言葉の最高の意味で創造的だといふことなのだ。そして批評は、事実、創造的であると同時に、その対象から独立してゐるのだ。（吉田健一訳）》

因みに、イギリスの中世文学の最大傑作『キャンタベリー物語』（*The Canterbury Tales*, 1387–1400）の作者ジェフリー・チョーサー（Geoffrey Chaucer, *c.* 1343–1400）は、ジョン・ドライデンによつて、「英詩の父」（The father of English poetry）と呼ばれてゐるが、例のドクター・ジョンソンは、『イギリス詩人伝』（*The Lives of the*

Poets）の中で、ドライデンのことを、「イギリスの批評の父」（The father of English criticism）と呼んでゐるのは、あまりにも有名である。

例の『悪魔の辞典』（*The Devil's Dictionary*, 1911）の編者のアンブローズ・ビアス（Ambrose Bierce, 1842–*c.* 1914）は、「批評家」（critic）を「自分の機嫌を取らうとしてくれる者が一人もゐないところから、おれは気むづかしい男だ、と自負してゐるやから。（西川正身訳）」（"A person who boasts himself hard to please because nobody tries to please him."）と規定してゐるし、また、『ボヴァリー夫人』（*Madame Bovary*, 1857）でお馴染みのフローベールは、『紋切型辞典』（*Le Dictionnaire des idées reçues*――原題『世間一般に容認されてゐる様々な考への辞典』）において、かう定義してゐる。

《**CRITIQUE.** Toujours éminent.—Est censé tout connaître, tout savoir, avoir tout lu, tout vu.—Quand il vous déplaît, l'appeler un Aristarque (ou eunuque).

CRITIC Always 'eminent'. Supposed to know everything, to have read everything, to have seen everything. When you dislike him, call him a Zolius, a eunuch.

——*The Dictionary of Received Ideas* (Penguin Classics, 1976), translated by Robert Baldich & A. J. Krailsheimer.

批評家（**critique**）つねに「高名な」。すべてを知り、すべてをわきまへ、すべてを読み、すべてを見た人といふことになつてゐる。気に入らない批評家のことをアリスタルコス（ギリシアの文献学者の名より、厳格な批評家の称）、または宦官（こせこせと小うるさい宮廷人の意で）と呼ぶべし。

——ギュスターヴ・フローベール、山田𣝣訳『紋切型辞典』（筑摩書房「フローベール全集5」、一九六六年／青銅社、一九七八年）》

それはさて措き、一口に批評家と言つても、それは当然ピンからキリまであつて（トマス・カーライルが例の『英雄および英雄崇拝論』（一八四一年）で言ふところの"little critics"が多いことも事実だが）、十把一絡げといふか、誰も彼も一緒くたにして論ずるわけにはゆかないのである。例へば、わが国における小林秀雄、河上徹太郎（一九〇二―八〇）、吉田健一、福田恆存、中村光夫（一九一一―八八）、山本健吉（一九〇七―八八）、平野謙（一九〇七―七八）、中村真一郎（一九一八―九七）、加藤周一（一九一九―　）、江藤淳（一九三二―九九）、等々が成し遂げられた仕事は、文句なく、先づ第一級のものとして我々は容認しないわけにはゆかないだらう。

　また、イギリスでは、例へば、T・S・エリオット（Thomas Stearns Eliot, 1888–1965）の文学的業績は、大雑把に言つて、《詩・劇・批評》の三本柱から成り立つてゐると考へられるが、仮にそのうちの一本である批評を採つてみても、その稀に見る該博な知識に裏打ちされた、透徹した知性と論理、並びに磨き抜かれた、鋭い感性は、誰しも斉しく認めるところであらう。周知のやうに、エリオットの文学的、批評的立場は、一言以てこれを蔽へば、古典主義であり（Cf. "classicist in literature, royalist in politics, and anglo-catholic in religion"—*For Lancelot Andrewes* [1928], Preface）、ヨーロッパ文学の古典的作品から現代の文学に至るまでの広汎な知識を、生きた文学伝統として捉へ、これを基盤として、その上に創作や批評を展開して行かうとするものであつた。エリオットの文学批評集や社会評論集を読んだことのある者なら誰しも、その秀抜な批評眼と明晰かつ犀利な頭脳に圧倒され、《創造的批評（creative criticism）》といふものに対して我々は改めて襟を正さないわけにはゆかないのである。

　エリオットは、例の「伝統と個人的才能」（一九一九年）といふ代表的な論文において、かう述べてゐる。「伝統は相続するわけにはゆかないもので、もしそれを望むならば、大変な労力を払つて手に入れなければならない。伝統には、先づ第一に、歴史的な感覚といふことが含まれてゐる。これは二十五歳を過ぎてなほ詩人たらんとする人には、ほとんど必要欠くべからざるものといつていい感覚である（傍点引用者）」（It [Tradition] cannot be inherited, and if you want it you must obtain it by great labour. It involves, in the first place, the historical sense, which we may call nearly indispensable to anyone who would continue to be a poet beyond his twenty-fifth year.〉と。

彼は、さらに続けて、言ふ。

《... and the historical sense involves a perception, not only of the past, but of its presence; the historical sense compels a man to write not merely with his own generation in his bones, but with a feeling that the whole of the literature of Europe from Homer and within it the whole of the literature of his own country has a simultaneous existence and composes a simultaneous order. This historical sense, which is a sense of the timeless as well as of the temporal and of the timeless and of the temporal together, is what makes a writer traditional. And it is at the same time what makes a writer most acutely conscious of his place in time, of his own contemporaneity.

No poet, no artist of any art, has his complete meaning alone. His significance, his appreciation is the appreciation of his relation to the dead poets and artists. You cannot value him alone; you must set him, for contrast and comparison, among the dead. I mean this as a principle of aesthetic, not merely historical, criticism. The necessity that he shall conform, that he shall cohere, is not onesided; what happens when a new work of art is created is something that happens simultaneously to all the works of art which preceded it. The existing monuments form an ideal order among themselves, which is modified by the introduction of the new (the really new) work of art among them. The existing order is complete before the new work arrives; for order to persist after the supervention of novelty, the *whole* existing order must be, if ever so slightly, altered; and so the relations, proportions, values of each work of art toward the whole are readjusted; and this is conformity between the old and the new. Whoever has approved this idea of order, of the form of European, of English literature will not find it preposterous that the past should be altered by the present as much as the present is directed by the past....

——T. S. Eliot, "Tradition and the Individual Talent" (1919), *Selected Essays* (London: Faber and Faber, 1932), pp. 14–15.

……この歴史的な感覚は、過去が過去であるといふことだけでなくて、過去が現在に生きてゐるといふことの認識を含むものであり、それは我々がものを書く時、自分の世代が自分とともにあるといふことのみならず、ホメロス以来のヨオロッパ文学全体、及びその一部をなしてゐる自分の国の文学全体が、同時に存在してゐて、一つの秩序を形成してゐることを感じさせずには置かないものなのである。この歴史的な感覚は、時間的なものばかりではなくて、時間を超えたものに対する感覚であり、そして又、時間的なものと時間を超えたものを一緒に認識する感覚でもあつて、それがあることが文学者に伝統といふものを持たせる。そしてそれは同時に、時間の流れの中で彼が占めてゐる位置と、彼自身が属してゐる時代に対して、彼を最も敏感にするものなのである。

どんな詩人も、或はその他、どんな藝術家も、自分一人だけでは完全な意味を持つことが出来ない。彼が持つ意味を評価するといふのは、死んだ詩人達その他の藝術家に対する彼の関心を評価することに他ならない。彼だけを対象にしても駄目で、対照したり、比較したりする為に、彼を死人の中に置いて見なければならないのである。そして私はこれを、単に歴史的な批評の立場からだけでなくて、美学上の一つの原理として言つてゐるのである。そして藝術家がかうして過去に順応し、それと一体をなさなければならないといふのは一方的なことではないので、一つの新しい藝術作品が創造された時に起ることは、それ以前にあつた藝術作品の凡てにも、同時に起る。既に存在してゐる幾多の藝術作品はそれだけで、一つの抽象的な秩序をなしてゐるのであり、それが新しい（本当の意味で新しい）藝術作品がその中に置かれることによつて変更される。この秩序は、新しい藝術作品が現れる前に既に出来上つてゐるので、それで新しいものが入つて来た後も秩序が破れずにゐる為には、それまでの秩序**全体**がほんの少しばかりでも改められ、全体に対する一つ一つの藝術作品の関係や、比率や、価値などが修正されなければならないのであり、それが、古いものと新しいものとの相互間の順応といふことなのである。そしてこの秩序の観念、このヨオロッパ文学、及び英国の文学といふものの形態を認めるならば、現在が過去に倣ふのと同様に過去が現在によつて変更されるのを別に不思議に思ふことはない(9)。……（吉田健一訳）》

わが丸谷才一氏のまことに簡にして要を得た説明を拝借して言へば、日本文学で《伝統》といふ場合、どうしても「退嬰的、守旧的」になりがちであるが、T・S・エリオットの《伝統論》といふのは、「単なる昔の通りのことを反覆し、繰り返すのではなくて、昔の精神、古典主義的なものから何かを学び取つて、それによつて新しく展開する」ことであるといふ。しかも、「古典主義の骨格が通つた、しかし極めて前衛的なもの」だといふ。（丸谷才一『思考のレッスン』〔文藝春秋、一九九九年〕、一五八ページ参照。）例の『荒地』（*The Waste Land*, 1922）といふエリオットの代表的な、一種の《前衛詩（**avant-garde poem**）》を読んだことのある人ならば、これは充分納得が行くはずである。そして詩人といへども、時代や社会に真つ向から向き合つてこそ、初めてその時代や社会への批判精神が横溢してゐる作品が書けるといふものである。

　また、イギリスの文学批評家で、シカゴ大学の文学理論の教授であつたリチャード・グリーン・モウルトン（**Richard Green Moulton, 1849–1924**）は、大著『文学の近代的研究』（*The Modern Study of Literature*, 1915——本多顕彰訳、岩波書店、一九三二年）において、文学研究の新しい理論や方法論を仔細に提示して、世の注目を大いに浴びた時代もあつたやうだが、現在では、取り上げる人もほとんどゐなくなつたといつていい。

　もう一人、イギリスの、いはゆる「ケンブリッジ学派」の批評家I・A・リチャーズ（**Ivor Armstrong Richards, 1893–1979**）に言及しないわけにはゆくまい。彼は、現代イギリス文学批評界における画期的著作『文藝批評の原理』（***Principles of Literary Criticism*, 1924**——岩崎宗治訳、垂水書房、一九六一年〔上巻〕、六二年〔下巻〕／八潮出版、一九七〇年）において、科学的アプローチ（**scientific approach**）といふか、心理学的方法（**psychological method**）を駆使して、言語分析を中心とする文学批評論を体系的に叙述してゐる。リチャーズのこの若き日の主著は、『実践的批評——文学評価の研究』（*Practical Criticism: A Study of Literary Judgment*, 1929）

と並んで、影響力甚大で、久しい間、「ケンブリッジ学派」や「新批評派」のバイブルとして持て囃されたことは周知の通りである。

わが吉田健一は、リチャーズの見解を、適切に要約しながら、簡潔に、かう説明してゐる。

《I・A・リチャアヅは批評も科学の一部門であるといふ立場から書いてゐる。或は少なくとも、人間の精神も科学の対象になり得るものであり、文学は人間の精神の活動に属することであるから、人間の精神の構造が科学の方法で明かにされれば、文学の仕事とそれが読者に及ぼす作用に就ても、科学的に分解して見せることが出来ないものは何一つなくなるといふ考へに基いて文学を理論付けようと試みてゐる。併し彼にとつては、それ故に文学、又延ては藝術は今日知られてゐる限りでの科学に取つて代られるものなのではなくて、彼の価値論に従へば、藝術、或は文学は人間がなし得る活動の中で最も貴重なものなのであり、ただその価値は他の人間の活動と同様に、合理的な根拠があるものなのである。といふことは、彼がエリオツトの説から一歩を進めて形而上学、或は神秘主義の領域に足を踏み入れることを避けるのみならず、批評の仕事をする上で少しでもその方面に向ふ余地があることを否定してゐることを意味してゐる。(中略)

独断に類することをリチャアヅは最も避けてゐて、彼は、もし藝術の仕事が他の方法では達し得ない調和の状態に人間を置くものであり、その結果である藝術作品がこれに接するものにもその状態、或はこれに近いものを伝へるならば、それがどのやうな形で行はれるかを科学の立場から究明することに、彼の著書では主力を注いでゐる。従つて当然、その大きな部分が必ずしも文学とは関係がない、併し彼の見方からすれば関係がなければならない科学の部門、といふのは、心理学、及び神経学の、この本が書かれた一九二八年前後の現状に就て説くことに割かれてゐて、彼はその中から人間の精神が文学に向ふ時に起る各種の現象を科学的に分析する場合に、少しでも参考になる事実を拾ひ出さうとしてゐる。彼によれば、人間の精神と言つても、それは要するに、精神と呼ばれるものの働きをする極めて複雑な部分も含めた我々の神経系のことなのであつて、その作用を実証的に研究するのが心理学、及び神経学である以上、そこに根拠を求めるのでなければ、人間の精神が働いた結果である文学に就ての考察も、いつまでも神秘主義その他の拘束を脱することが出来ないのである。(10)》

——吉田健一『英国の近代文学』（垂水書房、一九五九年）、「Ⅳ　リチャアヅ、エムプソン、リイヴィス」》

さらに吉田は言ふ。「リチャアヅは、徹底的にものを考へるといふことの意味を穿き違へてゐる。……そしてもし近代文学で失はれたものを回復するのが今日の文学の仕事であるならば、それは一層はつきり科学からの離脱を意味してゐる。[11]」（傍点引用者）

リチャーズは、第十六章（「詩の分析」）の冒頭で、「優れた批評家の三条件」を挙げてゐるので、御参考までに、次に引用しておかう。

《The qualifications of good critic are three. He must be an adept at experiencing, without eccentricities, the state of mind relevant to the work of art he is judging. Secondly, he must be able to distinguish experiences from one another as regards their less superficial features. Thirdly, he must be a sound judge of values.
——I. A. Richards, "The Analysis of a Poem," *Principles of Literary Criticism* (London: Routledge & Kegan Paul Ltd., 1952), p. 114.

よい批評家としての条件が三つある。批評家は、まづ、自分が判断しようとしてゐる作品に対して適切な精神状態を経験することに熟練してゐなくてはならない。この場合、奇矯に陥つてはならない。第二に、批評家は、個々の経験を識別し、それらの特徴を、表面的でないものについてもはつきり見分けることができなくてはならない。第三に、批評家は、いろいろの価値について、しつかりした判断力をもつてゐなくてはならない。[12]（岩崎宗治訳）》

因みに言へば、リチャーズの影響下にあつたのが、あの『曖昧の七つの型』（*Seven Types of Ambiguity*, 1930——星野徹・武子和幸訳、思潮社、一九七三年／岩崎宗治訳、研究社、一九七四年、岩波文庫、二〇〇六年）の著者、ウイリアム・エンプソン（Sir William Empson, 1906–84）と、『英詩の新傾向』（*New Bearings in English Poetry*,

1932——増谷外世嗣訳、邦訳名『現代詩の革新』、南雲堂、一九五八年）の著者、F・R・リーヴィス（Frank Raymond Leavis, 1895–1978）である。

蛇足かもしれぬが、『文学理論入門』（*Literary Theory: An Introduction*, 1983; 1996——大橋洋一訳、邦訳名『文学とは何か——現代批評理論への招待』、岩波書店、一九八五年／一九九七年）の著者で、筆者と同世代人でもあり、現代イギリスを代表する新左翼系文学理論家の旗手の一人で、オックスフォード大学教授、いはゆる「ポスト構造主義」に対して尖鋭な問題意識を持つ挑発的な批評家、テリー・イーグルトン（Terry Eagleton, 1943–　）は、今更改めて紹介するまでもないだらう。

さらにフランスでは、二十世紀前半のヨーロッパの知性を代表したと言はれる詩人・批評家・思想家のポール・ヴァレリー（Paul Varéry, 1871–1945）の批評集『ヴァリエテ』（*Variétés* [*Variety*], 5 vols., 1924–44）の中の幾篇かを初めて読んだ時、その何とも衝撃的、圧倒的かつ超人的とも言へる明晰な知性にすつかり打ちのめされる思ひを味はつた、あの二十代の半ばを懐かしく想ひ起さないわけにはゆかないのである。カントの著作を少し齧つてみた時も、やはり、その西欧的な体系的思考に圧倒される思ひがしたものだ。

また、アメリカでは、例へば、象徴主義文学の伝統をたどつた名著『アクセルの城』（*Axel's Castle: A Study in the Imaginative Literature of 1870–1930*, 1931——大貫三郎訳、せりか書房、一九六六年／土岐恒二訳、筑摩書房、一九七二年）及び『愛国の血糊』（*The Patriotic Gore: Studies in the Literature of the American Civil War*, 1962——中村紘一訳、研究社出版、一九九八年）の著者で卓越した批評家、エドマンド・ウィルソン（Edmund Wilson, 1895–1972）、マルカム・カウリー（Malcolm Cowley, 1898–1989）、クリアンス・ブルックス（Cleanth Brooks, 1906–94）、『アメリカ小説とその伝統』（*The American Novel and Its Tradition*, 1957——待鳥又喜訳、北星堂書店、

一九六〇年）の著者、リチャード・チェイス（Richard Chase, 1914–62）、『自国の土の上で――現代アメリカ散文文学の一解釈』（*On Native Grounds: An Interpretation of Modern American Prose Literature*, 1942――杉木喬・佐伯彰一・大橋健三郎他訳、邦訳名『現代アメリカ文学史』、南雲堂、一九六四年）の著者として名高いアルフレッド・ケイジン（Alfred Kazin, 1915–98）、大著『アメリカン・ルネサンス』（*American Renaissance*, 1941）の著者で、いはゆる《マッカーシズム（McCarthyism）》の犠牲者となつたハーヴァード大学のF・O・マシーセン（Francis Otto Matthiessen, 1902–50）、コロンビア大学教授で『自由主義と想像力』（*The Liberal Imagination*, 1950）のライオネル・トリリング（Lionel Trilling, 1905–75）、『危機の作家たち』（*Writers in Crisis: The American Novel, 1925–1940*, 1942）のマックスウェル・ガイスマー（Maxwell Geismar, 1909–79）、また、包括的な体系の批評理論書『批評の解剖』（*Anatomy of Criticism*, 1957――海老根宏・中村健二・出淵博・山内久明訳、法政大学出版局、一九八〇年）の著者でカナダの批評家、ノースロップ・フライ（Northrop Frye, 1912–91）、等々のいはゆる「学者・批評家」（scholar-critic）、「教授・批評家」（professor-critic）の亀鑑とされる人たちに、少なくとも若き日の筆者は、少なからぬ影響を受けたと言つていいだらう。古今東西の第一級の、優れた、創造的な批評活動の産物としての古典的な批評作品を繙いて見れば、誰しも充分納得が行くはずであり、たとへ創作家たちが何と言はうとも、今更、「批評」を「第二藝術論」呼ばはりするわけにはゆかないのだ。（カウリーは、『ヴァリエテ』の英訳者の一人でもある。）さう言へば、アメリカ生まれのイギリスの前衛画家（vorticist）・小説家・批評家のウィンダム・ルイス（Wyndham Lewis, 1882–1957）の筆鋒鋭く、痛快この上なかつた『藝術を持たぬ人々』（*Men Without Art*, 1934――工藤昭雄訳、南雲堂、一九五九年）を読んだ時のことは決して忘れることはないだらう。

名著『文学概論』（一九二六〔大正15〕年）で長い間学生の間で愛読されてきた本間久雄（一八八六―一九八一）は、

「人生派の批評と藝術派の批評」（一九一八〔大正7〕年五月『文章世界』）と題するその代表的批評文の一篇において、かう述べてゐる。

《今更いふまでもなく文藝批評の標準を、鑑賞家乃至批評家の主観以外の外的な境地に求めるやうなフォーマリズムの批評は、今日ではすでに跡を絶つた。「人は皆自己を標準として万事を判断する。人は自己の外に何等の標準をも持たない。」と云つたアナトール・フランスの言葉はたしかに真理である。今日の文藝批評においても亦この「自己」の外に何等の標準もないのである。従つて今日の文藝批評は、その意義もその価値も大部分はその批評家の「自己」の如何にかゝつてゐるといふことになる。言葉を換へていへば、その批評家の懐抱する人生観そのもの、如何にかゝつてゐるといふことになる。人生派の批評といひ、藝術派の批評といふもの、所詮はこの人生観の相違に基いた文藝批評である。(13)》（傍点引用者）

そして現在の筆者でさへも、次の評言に讃意を表し、「左袒」（加勢・味方）しないわけにはゆかないのである。

《一切の文藝批評家は、……人生の熱愛者でなければならぬ。一個の理想主義的人生観を唯一の標準として作品に対する（トルストイの）人生派の批評よりも、私は……、むしろ一切の理想と成心を捨てゝ、自己の印象、ペイタアの所謂「深く感動する能力」を唯一の標準として、与へられた作品に対する藝術派の批評に、より多く左袒《さたん》し、そしてそれを高調しようとするものである。(14)》

第二次世界大戦後のわが国における、傑出した「学者・批評家」（scholar-critic）の名前を思ひつくままに、幾人か列挙するとすれば、辰野隆（一八八八―一九六四）、青木正児（一八八七―一九六四）、鈴木信太郎（一八九五―一九七〇）、吹田順助（一八八三―一九六三）、土居光知（一八八六―一九七九）、福原麟太郎（一八九四―一九八一）、学匠詩人（scholar-poet; poeta doctus）・西脇順三郎（一八九四―一九八二）、渡辺一夫（一九〇一―七五）、中野好

夫（一九〇三―八五）、阿部知二（一九〇三―七三）、桑原武夫（一九〇四―八八）、吉川幸次郎（一九〇四―八〇）、学匠詩人・矢野峰人（一八九三―一九八八）、手塚富雄（一九〇三―八三）、島田謹二（一九〇一―九三）、高橋義孝（一九一三―九五）、寺田透（一九一五―九五）、高橋健二（一九〇二―九八）、河盛好蔵（一九〇二―二〇〇〇）、佐伯彰一（一九二二―　）、大橋健三郎（一九一九―　）、等々が直ちに思ひ浮んでくる。

それで思ひ出したが、わが夏目漱石（一八六七―一九一六）には、「文学理論」を研究した『文学論』（一九〇七〔明治40〕年）と、「十八世紀イギリス文学」、とりわけ、アディソンとスティール、スウィフト、ポープ、デフォーを中心に論じた『文学評論』（一九〇九〔明治42〕年）といふ名著があることは、誰も知る通りである（どちらも東京帝国大学における講義に加筆して成つたものである）。

序でに言へば、第二次世界大戦前の、鋭い言語感覚と繊細な感受性と細心精緻で雅趣を重んずる学風に裏打ちされた、優婉典雅な、滋味掬《きく》すべき作品を著した、わが「文人英文学者」の名前を挙げるとすれば、坪内逍遙（一八五九―一九三五）、学匠詩人・土井晩翠（一八七一―一九五二）、上田敏（一八七四―一九一六）、厨川白村（一八八〇―一九二三）、戸川秋骨（一八七〇―一九三九）、平田禿木（一八七三―一九四三）、竹友藻風（一八九一―一九五四）、繁野天来（一八七四―一九三三）、松浦一（一八八一―一九六六）、佐藤清（一八八五―一九六〇）、田部重治（一八八四―一九七二）、日夏耿之介（一八九〇―一九七一）、深瀬基寛（一八九五―一九六六）、本間久雄、本多顕彰（一八九八―一九七八）、寿岳文章（一九〇〇―九二）、等々がゐる。

最後にフランス系スイスの哲学者・文学者のアンリ＝フレデリック・アミエル（Henri-Frédéric Amiel, 1821–81）の例の深い省察に満ちた『アミエルの日記抄――自一八四六年―至一八八一年』（*Les Fragments d'un Journal intime d'Amiel, 1846–1881, 2 vols., 1882–84*）の中から「批評」についての箇所を、河野與一（一八九六―一九八四）氏の定評ある名訳及びイギリスの女流作家、ハンフリー・ウォード夫人（Mrs. Humphry Ward [Mary Augusta Ward], 1851–1920）による標準英訳版 ***Amiel's Journal***（1885）から簡潔な英訳例を以下に引用して、この逍遥遊的かつ慢慢的《マンマンデー》な蕪稿を一応締め括ることにする。

とはいへ、蛇足ながら一言付け加へることを許していただかう。『アミエルの日記』は、倦むことなく冷酷なまでの自己観察に貫かれた、内省的な人生記録の告白として、ルソー（一七一二―七八）の例の赤裸々な『告白』（*Les Confessions*, 1782–89）や、ルソーの弟子であるエティエンヌ・ド・セナンクール（Étienne Pivert de Senancour, 1770–1846）の自伝的な書簡体小説『オーベルマン』（*Obermann*, 1804）と比較されることが多い。しかし、特異な性格のモラリストであつたアミエル（ジュネーヴ大学哲学教授）は、優れた知性と深い思索に裏打ちされた冷静かつ克明な自己分析家としてよりもむしろ優れた感受性と鋭い批評眼（critical acumen）を持つた文藝批評家として今後も長い生命を保つであらうとまで言はれてゐるくらゐである。

《一八七八年五月十九日

批評は科学であるか。その予備的条件と前階的練習の目録を作成することが出来るのを見ると、或る意味に於ては科学だと云へる。しかし、何と云つても天分、技能、嗅覚、直覚、本能であつて、この意味に於ては、教へられるものでも論証されるものでもなく、一つの藝術である。批評の天才とは、真理を人の眼から隠してゐる外観の下、混乱の中から識別し、資料の誤謬、伝統の欺瞞、時の埃、テクストの滅亡、もしくは変更に拘らず、これを発見する能力である。何事によつても久しくは瞞されてゐず、どんな策略によつても踪跡《そうせき》を晦《くら》まされない猟人のやうな勘である。その時の状況を訊問して何百といふ虚言の牢獄から一つの未知な秘密を湧き出させる術を心得てゐる予審判事の手腕である。真の批評家は凡てを理解することが出来て、何事にも欺かれることを肯んぜず、真相を見出してそれを説くといふ自分の義務を如何なる妥協に対しても犠牲にしない。——生きてゐる人々、現在の制度、凡て復讐をする者、武装してゐる者、脅迫する者、立腹する者を相手にする時は、配慮や用心や注意や控目の言葉を強ひられて困ることがあるけれども、明かに見させることを敢てしないか若しくは出来ない場合でも、明かに見ようとする。矯飾《けうしよく》や気取りや仮面や香具師《やし》気質や効能書や欺瞞を極度に忌み嫌ふ。虚偽に対しては、伝説にある蘆に喋らせたといふ恐るべき声のやうなものでなければならない。（手で触れるものが悉く黄金になる力を持つたといはれるフリギヤの王ミダスがアポロの怒を蒙つて驢馬の耳をつけられたのを見た理髪師が沈黙を守り切れず地に穴を掘つて喋つたところに生えた蘆が風の吹く度に次の言葉を繰返したといふ伝説）

王様ミダス、ミダスの耳は驢馬の耳。

開放的な寛容なしかし買収されず過つことのない批評家、欠点もなく不機嫌に陥らない文学上のアイアコス（正義を以て聞えたアイギナの王、死後地獄へ行つて三判官の一人となる）、ルソーのモットー、『生涯を真理に献ぐ』（ラテン語）を採用したものは何処にゐるか。何人ゐるか。やれやれ。

一八七八年五月二十日

十分な学識、一般的教養、絶対的誠実、観察の的確、人間的同感、技術的能力、何と色々のものが批評家には必要であらう。その他、上品な趣味、細かい心遣ひ、社交の心得、鋭い筆力は云ふまでもない。

才智が正確を得ることは稀である。

完全な批評家は存在しない。相当な、即ち学識があつて正直な批評家を以て甘んずることにしよう。

——河野與一訳『アミエルの日記㈣』（岩波文庫、一九七二年〔改訳〕、一四三—一四五ページ。》（傍点引用者）

《**19th May 1878.**—Criticism is above all a gift, an intuition, a matter of tact and *flair*, it cannot be taught or demonstrated,—it is an art. Critical genius means an aptitude for discerning truth under appearances or in

disguises which conceal it; for discovering it in spite of the errors of testimony, the frauds of tradition, the dust of time, the loss or alteration of texts. It is the sagacity of the hunter whom nothing deceives for long, and whom no ruse can throw off the trail. It is the talent of the *Juge d'Instruction*, who knows how to interrogate circumstances, and to extract an unknown secret from a thousand falsehoods. The true critic can understand everything, but he will be the dupe of nothing, and to no convention will he sacrifice his duty, which is to find out and proclaim truth. Competent learning, general cultivation, absolute probity, accuracy of general view, human sympathy and technical capacity,—how many things are necessary to the critic, without reckoning grace, delicacy, *savoir vivre*, and the gift of happy phrase-making![15]
——Translated by Mrs. Humphry Ward.》

(March 1992 & March 1997)

(註)

(1)　Cf. Nicolas Boileau, *L'Art poétique* (*The Art of Poetry*, 1674), Cant I, l. 232. "Un sot trouve toujours un plus sot qui l'admire." ("A fool always finds a greater fool to admire him.")「愚かな者は、常に自分を誉めてくれるもつと愚かな者を見つける。」

(2)　「吉田健一著作集」(集英社)、第十一巻（一九七九年)、三九九ページ。

(3)　例へば、あの天才的な日本文学研究家のドナルド・キーン（Donald Keene, 1922–　）氏はかう言つてゐる。「小林は常に、自分自身を語ると同時にそこで取り上げた批評の対象について語る。それは一方を持ち出すために他方を利用するためではは決してなく、批評の対象に当てる光の強度を倍加するためである。」（角地幸男訳『日本文学史——近代・現代篇八』〔中央公論社、一九九二年〕、一九二ページ。『日本文学の歴史18——近代・現代篇9』〔中央公論社、一九九七年〕、三四〇ページ。）なほ、オスカー・ワイルドの次の言葉を参照されたい。「批評家にとつては、或る藝術作品といふのは彼自身が一つの新しい作品を書く為の出発点に過ぎない……。」（「藝術家としての批評家」、第一部、吉田健一訳）

(4)「福田恆存全集」(文藝春秋)、第七巻(一九八八年)、六四九ページ。

(5)「新訂小林秀雄全集」(新潮社)、第十二巻(一九七七年)、二九〇—二九二ページ。

(6) 邦訳としては、吉田健一訳『藝術論』(「要選書」、要書房、一九五一年/新潮文庫、一九五四年)、西村孝次訳『藝術論』(「オスカー・ワイルド全集4」、青土社、一九八一年)、中橋一夫訳『藝術的意想』(「世界文庫」、弘文堂書房、一九四二年)、等々、数種ある。吉田健一は、『英国の近代文学』(「I　ワイルド」)において、次のやうに言つてゐる。《ワイルドに就て語るのに必要なのは『意向集』と題する論文集に収められた「藝術家としての批評家」といふ対話だけであつて、これがあれば彼が英国の近代文学の始祖であることを示すのに足りる。》因みに、ワイルドは対話の相手のアーネストにかう言はせてゐる。「何故、藝術家は批評家の騒々しいお喋りに悩まされなければならないのだらうか。何故、自分では創造することが出来ないものが、創造的な仕事の評価をやらうとするのだらうか。さういふ人間に何が解るのだらう。」(「藝術家としての批評家」、第一部、吉田健一訳)

(7) Oscar Wilde, *Intentions and The Soul of Man* (London: Methuen and Co., 1908), p. 143. オスカー・ワイルド、吉田健一訳『藝術論』(新潮文庫、一九五四年)、四六—四七ページ。「吉田健一著作集」(集英社)、第七巻(一九七九年)、一六—一七ページ。『英国の近代文学』、「I　ワイルド」参照。

(8) 大西祝「批評論」(『国民之友』、一八八八年(明治21年)五月四日)土方定一編『明治藝術・文学論集』(筑摩書房「明治文学全集79」、一九七五年)、一六五—一六六ページ。Oscar Wilde, *op. cit.*, p. 141.

(9)「吉田健一著作集」、第七巻、六〇—六一ページ。『英国の近代文学』、「III　エリオット」参照。

(10) 前掲書、七三—七五ページ。

(11) 前掲書、七八—七九ページ。『英国の近代文学』、「IV　リチャアヅ、エムプソン、リイヴィス」参照。

(12) I・A・リチャーズ、岩崎宗治訳『文藝批評の原理』(垂水書房、一九六一年(上巻))、一五七ページ。

(13)『現代文藝評論集』(「日本現代文学全集107」、講談社、一九六九年)、一七八ページ。

(14) 前掲書、一八二ページ。

(15) Mrs. Humphry Ward (trans.), *Amiel's Journal: The Journal Intime of Henri-Frederic Amiel* (London: Macmillan and Co., Ltd., 1922), pp. 250–251.

V

葡萄酒色の海

《Wine comes in at the mouth
And love comes in at the eye;
That's all we shall know for truth
Before we grow old and die.
I lift the glass to my mouth,
I look at you, and I sigh.
——W. B. Yeats, "A Drinking Song" (1910)》
《Comede in laetitia panem tuum, et bibe cum gaudio vinum tuum.
(Eat thy bread with joy, and drink thy wine with a merry heart.)
— *The Old Testament: Ecclesiastes* (*c.* 250 B.C.), IX, 7.》

Dante Gabriel Rossetti《Astarte Syriaca》(1877)
(Oil on canvas, 182.88 × 106.68 cm,
Manchester City Art Galleries, Manchester, England)

葡萄酒色の海（οἴνοψ πόντος）——巴克斯（Βάκχος）の戯れ

《Bibo, ergo sum.》[1]
《Ah! bouteille, ma mie,
Pourquoi vous videz-vous?[2]
——Molière, *Le Médicin malgré lui* (*The Doctor in Spite of Himself*, 1666), Act I.
ああ！　酒瓶[3]よ、わが愛しの友よ、
なぜお前は空（から）になつてしまつたのか？
——モリエール『いやいやながら医者にされ』（一六六六年）、第一幕。》
《御神酒（おみき）あがらぬ神はない[4]》
《美酒（旨酒）あらば、嘉肴（佳肴）あらまほし》
《In vino veritas; in aqua vanitas.
(In wine verity [truth]; in water vanity [emptiness].)》

一　赤葡萄酒礼讃《ヴァン・ルージュ》——Vin Rouge: A Blessing

もとより筆者は、葡萄酒（醸造）学（oenology; [*U.S.*] enology）の研究者（oenologist）でもなければ、また葡萄酒通《ワインつう》（connaisseur en vin; Weinkenner; wine-head）でもなく、一介の英米文学の研究者で、葡萄酒愛好家（oenophile; oenophilist）の一人に過ぎないことを先づ初めにお断りしておかねばならない。従つて、本稿は、科学的（生理学的）・醸造学的視点からアプローチを試みようとするものでは決してなく、その目指すところは、あくまでも文学的考察・試論であると言つておかねばならない。

歴史小説の白眉とされる『三銃士』（*Les Trois Mousquetaires*, 1844）や長篇伝奇小説『モンテ＝クリスト伯（巌窟王）』（*Le Comte de Monte-Christo*, 1844–45）でお馴染みの大デュマ（Alexandre Dumas père, 1802–70）は、舌の肥えた葡萄酒通《コネスール》なら須らくかくあるべしと言はんばかりに、かう書いてゐる。

《Un bon bouveur doit au premier coup reconnaître le cru, au second la qualité, au troisième l'année.
(At the first sip a good drinker will recognize the vineyard, at the second the quality, and at the third the year.)
——Alexandre Dumas (père), *La Dame de Monsoreau* (1846)
　葡萄酒は一口飲めば、舌の肥えた酒飲みなら、葡萄園の、二口目には品質の良否《よしあし》の、そして三口目には醸造年度の見分けがつくことだらう。
——アレクサンドル・デュマ（父《ペール》）『モンソロー夫人』（一八四六年）》

近年、葡萄酒（[*Gr.*] οἶνος [oînos]; [*Lat.*] vinum）が——とりわけ、「赤葡萄酒」（vin rouge）が、どうやら健康上の理由からといふことで、大持てに持て囃されてゐるらしい。筆者をも含めて、我々一般市民階級の者までが、どちらかと言へば、高級酒のイメージが強かつた葡萄酒を（贅沢さへ言はなければ）容易かつ気楽に楽しむことができるやうになつたのは、何とも悦ばしいことだと言はねばならない。いや、慶賀に値すると言ふべきかもしれない。断言はできないが、葡萄酒の起源は、どうやら「地中海沿岸」らしく、古代インドやイランでは葡萄酒は常用飲料ではなかつたらしい。葡萄の大規模な栽培とアルコール飲料としての果汁の使用は、東地中海沿岸に始まり、そこから主にローマ人を通じてヨーロッパに広まつて行つたと言はれる。

「詩人の父にして、あらゆる文学の先導者——マルクス・ウィトルーウィウス・ポリオー（紀元前一世紀のローマの建築家）」（**"poetarum parens philologiaeque omnis dux."** [**"the father of poetry and the leader of all** literature.”]—Marcus Vitruvius Pollio）と言はれ、例のギリシアの最古の二大叙事詩、一万五、六九三行から成る『イーリアス（伊利亜特）』（*Ilias* [*The Iliad*], *c.* 750 B.C.）と、一万二、一一〇行から成る『オデュッセイア（奥徳賽）』（*Odysseia* [*The Odyssey*], *c.* 720 B.C.）の作者として伝へられる大詩人・詩翁（古伝に拠れば、《盲目》の吟誦詩人）、言葉の真の意味において、「詩聖」と呼ぶにふさはしいホメーロス（Homeros [Homer], fl. *c.* 8th century B.C.）から「葡萄色の海」（[*Gr.*] οἶνοψ πόντος [oinops pontos]; the wine-dark sea）といふ有名な詩句を、たまたま筆者の目に留まつた幾つかを、御参考までに、次に引用しておかう。

《τοῖσιν δ' ἴκμενον οὖρον ἵει γλαυκῶπις Ἀθήνη,
ἀκραῆ Ζέφυρον, κελάδοντ' ἐπὶ οἴνοπα πόντον.
(And flashing-eyed Athene sent them favorable wind, a strong-blowing West Wind that sang over the wine-dark sea.)
——Homeros [Homer], *Odysseia* [*The Odyssey*, *c.* 720 B.C.], Bk. II, ll. 420–421. Translated by A. T. Murray, 1919, and revised by George E. Dimock, 1995. (Leob Classical Library, No. 104; bilingual)
眼光輝くアテーネーは一行のために順風を起し、激しい西風が、
葡萄酒色の海の面《おもて》を、音を立てて吹き渡る。
——ホメーロス『オデュッセイア』（紀元前七二〇年頃）、第四二〇行—第四二一行。（松平千秋訳）》（傍点引用者）

ギリシア文字による原文のこの有名な件に筆者が初めて出くはしたのは、忘れもしない、あの『吉田健一訳詩集 葡萄酒の色』（垂水書房、一九六四年、「五百部限定版」、たまたま筆者の手許にあるのは、№85）に引用され、刷り込まれてゐた中扉といふのか、もつと正確に言へば、本扉と目次との間のページにおいてだつたが、我らの吉健《よしけん》さん

御自身もすぐに気が付かれ、指摘していらつしやつたやうに、この限定版のギリシア語引用文（出典は明示してゐない）に誤植が少々残つたのは何とも残念であつた。

《πλέον ἐπὶ οἴνοπα πόντον (sailing over the wine-dark sea)
——*Odysseia*, Bk. I, l. 183.》
《μέσῳ ἐνὶ οἴνοπι πόντῳ (in the midst of the wine-dark sea)
——*Odysseia*, Bk. V, l. 132 and Bk. VII, l. 250.》
《ἐνὶ οἴνοπι πόντῳ (on the wine-dark deep)
——*Ilias*, Bk. XXIII, l. 316.》

例の『オックスフォード英語大辞典』（*O.E.D.*）に拠れば、英訳の **"the wine-dark sea"** といふ形での《初出文献例及び初出年》として、ブッチャー（Samuel Henry Butcher, 1850–1910）とラング（Andrew Lang, 1844–1912）との共訳による定評のある、優れた散文訳『オデュッセイア』（一八七九年／第一歌、第一八三行）から採つてゐる。（Cf. S. H. Butcher & A. Lang [trans.], *The Odyssey of Homer* [London: Macmillan and Co., Litd., 1879 / 1897], p. 7. なほ、鼓《つづみ》 直《ただし》訳『ボルヘス、文学を語る——詩的なるものをめぐつて』〔岩波書店、二〇〇〇年〕、一九—二〇ページ参照。Cf. Calin-Andrei Mihailescu [ed.], Jorge Luis Borges, *This Craft of Verse* [Cambridge, Mass.: Harvard University Press, 2000]）因みに言へば、ブッチャーとラングの散文訳には、**"the wine-dark sea"** の他に、**"the wine-dark deep"** といふ英訳例も出てくる。

ここで、いささか余談にわたるけれども、わたしのホーム・グラウンドであるフォークナーの作品群には、どうやら **"wine-dark"** といふ単語は見当らないやうである。念のために、手許の例の二百部限定の「フォークナー用語索引シリーズ」（**"Faulkner Concordance Series," The Faulkner Concordance Advisory Board, 35 vols.**）に当つて調べてみたが、**"wine-dark"** といふ見出し項目《エントリー》はなかつた。従つて、フォークナーの「運用語彙」（**working vocabulary**）の中には **"wine-dark"** なる語は含まれてゐなかつたといふことになるのだらうか。フォークナーが明らかに造語したと思はれる、**"wine-sharp"** といふ単語ならば、目に付いたのだが――

《...unravelling one by one out of the *wine-sharp* and honey-still warp of tideless solitude the lost Tuesdays and Fridays and Sundays...

――William Faulkner, *The Wild Palms* (New York: Random House, 1939), p. 113. Italics mine.

……葡萄酒のやうに鋭い、かつ蜜のやうに静かな、潮の干満のない寂莫《せきばく》たる記憶の縒《よ》り糸から、一つ一つ、過ぎ去つた数々の火曜日と金曜日と日曜日を解きほぐしていつた……

――ウィリアム・フォークナー『野性の棕櫚』（ランダム・ハウス、一九三九年）、一一三ページ。》（傍点引用者）

「（赤）葡萄酒色の海」（英語で謂ふところの **"the wine-dark sea," "the win(e)y sea"**）といふのは、言ふまでもなく、地中海の東部、「エーゲ（愛琴）海」（**the Aegean Sea**）――ギリシアとトルコの間の多島海――の海面の色のことを形容したものである。太陽が日中燦々と輝き、真つ青に澄み渡つてゐた西の地平線に近い空が夕焼けでくれなゐに染まつてゆく黄昏時（ないしは日の出の時の朝焼けで日光の反射によつて東の空がくれなゐに染まつて見える頃）、紺碧の地中海の海面が目映《まばゆ》いばかりに美しい《葡萄酒色の海》（いはゆる「紅《くれなゐ》の海」）に変貌してゆくのである。筆者が相模湾や駿河湾で夕刻しばしば見掛ける、あの西の地平線に近い空と海が夕映えで紅色《くれなゐ》に――葡萄酒色（**wine-colored; wine red; deep-red**）に染まつた海面の色を想起させるやうな、何とも言ひやうのない、神韻縹渺たる美しい海のことを言つたものであらう。それ故に、例へば、南北戦争当時、テネシー州の「シャイローの戦ひ（一八六二年四月)」(the Battle of Shiloh)で瀕死の重傷を負つた兵士たちが最期《いまは》の水を求めて、つひに力尽きて絶命、家畜の水飲み場であつた池が一面血潮に染まつた例の「血の池」(The Bloody Pond)の色とも、また、三浦氏一族が枕を並べて壮烈な討死を遂げ、戦死者の流血で海の色が真紅《しんく》に染まつたと伝へられる三浦三崎海岸の色などとも月鼈《げつべつ》の差といふか、文字通り、月とスッポンぐらゐの違ひがあると言へるのだ。《落日を拾ひに行かむ海の果》(檀一雄)

考へてみるに、フォークナーは、わが吉田健一と同じやうに、W・B・イェイツの愛読者であつた。イェイツが《黄昏(twilight)》の中にケルト文学特有の縹渺たる詩的幻想に彩られた神秘的な美を見出したと同じやうに、フォークナーや吉田健一が《黄昏》の中にどうやら象徴主義的なロマン性を見出してゐたとしても何ら不思議ではないのである。

序でに言へば、フォークナーのお気に入りの単語である《黄昏(twilight)》といふのは、絶頂期を過ぎた人間のいはゆる「人生の黄昏」を、「人生の衰頽期」を我々に直ちに連想させるものがあるが、《残照・残光(afterglow; afterlight)》——夕日が沈んで、あたりが暗くなつてもなほしばらく、空の一部や山の頂などに照り映えて残つてゐる太陽の光——の光輝《かがやき》の何とも言へぬ美しさは、人生の何に喩《たと》へればいいのだらうか。いや、これこそ「言はぬが花」("Better leave it unsaid.")といふものだらう。

今更事々しく言ひ立てるのは野暮のきらひがあるが、《黄昏・落日・残照の美学》として、文明論的に象徴的な解釈を試みるとすれば、例へば、イタリア映画の巨匠だつたルキーノ・ヴィスコンティ(Luchino Visconti, 1906–76)の場合は、その最高傑作とされる『山猫』(*Il Gattopardo* [*The Leopard*], 1963)において、地中海最大の島であるシチリア島の大地に最後の輝きを放つ「名門貴族の壮麗なる没落」と、「擡頭する新興勢力と滅びゆく者の美学」を豪華絢爛に、さながら一大叙事詩のやうに描いたものと言はれる。原作は、シチリアの北西岸の港市・州都パレルモ

（Palermo）の名門貴族出身の作家、ジュゼッペ・トマージ・ディ・ランペドゥーサ（Giuseppe Tomasi di Lampedusa, 1896–1957）の死後出版された同名の小説（一九五八年）だが、大ベストセラーになつた。

他方、南北戦争で敗北したアメリカ南部において、黒人奴隷によつて支へられてきた、いはゆる《南部貴族の衰頽・没落》（「コンプソン一家」の凋落）と、《新興勢力》（「スノープス一族」）の擡頭の有様をつぶさに生き生きと描いてきたフォークナー。フォークナーにせよ、ヴィスコンティ（維斯康蒂）にせよ、両者に底通するのは、やはり《落日の美学》への心情的共感と陶酔感であると言へるだらう。《黄昏・残照（残光）の美しさ》に共感を覚えるやうに、両者は、《滅びゆく者の美しさ》に対して愛惜の念・寂寥感・一種の諦念を謳ひ上げてゐると言つていいのである。

因みに、例の『オックスフォード英語大辞典』の“wine”の項に当つてみると、英語の最も古い用例として、『ベーオウルフ』の中から採られてゐる。古英語（Old English）時代の現存する最も有名かつ最も長い、この中世イギリス英雄叙事詩（三、一八二行）は、作者不詳で、スカンディナヴィアの古伝説に材を取り、八世紀前半（?）の作と考へられてゐる。宮殿で、夜な夜な、繰り広げられてゐた盛宴で葡萄酒が供されたとしても少しも可笑しくはないだらう。

《byrelas sealdon/win of wunder-fatum.
(the cupbearers gave/wine from wondrous vessels.)
——*Beowulf*, ll. 1161–62. Translated by the present writer.
酌人《しやくにん》らは／見事なる酒器《うつは》より葡萄酒を注ぎ与へたり。》

さう言へば、「神は水しか造らなかつたが、人間は葡萄酒を造つた!」（Dieu n'avait fait que l'eau, mais l'homme a fait le vin! [God made only water, but man made wine!]）といみじくも喝破したのは、かの『レ・ミゼラブル』（*Les Misérables*, 1862）の作者でロマン派の国民的詩人、ヴィクトール・ユゴー（Victor Hugo, 1802–85）であることを付記しておかう。（Cf. "La Fête chez Thérèse," *Les Contemplations* [1856]『静観詩集』の一篇「テレーズ家の祝宴」参照。）

「ギリシアのあらゆるものはホメーロスに興り、またホメーロスに帰る」（呉茂一）と言はれる。ホメーロスが出たついでに、ウィリアム・フォークナーとの関聯において、一言挿記しておかねばならぬことがある。フォークナーには、御存じのやうに、『死の床に横たはりて』（*As I Lay Dying*, 1930〔《独訳名》*Als ich im Sterben lag*／《仏訳名》*Tandis que j'agonise*〕）といふ十五人の作中人物による五十九篇の長短様々な《内的独白（interior monologues）》だけから成るユニークかつ重要な長篇小説がある。物語の粗筋を一言で言へば、信仰厚き農婦（元小学校教師）のアディ・バンドレンの死と（彼女の遺言に忠実に従つて）遺体を彼女の郷里のジェファソンの墓地に埋葬するために、南部の貧乏白人《プア・ホワイト》バンドレン家の人々が総出で暑さと洪水と火事などの困難を乗り越える波瀾万丈の《葬送の旅》に纏はる一種の《グロテスク・コメディ》といふことになるだらうか。

　フォークナーは、この作品の標題の出典を訊かれて、アガメムノーンがオデュッセウスに語り掛ける台詞（『オデュッセイア』第十一巻）をしばしば暗《そら》で引用してみせてゐるくらゐなのだ。——

《As I lay dying the woman with dog's eyes would not close my eyes for me as I descended into Hades.》

　カーヴェル・コリンズの指摘するところに拠れば、この標題は、ウィリアム・モリス（William Morris）による英訳（*The Odyssey*, 1887, Bk. XI）から採つたものだといふ。（Cf. *The Princeton University Library Chronicle*,

XVIII, Spring 1957, p. 123.）

さう言へば、ジェイムズ・ジョイス（**James Joyce, 1882–1941**）が、ホメーロスの『オデュッセイア』の構造を借りて、二十世紀前半を代表する例の記念碑的大作長篇小説『ユリシーズ（尤利西斯）』（*Ulysses*, 1922）を——ダブリンの一ユダヤ人のしがない広告取り（**Leopold Bloom**）の平凡な一日（**16 June 1904**——《**Bloomsday**》）の生活を潜在意識にまでも立ち入つて克明に、徹底的に描き尽した型破りな異色作を——書いたことは広く知られてゐるところである。

さて、ここで多少醸造学的かつ医学的な話題に及ぶが（と言つても、門外漢の筆者が書くのだから、高が知れてをり、今や常識的なことかもしれないが）、いささか知つたかぶつて言へば、赤葡萄酒は、葡萄の粒ごと、つまり、皮や種も一緒くたに醱酵させて造る点が、白葡萄酒（**vin blanc**）やヴァン・ロゼ（**vin rosé**）と決定的に違ふのだが、とりわけ、その赤葡萄酒に多く含まれる有機化合物「ポリフェノール（多価苯酚）」（**polyphenol**）にどうやら血液中での酸化を抑制する、いはゆる「抗酸化作用」（**antioxidation activity**）があるらしいことが判つたのである。特に、ポリフェノール類である渋み成分（防腐剤の役割も果してゐる）を持つ「タンニン（単寧）」（**tannin**）、赤み成分（赤紫の色素）の「アントシアニン（花青素）」（**anthocyanin**）が、血液中の悪玉コレステロール（ＬＤＬ）が活性酸素によつて酸化（**oxidation**）するのを防ぎ、動脈硬化（**arteriosclerosis**）、さらには心筋梗塞（**myocardial infarction**）や狭心症（**angina pectoris**）などの心臓病、また、アルツハイマー病（**Alzheimer's disease**）を始めとする老人性痴呆症（**senile dementia**）などを予防する働きがあると言はれてゐるのだ。

序でに言へば、葡萄、とりわけ、新鮮な葡萄の皮（**fresh grape skin**）や桑の実《マルベリー》（赤紫の野苺状の実）や落花生《ピーナッツ》などに含まれる「フィトアレキシン」（**phytoalexin**）——植物において微生物の侵入部位に蓄積し、病気に対する抵抗性を与へる化合物の総称――の一種で、「レスヴェラトロール」（resveratrol）と呼ばれる天然物質には、これまで血栓症（thrombosis）の治療に効果があると知られてゐたが、近年、さらにこの物質には、どうやら強い「抗（発）癌作用」（anticarcinogenic activity）、「癌の化学予防作用」（cancer chemopreventive activity）[5] があるらしいことが判明したといふ（マウスを使つての皮膚癌実験の結果だが……）。この天然物質は、とりわけ、赤葡萄酒に顕著だが、白葡萄酒やロゼ・ワインにもかなりの量（appreciable amounts）見出されるといふ。近い将来、抗癌剤としてだけではなく、安全な食品添加物としても大いに期待されてゐると言つていいだらう。

御参考までに言へば、ヨーロッパにおける年間の肉の消費量がトップのフランスは（一人当り年間110kg）、言はずと知れた世界一の赤葡萄酒の消費国でもあり（一人当り年間66・8ℓ）、しかも他の欧米諸国に較べて心臓病による死亡率は最低ときてゐるのだ。例の"French paradox"（フランス人の逆説）と言はれる所以である。とは言ふものの、フランスでは、確かに心臓病の死亡率は少ないとはいへ、残念ながら、アルコール度が高いせゐか、肝硬変や肝臓癌の死亡率は高いといふ。（Cf. "Non vinum viris moderari, sed viri vino solent." ["Men should control the effects of wine, not wine men."]—Plautus, *Truculentus*「人が葡萄酒の惹き起す効果を支配するべきであつて、葡萄酒が人を支配するべきではない」／Cf. "Le vin est bon, qui en prend par raison."「葡萄酒は、理性を持つて飲む限り、良いものだ」／Cf. "Hoc bibo quo possis si tu vis vivere sanus." ["Drink temperately if you want to live healthily."]—Dionysius Cato, *Disticha de Moribus* [c. 175 B.C.], Bk. IV, No. 24.「健やかに生きんとするならば、酒は適度に飲むべし」）因みに、日本では喫煙率が大変高い割には心筋梗塞が比較的少ないのは、どうやら「日本茶」に含まれてゐる「カテキン」（catechin）といふ「渋みの成分」（茶ポリフェノール）のせゐらしいといふ。これを、"Japanese paradox"と呼んでゐる。

ところで、「酒は天の美禄」（「酒者天之美禄」——『漢書―食貨志・下巻』 Cf. “Wine [Sake] is Heaven’s boon to man.”）といふ有名な《酒を讃へる言葉》は、おそらく知らない人はゐないだらう。つまり、酒といふものは天から与へられた、この世で最高に素晴らしい賜り物であるといふのだ。さう言へば、杜甫（七一二—七七〇）をして、「李白一斗（因みに、当時の一斗は約三升）詩百篇」（「飲中八仙歌」）と言はしめた中国の、いはゆる《飲酒詩》の一番星で、かつ豪快な飲みつぷりで知られる李白（七〇一—七六二）は、かう詠んでゐる。

《天地既愛レ酒　天地既に酒を愛す
愛レ酒不レ愧レ天　酒を愛するは天に愧《は》ぢず
——「月下独酌」
百年三萬六千日　百年三万六千日
一日須レ傾三百杯　一日須らく傾くべし　三百杯
——「襄陽歌」》

《Go thy way, eat thy bread with joy, and drink thy wine with a merry heart; for God now accepteth thy works.
—*Old Testament, Ecclesiastes, or the Preacher*, IX. 7.
汝往《ゆ》きて喜悦《よろこび》をもて汝のパンを食《くら》ひ、楽しき心をもて汝の（葡萄）酒を飲め。其《そ》は神久しく汝の行為《わざ》を嘉納《よみし》給へばなり。
—『旧約聖書』、「伝道之書」、第九章第七節。》

《ἀκήρατόν τε μητρὸς ἀγρίας ἄπο
ποτὸν παλαιᾶς ἀμπέλου γάνος τόδε·
(unmixed draught, the quickening juice of an ancient vine, its mother in the fields.)
—Aischylos [Aeschylus], *Persae* [*The Persians*, 472 B.C.], ll. 614–615. Translated by Herbert Weir Smyth, 1922.
(Loeb Classical Library, No. 145; bilingual)

母なる自然の与へる混り気ないお酒、
葡萄の古木の生み出した、これなる色鮮やかな葡萄酒、
——アイスキュロス『ペルサイ——ペルシアの人々——』（紀元前四七二年）、第六一四行—第六一五行。（西村太良訳）》
《οἴνου δὲ μηκέτ' ὄντος οὐκ ἔστιν Κύπρις
οὐδ' ἄλλο τερπνὸν οὐδὲν ἀνθρώποις ἔτι.
(When wine is no more found, then Love is not,
Nor any joy beside is left to men.)
——Euripides, *Bakxai* [*Bacchae*; *The Bacchanals*, *c.* 405 B.C.], ll. 773–774. Translated by Arthur S. Way, 1912. (Loeb Classical Library, No. 11; bilingual)
もし葡萄酒がなかつたなら人間の楽しみは、
キュプリスであれ他の何であれ、無に等しくなるのです。
エウリーピデース『バッカイ——バッコスに憑かれた女たち——』（紀元前四〇五年頃）、第七七三行—第七七四行。（逸身喜一郎訳）》
《μάκαρ ὅστις εὐιάζει
βοτρύων φίλαισι πηγαῖς
ἐπὶ κῶμον ἐκπετασθείς,
φίλον ἄνδρ' ὑπαγκαλίζων,
ἐπὶ δεμνίοισί τε ξανθὸν
χλιδανῆς ἔχων ἑταίρας
μυρόχριστος λιπαρὸν βό–
στρυχον, αὐδᾷ δέ· θύραν τίς οἴξει μοι;
(O bliss to be chanting the Song of the Wine,

When the cluster's fountain is flowing,
When your soul floats forth on the revel divine,
And your love in your arms is glowing,
When you play with the odorous golden hair
Of a fairy-like sweet wee love,
And you murmur through shining curls the prayer—
"Unlock love's door unto me, love!")

——Euripides, *Cyclops*, ll. 495–502. Translated by Arthur S. Way, 1912. (Loeb Classical Library, No. 10; bilingual)

バッコスを称《たた》へる者は幸ひだ。
葡萄酒の嬉しい流れに乗つて、
宴会さして、追ひ風一杯、
愛《いと》しい友にしなだれながら。
ベッドでも、香油を塗つた色男、
粋な遊女の金髪を抱き、
「誰が前の門を開いてくれるのか」と
歌ふ者は幸ひだ。

——エウリーピデース『キュクロープス』、第四九五行—第五〇二行（中務哲郎訳）》

《How then shall we encourage them to take readily to singing ? Shall we not pass a law that, in the first place, no children under eighteen may touch wine at all, teaching that it is wrong to pour fire upon fire either in body or in soul, before they set about tackling their real work, and thus guarding against the excitable disposition of the young? And next, we shall rule that the young man under thirty may take wine in moderation, but that he must entirely abstain from intoxication and heavy drinking. But when a man has reached the age of forty, he may join in the convivial gatherings and invoke Dionysus, above all other gods, inviting his presence at the rite (which is also the recreation) of the elders, which he bestowed on mankind as a medicine potent against the crabbedness of old age, that thereby we men may renew our youth, and that, through forgetfulness of care, the temper of our souls may lose its hardness and become softer and more ductile, even as iron when it has been forged in the fire.

——Plato, *Laws*, Bk. II, 666 BC. Translated by R. G. Bury, 1926. (Loeb Classical Library, No. 187)

〔ギリシア語の原文は、紙幅の都合上、割愛させていただき、御参考までに、英訳の方のみ挙げておく。〕

　ではわたしたちは、彼らを心から歌に向かふやうにさせるには、どのやうな仕かたで元気づければよいのでせうか。次のやうな法律を立てるのが、よいのではないでせうか。まづ第一に、十八歳未満の子供には、彼らが生活の労苦に立ち向かふやうになるまでは、若者にありがちの激情的な性情を警戒させ、心身ともに、火に火をそそぐやうなことをしてはならないと教へて、酒はまつたく飲ませません。つぎに、三〇歳までの若者に対しては、適度に酒を飲ませるが、酔つぱらふことや深酒は、かたく控へさせます。しかし、彼らが四〇歳に達した場合には、共同食事で食事をすませたあと、神々の名を呼び、わけてもディオニューソスを呼びよせて、老人たちのなぐさみでもある秘儀に臨ませるのです。といふのも、その秘儀、——これはつまり酒のことですが——、それは、ディオニューソスが、老いのかたくなさに備へる薬として、人間たちに与へてくだつたもので、そのおかげでわたしたちは若返り、あたかも火に入れられた鉄がさうなるやうに、魂の性格は憂《うれ》ひを忘れて頑固から柔軟となり、そのやうにして、ずつと扱ひやすくなるのですから。

——プラトーン『法律』、第二巻、六六六BC。（森　進一訳）》（傍点引用者）

八世紀から九世紀に掛けて、アッバース朝（七五〇——一二五八）サラセン（イスラーム）帝国の最盛期に活躍したアラブの宮廷詩人、アブー・ヌワース（Abū Nuwās〔「垂髪の人」を意味する渾名で、本名は、アブー・アリー・ハッサン〕、762–813）は、《酒の詩人》として今なほアラブ世界では広く愛誦されてゐるといふ。彼はどうやら奔放な性格であつたやうで、官能的快楽をひたすら追ひ求める悖徳的な生活を送り、酒色に耽溺してゐた時期が長かつたらしい。とりわけ、美女と酒とを好んで詠つたが、晩年になると、禁欲的・敬神的な作風に変つて行つたと言はれる。彼は、世に言ふ、「天才肌の詩人」で（Cf. "Poeta nascitur, non fit." ["The poet is born, not made."]「詩人生まる、造られず〔詩人は天成なり、学んで得べからず〕」）、飲酒詩、恋愛詩、称讃詩、中傷詩、哀悼詩、禁欲詩、等々、行くとして可ならざるは無しといふか、文字通り、天馬空を行くが如き趣があつた。手許のアブー・ヌワース、塙治夫（元オマーン国［The Sultanate of Oman］大使）編訳『アラブ飲酒詩選』（岩波文庫、一九八八年）の中から、次に「二つの陶酔」及び「年老いた酒」と題する二篇だけを引用させていただくことにしよう。

二つの陶酔

ライラーやヒンドのために一喜一憂するのはよし給へ。(1)
　薔薇《ばら》を愛《め》でつつ薔薇のやうな赤い酒を飲み給へ。

盃から酒が喉に流れ落ちると、
　目と頬をたつぷりと紅《くれなゐ》に染めてくれる。

酒はルビー、盃は真珠、それをもつのは
　すらりとした遊び女《め》のたなごころ。

彼女は酒を目から注ぎ、(2)手から注ぎ、
　私は二度酔はずにはゐられない。

私には二つの陶酔があるが、飲み友達には一つ。
このことは彼等をさておいて私だけのもの。

（註）

（1） ライラーもヒンドも女性の名。伝統的なアラビア語詩は、廃家を見て、そこに住んでゐた恋人を思ひ出す恋情の言葉で始まることが多かつたが、アブー・ヌワースはそのやうな古臭い形式を軽蔑し、直ちに主題に入りつつ、恋にうつつをぬかすより酒を楽しめと薦めてゐる。

（2） 手の代りに口とする説もある。

（塙治夫訳註）

年老いた酒

ルビーのやうに赤い酒をグラスに注ぐと、
私の手は今にも血がにじみさうだ。
甕《かめ》の中で年老いた酒の何と美しいことか、
関節や骨にしみわたる味の何とよいことか。
酒は糞真面目な人の理性に言ひ寄り、
心も、知能もとろかしてしまふ。
酒は人の悩みを少しづつ除いてくれる、
どれほど悩みがたまつてゐようとも。

酒はけちな人を気前よくし、
　一文無しを金持ちにさせてくれる。
また私は知つてゐる、酒が体によいことを。
　雨が水に渇いた自然によい以上に。
（塙治夫訳）

イギリスの詩人・翻訳家、エドワード・フィッツジェラルド（Edward FitzGerald, 1809–83）が一八五九年に匿名で出版し、のちに画家・詩人のD・G・ロセッティ（Dante Gabriel Rossetti, 1828–82）によって発見され、さらに詩人のA・C・スウィンバーン（Algernon Charles Swinburne, 1837–1909）の激賞を得て、一躍世界的に有名になつた、例の十一世紀の「ペルシア（現イラン）の天文学者・詩人」（The Astronomer-Poet of Persia）、ウマル・ハイヤーム（ʻUmar Khayyām, 1048–1131）の《四行詩《ルバーイー》》の優れて音楽的に豊麗な名英訳詩集『オマル・ハイヤームのルバーイヤート（四行詩集）』（*Rubáiyát of Omar Khayyám*）の中から、次の「第六番」をぜひ引用しておきたい。(6)

《And David's Lips are lock't; but in divine
High piping Pehleví, with "Wine! Wine! Wine!
　Red Wine!"—the Nightingale cries to the Rose
That yellow Cheek of her's to incarnadine. (No. VI)
ダビデのくちは解けずとも、ペーレヴィの
古くにことば、高き音《ね》を、「酒、酒、酒、

赤き酒よ」と、さ夜うぐひすは薔薇に告ぐ、
薄黄に萎《な》えし花の頰《ほほ》、からくれなゐに染むるがに。（森　亮訳）》

なほ、小川亮作氏によるペルシア語原典からの優れた邦訳（オマル・ハイヤーム『ルバイヤート』、岩波文庫、一九四八年／一九七九年）が、多くの読者に親しまれ、愛読されてゐることは広く知られてゐるところである。

《酒をのめ、それこそ永遠の生命だ、
また青春の唯一《ゆいいつ》の効果《しるし》だ。
花と酒、君も浮かれる春の季節に、
たのしめ一瞬《ひととき》を、それこそ真の人生だ！》

ベン・ジョンソン（Ben Jonson, 1572–1637）の流れを汲む《王党派抒情詩人（Cavalier lyrists）》中の第一人者で、生涯の大半をイングランド南西部のデヴォンシア（Devonshire）州の片田舎の牧師として送つたロバート・ヘリック（Robert Herrick, 1591–1674）には、短詩約一、四〇〇篇余を収めた『ヘスペリディーズ（金苹果園）』（*Hesperides*, 1648）といふ詩集があるが、その中に、こんな気の利いた《讃酒歌》があるので、紹介しておかう。

How he would drinke his Wine.

FILL me my Wine in Christall; thus, and thus
I see't in's *puris naturalibus*:
Unmixt. I love to have it smirke and shine,
'Tis sin I know, 'tis sin to throtle Wine.

What Mad-man's he, that when it sparkles so,
Will coole his flames, or quench his fires with snow?
——Robert Herrick, *Hesperides* (1648) Cf. L. C. Martin (ed.), *The Poetical Works of Robert Herrick* (Oxford: Clarendon Press, 1963), p. 187.

美酒を満たすのは矢張り透明のさかづきだ。
さうすれば生得無垢《しやうとくむく》、雑《まじ》り気ない葡萄《ぶだう》の色も見られよう。
きらきら輝き気取つてほほゑむお酒の眺めはなんとも楽しい。
それゆゑお酒の息をつまらせる生殺《なまごろ》しは罪なこと、罪なこと。
さうではないか、泡立つ美酒を前に置いて、
喉元《のどもと》の火、胸の渇《かわ》きを雪や氷で消さうなんてとんでもない。（森　亮訳）

To Sappho.

LET us now take time, and play,
Love, and live here while we may;
Drink rich wine; and make good cheere,
While we have our being here:
For, once dead, and laid i'th grave,
No return from thence we have.
——Robert Herrick, *ibid.* Cf. L. C. Martin (ed.), *op. cit.*, p. 238.

サッポーに

さあ、ゆつたりと構へて、遊び戯れ、恋をし、
能《あた》ふ限り、この世で長生きをしよう。

芳醇で濃厚《こく》のある葡萄酒を飲まう。
この世に生きてゐる間は、楽しく御馳走を食べよう。
と言ふのは、ひとたび死んで、墓穴に横たはれば最後、
もうそこから還《かへ》つてくるわけにはゆかないのだから。

ヘリックのかういふ詩に出くはすと、例の《いのち短し　恋せよ少女《をとめ》》を引き合ひに出すまでもなく（そしてこれは、古今東西、多くの抒情詩人が鍾愛してやまぬ伝統的な主題の一つなのだが）、我々はどうしてもホラーティウスの名高い一節を想ひ起さぬわけにはゆかなくなるのだ。

《Dum loquimur, fugerit invida aetas:
carpe diem, quam minimum credula postero.
——Horatius [Horace], *Carmina* [*Odes*] (23 B.C.), Bk. I, No. xi, ll 7–8.
While we are speaking, envious time has passed:
seize the present day, trusting as little as possible to the morrow.
我々が喋つてゐる間にも、嫉み深き時間は過ぎ去つて行く。
能ふ限り明日を信用しないで、今日といふ日を楽しめ。
——ホラーティウス『歌集』（紀元前二三年）、第一巻、第十一歌、第七行—第八行。》

ホラーティウスの、将来の憂患を気にせず《（今日といふ）日を摘み取れ〔現在を楽しめ〕（carpe diem [seize (snatch; pluck) the (present) day > enjoy the present day]）》（これはエピクーロス主義者の標語でもあるが）といふのは、例の《王党派詩人》の代表者の一人でもあつた、自由軽快にして甘美、雅趣豊かなロバート・ヘリックと

思想的に相通ずる点があつたことは言ふまでもないだらう。さう言へば、ソール・ベロー（Saul Bellow, 1915–2005）に『この日を攫め』（***Seize the Day*, 1956**）といふ中篇小説があることは大方の読者諸賢なら先刻御存じであるだらう。

中国のいはゆる「盛唐期」（七一三—七六六〔孟浩然・李白・杜甫らが輩出した唐詩の最盛期〕）に王翰（六八七？—七二六？）といふ詩人がゐたが、自らの才能を自負して、どうやら気儘な振舞ひが多かつたらしい。彼は、生来、豪放磊落な性格で、任侠の士と交はつたり、また殊のほか酒を好み、家に名馬と美妓を集めたりして、狩猟や遊宴にうつつを抜かす日々を送つてゐた時期があつたと伝へられてゐる。その詩は、今日僅か十三首しか伝はつてゐないが、中でも『唐詩選』に採録されてゐる「涼州詞」と題する一篇は、《七言絶句》の絶唱であり、これから出陣しようとする兵士の錯綜した感慨を詠つたもので、広く世に知られてゐるものである。王翰は、今日、この詩によつてのみ知られてゐると言つても決して過言ではないだらう。

涼州詞

葡萄美酒夜光杯　　葡萄の美酒　夜光の杯《さかづき》
欲㆑飲琵琶馬上催　　飲まんと欲すれば　琵琶馬上に催《うなが》す
醉臥㆓沙場㆒君莫㆑笑　　酔うて沙場に臥《ふ》すとも　君笑ふこと莫《な》かれ
古来征戦幾人回　　古来　征戦　幾人か回《かへ》る

さらにもう一篇——フランスの「中世期最後の詩人にして、かつ最初の近代詩人」（“the last medieval and first modern poet”——A. C. Swinburne[7]）であると言はれるフランソワ・ヴィヨン（François Villon, 1431–after 1463）の『遺言詩集』（*Le Testament, c.* 1461）の中から《八音節八行詩》、「第二十二節」を引いておかう。

《Bons vins ont, souvent embrochiez,
Saulces; brouetz; et gros poissons;
Tartes; flans; oefz, fritz et pochiez,
Perdus et en toutes façons.
Pas ne ressemblent les maçons
Que servir fault a si grant peine.
Ilz ne veulent nuls eschançons,
De soy verser chascun se peine.
—François Villon, *Le Testament*, strophe 32, v. 249–256.

Good wines they have and newly broached,
sauces and broths and great fat fish,
custards and tarts, eggs fried or poached
or scrambled—any way they wish.
Nor are they served with every dish
as masons like to be. With wine
they won't have things too waiterish
but pour and drink as they incline.
—Translated by Peter Dale. (Macmillan, 1973 / Penguin Classics, 1978; bilingual)

佳《よ》い酒の樽には　初中終《しょっちゅう》　呑口《のみぐち》をあけ(8)
数々のソースに、スープに、大きなお魚、
ジャム入りタルトに、フラン焼、落し玉子に
眼玉焼、玉子豆腐に、一切の玉子の料理。

命懸けの苦しみで　手伝つてやらねばならぬ
石工《いしく》(9)とは、坊主は　一向似てゐない。
手伝のお酌も　いらない、おのおのが
手酌で飲む苦労をすれば　それで沢山。
——フランソワ・ヴィヨン『遺言詩集』、第三十二節、第二四九行—第二五六行。（鈴木信太郎訳）》

誰の言葉なのか、また原文が果して何語なのか、どうも定かではないやうだが（少なくとも筆者には不敏にして未知未詳だが）、**"A meal without wine is like a day without sunshine."**（「葡萄酒のない食事は太陽のない一日のやうなものである」）といふ名言が存在するらしいが、さしづめ **"meal"** といふ単語を、**"dinner"** とでも言ひ換へれば、間然する所がなく、さらに一層言ひ得て妙と言ふべきだらう。もつとも、一説には、エピクーロス流のモラリストでフランスの名だたる食通にして《美味学者（**gastronome**）》として名高いブリア＝サヴァラン（**Anthelme Brillat-Savarin, 1755–1826**）ではないかと言はれてゐるが、確証があるわけではない。《美味学（**gastronomie**）》に関する例の世界的に不朽の古典的名著かつ美食家の経典《バイブル》『味覚の生理学、或いは超絶的美味学の瞑想』（***Physiologie du Goût, ou Méditations de gastronomi transcendante*, 1825**）——邦訳題名『美味礼讃』——に直接当つて調べてみたけれども、どうやら前掲の該当箇所は見当らなかつた。愚見に拠れば、世に《食通・美食家（**gourmand**）》といふのは、ほとんどいつも決つて《大食漢・健啖家（**goinfre**）》であつて、どだい少食の食通など滅多に存在しないものだと言つていいのである。少なくとも筆者の周囲を見渡してみても、少食の《食ひ道楽（**gourmandise**）》の人は見当らないやうである。とはいへ、「美食は七つの大罪の一つ」（**la gourmandise, l'un des sept péchés capitaux**）であるといふ。また、諺に曰く、「美食は剣よりも多くの人を殺す（美食慎むべし）」（**La gourmandise tue plus** d'hommes que l'épée. / Gluttony kills more than the sword.）、「大食漢は歯でおのれの墓穴を掘る」（Les gourmands font leurs fosses à leurs dents. / Gluttons [Greedy eaters] dig their graves with their teeth.）してみると、やたらと美食に走るのは愚の骨頂であることは間違ひないだらう。

もとより確言はしかねるが、わが国にそもそも葡萄酒なるものが伝はつて来たのは、一五五一年（天文二〇年）、イエズス（Jesuit）会の例のスペイン人宣教師、フランシスコ・ザヴィエル〔シャヴィエル〕（Francisco de Xavier [Javier], 1506–52）が——彼はスペインのナヴァーラ王国（Reino de Navarra）のシャヴィエロ（Xavièro）城主の子で貴族の出だ——キリスト教に好意的で領内布教を許可してくれた戦国の武将（室町末期）、大内義隆（一五〇七—五一）に謁見した際に、献上したのが最初の記録とされる。さう言へば、少なくとも、「赤葡萄酒」だけは、「キリストの血」の象徴であるから、教会には絶対に欠かせないものの一つなのだ。

二　飲酒の理由——"Five Reasons for Drinking"

さらに、《飲酒の理由（reasons for drinking）》なるものを、古今東西、捻り出して列挙した、言はば戯れ句の如きものが世界中にきつと多く存在することだらうが（「飲酒の理由は沢山ある」"Multae sunt causae bibendi." / "There are many reasons for drinking."）、筆者の目にたまたま留まつたものの中から、おそらく最も古いだらうと思はれる元祖的名言（迷言?）を一つだけ次に引用しておかう。

《Si bene commemini, causae sunt quinque bibendi; hospitis adventus, praesens sitis, atque futura, aut vini bonitas, aut quaelibet altera causa.

——Old Latin saying
If I remember right, there are five reasons for drinking: the arrival of a friend; one's present thirst; and one's future thirst; or the excellence of the wine; or any other reason.
もし私の記憶に間違ひがなければ、飲酒の理由は五つある——すなはち、友人の来訪、現在の喉の渇き、及び来たらんとする喉の渇き、或いは葡萄酒の佳きこと、はたまた他のいかなる理由によつてであれ。
——ラテン語の古い格言》

敢へて「元祖的」などと妙な断り方をしたのは、この詩句の悪流《エピゴーネン》ないしヴァリエーションの類と思はれるものが少なくとも欧米には不思議なぐらゐ多々蔓延《はびこ》つてゐるからである。

御参考までに、十七世紀後半のイギリスの詩人・神学者・作曲家であつたヘンリー・オールドリッチ（Henry Aldrich, 1647–1710）の英訳例を挙げておく。

《If all be true that I do think,
There are five reasons we should drink:
Good wine—a friend—or being dry—
Or lest we should be by and by—
Or any other reason why.
——"Five Reasons for Drinking" (1689) Cf. Père Sirmond(?), *Reasons for Drinking* (*c.* 1595); Cf. *Ménage* (*Ménagiana*), i, 172; Cf. John Playford (1623–*c.* 86), *Banquet of Music* (1689)
余のつらつら思ふところに過ちなくば
酒を飲むのに五つの理由あり

良酒あらば飲むべし
友来たらば飲むべし
喉　渇きたらば飲むべし
もしくは　渇く恐れあらば飲むべし
もしくは　いかなる理由ありても飲むべし
（田村隆一訳）》

さらに二つ挙げておかう。

《Bebo cuando tengo gana, y cuando no la tengo.
(I drink when I have occasion, and sometimes when I have no occasion.
—Miguel de Cervantes, *Don Quijote* (*Don Quixote*, 1615), Pt. II, Chap. 33.
私は機会があれば飲むし、時には機会がなくても飲む。
——ミゲル・デ・セルヴァンテス『ドン・キホーテ』（一六一五年）、第二部、第三十三章。》
《There are two reasons for drinking: one is, when you are thirsty, to cure it; the other, when you are not thirsty, to prevent it...Prevention is better than cure.
—Thomas Love Peacock, *Melincourt* (1817), Chap. 16.
酒を飲む理由は二つある——一つは、喉が渇いてゐる時、それを癒すため。もう一つは、喉が渇いてゐない時、渇くのを防ぐため。……予防は治療に勝る。
——トマス・ラヴ・ピーコック『メリンコート』（一八一七年）、第十六章。》

気心のよく知れた飲み友達（com-potor; drinking companion）と何の気兼ねもなく酌み交はす酒の旨さ・醍醐味

は、いやしくも酒を嗜む者なら誰しも先刻御承知であらう。例の「朋有り遠方より来たる、亦楽《また》しからずや」（「有レ朋自二遠方一来　不二亦樂一乎」——『論語』、「学而篇」）を今更引き合ひに持ち出すまでもなく、また、わが国の「酒は知己に遇《お》うて飲むべし」（「酒遇二知己一飲」——東陽英朝編『句双紙抄』〔室町時代〕）といひ、はたまた、「酒は知己に逢へば千鍾（「鍾（しょう）」は、六斛四斗。約五〇リットル弱。）も少なし」（「酒逢二知己一千鍾少」——洪昇『長生殿』、「罵賊」）といふのは、まことに宜《むべ》なる哉で、けだし、至言と言ふべきだらう。とはいへ、「客あれども酒なし、酒あれども肴なし」（「有レ客無レ酒有レ酒無レ肴」——蘇東坡〔蘇軾〕『後赤壁賦』）では、あまりにも寂しく哀しいと言はねばなるまい。やはり、出来得べくんば、美食家（fin gourmet; gourmand）ならずとも、「美酒あらば、嘉肴あらまほし」（Cf. "We need some kind of good food accompaniment to good wine."）と言ふ方が理想的かつ人間的であると言へるだらう。

ところで、短篇集『いのちの半ばに』（*In the Midst of Life*, 1892）でお馴染みのアメリカの小説家、アンブローズ・ビアス（Ambrose Bierce, 1842–?1914）は、"Bitter Bierce"（辛辣なビアス）と呼ばれたほどの諷刺家（satirist）・冷笑家（cynic）であり、わが芥川龍之介の箴言警句集『侏儒の言葉』（一九二七〔昭和二〕年）に大きな影響を与へたと言はれるアフォリズム集『悪魔の辞典』（*The Devil's Dictionary*, 1911）において、"Wine"（葡萄酒）をかう定義[10]してゐる。

《WINE, *n.* Fermented grape-juice known to the Women's Christian Union as "liquor," sometimes as "rum." Wine, madam, is God's next best gift to man.

——Ernest Jerome Hopkins (ed.), *The Enlarged Devil's Dictionary by Ambrose Bierce* (New York: Doubleday & Company, Inc., 1967), p. 293.

葡萄酒（wine *n.*）グレープジュースを醱酵させたもので、キリスト教婦人矯風会（一八四七年創立、禁酒運動を主な目的とする。）の会員には、「蒸留酒」（liquor）の名で、また時には「ラム酒」の名で知られてゐる。会員の御婦人方よ、葡萄酒は、神さまが男性にお授け下さつた、二番目に結構な賜物なのでありますぞ。（西川正身訳）》

敢へて蛇足を付け加へて言へば、「神さまが男性にお授け下さつた第一番目の賜物」（God's first best gift to man）は、言ふまでもなく、「女性」である。何と言つても、（下戸はいざ知らず）大方の男性にとつて、《「女性」が一番、「酒」は二番》といふことなのだらうか。それにしても、例のキリスト教婦人矯風会の会員の御婦人方が、「禁酒運動」（Temperance Movement）の先頭に立つて、かの「禁酒法」（Prohibition Law）の制定にまで発展したことを思ふと、何とも皮肉としか言ひやうがないのだ。それといふのも、一九一九年十月、アルコール類の製造・販売・運搬（輸出入）等々の一切の禁止を規定した「ヴォルステッド法」（Volstead Act; National Prohibition Act; Prohibition Enforcement Act）なるものが「憲法修正第十八条」（Eighteenth Amendment）として議会を通過・成立し、いはゆる「禁酒法時代」（Prohibition Era, 1920–33）が始まつたからである。しかしながら、この十三年間といふ長きに及ぶ禁酒期間は、当初の意図とは裏腹に、アルコール類の密造《moonshining》〔特に、南部の山中にて、夜間に月光《ムーンシャイン》を頼りに（文字通り、夜陰に乗じて）密造バーボン・ウィスキーを造つたことから〕；《bootlegging》〔（もと長靴《ブートレッグ》の胴に密造酒を隠して運んだことから）密造酒類を密売すること〕と酒場のもぐり営業を助長し（因みに、禁酒法時代の「もぐり酒場」のことを〔こつそり註文することから〕“speakeasy”〔スピーキージー〕といふ）、結果的にはマフィアの資金源となり、犯罪の増加に繋がつたのは皮肉と言へば皮肉である。例へば、ナポリ生まれと言はれるギャング団の首領《ドン》、アル（フォンソ）・カポネ（Al[phonso] Capone, “Scarface Al”, 1899–1947）の如きは、ありとあらゆる反社会的な行為をしたことで知られてゐるが、禁酒法時代のシカゴの暗黒街を拠点に酒類の密売で巨利を恣《ほしいまま》にしたと伝へられてゐる。この法律は、結局のところ、ギャングたちの暗躍を許すといふ何とも皮肉な弊害だけを残したと言へようか。(Cf. F. Scott Fitzgerald, *The Great Gatsby* [1925])

さて、例の旅行記風物語詩『チャイルド・ハロルドの巡礼』(*Childe Harold's Pilgrimage*, Cantos I & II, 1812; Canto III, 1816; Canto IV, 1818) を書いて一躍有名になり、「或る朝目醒《ざ》むれば、我が名天下に遍《あまね》し」(“I awoke one morning and found myself famous.”—Cf. Thomas Moore, *The Life of Lord Byron with his Letters and Journals*, 2 vols., Murray, 1830; New Edition, 1847, p. 159) と豪語したと伝へられるバイロン(拝倫)卿、ジョージ・ゴードン、第六代バイロン男爵(Lord Byron, George Gordon, 6th Baron Byron, 1788–1824) は、かう書いてゐる。

《Man, being reasonable, must get drunk;
The best of life is but intoxication:
Glory, the grape, love, gold, in these are sunk
The hopes of all men, and of every nation.
——Lord Byron, *Don Juan* (1819), canto II, st. 179.
人間は、理性がある以上、酔ひ痴れなければならない。
人生の最上のものは、酩酊に外ならないのだ。
栄光、葡萄、恋、黄金、これらの中にこそ、
あらゆる人間の、すべての国民の希望が沈潜してゐるのだ。
——バイロン卿『ドン・ジュアン』(一八一九年)、第二歌、第一七九聯。》

さうなのだ。人間は、何よりも理性的な存在だからこそ、日頃の極度の疲労や羞恥心などから解放されるためにも、人によつては、時に酔ひ痴れなければならぬ「酩酊の時」を必要不可欠とするのかもしれない。

また、『聖書』には、こんな気の利いた一節があるので、その記述に敬意を表する意味からも、次に引用しておかう。

《Vinum bonum laetificat cor hominis.
——*Vulgata* [*Biblia Vulgate Editionis*], *Psalmata*.
Wine that maketh glad the heart of man.
——*Old Testament*, *Psalm* (*c.* 250 B.C.), CIV. 15. (King James Version)
人の心を歓ばしむる葡萄酒
——『旧約聖書』、「詩篇」、第一〇四篇第一五節。》
《Drink no longer water, but use a little wine for thy stomach's sake and thine often infirmities.
——*New Testament*, *The First Epistle of Paul the Apostle to Timothy* (*c.* A.D. 62), V. 23. (King James Version)
今よりのち水のみを飲まず、胃のため、又しばしば病《やまひ》に罹《かか》る故に、少しく葡萄酒を用ひよ。
——『新約聖書』、「テモテへの前の書」、第五章第二三節。》

古くから、度を過さなければ、「酒は百薬の長（酒百薬之長）」（Cf. "*Sake* is the best of all medicines." / "*Sake* ist die beste aller Arzneien." / "Le saké est le meilleur de tous les remèdes."）と言はれてゐる。ところが、酒といふのは、罷り間違へば、《気狂ひ水》にもなりかねない危険性を絶えず孕んでゐる代物でもあることを誰しも重々承知の上とはいへ、どういふわけか、解つちやゐるけど止められないのがまた深酒でもあるのだ。おそらく般若湯を愛したと思はれる兼好法師（一二八三年頃―一三五二年以後）も、「百薬の頂（長）とはいへど、よろづの病は酒よりこそ起これ」（『徒然草』、第一七五段）と言つてゐる。また、ローマのエレゲイア詩人、オウィディウス〔オーヴィッド〕（Publius Ovidius Naso, 43 B.C.–A.D. 17）は、言ふ。「葡萄酒は、飲み過ぎなければ、人に恋心を抱かせる。――『愛の治療』、第八〇五行。」（"Vina parant animum veneri, nisi plurima sumas." ["Wine prepares the heart for love, unless you take too much."]—Ovidius [Ovid], *Remedia Amoris* [*Remedies for Love*, *c.* 1 B.C.], l. 805.)

さらに、《葡萄酒を讃へる言葉》を少し列挙しておかう。

《φάρμακον δ' ἄριστον οἶνον.
(The best medicine is wine.)
—Alkaios [Alcaeus], *Fragmenta* [*Fragments*] (*c.* 595 B.C.), Frag. 158.
最良の薬は葡萄酒なり。
――アルカイオス『断片集』、断片一五八。》

《οἶνον ἐΰφρονα, καρπὸν ἀρούρης
(wine that maketh glad the heart, the fruit of the earth)
—Homeros [Homer], *Ilias* [*The Iliad*] (*c.* 850 B.C.), Bk III, l. 246.
大地の果実《みのり》である人の心を歓ばしむる葡萄酒
――ホメーロス『イーリアス』、第三歌、第二四六行。
ἀνδρὶ δὲ κεκμηῶτι μένοδ μέγα οἶνος ἀέξει
(When a man is spent with toil wine greatly maketh his strength to wax)
—*Ibid.*, Bk. VI, l. 261.
疲れ切つた時には、葡萄酒が体力を大いに盛り上がらせてくれる

——前掲書、第六歌、第二六一行。》

《αἴνει δὲ παλαιὸν μὲν οἶνον, ἄνθεα δ' ὕμνων
νεωτέρων.
(Praise the wine that is old,
the flowers of songs that are new.)
——Pindaros [Pindar], *Olympian Odes* (*c.* 468 B.C.), Bk. IX, ll. 48–49.
葡萄酒は古きを、詩歌の華は
新しきを讃へよ。
——ピンダロス『オリュンピア祝勝歌』、第九歌、第四八行—第四九行。》

《οἶνος 'Αφροδίτης γάλα.—Aristophanes (*c.* 445–*c.* 385 B.C.)
(Wine is Aphrodite's milk.)
葡萄酒はアプロディーテー（愛と美の女神、ローマ神話のウェヌス〔ヴィーナス〕に当る）の乳なり。——アリストパネース》

《Vinum lac aenum.
(Wine is old men's milk. / Der Wein ist die Milch des Alters. / Le vin est le lait des vieillards.)
葡萄酒は老人の乳なり。》

《Vinum poetarum caballus.
(Wine is the Pegasus of poets.)
葡萄酒は詩人の柏伽索斯《ペーガソス》なり。》

《Wine is at the head of all medicines; where wine is lacking, drugs are necessary.
——*Babylonian Talmud, Baba Bathra* (*c.* 450), fo. 58b.
葡萄酒は百薬の長なり。葡萄酒の無い所では、薬が必要なり。
——『バビロニア・タルムード』、「ババ・バスラ」》

《**Iago**　Come, come; good wine is a good familiar creature, if it be well us'd; exclaim no more against it.
——William Shakespeare, *Othello* (1604–05), II. iii. 313–315.

イアーゴー　まあ、何だなあ。良い葡萄酒といふのは、使ひ方が良ければ、よく飼ひ馴らした動物のやうなものさ。もうそれ以上葡萄酒の悪口を言はぬ方がいい。
——ウィリアム・シェイクスピア『オセロー』（一六〇四年—〇五年）、第二幕第三場、第三一三行—第三一五行。》

《Wine, the cheerer of the heart,
And lively refresher of the countenance.
——Thomas Middleton and William Rowley, *The Changeling* (acted *c.* 1622; prtd. 1653), Act I, Sc. 1.

葡萄酒、人の心を元気づけるもの、
かつ顔貌《かほ》の色艶《いろつや》を生き生きと爽快ならしむるもの。
——トマス・ミドルトン、ウィリアム・ロウリー合作『チェインジリング（取り替へ子）』（〔初演〕一六二二年頃、〔出版〕一六五三年）、第一幕第一場。》

《ἴσα δ' εἴς τε τὸν ὄλβιον
τόν τε χείρονα δῶκ' ἔχειν
οἴνου τέρψιν ἄλυπον·
(On the high, on the low, doth his bounty bestow
The joyance that maketh an end of woe,
　The joyance of wine.)
——Euripides, *Bakxai* [*The Bacchanals*], ll. 421–423. Translated by Arthur S. Way, 1912. (Loeb Classical Library, No. 11; bilingual)

富める者にも貧者にも　ともに等しく（ゼウスとセメレーの子、酒神ディオニューソス〔バッコス〕は）苦悩を癒す　酒の楽しみを許してくださる。
——『バッカイ——バッコスに憑かれた女たち——』、第四二一行—第四二三行。（逸身喜一郎訳）》

《Brod ist der Erde Frucht, doch ists vom Lichte gesegnet,
Und vom donnernden Gott kommet die Freude des Weins.
――Friedrich Hölderlin, "Brod und Wein" ["Bread and Wine"] (written 1800–01; prtd. 1806), ll. 137–138.
(Bread is the fruit of the earth, but it is blessed by the sun's rays,
And from the thunderous god comes the joyance of wine.)
――Translated by the present writer.
パンは地上の実り、同時に天上の光によつて祝福されたものだ、
さらに雷電の神から葡萄酒の喜びは来たのだ。
――フリードリッヒ・ヘルダーリーン「パンと葡萄酒」〔執筆〕一八〇〇年―〇一年、〔出版〕一八〇六年）、第一三七行―第一三八行。（手塚富雄訳）》

キリスト教の「聖餐」（Eucharist）として至大の意味を持ち、いはゆるイエスの「血と肉」（σάρξ καί αἷμα）に擬《なぞら》へた《麺麭《パン》と葡萄酒（ἄρτος καί οἶνος）》は、共に「神の賜物」の象徴であることは、改めて言ふまでもあるまい。御参考までに、訳者の手塚富雄氏は、かう註記してをられる。「葡萄は雷神ゼウスが天日と雷雨で育てたものである。神話的に言ふと、テーバイ王の娘セメレーをゼウスは恋して、姿を見せずに彼女のもとに通つた。セメレーがこの恋人に姿を見せてくれとたつて乞ひ、ゼウスが姿を現したとき、その雷電に打たれてセメレーは死んだ。ただそのとき一子を生んだ。これが酒神ディオニューソスである。[11]」

古代ローマの抒情詩人・諷刺詩作家（poet-satirist）のホラーティウス（Quintus Horatius Flaccus, 65–8 B.C.）が、エトルリア（Etruria）の由緒ある名家出身の政治家（アウグストゥス皇帝の友人かつ補佐役）にして、ホラーティウスやウェルギリウス（Publius Vergilius Maro, 70–19 B.C.）をはじめ多くの文人仲間の庇護者《パトロン》であつたガーユ

ス・マェケーナス（Gaius Maecenas, *c.* 70–8 B.C.）に宛てた「書簡詩」（epistola [epistle], 20 B.C.）、「詩作について」の冒頭の部分を、御参考までに、引用させていただかう。

《Priseo si credis, Maecenas docte, Cratino, nulla placere diu nec vivere carmina possunt, quae scribuntur aquae potoribus. ut male sanos adscripsit Liber Satyris Faunisque poetas, vina fere dulces oluerunt mane Camenae. laudibus arguitur vini vinosus Homerus; Ennius ipse pater numquam nisi potus ad arma prosiluit dicenda. "Forum Putealque Libonis mandabo siccis, adimam cantare severis":
(If you follow old Cratinus, my learned Maecenas, no poems can please long, nor live, which are written by water-drinkers. From the moment Liber enlisted brain-sick poets among his Satyrs and Fauns, the sweet Muses, as a rule, have had a scent of wine about them in the morning. Homer, by his praises of wine, is convicted as a winebibber. Even Father Ennius never sprang forth to tell of arms save after much drinking. "To the sober I shall assign the Forum and Libo's Well; the stern I shall debar from song.")
——Horatius, *Epistolae*, Bk. I, No. XIX, ll. 1–9. H. Rushton Fairclough (trans.), *Horace: Satires, Epistles and Poetica* (Loeb Classical Library, No. 194; Harvard University Press, William Heinemann Ltd., 1926/1978), pp. 380–381.

教養のあるマェケーナス。
貴方が昔のクラティーヌスの
言葉を信用なさるなら、
水しか飲まない詩人などの
詩は、さう長くは喜ばれず
消えてなくなるといふことです。

バッカスの神がサテュロスや
ファウヌスたちに「酒に酔ふ」
詩人を加へてからこの方、
麗しの神ミューズには
いつも、朝からほんのりと
葡萄酒の香りが漂つてゐる。

かのホメーロスも葡萄酒を
讃へたことから、「酒好き」と
いふ非難を浴びてゐます。
詩祖エンニウス自身すら、
一杯やらねば戦争の
詩は作らうとしなかつた。

「広場（フォールム）やリボーの井戸端は
下戸《げこ》にまかせよ。酒を飲まぬ
者には歌を禁止する」。（鈴木一郎訳）》

ホラーティウスに言はれるまでもなく、ホメーロスの葡萄酒に対する讃美ぶりから察するに、どうやらホメーロス自身も、わが吉田健一と同じやうに、相当の「大酒豪」（οἰνο–ποτης [oino-potḗs]; homo vinosus; wine-bibber; toper）であつたやうに思はれるのだ。

さう言へば、酒飲みが、下戸を嘲り、自分の飲酒を自己弁護し、正当化するためによく言ふ極まり文句の一つに、「下戸の建てたる蔵は無く、御神酒上がらぬ神は無し」（Cf. "A man was never known to make a fortune by abstaining *sake*, / There is no God but drinks *sake*."）といふのがあるのは、誰も知る通りである。前段はいざ知らず、後段は、神様でさへ喜んで御神酒を召し上がるのだから、まして人間が酒を飲んで悪いはずはない、といふ苦し紛れに神様までも引き合ひに出しての酒飲みの自己正当化である。（Cf. "Who likes not the drink God deprives him of bread."—George Herbert, *Outlandish Proverbs* (1640), No. 390.「神は酒を好まぬ者からパンを奪ふ」）

それで思ひ出したが、例のフランスの作家・飛行家、アントワーヌ・ド・サン＝テグジュペリ（Antoine de Saint-Exupéry, 1900–44）作の、あの世界的ベストセラー『星の王子さま』（*Le Petit Prince*, 1943）——単に子供向けの謎を孕んだ、"énigmatique (enigmatic)" な寓話と言ふよりもむしろ、大人のための高級な寓話、寓意的空想物語と言ふべきか——の第十二章を御記憶されてをられる方がお出でかもしれない。この《呑み助の住む星》の章は、筆者など何とも身につまされる話で、これまで述べてきた話にいささか水を差すやうで、多少気が引けなくもないが、御参考までに、そのさはりの箇所を次にお目に掛けるとしよう。

《——Que fais-tu là? dit-il au buveur, qu'il trouva installé en silence devant une collection de bouteilles vides et une collection de bouteilles pleines.
——Je bois, répondit le buveur, d'un air lugubre.
——Pourquoi bois-tu? lui demanda le peti prince.
——Pour oublier, répondit le buveur.
——Pour oublier quoi? s'enquit le petit prince qui déjà le plaignait.
——Pour oublier que j'ai honte, avoua le buveur en baissant la tête.

——Honte de quoi? s' informa le peti prince qui désirait le secourir.
——Honte de boire! acheva le buveur qui s'enferma définitivement dans le silence.
Et le petit prince s'en fut, perplexe.
——Antoine de Saint-Exupéry, *Le Petit Prince* (New York: Harcourt Brace & Co., 1973), pp. 50–52 (Chap. 12).

'What are you doing there?' He said to the drinker, whom he found settled silently before a collection of empty bottles and a collection of full bottles.
'I'm drinking,' said the drinker, with a mournful air.
'Why are you drinking?' asked the little prince.
'To forget,' replied the drinker.
'To forget what?' enquired the little prince, who was already starting to feel sorry for him.
'To forget that I'm ashamed,' confessed the drinker, hanging his head.
'Ashamed of what?' persisted the little prince, who wanted to help him.
'Ashamed of drinking!' concluded the drinker, retreating into permanent silence.
And the little prince went away, perplexed.
——T. V. F. Cuffe (trans.), *The Little Prince* (Penguin Books, 1995), p. 42.

呑み助は、空《から》のビンと、酒のいつぱいはひつたビンを、ずらりと前にならべて、だまりこくつてゐます。王子さまは、それを見て、いひました。

「きみ、そこで、なにしてるの?」

「酒のんでるよ」と、呑み助は、いまにも泣きだしさうな顔をして答へました。

「なぜ、酒なんかのむの?」と、王子さまはたづねました。

「忘れたいからさ」と、呑み助は答へました。

「忘れるつて、なにをさ?」と、王子さまは、気のどくになりだして、ききました。

「はづかしいのを忘れるんだよ」と、呑み助は伏し目になつてうちあけました。

「はづかしいつて、なにが？」と、王子さまは、あひての気もちをひきたてるつもりになつて、ききました。

「呑むのが、はづかしいんだよ」といふなり、呑み助は、だまりこくつてしまひました。

そこで、王子さまは、当惑して、そこを立ち去りました。

――内藤濯訳『星の王子さま』（岩波書店、一九六二年）、五八―五九ページ。》

また、「酒は止めても酔ひ醒めの水は止められぬ」といふ。確かに酔ひ醒めの水の旨さと、例へば、ゴルフのラウンドなどで一汗かき、一風呂浴びた後の冷えたビールの旨さは、また格別で、掛け値なしに、生き返るやうな思ひがするが、下戸にはどちらも与り知らぬことであり、どうでもいいことなのかもしれない。

《酔ひ醒めの　水の旨さを　下戸知らず
How sweet water is to those
Who wake up from a drunken doze,
No teetotaler knows.
（齋藤秀三郎訳）》

《酒飲めば何時か心も春めきて
借金取りも鶯の声
Wine maketh glad the heart of man,
And makes of winter genial spring;
And e'en the bill-collecting dun
Doth to me like a robin sing.
（齋藤秀三郎訳）》

《薄薄酒勝二茶湯一……醜妻悪妾勝二空房一
（薄薄の酒も茶湯《さたう》に勝る……醜妻悪妾も空房に勝る）
――蘇子瞻《そしせん》「薄薄酒《はくはくしゅ》」》

次に、中国は東晋・宋の詩人、陶淵明（三六五―四二七）の「挽歌詩」を一首と、わが『萬葉集』の中から大伴旅人（六六五―七三一）の「讃酒歌」を二首引いて、この章を一応締め括ることにする。

《千秋萬歳後　　千秋万歳の後に
誰知榮與辱　　誰《たれ》か栄《ほまれ》と辱《はぢ》とを知らんや
但恨在世時　　但《た》だ恨《うら》むらくは　世に在りし時に
飲酒不得足　　酒を飲むこと　足るを得ざりしを
――陶淵明「挽歌詩三首」のうちの第一首（末尾の四行のみ採る）。（訓読は一海《いっかい》知義氏に拠る）》

《なかなかに人とあらずは酒壺に成りにてしかも酒に染みなむ
（〔大意〕中途半端に人間でゐずに酒壺になつてしまひたいものだ。さうしたら、酒にたつぷり染みることが出来るだろう。）(12)
Ceasing to live this wretched life of man,
O that I were a saké-jar;
Then should I be soaked with saké!(13)
あな醜《みにく》　賢《さか》しらをすと酒飲まぬ人をよく見れば猿にかも似る
（〔大意〕ああみつともない。「馬鹿馬鹿しい。酒など」と利口さうに振舞ふとて、酒を飲まない人をよくよく見ると猿に似てゐるよ。）
Grotesque! When I look upon a man

Who drinks no saké, looking wise,
How like an ape he is!
——『萬葉集』巻第三—三四三及び三四四、大宰帥《だざいのそつ》大伴卿「酒を讃むる歌十三首」、第六首及び第七首。》

三 「只酒」考——"Don't Have a Drink for Nothing!"

"A thing of beauty is a joy forever.—*Endymion* (1818)"（「美しきものは永遠の喜びである」——『エンディミオン』の冒頭の一行）と謳つたのは、言はずもがな、わが日夏耿之介（一八九〇—一九七一）がいみじくも名づけて呼ぶところの「美の司祭」、イギリスの天才夭折詩人ジョン・キーツ（John Keats, 1795–1821）だが、これは美しきものの典型でもある美女や美景だけではなく、美酒や美味についても言へるであらう。——**"Good wine is a joy forever."**（「旨《うま》き葡萄酒《さけ》は永遠《とは》の喜びなり」）と。さう言へば、十八世紀イギリス文壇の大御所、例のサミュエル・ジョンソン（Samuel Johnson, 1709–84）博士も言つてゐる。**"Wine gives great pleasure.—James Boswell, *The Life of Samuel Johnson, LL. D.* (1791), Tuesday, April 28, 1778"**（「葡萄酒は大きな愉しみを与へてくれる」——ジェイムズ・ボズウェル『法学博士サミュエル・ジョンソン伝』（一七九一年）、一七七八年四月二十八日火曜日）と。序でに御紹介しておくが、ドクター・ジョンソンは、次のやうにも言つてゐる。

《Claret is the liquor for boys; port for men; but he who aspires to be a hero (smiling) must drink brandy. In the first place, the flavour of brandy is most grateful to the palate; and then brandy will do soonest for a man what drinking *can* do for him.

——*Ibid.*, Wednesday, April 7, 1779

クラレット（フランスのボルドー地方産の赤葡萄酒に対する英語圏での呼称）は子供の酒、ポルト（ポルトガル原産の、ブランデーを加へてアルコール度を強化した甘口の葡萄酒）は大人の酒、だがおよそ英雄たらんとする者は（と言って微笑《ほほゑ》みながら）ブランデーを飲まねばならない。第一に、ブランデーの香気《かをり》は口当りが最も好ましいし、それにまた、ブランデーは飲酒が発揮し得る効果を最も手っ取り早く実現してくれるのだ。

——前掲書、一七七九年四月七日水曜日。肖像画家サー・ジョシュア・レノルズ（Sir Joshua Reynolds, 1723–92）邸のディナーの席上で。》

それで思ひ出したが、十七年余りの長期に亘ってイギリスの首相を勤めた「小ピット」（William Pitt, the Younger, 1759–1806）は、大のポルト好きであったことが知られてゐる。

極く大雑把に分類すれば、フランスは葡萄酒（とブランデー）の国、ドイツはビール（と白葡萄酒）の国、中国は黄酒《ホアンチユウ》（紹興酒《シャオシンチユウ》・老酒《ラオチユウ》）の国、日本は、言ふまでもなく、日本酒（清酒）と焼酎の国、そしてイギリスはウィスキー（とエイル）の国であると言ふことができよう。「クラレットは非常に弱い酒なので、《酔っ払ふより先に溺れてしまふ》（一七七九年四月七日）」（"a man would be drowned by it [claret] before it made him drunk."）と言ってクラレットを散々扱《こ》き下ろして憚らないドクター・ジョンソンならずとも、イギリス人の中には、果実酒・醸造酒である葡萄酒が、どうやら少々水っぽい（watery）やうに感じられる人がゐるのかもしれない。そのせゐもあってか、いまだにイギリスは、南スペイン産の例のシェリー酒（サック酒）や、ポルトや、またフランス産のコニャックやアルマニャック、さらにノルマンディー地方の林檎酒《シードル》を蒸留して造るカルヴァドス（Calvados du Pays d'Auge, A. C.）などの高級ブランデー（白蘭地酒）の大輸入国・大消費国であるのも、いかにもさもありなん、と頷けるのである。

ドイツの「宗教改革」（die Reformation; Protestant Reformation）を指揮した大神学者（プロテスタント派の創

始者）で、旧新約両聖書のドイツ語訳（1522–34）の訳者としても知られる、例のマルティーン・ルター（Martin Luther, 1483–1546）は、「葡萄酒は神の賜物《たまもの》なり、麦酒《ビール》は人間の伝来物なり」（Vinum est donatio Dei, cerevisia traditio humana. [Wine is a God's donation; beer is a human tradition.]）と言つてゐる。

序でに言へば、“Wer nicht liebt Wein, Weib und Gesang, / Der bleibt ein Narr sein Leben lang.”（“Who loves not wine, woman and song / Remains a fool his whole life long.”—Anonymous. Attributed erroneously to Luther.「葡萄酒と女と唄を愛さぬ者は一生涯馬鹿のままで終るのだ」）といふあまりにも有名な言葉も今日、ルター（路徳）の作と伝へられてゐる。もつとも、ルターの作といふ確証は存在してゐないやうだが、この名言は、どういふわけか、伝統的に通常、ルターの作に間違ひないだらうと言はれてゐて、筆者は未見だが、ドイツ中部、テューリンゲン（Thüringen）州の都市、アイゼナハ（Eisenach）の近くの古城、ヴァルトブルク（Wartburg）——ルターが一五二一年から二二年に掛けてこの古城に隠棲して新約聖書の独訳をした所でもある——の「ルターの間」に刻印されてゐるといふ。なほ、この詩句は、ドイツの哲学者・文学者、ヨハン・ゴットフリート・フォン・ヘルダー（Johann Gottfried von Herder, 1744–1803）が、“Wein, Weib und Gesang” と題する自作の詩に取り上げてゐることを言ひ添へておく。（初出はハンブルクの新聞、*Wandsbecker Bote*, No. 75 [1775]）さらに、オーストリアの例の《ワルツ王》ヨハン・シュトラウス（Johann Strauß, 1825–99）にも、“Wein, Weib und Gesang” (1869) と題するウィンナ・ワルツ曲がある。

いづれにしても、ルターのこの詩句は、《酒と女と唄（vinum, mulier et cantus）》といふ点で、（かういふことを言ふと、世の女権拡張論者《フェミニスト》に一喝されさうだが）世の男性の「三大愉悦（快楽）」を率直に讃美したものであり、言はば、「人間の本能」を全面的に肯定したものと言へるであらう。（女性の側からすれば、当然、《酒と男と唄》となるのは言ふまでもない。）さう言へば、『聖書』にも、「我等食ひ、かつ飲むべし、明日は死ぬべければなり。——「イザヤ書」、第二二章、第一三節、他。」（Let us eat and drink; for to-morrow we shall die.—*Isaiah*, Chap. 22, v. 13, &c.）とあるではないか。（もつとも、これは、どうやら「物質的、現世的な快楽主義」を表す当時の諺の類らしいけれども。）また、例のローマのストア学派の哲学者・悲劇作家・政治家で、処世哲学といふか、現世的処世訓を説いたことで知られるセネカ（Lucius Annaeus Seneca, *c.* 4 B.C.–A.D. 65）も、同じやうなことを言つてゐる、「いざ飲まんかな、我々は死すべきが故に」（Bibamus, moriendum est. [Let us drink, for we are mortal.]）と。

《Then to this earthen Bow did I adjourn
My Lip the secret Well of Life to learn:
　And Lip to Lip it murmur'd—"While you live,
Drink!—for once dead you never shall return."
——Edward FitzGerald (trans.), *Rubáiyát of Omar Khayyám* (1859), No. XXXIV.
さればこそこれなる陶《すゑ》の酒壺《さかつぼ》にわがくち移し
秘められし生《せい》の泉をたづねしが、口より口に
酒壺の囁《ささや》くものか、「生くるまは酌みて飲まさね、
死に去らばまたと帰らぬ汝《なれ》なれば。」
——エドワード・フィッツジェラルド英訳『オマル・ハイヤームのルバーイヤート』（一八五九年）、第三十四番。（森亮訳）》

閑話休題（Revenons à nos moutons [To return to our muttons]）、世間には他人の懐《ふところ》を当てにして、いはゆる「只酒（振舞ひ酒）」なるものにありつくのをどうやら無上の愉しみにしてゐるらしい、何とも可笑しな御仁が大昔

から、しかも洋の東西を問はず、少なからずゐることを知つて、我々は、（久米正雄の造語を用ゐて言へば）何とも微苦笑（**bittersweet smile**）を禁じ得ないのである。只酒を飲む機会に出くはすのを無上の愉しみにしてゐる御仁がゐるものだと言ふのは、或いは、いささか言ひ過ぎかもしれない。とはいへ、例へば、昨今、公務員、とりわけ、高級官僚などが汚職容疑で逮捕されたりすると、巷間決つて言はれる紋切り型《ステレオタイプ》の台詞は、「只酒を飲むな！」である。饗応する側からすれば、当然何か下心めいたものがあつて、酒や食事の類を振舞ふからである。大の大人が、一面識もない、見ず知らずの赤の他人に、何も見返りを期待せずに、金銭をむざむざと溝《どぶ》に棄てるやうな使ひ方をするはずがないだらうし、また、その謂《いは》れもないはずである。「只酒の宴席」にたまたま招かれて、ほんの軽い気持ちで顔を出したことが一つの切つ掛けとなつて、以後、ずるずると知らず識らずのうちに抜き差しならぬ深み（**profundum**）に嵌まり込んでゆくことが多いのであらう。

ところで、京都大学の一九五四（昭和29）年三月の卒業式の式辞において、当時の瀧川幸辰《たきがはゆきとき》（一八九一—一九六二）学長（例の「瀧川事件」で有名な刑法学者）が、新しく社会に巣立つてゆく卒業生一同に対して、次のやうな実際的かつ具体的な教訓を含むはなむけの言葉を述べてをられるのは、あまりにも有名である。

《ただの酒を御馳走になることを自ら戒めよ。いま政治家の疑獄事件が起つてゐる。さうした事件は、すべてただの酒を御馳走になる習慣から起るといつていい。（大意）》（傍点引用者）

そして、たまたま（いや、奇しくも）四十三年前にこの式辞を聞く機会に巡り合せた京大の井村裕夫前学長（内科学）は、一九九七（平成9）年三月の卒業式において、先達のこの言葉を紹介した後で、さらにかう付け加へてゐる。

《高い志を持つて、名利を求めず、保身に走らず、常に自分が正しいと思ふ道を歩め。……緊張した倫理観を終生持ち続けて欲しい。ただの酒には大きい陥穽《おとしあな》がありうることを、ただのゴルフも大変危険であることを肝に銘じ、けぢめを失ふな。（大意）》（傍点引用者）

何とも次元の低い話ではあるが、かうまで一連の汚職事件が起つては、これも致し方あるまい。さしづめ、「身銭・自腹を切らぬ只酒と只ゴルフは、須らく魔性の女同様、魔物と心得るべし」といつたところだらうか。とにかく、今や「只酒」だけではなく、さらに「只ゴルフをするな！」（Don't play golf for nothing!）が加はつたのである。

因みに、敢へて付言すれば、ゴルフをいささか嗜む筆者としては、心外千万であり、わが師、中野好夫（一九〇三―八五）に倣つて、「ゴルフに罪ありや」と言ひたいのである。もつとも、日本人の何にでも仕事と（いや、商売と）結びつけたがる一種の悪習・悪癖、極めて日本的な「接待ゴルフ」なるもの（筆者は全く無縁だが）、別名「緑の待合」などと陰口を叩かれるに至つては、どうにも救ひやうがないのだけれども……。

それで思ひ出したが、例のイギリスの経済学者・哲学者のジョン・ステュアート・ミル（John Stuart Mill, 1806–73）の『功利主義』（*Utilitarianism*, 1863）の中の有名な言葉、「満ち足りた豚になるよりも不満だらけのソークラテース（蘇格拉底）になる方がましである」（"It is better to be Socrates dissatisfied than a pig satisfied."）は、けだし傾聴に値するだらう。この英文が、一九六四（昭和39）年三月の東京大学の卒業式において、あの大河内一男（一九〇五―八四）学長（経済学者）の式辞の中の名言、「肥つた豚になるより痩せたソクラテスになれ」の原文だと言はれてゐるが、実際には、この部分は語られなかつたさうだ。壇上の学長は、報道取材班のフラッシュに目が眩み、おまけに用意した原稿の字も小さく、喋らずに終つてしまつたといふ。しかし、事前に報道陣に配付されてゐた印刷物がそのまま新聞紙上に掲載され、歴史に残る、記念すべき手違ひが（いや、この名文句が忽ちにして世に広まるといふ、怪我の功名とも言ふべき、願つてもない手違ひが）起つたと言はれてゐる。

さて、「只酒礼讃者」の元祖と覚しき歴史上の人物の一人は、どうやらあの極度に簡素な生活を主義・信条としてゐた古代ギリシアの犬儒《キュニク》学派の代表的な哲学者、シノペ（Sinope）のディオゲネース（Diogenes, *c.* 412–323 B.C.）——ユーモアとウィットに富む哲人、あの《樽の中のディオゲネース》——らしいのである。ディオゲネース（戴奥眞尼斯）と言へば、あのアレクサンドロス（Alexandros, 356–323 B.C.）大王が彼に会つた時、王は彼に何が欲しいかと訊ねたが、彼はただ王が自分の前に立つて日光を遮らぬことをのみ求めたといふ（Cf. "ἀπὸ τοῦ ἡλίου μετάστηθι." ["Stand a little out of my sun."]）、誰もが先刻御承知の、あの名高い伝説の持ち主なのだ。（因みに、彼はかうも言つてゐる、「善き人たちは神々の似姿である」とか、また、「恋は暇を持て余してゐる人たちのする仕事だ」と。）

三世紀前半頃のギリシアの哲学史家で、『著名な哲学者たちの生活と見解』（〔英訳本〕*Lives and Opinions of Eminent Philosophers in Ten Books*）といふ奇書の著者として知られるディオゲネース・ラーエルティオス（Diogenes Laertios〔生歿年不詳〕）の伝へるところに拠ると——

《ἐρωτηθεὶς ποῖον οἶνον ἡδέως πίνει, ἔφη, "τὸν ἀλλότριον."
(To the question what wine he found pleasant to drink, he replied, "That for which other people pay.")
——R. D. Hicks (tr.), *Lives of Eminent Philosophers* (Loeb Classical Library, No. 185; Harvard University Press, 1991), pp. 56–57. Bk. VI, Chap. 2, "Diogenes," v. 54.
どんなぶだう酒を飲むのがうれしいかと訊かれると、「他人からもらふぶだう酒だ」と彼は答へた。
——ディオゲネース・ラーエルティオス著、加来彰俊訳『ギリシア哲学者列伝(中)』（岩波文庫、一九八九年）、一五五ページ。第六巻、第二章、「ディオゲネース」、第五四節。》

ディオゲネースに拠れば、「《他人の金で（他人の懐を当てにして）》（英語で言ふ “at another man's cost [expense]” で）飲む葡萄酒」、つまり、「只酒」は、決して「悪くはない」といふことになるのだらうか。もつとも、彼には葡萄酒をわざわざ買ひ求めて飲むほどの経済的余裕がなかつたことが充分考へられるだらうし、また、たまたま他人が奢《おご》つてくれる只の酒にありついたからと言つて、彼がその人のために何か特別な便宜を図るなどといふやうなことは決してあり得なかつただらうけれども……。いはゆる下戸ではなく、飲める口して――さう、立派な左党《さとう》のくせして、酒はもつぱら只の酒しか飲まぬといふ、或る意味で、まことに徹底した吝嗇漢だつて世の中にはゐるやうな気がしないでもない。（只ならやるが、身銭を切つてまでしてゴルフはやらぬと同じやうに。）

どうやらこのディオゲネースの伝説的逸話から出たと思はれる変形《ヴァリアンツ》を以下に二、三挙げておかう。

《The best wine is that a body drinketh at another man's cost.
――Nicholas Udall (tr.), *Erasmus' Apophthegms* (1542; reprinted, 1877), p. 141.
最上の葡萄酒は他人の金で飲むことだ。
――ニコラス・ユーダル訳『エラスムス格言集《アポセムズ》』（一五四二年）》
《The best wine is that which is drunk at another's table.
最上の葡萄酒は他人の食卓で飲むやつだ。》
《It is good drinking of wine at another man's cost.
他人の金で葡萄酒を飲むのは良いことである。
(Cf. "Bread and wine which cost nothing is always the best.")》
《The rapturous, wild, and ineffable pleasure
Of drinking at somebody else's expense.

——Henry Sambrooke Leigh, "Stanzas to an Intoxicated Fly," *Carols of Cockayne* (1869)
誰か他人《ひと》の金で酒を飲むといふ
有頂天の、気も狂はんばかりの、かつどうにも言ひやうのない喜び。
——ヘンリー・サムブルック・リー『逸楽《コケイン》の国の祝歌《キャロル》』（一八六九年）所収の「一匹の酔ひ痴れた蠅に寄せるスタンザ」から》

何はともあれ、次の格言に止めを刺さないわけにはゆかないだらう。

《Wine that costs nothing is digested before it be drunk.
——George Herbert, *Outlandish Proverbs* (1640), No. 926.
只酒は飲まないうちから消化される。
——ジョージ・ハーバート『風変りな格言集』（一六四〇年）、第九二六番。》

かういふ諺に出遭ふと、我々はイギリスの庶民階級の辛辣で不気味な「ブラック・ヒューマー」(black humor) の片鱗を垣間見るやうな気がすると言つても、決して言ひ過ぎではないだらう。

四　οἶνος καὶ ἀλήθεια (Vinum et Veritas; Wine end Truth) : In Vino Veritas; Wine In, Secrets Out.

さて、わが国の西洋古典学の泰斗、田中秀央《ひでなか》（一八八六—一九七四）博士の生涯の座右銘（若き日に恩師の東京帝大哲学教師、ケーベル（Raphael von Koeber, 1848–1923）博士から給はつた金言だといふ）として夙に有名な“Festina lente!（フェースティーナー・レンテー）”（“Make haste slowly!”「ゆつくり（悠々として）急げ！」Cf. “σπεῦδε βραδέως.”）や、“Mens sana in corpore sano.（メーンス・サーナー・イン・コルポレ・サーノー）”（“A sound mind in a sound body.”「健全なる精神が健全なる身体に〔宿らんことを〕」—Decimus Junius Juvenalis [Juvenal, *c.* 67–*c.* 130], *Satirae* [*Satires*], X, 356.）などと同じぐらゐ人口に膾炙したラテン語の諺として、“In vino veritas.（イン・ウィーノー・ウェーリタース）”（[*lit.*] “In wine, truth.”「葡萄酒の中に真実あり」、「酒の中に真あり」〔「酒中有眞」——陶淵明〕）といふ言葉があることは、知る人ぞ知るであらう。

この「酔へば本性が現れる」、「酔ふと本音が出る〔を吐く〕」を意味する“In vino veritas.”といふラテン語が広く世に知れ渡るやうになつたのは、もとより確言はしかねるが、どうやら十六世紀のオランダ・ルネサンス期の例の代表的な人文主義者《ユマニスト》（humaniste）、デシデリウス・エラスムス（Desiderius Erasmus, *c.* 1469–1536）が編纂・校訂した、古代ギリシア・ローマの格言・俚言《りげん》や故事・成語名言類に語学的かつ歴史的註解を添へるだけでなく自由な評釈や文明批評を加へた『格言集《アダギア》』（*Adagiorum Chiliades*, 1508, [Enlarged edition of *Adagiorum Collectanae*, 1500], I. vii. 17. [“Libertas”]）に採録されてからのことらしい。

しかしながら、この名句の起源は、これも確言はできないけれども、どうやらギリシア語の“ἐν οἴνῳ ἀλήθεια. [en oínōi alḗtheia.（エン・オイノーイ・アレーテイア）]”（“In wine, there is truth.”—Zenobios〔生歿年不詳〕, *Paroemiae*, IV, 5.）にまで遡ることができるらしい（田中秀央・落合太郎編著『ギリシア・ローマ引用語辞典〔新増補版〕』〔岩波書店、一九六三年〕、四一ページ参照）。[14] 他に、同じやうな例を挙げれば、ギリシア語では、“οἶνος, ὦ φίλε παῖ, καὶ ἀλάθεα.”（“Wine, my dear boy, and truth.”—Alkaios [Alcaeus, *c.* 620–*c.* 580 B.C.],

Fragmenta [*Fragments*, *c.* 600 B.C.], No. 57. 「愛しき子よ、葡萄酒と真実」）や、"τὸ λεγόμενον, οἶνος ἦν ἀληθής." ("Wine, as the saying goes, is truthful."—Platon [Plato, *c.* 427–*c.* 347 B.C.], *Symposion* [*Symposium*, *c.* 380 B.C.], Sec. 217E [Loeb] 「諺にも言ふやうに、葡萄酒は真実を語らせるもの」）や、さらに、"αἶνος, ὦ φίλε παῖ, λέγεται, καὶ ἀλάθεα." ("Wine, my dear boy, and truth goes the saying."—Theokritos [Theocritus, *fl.* *c.* 270 B.C.], *Idyllia* [*Idylls*, *c.* 270 B.C.], XXIX, l. 1. 「諺にも言ふやうに、愛しき子よ、葡萄酒と真実」）等々が最も古い方に属するであらう。また、ラテン語では、"Vulgoque veritas jam attributa vino est." ("It has become a common proverb that in wine there is truth."—Gaius Plinius Secundus Major [Pliny the Elder, A.D. *c.* 23–79], *Naturalis Historia* [*Natural History*, A.D. 77], Bk. XIV, Sec. 141. 「葡萄酒の中に真実ありといふのはよく知られた諺になつてゐる」）といふのがおそらく古い方に属するであらう。

《Ἄφρονος ἀνδρὸς ὁμῶς καὶ σώφρονος οἶνος, ὅταν δὴ
πίνῃ ὑπὲρ μέτρον, κοῦφον ἔθηκε νόον.
(Wine maketh light the mind of wise and foolish alike, when they drink beyond their measure.)
——Theognis, *Elegies* (*c.* 600 B.C.), ll. 497–498. Translated by J. M. Edmonds, 1931. (Loeb Classical Library, No. 258; bilingual)
葡萄酒は、度を超して飲む時、
賢者も愚者も等しく心を軽くする。
——テオグニス『悲歌《エレゲイア》』（紀元前六〇〇年頃）、第四九七行—第四九八行。
Εν πυρὶ μὲν χρυσόν τε καὶ ἄργυρον ἴδριες ἄνδρες
γινώσκουσ', ἀνδρὸς δ' οἶνος ἔδειξε νόον,

καὶ μάλα περ πινυτοῦ, τὸν ὑπὲρ μέτρον ἤρατο πίνων,
ὥστε καταισχῦναι καὶ πρὶν ἐόντα σοφόν.

(Cunning men know gold and silver in the fire; and the mind of a man, e'en though he be very knowing, is shown by wine which he taketh, at a carousal, beyond his measure, so that it putteth to shame even one that was wise before.)

——*Op. cit.*, ll. 499–502.

熟練工は火の中で金と銀を精錬する。そして人間の心といふのは、たとへ利口な人でも、大酒盛りで、適量を超えて飲む葡萄酒によつて露《あらは》になるので、かつて賢かつた人をも恥かしい思ひをさせる。

——前掲引用書、第四九九行—第五〇二行。

Οἶνος πινόμενος πουλὺς κακόν· ἢν δέ τις αὐτὸν
πίνῃ ἐπισταμένως, οὐ κακὸν ἀλλ' ἀγαθόν.

(The drinking of much wine is an ill; but if one drink it with knowledge, it is not an ill but a good.)

——*Op. cit.*, ll. 509–510.

葡萄酒を多量に飲むことは有害である。しかし見識を持つて飲めば、葡萄酒は有害ではなくて有益である。

——前掲引用書、第五〇九行—第五一〇行。》

《Quod in corde sobrii, id in lingua ebrii.

(What is in the heart of the sober man is in the tongue of the drunkard.)

素面《しらふ》の人の心にあることは酔つた人の舌にのぼる。(「酒入れば舌出づ」)

Cf. It is an old Proverbe, Whatsoever is in the heart of the sober man, is in the mouth of the drunkarde.

——John Lyly, *Euphues: The Anatomy of Wit* (1579)

素面の人の心にあることは何でも酔つた人の口に出る、といふのは古い諺である。

——ジョン・リリー『ユーフュイーズ——機智の解剖学』(一五七九年)

Cf. What soberness conceals, drunkenness reveals.》

《...certainly it is most absurdly said, in popular language, of any man, that he is *disguised* in liquor; for, on the contrary, most men are disguised by sobriety; and it is when they are drinking (as some old gentleman says in Athenænus), that men ἑαυτοὺς ἐμφανίζουσιν οἱτινεζ εἰσίν—display themselves in their true complexion of character; which surely is not disguising themselves.

——Thomas De Quincey, *Confessions of an English Opium-Eater* (1821), Pt. II, "The Pleasures of Opium"

……平俗な言葉で、人が酒に酔つて本性を隠してゐるとよく言はれるが、およそこれほど馬鹿げた言ひ草はない。と言ふのは、それとは反対に、大抵の人は素面《しらふ》の時に本性を隠してゐるからである。そして酒を飲んでゐる時にこそ、人は（アテナイオス〔紀元二世紀末から三世紀初めのエジプト生まれのギリシアの哲学者。『食卓の賢人たち』といふ奇書がある〕の著作の中で或る老紳士が言つてゐるやうに）地金ヲ現ス——本性を現すものである。そしてその時は確かに本性を隠してはゐないのだ。

——トマス・ド・クウィンシー『英吉利の或る阿片吸飲者の告白』（一八二一年）、第二部、「阿片の快楽」》

御参考までに、整理して次に列記しておかう。

○ ’Εν οἴνῳ ἀλήθεια. (En oínōi alḗtheia.) [*Gr.*]
○ In vino veritas. [*Lat.*]
○ In wine there is truth.
○ Im Wein *ist* (*liegt*) Wahrheit. [*Ger.*]
○ La vérité est *dans le vin* (*au fond du vase*). [*Fr.*]
○ La verità è nel vino. [*It.*]
○ En el vino està la verdad. [*Sp.*]
○ Prawda *na dnie* (*w winie*). [*Pol.*]

○ In de wijn is de waarheid. [*Du.*]

それで思ひ出したが、ベンジャミン・フランクリンの『貧しきリチャードの暦』（*Poor Richard's Almanack*, 1732–57）の中に、"When the Wine enters, out goes the Truth."（「葡萄酒が入ると、真実が出て行く」）といふのが出てくる。（Cf. "οἴνου κατίοντος ἐπιπλέουσιν ἔπη.—Herodotos"「葡萄酒が体内に入る時、言葉は流れ出る。——ヘーロドトス」）

《οἶνος γὰρ ἀνθρώποις δίοπτρον.—Alkaios, *Fragmenta*, No. 53.
Vinum hominis prodens arguit ingenium.
Vinum animi speculum.
Wine is the glass [mirror] of the mind [the revealer of a man's heart].
葡萄酒は心の鏡なり。（葡萄酒は人の本性を現す。）》
《κάτοπτρον εἴδους χαλκός ἐστ', οἶνος δὲ νοῦ.
(Bronze is a mirror of the face, wine of the mind.)
——Aischylos (Aeschylus, *c.* 525–456 B.C.), *Fragmenta*, No. 393. (Loeb Classical Library)
青銅は姿を映す鏡、葡萄酒は心の鏡なり。
——アイスキュロス『断片集』、第三九三番。》
《Vera dicunt ebrios.
(Drunkards speak the truth.)
Im Rausch spricht man die Wahrheit.
(In drink a man speaks the truth.)

Après bon vin, parole sincère.
(After good wine, truthful word.)
Ebrietas et amor secreta produnt.
(Inebriety [Drunkenness] and love disclose secrets.)》

さう言へば、生来、寡黙な人でもいつたん酒が入ると俄かに能弁、多弁になる人は、我々の周囲を見渡せば、必ず一人や二人ゐるものである。いや、概して言へば、（筆者をも含めて）「酒を飲むとお喋りになる」[15]（in vino disertus.）傾きが強いことは何人も否定し得ないだらう。あのドイツの大哲学者、イマヌエル・カント（Immanuel Kant, 1724–1804）でさへもが、その存命中の最後の著作『人間学』（*Anthropologie in pragmatischer Hinsicht* [*Pragmatic Anthropology*], 1798『実用見地における人間学』）において、《飲酒（Trinken）》に触れて、かう述べてゐる。「飲酒は人をお喋りにする（in vino disertus）。——だがまた飲酒は心情を開放するもので、ある道徳的特性、すなはち率直さといふものをもたらす物質的運搬手段である。——第一部第一篇第二九節。（山下太郎訳）」（"Der Trunk löst die Zunge (in vino disertus).—Er öffnet aber auch das Herz und ist ein materiales Vehikel einer moralischen Eigenschaft, nämlich der Offenherzigkeit."）いかにもカント（康徳）らしい表現だと言はねばならないだらう。

カントとほぼ同時代人であつたと言へる詩聖、ヨハン・ヴォルフガング・フォン・ゲーテ（Johann Wolfgang von Goethe, 1749–1832）には、その老年期に中世ペルシア最大の抒情詩人ハーフィズ（Hafiz, *c.* 1326–89）のドイツ語訳[16]を読んで触発され、その影響下で書いたと言はれる『西東《さいとう》詩集』（*West-östlicher Divan*, 1819）といふ一書があることは知る人ぞ知るであらう。この詩集に収録されてゐる「酌人の賦《サーキー・ナーメ》」（"Saki Nameh"）と題する甚だ興味深い詩篇の中から、御参考までに、次の二篇を引いておかう。（原文は、ヴァイマル版〔一八八八年〕に拠る。）

《Trunken müssen wir alle sein!
Jugend ist Trunkenheit ohne Wein;
Trinkt sich das Alter weider zu Jugend,
So ist es wundervolle Tugend.
Für Sorgen sorgt das liebe Leben
Und Sorgenbrecher sind die Reben.
我らは皆酔ひ痴れてゐなければならぬ！
青春は葡萄酒のない酩酊なのだ。
老人も飲めば青春を取り戻すといふなら、
これは何とも素晴らしい徳である。
憂ひのために心を労するのは愛しい生命《いのち》、
かつ憂ひを払ふものは葡萄酒なのだ。》

《So lang man nüchtern ist,
Gefällt das Schlechte;
Wie man getrunken hat,
Weiß man das Rechte;
Nur ist das Übermaß
Auch gleich zu Handen;
Hafis, o lehre mich

Wie du's verstanden!

Denn meine Meinung ist
Nicht übertrieben:
Wenn man nicht trinken kann
Soll man nicht lieben;
Doch sollt ihr Trinker euch
Nicht besser dünken,
Wenn man nicht lieben kann
Soll man nicht trinken.

しらふでゐるかぎり、
あしきものも心にかなふ。
酔ひ痴れるとき、
正しきものがわかるのだ。
だが酔ひはただちに
過量となる、
ハーフィズよ、教へてくれ、
あなたは仔細をどう心得たのか。

なぜならわたしの考へは
決して度はづれではないのだから、——

酒飲めぬなら、
愛することはかなはぬ。
けれど、君ら酒飲みも
自分のはうがえらいなどとは思ふな、
愛がかなはぬときは、
酒は飲むべからず。
（生野幸吉訳）》

御参考までに、ペルシア語の原典から直接訳出した、ハーフィズの六〇行に及ぶ「サーキー・ナーメ」を次に紹介しておかう。

酌人の賦《サーキー・ナーメ》

来たれ酌人《サーキー》、陶酔をもたらし
恵みをふやし円満をもたらすかの酒を
私に注いでくれ、私はひどく気がふさぎ
その(1)いづれをも得てゐない
来たれ酌人《サーキー》、酒杯に映えてケイホスローや
ジャム王に言づてを伝へるかの酒を
注いでくれ、私は葦笛の調べで語らう
ジャムシードはいまいづこ、カーウースは
来たれ酌人《サーキー》、カールーンの財宝と
ノアの長寿を授ける開運の錬金液を

注いでくれ、そなたの顔に開かれるのは
成功の扉と長寿の門
酌人《サーキー》よ、ジャムの酒杯がそれにより
無心の眼力を誇るかの酒を
注いでくれ、酒杯の助けにより
私も全世界の秘密を知るジャムの如くになる
この古い僧院(2)の運《めぐ》りについて語れ
いにしへの諸王に呼びかけよ
この荒れ果てた世の様子《さま》は
アフラースィヤーブ(3)の宮殿を見た時のまま
彼の軍を率ゐたピーラーンの思慮はいづこ
彼の剣士トルコ人たるシーデはいづこ
王の宮殿や城砦が風に吹かれて
消えたばかりか、その墓を憶えてゐる者さへゐない
このはるけき荒野はかつてのまま
そこに消えたのはサルムやトゥールの軍
王冠と財宝を有したジャムシードの至言
「この浮世は一粒の麦の価値もなし」
来たれ酌人《サーキー》、ゾロアスターが土の下で
探し求めたかの燃えさかる火を
注いでくれ、酔へる遊蕩児《リンダーン》の信仰では
拝火教徒も浮世礼讃者も変りない

来たれ酌人《サーキー》、酒場に坐つて酔ひ
面紗《ヴェール》をまとふかの乙女を私に
注いでくれ、私は悪名高くなり
酒と酒杯で身を持ちくづさう
来たれ酌人《サーキー》、思慮を焼きつくし
獅子が飲めば森を焼きつくすかの水を
注いでくれ、私は獅子を捕へる天に行き
老獪な狼(4)の罠を打ちこはさう
来たれ酌人《サーキー》、天国の乙女が
天使たちの竜涎香《りゅうぜんかう》を混ぜて造つたかの酒を
注いでくれ、香《かう》を火にくべて
知性の香りを永遠に楽しまさう
来たれ酌人《サーキー》、王権を授け
その清さを心が証明するかの酒を
注いでくれ、私は欠陥《おちど》が清められ
この穴から楽しく顔をもち上げよう
精神の庭に住みついたのに
なぜ私はこの世に捕れの身か
酒をくれ、幸運の顔を見よ
私を酔ひつぶし、知性の宝を見よ
私が酒杯を手にとれば
その鏡の中で世のすべてを見る

酔へば私は王者のやうになり
乞食の身ながら王権を誇る
酔へば神秘の真珠に孔を通せる
無我の境地では秘密は隠されない
ハーフィズが酔つて歌ふ時
天から金星が彼に調べを奏でよう

（註）

（1）恵みと円満を指す。
（2）この世を指す。
（3）中世のトルキスタンの王の名。
（4）天を指す。
（黒柳恒男訳註）

また、ルネサンス期のフランスのモラリストで懐疑論哲学者（philosophe sceptique）、ミシェル・ド・モンテーニュ（Michel de Montaigne, 1533–92）も、『随想録《エセー》』（*Les Essais*, 1580–8）の第二巻第二章「酩酊について」（“De l'yvrongnerie” / “Of Drunkenness”—Translated by George B. Ives）の中で、次のやうに述べてゐる。

《(*a*) Et en dict on, entre autres choses, que, comme le moust bouillant dans un vaisseau pousse à mont tout ce qu'il y a dans le fonds, aussi le vin faict desbonder les plus intimes secrets à ceux qui en ont pris outre mesure,
(*a*) And they say of it, among other things, that, as the must fermenting in a vessel drives to the surface all that there is at the bottom, so wine causes the most intimate secrets to flow forth from those who have taken it to

excess.(17)

(b) tu sapientium
Curas et arcanum jocoso
Consilium retegis Lyaeo.

(The troubles of wise men and their secret thoughts thou dost unveil by the aid of Lyæus [Bacchus.]—Horace, *Odes*, Ⅲ, 21. 14–16.)

(*a*) それでそのこと（酩酊）についてはいろいろなことが言はれてゐるが、こんなことを言つた者がゐる。葡萄の液が酒樽の中で醱酵すると、底に沈んでゐるすべての澱《おり》を上に押し上げるのと丁度同じやうに、葡萄酒は、度を超して飲んだ人たちに、胸の奥底に隠してゐる秘密を吐き出させる、と。（セネカ『道徳書簡集』、八三〔「酒酔ひについて」〕の一六）

(*b*) 葡萄酒よ、お前は、リュアイオス（酒神バッコスの別名）の楽しい酔ひのさなかに、賢者にその憂《うれ》ひを忘れさせ、その秘めたる思ひを吐き出させる。（ホラーティウスの『抒情詩集（カルミナ）』、三の二一の一四―一六行）》

ここで聖書の中からあまりにも有名な話題を一つ御紹介しておかう。「ヨハネ伝福音書」（『新約聖書』）、第二章第一節から第十一節に掛けて記されてゐるところに拠ると、ガリラヤのカナに婚礼があつて、聖母マリアとイエスと弟子たちが招かれたといふ（いはゆる《カナの婚礼 [marriage at Cana]》）。祝宴半ばであいにく葡萄酒が切れると、イエスは石の水甕に水を一杯に満たさせてこの水を葡萄酒に変へるといふ最初の奇蹟を行なつたとある。この話材は、キリスト教美術の恰好の題目の一つで、とりわけ、イタリアのヴェネツィア派の画家パオロ・ヴェロネーゼ（Paolo Veronese, 1528–88）による大作（サン・ジョルジオ・マッジョーレ修道院の食堂のために描いた）《カナの婚礼（*The Marriage at Cana*, 1562–63）》（油彩・キャンヴァス、ルーブル美術館所蔵）が名高い。

因みに、近代を通じてキリスト教の最も仮借なき批判者の一人、フリードリッヒ・ニーチェ（Friedrich

Nietzsche, 1844–1900）は、『偶像の黄昏』（*Götzendämmerung* [*Twilight of the Idols*], 1889）の中で、「アルコールとキリスト教」（Alkohol und Christentum）のことを「ヨーロッパの二大麻薬」であるといみじくも喝破し、決めつけてゐるのは、知る人ぞ知るであらう。

アルコールで思ひ出したが、例のハード・ボイルドの巨匠、我らのレイモンド・チャンドラー（Raymond Chandler, 1888–1959）が、その代表的な傑作推理小説において、或る作中人物に言はせてゐる、甚だ気の利いた台詞を、いささか下世話な、形而下的な話題にわたつて恐縮だが、次に引いておかう。

《"Alcohol is like love. The first kiss is magic, the second is intimate, the third is routine. After that you take the girl's clothes off."
——Raymond Chandler, *The Long Goodbye* (1954), Chap. 4.
「アルコールは恋愛のやうなもんさ。最初のキスは魔術のやうなもので、二度目のは懇ろになり、三度目のはお決まりの手順さ。その後は、その娘《こ》の服を脱がせるだけさ。」
——レイモンド・チャンドラー『長いお別れ』（一九五四年）、第四章。私立探偵フィリップ・マーロウに向つて、友人の酔漢テリー・レノックスの台詞。》

シェイクスピアは、『マクベス』（一六〇六年上演、一六二三年出版）の第二幕第三場において、劇中人物の門番《ポーター》の口を借りて、若い人ならいざ知らず、少なくとも中年を過ぎた男性の大半が必ずや経験するであらうと思はれる《飲酒後の生理的・性的現象》に関してのほろ苦い真実をまことにさりげなくさらりと見事に喝破してゐるのである。

《*Enter Macduff and Lennox.*

MACDUFE. Was it so late, friend, ere you went to bed, that you do lie so late?
PORTER. Faith, sir, we were carousing till the second cock; and drink, sir, is a great provoker of three things.
MACDUFE. What three things does drink especially provoke?
PORTER. Marry, sir, nose-painting, sleep, and urine. Lechery, sir, it provokes and unprovokes: it provokes the desire, but it takes away the performance. Therefore much drink may be said to be an equivocator with lechery: it makes him, and it mars him; it sets him on, and it takes him off; it persuades him and disheartens him; makes him stand to and not stand to; in conclusion, equivocates him in a sleep, and giving him the lie, leaves him.

　マクダフとレノックス登場。
マクダフ　どうしたのだ、ゆうべは、よほど遅く寝たのか、なかなか起きてこなかつたな?
門番　図星だ、旦那、二番鶏まで飲んでゐやした。酒つてやつは、それ、例の三つのことを、えらく唆《そそのか》しやがるので。
マクダフ　三つとは、何だ?
門番　決つてまさあ、鼻の頭が赤くなる、眠くなる、小便が出たくなる。だがね、あの道となると、さかりもつくが、さがりもする。気ばかり逸つて、ちつとも出来ねえ。だからよ、あの道に酒は二枚舌のいかさま師、つまり、けしかけの、ぶちこはし、唆しては、ひきずり倒し、その気にさせて、がつかりさせ、意気ごみだけの、意気地なし、とどのつまりは、ねんねんころりと夢に引きずりこみ、嘘つきのいかさま師の逆ねぢの打つちやりで、どこかへ姿を消してしまふつてわけでさあ。（福田恆存訳）》（傍点引用者）

『マクベス』を一読したことのある男性なら誰しも心に残る箇所の一つだと思ふが、おそらく身につまされるに違ひない中年男性諸君が多いのではなからうか。不快かつ冷厳な真実をこともなげに赤裸々に、完膚なきまでに、登場人物に曝き出させる天才であつたシェイクスピアならではのユーモラスな語り口でありながら、なかなか冷徹な、心にぐさりと来る台詞と言つていいだらう。(「酒は詩を釣《つ》る色を釣る」)

予定の紙幅を遙かに超過してしまつたので、この辺で、筆者の鍾愛してやまぬポール・ヴァレリー(**Paul Valéry, 1871–1945**)の十四行詩「失はれし葡萄酒」[18](『魅惑』〔一九二二年〕所収)と題する一篇を引用して、このいささか逍遥遊的《ペリパテティック》かつ慢慢的《マンマンデー》な蕪稿の筆をひと先づ擱くことにする。ヴァレリーのこの詩に倣つて、筆者も、極めて個人的な思ひとして、さしづめ江ノ島の波立つ海にでも「貴重なる(葡萄)酒の幾滴かを虚無への供物[19](**"offrande au néant"** [**"an offering to nothingness"**])として」(吉田健一訳[20]、傍点引用者)振り撒いてみたいものだと若い頃から時々思つては来たのだが、何とも勿体ない(いや、いささか気恥かしい)やうな気がして、今以て実行してみたことがないのだ。

Le Vin perdu

J'ai quelque jour, dans l'Océan,
(Mais je ne sais plus sous quels cieux),
Jeté, comme offrande au néant,
Tout un peu de vin précieux...

Qui voulut ta perte, ô liqueur?
J'obéis peut-être au devin?
Peut-être au souci de mon cœur,
Songeant au sang, versant le vin?

Sa transparence accoutumée

Après une rose fumée
Reprit aussi pure la mer...

Perdu ce vin, ivres les ondes!...
J'ai vu bondir dans l'air amer
Les figures les plus profondes...
——Paul Valéry, "Le Vin perdu," *Charmes* (1922)

消えた葡萄酒

いつであつたか、大海に、
（もう何処の空の下だか覚えてゐない）
虚無に献げる贄《にへ》として　俺は貴重な
葡萄酒を　僅かであるが　灌《そそ》ぎかけた……

誰がお前を棄てようとしたのか、美酒よ。
俺は　恐らく　占師《うらなひ》の卜兆《うらかた》に従つたのか。
恐らく　心の鬱屈を霽《はら》さうとして、
血を注《そそ》ぐ気で、葡萄酒を撒《ま》いたのか。

薔薇色の水烟《みづけむり》が立つてから、
いつもと変らぬその透明を
取り戻した　純粋無垢の海……

消えたこの葡萄酒、微《ほのか》に酔つた波……
俺は見たのだ、潮風の苦《にが》い空の中に
この上もなく深々とした形象の躍り上るのを……
（鈴木信太郎訳）

(March 1993 & August 1998)

（註）

（1）「我飲む、故に我在り」Cf. "I drink, therefore I am." / "Ich trinke, also bin ich." / "Je bois, donc je suis."

（2）Cf. "Ah! bottle, my friend, / Why have you emptied yourself?"

（3）後註（8）参照。

（4）Cf. "There is no God but drinks sacred *sake.*" Cf. There is no God who does not drink sacred sake (so it's all the more natural for us humans to drink it).——『研究社新和英大辞典（第五版）』（二〇〇三年）

（5）Cf. Meishiang Jang *et al.*, "Cancer Chemopreventive Activity of Resveratrol, a Natural Product Derived from Grapes," *Science* (American Association for the Advancement of Science, Vol. 275, 10 January 1997), pp. 218–220.

（6）因みに、ペルシア語学者で東京外国語大学名誉教授の黒柳恒男氏の極めて簡にして要を得た解説の一部を御参考までに次に紹介しておかう。「《ルバイヤート》はルバーイー（四行詩）の複数形で、純粋のペルシア詩形であり、第一、第二、第四脚韻が同一韻となり、第三脚韻が押韻することもある。（中略）彼（ウマル）は自由奔放な思想家、合理主義的悲観論者、唯物主義的無神論者として知られ、それ以前のルバーイー神秘主義詩人と異なつて、彼の作品には神秘主義的要素は皆無に等しい。過去を思はず未来を怖れず、ただ《この一瞬を愉しめ》と哲学的刹那主義を強調し、浮世の変転、人生の無常、はかなさを痛感して嘆き、葡萄酒、薔薇、竪琴、美女をたたへ、人生の苦悩をこれらで癒さうと努め、時には徹底した宿命論者となり、世を痛烈に批判し、道徳者、神学者を嘲笑し宗教的束縛からの解放を説く。彼がこれほど宗教に反感を示したのはアラブ起源のイスラーム教に対するイラン人としての民族的感情に起因するとも言はれる。彼の詩の特色は、用語が平易で、流麗な文体、簡明な表現、透徹した論理、純粋な感情である。」（『新潮世界文学辞典』〔増補改訂版、一九九〇年〕、一二〇三ページ。）

（7） Cf. "Villon, our sad bad glad mad brother's name."—A. C. Swinburne, "A Ballad of François Villon" (1878), st. 3, **refrain.** 「ヴィヨン、我らが悲しき、悪しき、歓ばしき、狂ほしき兄貴の名前。」——A・C・スウィンバーン「フランソワ・ヴィヨンのバラッド」（一八七八年）、第三節、反復句（リフレイン）。

（8） 訳者の鈴木信太郎博士は、次のやうに註記してをられる。「中世には現代のやうな酒壜は稀であつた。葡萄酒は酒樽に詰められてゐて、樽から片口、水差しに注がれる。そのため樽には錐孔をあけ、それを木の嘴管で埋める。片口に注がれた葡萄酒はそのまま杯で飲まれるか、金属或は陶器の壺に移される。その場合に「葡萄酒壜」**bouteille de vin** といふ字があれば、それは概ね液体を入れる革嚢を指す。勿論ガラスで作られ表面に籐が巻かれてゐた壜も存在したが、一般に壜 **bouteille** といへば、革製か、土、木、金属製の上に革を着せたもので、葡萄酒がガラス壜に入れられて保存される習慣が始つたのは十八世紀の初めからである、とチュアーヌが書いてゐる。」なほ、地中海や近東諸国で、通例、雄の山羊革（goatskin）一匹分（ほぼ全革）を利用して原形のまま袋状に縫ひ、葡萄酒を入れて保存・運搬に用ゐる革嚢（皮袋）のことを《wineskin (winebag)》といふ。

（9） 因みに、訳者の註記によると、「中世では諸労働者の中でも、石工（maître-maçon 及び aide-maçon）が最も骨の折れる辛い職分とされてゐた。」といふ。

（10） 御参考までに、ギュスターヴ・フローベールの『紋切型辞典』の「定義」を引用しておく。

《**VINS.** Sujet de conversations entre hommes.—Le meilleur est le Bordeaux, puisque les médecins l'ordonnent.—Plus il est mauvais, plus il est naturel.

——Gustave Flaubert, *Le Dictionaire des idées reçues*

WINE Topic for discussion among men. The best is claret, since doctors prescribe it. The worse it tastes, the purer it is.

——*The Dictionary of Received Ideas* (Penguin Classics, 1976), translated by Robert Baldich & A. J. Krailsheimer.

葡萄酒（**vins**）男同士の会話にはその品定めが尽きせぬ話題。ボルドーがいちばんいいにきまつてゐる。なにしろ医者が病人に処方するんだから。（山田爵訳）味がまづいほど純粋なのだ。》

（11） 「ヘルダーリン全集2《詩Ⅱ（1800–1843）》」（河出書房、一九六七年）、一一六ページ。

（12） 高木市之助、五味智英、大野晋校注『萬葉集一』（岩波書店「日本古典文學大系4」、一九五七年）、一七七ページ。

（13） Japan Society for the Promotion of Science (ed.), *The Manyōshū* (Tokyo: Iwanami Shoten, 1940; Fourth impression,

1986), p. 117. "Poems in praise of saké."

(14) 「酒酌ぎの少年奴隷（場合により良家の子弟のこともある）を指す。」呉茂一訳『ギリシア・ローマ抒情詩選――花冠――』（岩波文庫、一九九一年）、一五八ページ。「酒とな、愛《う》い子よ、それに真実と」

(15) Cf. "Drink loosens the tongue." / "What soberness conceals, drunkenness reveals. (Drunkenness reveals what soberness conceals.)" / "The sober man's secret is the drunken man's speech." / "Wine is wont to show the mind of man."

(16) わが国には、黒柳恒男訳『ハーフィズ詩集』（平凡社、「ペルシア古典叢書1」、一九七七年）といふペルシア語の原典から直接訳した、四〇〇ページに及ぶ、素晴らしい《豪華版》名訳詩集がある。

(17) *The Essays of Montaigne* (Cambridge, Mass.: Harvard University Press, 1925), translated by George B. Ives, Vol. II, p. 52.

(18) 因みに、ヴァレリーは、「精神の危機」（"La crise de l'esprit," 1919）において、かう述べてゐる。「水中に落ちた一滴のブダウ酒は、ほとんど水を染めることもなく、一抹のバラ色の煙をのこして消え去らうとする。これが物理的事実であります。しかし今度は試みに、かうして消え去り、透明に復してしばらくの後に、純粋の水に帰つたかに見えたこの器の中のここかしこに、濃い色の純粋のブダウ酒の幾滴かができると仮定してごらんなさい。――何たる驚異でありませう……。（桑原武夫訳）」――「ヴァレリー全集11《文明批評》」（筑摩書房、一九七四年）、三九ページ。

(19) 孤高の作家で言葉の錬金術師・中井英夫（一九二二―九三）に、塔晶夫の筆名で発表した『虚無への供物』（講談社、一九六四年）と題する長篇推理小説がある。なほ、中井は、《貴族的・異端的耽美性》を持つた幻想小説の作者として知られるが（『中井英夫作品集』〔全一〇巻、別一巻、三一書房、一九八六年〕）、第二次大戦後の《前衛短歌》の俊英たち――例へば、塚本邦雄（一九二〇―二〇〇五）、寺山修司（一九三五―八三）、また『乳房喪失』（作品社、一九五四〔昭和29〕年）の、夭折した中城ふみ子（一九二二―五四）らを見出し、世に送り出したことでも名高い。因みに、中城は、田中絹代監督、月丘夢路主演の日活映画『乳房よ永遠なれ』（一九五五年）のモデルである。

(20) 御参考までに、吉田健一訳を次に紹介しておかう。《灼《や》きつくす口づけさへも目をあけてうけたる我をかなしみ給へ（「貘の夢」）》

失はれし酒

或る日我、波立つ海に
（されどそはいづくの空の下にか知らず）、
貴重なる酒の幾滴かを
虚無への供物として投じたり。……

誰かこの貴重なる酒の消失を望みたる。
或は我、占ひの言に従へるか。
或は我が内心の迷ひに従ひて、
血を思ひつつ、酒を注げば、

海はそのとはに清き透明を、
薔薇色せる煙の後に
立ち所に取り戻しぬ。……

酒は失はれ、波は酔ひたり。……
この時、苦き水中に我は
げに深甚の諸象の躍るを見ぬ。……

考へてみるに、西洋人の中に連綿と流れてゐる《文学的遺産（literary heritage）》として、例へば、ホメーロスの《葡萄酒色の海》から始まつて、「ヨハネ伝福音書」の例の《カナの婚礼》において、水を葡萄酒に変へたといふキリストの第一の奇蹟を経て、海中に注がれた幾滴かの葡萄酒が海全体に拡散してゆく現象に託してゐると思はれるヴァレリーの「失はれし酒」といふ近代の象徴詩へと継承されてゐるのであり、これこそまさしく長い、光栄ある《文学的・文化的伝統》といふものなのである。

VI

葡萄酒色の海

《Obrepsit non intellecta senectus,
Nec revocares potes, qui periere, dies.
(Old age has crept upon us unperceived,
Nor can you call back the days that have passed.)
— Decimus Magnus Ausonius, *Epigrammata* [*Epigrams*] (*c.* A.D. 370), XIII, 3》

Dante Gabriel Rossetti《The Blessed Damozel》(1875-78)
(Oil on canvas, 136.84 × 96.52 cm, The Fogg Art Museum,
Harvard University, Cambridge, Massachusetts)

秋山照男、中島時哉、両学兄を偲ぶ

――《在りし日のわが英米文学者の肖像》

《Vita mortuorum in memoria vivorum est posita.
(The life of the dead is set in the memory of the living.)
—Marcus Tullius Cicero, *Orationes Philippicae*, IX. v. 10.
死者の生命は生者の記憶の中にある。
――マルクス・トゥリウス・キケロー『ピリッピカ』、第九演説第五章第一〇節。》

何といふ運命の酷《むご》い仕業であらうか――事もあらうに、わたしが長年窃かに兄事し、畏敬してゐた秋山照男氏と中島時哉氏のお二人が、昨年（一九九九年）の十月から今年の一月に掛けての僅か三ケ月ばかりの間に、相次いで幽明境を異にされようとは。何かにつけ、わたしが頼みにして来た、心強い支へ――言はば、精神的支柱の役目を果してくれてゐた両氏を立て続けに喪つた今、その途方もなく大きな欠落感をどうにも埋め尽しやうがないのである。とは言ふものの、後に残つてゐる者の義務として、僭越ながら、わたしは勇を鼓して、今は亡き両学兄に対して、ささやかな“εὐλογία《エウロギアー》”（eulogy）を、“hommage”（オマージュ）を捧げさせていただきたいと思ふ。その寂寥感《さみしさ》も、日に日に募るばかりで、これほど辛い思ひをしながら、敢へて禿筆を呵して追悼の蕪文を書かねばならぬといふのも稀なことであるだらう。

なほ、御参考までに言へば、お二人とも、本会（中央英米文学会）の会員歴は、三十数年に及ぶのである。本誌（『中央英米文学』）の第一号は、一九六七年（昭和42年）、発起人とも言へる同人二十名を以て始まつてゐるのだが、中島さんは、その創刊号の執筆者の一人であり（「複雑な人間関係と存在の不安――ジョン・アップダイク作『農園について』――」、pp. 50–58）、また秋山さんは、第二号（一九六八年〔昭和43年〕）からの同人である（デビュー作、「死者の叡智――イェイツ『塔』への試論――」、第四号（一九七〇年〔昭和45年〕）、pp. 1–17.）。

《秋山照男（1925–Oct. 20, 1999）氏のこと》

昨年（一九九九年）の十一月の二十一日(日)のことだつたと思ふ、秋山照男先生の奥様から一通のお葉書を受け取つたのは……。何といふことだらう、あるまじきことが起り得るのが世の常とはいへ。秋山先生が、事もあらうに、丁度一ケ月前の十月二十日(水)、午後七時三十四分御逝去された旨を報せる死亡通知のお葉書であらうとは……。いささか弁解めくが、わたしは、この一両年といふもの、あいにくと専任校で教養主任などといふ野暮な雑用係を仰せつかつて、文字通り、雑事にかまけてばかりゐて、例の《ゆつたりと流れる時間》に身を委ねる心の余裕《ゆとり》もないまま、秋山先生とはつい御無沙汰を重ねてしまつたのは返すがへすも残念であつたと言はねばならない。先生からの昨年の（今となつては、最後の）年賀状の添へ書きに「一日も早く祝盃を挙げたいものです」とあつたので、積年の飲酒のせゐで肝臓が疲れて、どうやらアルコール類はドクター・ストップが掛かつてゐるらしい、と独り高を括つて決め込んでゐたのだが……。まさか秋山先生が「不治の病」に罹つて闘病生活を送つていらつしやるとはわたしは夢にも思はなかつたのである（いや、夢想だにしなかつたと言ふべきだらう）。

実を言ふと、昨年の四月中旬に、わたしは理科大の紀要に掲載した論文の抜き刷りを二本秋山先生にお贈りしたのに対して、八月の初め、先生から礼状を兼ねての病状報告のお手紙を頂戴してゐたのである。どちらも銀座の鳩居堂製の便箋と封筒で、便箋二枚に横書に（先生御愛用の万年筆でお気に入りの例のブルー・ブラック色のインクで）認められてゐた。何分私文書なので、秋山先生にとつては、或いは、迷惑千万な話かもしれないが、先生の律儀なお人柄が滲み出てゐるやうな気がするので、敢へて次に全文を引用させていただくことにする。――

《齋藤　久様　　平成11年8月4日

酷しい暑さが続く毎日ですが、大兄にはその後相変らずお元気でお過しのことと存じます。去る四月半ば、お便りと御論文を戴きながら、御礼も申し上げず、長らくごぶさたを重ね、誠に申し訳なく、お詫びのことばもありません。じつは小生、四月初め急に体調を崩し（それまでは小康を保つてゐたのですが）、食欲が全く無くなつてしまひ、早速診察を受けました所、腸閉塞だとのことで、直ちに入院、つづいて手術となり、結局三ケ月近くたつてやつと退院となりました。その後も手術の後遺症が続き、自宅でほとんど寝たきりの生活で、腹部の苦痛との戦ひの連続でした。体力がめつきり衰へ、骨と皮になり、半死半生といつてもいい状態が続きました。

今日、少し体調を回復した気分になり、このペンを走らせてをります。

以上の状態で、長い間、何もする気になれず、ついつい御礼を申し上げるのが遅れてしまひました。どうか悪しからず御海容下さい。

御論文少しづつ読ませていただきました。どちらも私に興味深いテーマですので、大変面白く、いろいろ新しいことを教へていただき、まことに有益でした。いつもながら大兄のテーマへの取組みの熱意と博捜多識ぶりには感嘆の外ありません。今後とも、ますます御研究に良き成果を上げられますよう、お祈りしてをります。

また元気になつてお会ひできるのはいつの日でせう。いまは酒は一滴も飲めず（にがいのです）、淋しい限りです。九死に一生（とは少し大げさですが）を得たからは、もう一度立ち直り、いろいろ書きたいことも、したいこともあります。

願はくば、いま少しの寿命をと天に祈つてをります。

長くなりましたので、いろいろお話したいことはありますが、今日はこれでペンを擱かせていただきます。酷暑もまだまだの折、くれぐれも御自愛の上お元気でお過し下さい。

それでは又。

匆々

秋山照男》

このいかにも秋山先生らしい、折り目正しい、心を込めて認められた、能筆のお便りを頂戴して（八月六日に落掌）、日頃あんなにお元気で血色が良かつた先生が近年病気がちの不快な生活を送つていらつしやつたことを知つて、わたしは、少なからずびつくりし、胸が締めつけられる思ひがしたが、それでも病名が「腸閉塞《イレウス》」であることを知り、ひと先づ安堵したことは確かである。

秋山先生は、六十八歳で青山学院女子短期大学教授を停年で退職され、また七十歳で中央大学非常勤講師をやはり停年でお辞めになつて、大学からすつかり引退されてゐた。（まだ還暦を過ぎたばかりだが、わたしなども、近頃は、早く教壇からすつかり足を洗つて引退し、自由の身になりたいものだとつくづく思ふことがある。諸般の事情から、なかなかさうは行かぬが……。）当然のことながら、秋山先生は、お元気で、横浜市旭区の御自宅で、悠々閑々、《ゆつたりと流れる時間》に身を任せて、心の赴くままに散歩を愉しみ、お気に入りの書物を読み耽り、時に趣味の俳句をひねり、そして灯点し頃には（at candlelight）、お好きな晩酌を愉しんでいらつしやるものとばかりわたしは独り思ひ込んでゐた。

これは、話の行きがかり上、（私事にわたつて甚だ恐縮だが）どうしても書かないわけにはゆかない。実は、わたしは、柄にもなく、昨年の七月十一日（日）、夕刻、生まれて初めて、突然下血といふものを経験し（尾籠な話で恐縮だが）、翌十二日（月）の明け方、再度の下血があつたので、これはいかんと素直に観念して、藤沢市民病院の消化器内科に密かに緊急入院する羽目になつた（病名は「出血性大腸腫瘍」）。下部消化管内視鏡（colonoscope）による大腸ポリープ（colonic polyp）の検査、止血およびポリープ切除（摘出）術（polypectomy）を受けることになり、丸三日間の絶食と点滴注射、都合四泊五日の入院を経験し、十六日（金）の夜、お蔭さまで、退院できた。罷り間違へば、わたしだつて、コリン・デクスターの作品の標題を借りて言へば、「死は今や我が隣人」（Cf. Colin Dexter, *Death Is Now My Neighbour*, Macmillan, 1996）といふことになりかねないところだつたのだ。とにかく、わたしは、物心がついて以来、初めての入院生活を味はつたのである。そんなわけで、わたしは、前々から愉しみにしてゐた、八月の初めに予定されてゐた御殿場でのゴルフ・コンペも急遽キャンセルせざるを得なくなり、いきほひ、昨年の夏休みは、もつぱら御身大切に、しをらしく養生に努めねばならなかつた。従つて、連日の猛暑続きなので、どうしてもクーラーを入れて書斎に籠りがちの日々で、不健康この上ないので、時には、「大英博物館　古代エジプト展」（東京都美術館）に出掛けてみたり、映画を観に行つたりした。――奇才スタンリー・キューブリック監督の遺作『アイズ・ワイド・シャット』（トム・クルーズ、ニコール・キッドマン主演）、『エリザベス』（ケイト・ブランシェット出演、今年の五月に九十六歳の高齢で亡くなられた名優ジョン・ギールグッド（John Gielgud, 1904–2000）もローマ教皇役で出演してゐた）、『エントラップメント』（ショーン・コネリー、キャサリン・ゼタ＝ジョーンズ［Catherine Zeta-Jones］主演）、『ノッティング・ヒルの恋人』（ジュリア・ロバーツ、ヒュー・グラント主演）、等々。

　そんな折も折、秋山先生から突然お手紙を頂戴したのである。昨年の八月八日（日）、たまたま朝日新聞日曜版の「みんなの健康」欄に「腸管癒着症」と「腸閉塞」の話が出てゐたので、午後三時過ぎだつたと思ふが、一つ思ひ切つて秋山先生に電話を掛けてみた。すると奥様が取り次ぎに出られて、今日は気分が少しいいと先生が仰しやられたので、十五分ぐらゐ話し込むことができたであらうか。これが、結局、先生との最後の電話となつてしまつたのだが……。どうやら腸閉塞の痛みがすつかり取れるには一、二年掛かるものらしいといふから、わたしは正直言つて、それほど切迫感を持たなかつた。むしろ、法政大学の中島時哉さんが六月二十一日に脳内出血で倒れて、いまだに（八月八日現在）昏睡状態が続いてゐる旨を電話で申し上げると、秋山先生もびつくりしてをられた。しかし、この電話から二ケ月半足らずで、秋山先生は、中島さんよりも先に、忽然と鬼籍に入られたのである。

ところで、奥様から「死亡通知」のお葉書をいただいてから、二、三日して、わたしは、奥様に大要次のやうなお悔みのお手紙（記憶を頼りに、大体のところを再現してみます）を差し上げた。――

《拝復　小生、関西方面への学会出張（甲南大学におけるディケンズ学会）から帰宅しましたところ、奥様からのお葉書を拝見し、（詳しくは何も存じませんでしたので）愕然として、思はずアッと絶句いたしました。事もあらうに、わが敬愛する学兄、秋山照男先生が、先月の二十日（水）に、黄泉の国に旅立たれてしまつたとの由、全くびつくり仰天いたしました。先生がまさかこんなに早くお亡くなりになられたとは、無念であり、いささか心外でもあります。返すがへすも残念でなりません。（因みに、秋山先生が尊敬してをられた朱牟田夏雄先生の命日は十月十八日、瀬尾裕先生の命日は十月十三日です。）

八月の上旬、秋山先生よりお手紙を頂戴し、腸閉塞で入院してゐたが、やつと退院できて、目下、自宅で療養中であるといふ。気分が少しいいので、紀要（理科大）の抜き刷りのお礼状を認められたとのことでした。八月八日（日）、小生の方から思ひ切つて秋山先生に電話しましたところ、今日は気分が幾分いいとのことで、先生が電話口に出られまして、大変お喜びになつて、お互ひに久闊を叙してから、十五分余りお話したのが今となつては最後となつてしまひました。あれほどお好きだつたお酒を近頃は飲んでも苦い、まづいので飲んでゐないとのことでした。S状結腸癌（大腸癌の一種）で秋山先生が重篤であられたとは小生つゆ知らず（初期なら大したことないのですが）、たまたま朝日新聞の日曜版の記事を見てゐたので、「腸閉塞はすつかり良くなつて、腹部の痛みがなくなるのには二年近く掛かるさうですから、一つ気長に療養することですよ」などと小生はお世辞や単なる気休めではなく、真顔で先生に申し上げたりしました。

思へば、（過去の手帳を繰つて調べてみましたところ）秋山先生に小生が最後にお会ひしたのは、一九九七年（平成9年）四月六日（日）、小田急線向ケ丘遊園にありました紀伊國屋といふ老舗の料理屋における小生の出版記念会（『悪霊に憑かれた作家――フォークナー研究余滴』松柏社）の席上でした。しばらくお会ひしない間に、秋山先生は、顔の色艶がなくなり、もしかしたら糖尿病でも発症したのではないかと見紛ふほど、随分お痩せになり、一廻り小さくなられ、多少老け込んだかなと思ひましたが、齢取つてから肥るよりもむしろスリムになる方がいいのかもしれないと思つたりもしました。が、その二ケ月後には腹部の手術を受けられ、S状結腸癌であること、（おそらく癌が転移してゐて）余命は六ケ月と告知されたといふ……。それにしても、（もしこの世に神が存在すればの話ですが）神は、何といふ残酷極まりない――血も涙もないことをしでかすのでせうか。つくづく神を恨めしく思はずにはゐられません。

秋山先生の憶ひ出は沢山ありますが、小生より十五歳年長であられた先生からは、人生万般にわたつて、色々と教はることが多かつたと思ひます。御生前の御厚情に対して、改めてお礼申し上げます。秋山先生がもうこの世にをられないとは、痛惜の念に堪へず、返すがへすも寂しい限りであります。先生は、わたしたちにいい憶ひ出を沢山残して逝かれましたので、今後はわたしたちの記憶の中に末永く生き続けられることと存じます。合掌。

時節柄、くれぐれも御自愛専一にお過し下さい。　　　不一》

秋山先生は、余命六ケ月と告知されてから二年半、懸命に療養に努められ、最期は、先生の御希望通り、御自宅で御家族に看取られて、溘然として西方浄土に旅立たれたといふ。先生の御遺志により、葬儀は御家族のみにて静かに、密やかに執り行はれたといふ。先生は、わたしよりも十五歳年長で、確か大正14年（一九二五年）生まれの丑《うし》歳のはずなので、享年七十四歳。御両親はどちらも確か八十代の半ばまで長生きされたはずで、親御さんよりも一廻り若くして亡くなられたことになる。先生は、恩師の諸先生方の寿命を念頭に置いて、現在の日本の「知識人の平均寿命は八十一歳前後」と割り出し、日頃たびたびさうおつしやつてをられたのだつたが……。

秋山先生からかつてわたしが直接伺つたところに拠ると（また、わたしの記憶に間違ひがなければの話だが）、履歴書ないし年譜の類が手許にないので正確なことは言へないけれども、先生は、確か旧制の鳥取中学を経て、旧制第一高等学校、さらに、やはり旧制の東京帝国大学文学部哲学科に御入学されたはずだが、敗戦直後の動乱期で親からの仕送りが途絶え、三年でいいところを、他からの援助が全くないために自活を余儀なくされ、独力で何と七、八年（?）掛かつてやうやく御卒業されたといふ。先づ生きんがための糊口の資を得るために、毎日がアルバイト一筋に明け暮れ、授業を受けるのもままならず、どうやら実質的に本郷に通学できたのは都合僅か三ケ月（?）ぐらゐだつたらしい。昭和二十年代には、経済的困窮のために、卒業が遅れた学生が、秋山先生の他にもかなり大勢ゐたやうである。さう言へば、先日、二月二十七日（日本時間）、旅行先のロサンゼルスの病院で肝不全のため七十四歳で客死された直木賞作家の「コミさん」こと、田中小実昌（一九二五—二〇〇〇）氏は、やはり同じ哲学科の同期のやうだが中退してゐる。また秋山先生の一高時代の同期には、元大蔵事務次官・前日銀総裁の松下康雄氏、国語学の築島裕東大名誉教授、哲学・美学の今道友信東大名誉教授や哲学の上田閑照京大名誉教授らがいらつしやる。

少なくとも、わたしが秋山先生と知り合ひになつた頃は、先生は神奈川県立高校の教諭をしてをられた。先生は、何と四十歳を過ぎてから一念発起なさつて、たまたま旧制の東大で英語を習つたことのある朱牟田夏雄先生が御停年後に中央大学の文学部にいらつしやつてゐるといふ関係で、また神田駿河台といふ地の利の良さから、先生を仰ぎ慕つて、中央大学の大学院（修士課程）に進学されたのである。（そのため職場をわざわざ昼間部から夜間部へと移席してもらつたと伺つたことがある。）何分、わたしは御一緒に授業を受けたことがないので、正確には存じ上げませんが、秋山先生は、朱牟田先生の他に、中野好夫先生、吉田健一先生、瀬尾裕先生などの講義を中心に履修されてをられたやうに思ふ。先生は、イギリス小説（特にハックスリーの作品）の他に、とりわけ、イギリスの詩人たち、例へば、シェイクスピア、ダン、イェイツ、ブレイク、ワーズワス、等々がお好きだつたやうに見受けられた。

わたしが秋山先生とお付き合ひをするやうになつた直接の切つ掛けは、当時の大学院生の有志が独力で身銭を切つて始めた同人研究機関誌『中央英米文学』の「月例研究会」の集まりにおいてだつた。会が終るといつも決つて、左党の連中が連れだつて御茶ノ水駅界隈(時に有楽町や新宿界隈)のビア・ホールや居酒屋に繰り出して、ささやかな打ち上げの小宴を持つのが常だつた。少し酔ひが廻り、宴たけなはに至つて初めて誰もが打ち解けて遠慮なく《文学論》を戦はせるやうになるのだが、無智蒙昧で(謙遜ではなく、本当に物識らずなのだ)一知半解の筆者などが、最も強い刺戟を受け、裨益するところが多く、勉強になるのは、外でもない、かういふ一時《ひととき》であつた。なかんづく、わたしよりも一廻り以上も年長で苦労人で人生経験も豊かで、博学多識で、どことなく求道的な哲学者・文学者・詩人の風情がおありだつた秋山先生からは、わたしは啓蒙されること甚だ多く、何かとヒントを得ることが多かつたやうに思ふ。お酒が大好きで、「斗酒なほ辞せず」(“drink like a fish”)の酒豪でもあつた先生は、先づ決つてビールから始まつて、次いで日本酒に移るのだつたが、時として二人して、さらにバーなどに立ち寄ると、ウィスキーのオン・ザ・ロックスや水割り、さらにブランデーへと進み、酒のフル・コースとなることもあつた。先生は、響きのいい、張りのある声の持ち主で、歌は好きな方で、かつ上手だつたが、浅酌低唱する、いはゆる「四畳半趣味」は持ち合せてゐないやうだつた。秋山先生は、わたしの最上の飲み友達(combibo; pot-companion)の一人で、いくら飲んでも決して乱れることがなく、とても楽しい、いいお酒で、先生のことを博雅の(さう言へば、形而下的な、下世話な話題に及ぶことが決してなかつた)「品格ある酒客《しゅかく》」(potator cum dignitate; drinker with dignity)と呼んで差し支へないであらう。ラテン語の諺に曰く、“Virtus vera nobilitas.”(“Virtue is the true nobility.”/“From virtue nobility comes.”/“Noblesse vient de vertu.”「真の貴顕は人徳より生まる」、「徳は真の高貴である」)と。

さて、秋山先生は、長年勤めた神奈川県立高校を潔く辞められて（もう少し辛抱すれば、校長ぐらゐには当然なれただらう）、一九七八年（昭和53年）頃だつたと思ふが、渋谷の青山学院女子短期大学の専任講師に就任、さらに助教授になられ、数年後に教授になられた（確か瀬尾裕教授のお世話で、口利きで「青短」に決まつたのだと思ふ）。シェイクスピア学会やイギリス・ロマン派学会などを含む英文学関係の学会で時々御一緒になることがあつたが、一度は先生にとんだ御迷惑をお掛けしたことがあつた。――今から丁度二十年前の一九八〇年（昭和55年）のことだつたと思ふが、十月の中旬頃、松江の島根大学で某学会があつた時のことである。最初の夜（金）は、皆生グランドホテルに泊つたが、二日目の夜（土）は、忘れもしない、玉造グランドホテル長生閣に秋山先生を強引に引つ張り込んで、わたしの専任校の同僚の諸先生方と合流していただき、総勢何と十名ほどで賑々しい大宴会を張り、皆で大変愉快に大酒を飲んで、《鯨飲酔士》の集団と化した、とても懐かしい憶ひ出がある。そしてその夜は、大きな相部屋でわたしたちの大半はほとんど泥酔して寝たのだが、とりわけ、わたしはどうやら秋山先生を始めとして、皆さんに大変御迷惑をお掛けしてしまつたらしいのだ。翌朝起きると、秋山先生、わたしの顔を見るなり、開口一番に曰く、“Thunder Saito” と。先生は、わたしの “thunder-like snoring”（雷鳴の轟くやうな高鼾《たかいびき》）にさぞかしびつくり仰天されたのだらう（どうやら酔ふほどに正比例して雷の如き鼾声《かんせい》を立てるものらしい）。因みに、三日目の夜（日）は、鷺の湯温泉の安来苑に泊つた。同僚諸氏も若かつたせゐか、学会に出席してから、寸暇を偸んでは、松江城、小泉八雲旧居と記念館、明々庵（松平不昧公の茶室）、出雲大社、日御崎《ひのみさき》（燈台・神社）、八雲立つ風土記の丘、等々を精力的に見て廻つたものだ。秋山先生と同じく大正14年生まれの、今は亡き重信千秋先生（一九二五―八四）も御一緒だつた。序でに言へば、三島由紀夫や丸谷才一の二人も大正14年生まれの丑歳である。

この学会の確か翌年（?）だつたやうな気がするが、秋山先生は、在外研究員として、五十代の半ばにして、丸一年間、ロンドンとケンブリッジに留学され、帰国後、通風《ガウト》が少し出たが、どうやら肝機能は不思議なくらゐ大丈夫のやうだつた。このイギリス留学の一年間は、言はば、それまで働きづめに働いてきた先生にとつて、恰好の《命の洗濯（refreshment）》となつたことであらうし、また英気を養ふに充分だつたやうに思はれてならない。先生は訪れるのを楽しみにされてゐたロンドンのあちこちの「パブ」を心行くまで存分に堪能してこられたらしい。

秋山先生とは、中央大学文学部の非常勤講師として、規定の七十歳停年までの二十年余りにわたつて、出講日がたまたま同じで、毎週金曜日にお会ひすることができたのは、今となつては何と言つても、懐かしい憶ひ出である。授業と授業の合間や昼食時などには、先生から楽しい、為になるお話をふんだんに聞かせていただいたものである。授業を終へて帰宅の途中、小田急線町田駅界隈のビア・ホール、居酒屋（縄暖簾）、小料理屋、割烹、バー、鮨屋、天麩羅屋、レストラン、などに立ち寄つては、飲食を共にする機会が何度も何度も数へ切れないほどあつたのは、思へば、まことに幸せであつたと言はねばならない。《誠実と真理（honesta et veritas; honesty and truth）》といふ言葉があるが、これは秋山先生に当て嵌まるやうにわたしには思はれてならない。先生は、常日頃、誰と接するにも誠実を旨としてをられた。知識欲旺盛・博学多識の先生は、真理の飽くなき探究者でもあつたし、また道学者的な言辞を口にされることはなかつたが、人間の本性や生き方を探り、見極める例のモラリスト（人性研究家）でもあつたと言へるだらう。

また、あの嬉々としてビールを召し上がられる在りし日の秋山先生の健康そのものと言つていい温顔を憶ひ出すにつけ、わたしは、「飲酒は楽しみを以て主と為す」（「飲酒以レ樂為レ主」――『荘子』、「雑篇、漁夫」）といふ言葉を想ひ起さぬわけにはゆかないのだ。お元気になつて、また飲めるやうになつたら、先生と二人で小田急線の町田駅界隈で全快祝を兼ねて祝盃を挙げる予定だつたといふのに……。今更言つても詮ないことだが、叶ふことなら、先生のやうな方こそ、健やかに長生きなさつていただいて、余生をもつともつとエンジョイしてもらひたかつたものとつくづく思はずにはゐられないのは独りわたしだけではないだらう。

最後になりましたが、ここに在りし日の秋山照男先生のお姿を偲び、心から御冥福をお祈りいたしますとともに、深く哀悼の意を表する次第であります。合掌。妄言当死。

（March 2000）

《中島時哉（1933–Jan. 26, 2000）氏のこと》

立正大学文学部の安達秀夫君から、「中島時哉さんが、今朝、午前二時頃、御自宅で激しい頭痛を訴へて倒れたさうです。北里大学病院（相模原市）で緊急手術を受け、集中治療室（ＩＣＵ）で治療を受けてゐるが、意識不明の昏睡状態が続いてゐるといふ。どうやら脳内出血のやうで、危険な容態らしい。」といふ趣旨の緊急電話をいただいたのは、昨年の六月二十一日（月）、午後十一時過ぎであつたと思ふ。よりによつて、「脳内出血で昏睡状態」——病名がショッキングで予断を許さない病状なだけに、わたしは、あまりのショックで愕然とし、しばらくは茫然自失、言葉も失はんばかりであつた。実は、わたしは、その日、福岡大学における日本比較文学会から帰宅したばかりで、明日、二十二日（火）は、朝が早く、第一時限目から専任校の授業があるので、早々と入浴を済ませ、寝酒《ナイトキャップ》を聞こし召して、早めに就寝するつもりだつた。普段わたしは人一倍寝つきがいい方なのだが、この衝撃的な第一報に接して、中島さんの無念さ（わたしにはひしひしと感じ取れるのだ）を思ふにつけ、どうにも悔しくて堪らなくなつたせゐか、この夜は、どうしても寝つかれず、うとうとと微睡《まどろ》んでゐるうちに、たうとう夜が明けてしまつた。正直言つて、わたしは授業などとても出来る精神的かつ肉体的状態ではなかつたので、躊躇《ためら》ふことなく、思ひ切つて、休講にしてもらふことにした。（こんな理由で、休講にするのは、勿論、初めての経験である。）

中島さんは、病に倒れてから、ただの一度も意識が戻ることなく、丸七ケ月といふ長きにわたつて、（意識の恢復を求めての忌はしい病魔との闇雲《やみくも》かつ凄絶な闘ひとしか言ひやうのない）昏睡状態（coma; koma）が続いてゐたが、遂に、精根《ちから》尽き果てて、今年の一月二十六日（水）の午前七時四分に、小脳出血のために永眠されたのである。享年六十六。（あと一月《ひとつき》ほどで、満六十七歳になるところであつた。）

文字通り、「斃れて後已む」（「斃而后已」――『礼記《らいき》』、「表記」）と言ふべきだらうか。いかにも昭和一桁生まれの人らしく、中島さんは、いつも（そして時には我武者羅と言つてもいいほど）懸命に努力し、かつエネルギッシュに走り続けてをられたが、一時の休息を取ることもなく人生を足早に駆け抜けて逝かれたのだ。中島さんが、俗世間の煩はしさを超越して、心の赴くままに、静かで穏やかで安楽な、悠悠自適の晩年を過し得なかつたのは、返すがへすも残念であつたと言はねばならない。老後を何もせずに、勝手気儘に遊んで暮らす――さう、中島さんには、（どこやらの旅行代理店のパンフレット広告にある宣伝文句を借りて言へば）「湯《ゆ》つたり、飲《の》んびり」と安佚《あんいつ》を貪りながら老後を送る巷の御隠居さんほど似つかはしくないものはないであらう。今となつてみれば、中島さんは、いはゆる「閑人《かんじん》の閑日月《かんじつげつ》」とはどうやら無縁の人だつたのかもしれない。

話が前後して恐縮だが、わたしは、中島さんの重篤な病状についての情報は、駒澤大学の田中保君を経由して、逐次入手してゐた。中島さんは、北里大学病院で緊急手術を受けた後、集中治療室に入れられて、治療を受けてをられたのだが、そこに一月余《ひとつき》りゐてから、今度は、同病院の救命救急医療センターの方へ移られた。やうやく一般の人々の面会が認められるやうになつたとのことで、意を決して、七月二十九日(木)の夕刻、独りでお見舞ひに行つてみた。病室のベッド上で意識不明のまま静かに、まるで長年の累積した疲れを癒すかのやうに、昏々と眠り続けてをられる時哉さんを眼前にして(思ひの外、坊主頭の大男が横たはつてゐるやうに見受けられた)、わたしは、覚悟して出掛けて来たものの、やはり、あまりのショックで、しばし絶句したまま立ち尽してゐるよりどうにもなす術《すべ》がなかつた。この期《ご》に及んで、我々にもし何か出来ることが残されてゐるとすれば、それは、ただひたすら奇蹟を信じて、神に祈るしかないであらう、と柄にもなく思はずにはゐられなかつた。

昨年の十二月三日(金)、午後六時より、アルカディア市ケ谷(私学会館)で、《中島時哉夫人を励ます会》が開催された。このやうな会合は、さうザラにあるものではなく、おそらく、異例中の異例と言つて差し支へないだらう。誰からも広く敬愛されてゐた中島さんのことだから、その人徳を慕つて、総勢二百名近い《時哉ファン》が、師走の多忙な中、奥様の激励に馳せ参じて下さつたのには(発起人のみならず)参会者一同も感激してをられた。日頃、若い人たち(とりわけ、英語英米文学者の卵たち)の面倒見がいいといふか、生来の世話好きといふか、また交友関係の広さもあつて(中島さんは法政大学アメ・フット部の部長を兼務されてゐた)、様々な年齢層の大学関係者のみならず、様々な年代の様々な職業の人たちが御出席なさつてゐたのは、ひとへに彼の人徳の為せる業であることは申すまでもない。そして、みな一様に中島さんの奇蹟を信じようとする人たちであつた。一縷の望みを奇蹟に懸けてゐたと言つた方がいいだらうか。

通夜(一月二十八日(金)) 並びに葬儀・告別式(二十九日(土))は、相模原市古淵《こぶち》の葬儀斎場「紫雲殿」において営まれたが、中島さんの死を悼んで、お別れに駆けつけた会葬者が随分大勢いらつしやつて、ごつた返したのも、ひとへに、故人の人徳のせゐであり、またその朴訥《ぼくとつ》な人柄（あの訥々とした話し振り）の魅力、頼まれたら断れないといふ根つからの面倒見の良さ（これが時として、アダになることがあるのだが）、等々を反映するものであらう。世話好きといふことで思ひ出したが（これは忘れないうちにぜひ書いておかねばならないが）、中島さんといふ人は、若い学者・研究者を育てるのが上手だつたといふか、勉強させて世に送り出すのが巧《うま》かつたといふ点で（これは余人のなかなか真似のできることではなく、大変難しいことなのだ）、《教育者》として稀に見る優れた資質、慧眼に恵まれてゐたと言へるのであり、これは特筆に値しよう。序でに言へば、大学行政で長年苦楽を共にされてきた同僚の渡邉喜之氏（法政大学教授・常任理事・シェイクスピア学者）が告別式で読まれた、真情溢れる「弔辞」は、まことに秀逸で、素晴らしいものだつたことを一言挿記しておかねばならない。

　ところで、わたしが初めて中島時哉さんに巡り合つたのは、一九六五年（昭和40年）四月、中央大学大学院文学研究科英文学専攻の博士課程の第一年次に進学した時であつた。水曜日の第二時限目、西川正身先生の「アメリカ小説特殊研究」の授業においてだつた。中島さんは、前年の四月、博士課程の第一期生として、熊崎久子さん（現・駒澤短期大学教授）や大澤（旧姓・小林）薫さん（現・嘉悦女子短期大学教授）と一緒に入学されてゐた。第二期生として、藤井健三さん（現・中央大学教授）や牧野（旧姓・青木）輝良さん（現・駒澤大学教授）の驥尾《きび》に付してわたしも、恥かしながら、博士課程に進学したのであつた。当時の中島さんは、わたしより七歳年長なので、満三十二歳だつたはずで、法政大学大学院の修士課程を修了されて、すでに、数年前から関東短期大学（群馬県館林市）の英文科の専任講師の職に就いてをられた。まだ海の物とも山の物ともつかない、言はば、今様高等遊民の端くれの一人であつたわたしの目には、中島さんは紛れもなく一人の立派な社会人と映つたし、すでに我らが憧れの《大学人》であつたのだ。

中島さんがドクター・コース（doctoral course）に入学した第一年次（一九六四〔昭和39〕年度——わたしはマスター・コースの第二年次）の西川先生のテクストは、ハーマン・メルヴィルの『白鯨モウビー・ディック』（*Moby Dick, or the Whale*, 1851）であつたはずだが、わたしは、アルバイトで中大杉並高校の英語の非常勤講師をしてゐた関係上、時間の都合がつかず、甚だ残念ながら、授業に出られず、履修不可能で、この年は中島さんとは会はずじまひだつたやうな気がする。第二年次（一九六五〔昭和40〕年度——わたしはドクター・コースの第一年次）のテクストは、ウィリアム・フォークナーの『征服されざる人々』（*The Unvanquished*, 1938）、第三年次（一九六六〔昭和41〕年度——わたしはドクター・コースの第二年次）のテクストは、スティーヴン・クレインの『赤色武勲章』（*The Red Badge of Courage*, 1895）であつた。毎週水曜日の第二時限目、お互ひにオーヴァーラップする丸二年間、西川先生の教室で机を並べて、フォークナーやクレインを受講した、忘れ難い、懐かしい憶ひ出がある。授業が終ると、いつも決つて御茶ノ水駅近くの喫茶店ウィーンに二人で行つて（どういふわけか、いつも二人きりで行つてゐたやうな気がする）、一時間ばかり、一緒にコーヒーを飲みながら（over a cup of coffee）、取り留めのない雑談を愉しむのだつたが、その後、中島さんは、主に神田神保町界隈の洋書店や古書店を何軒か廻られてから、館林に帰られるのが常だつた。気がついてみると、わたしは、丸二年間、西川先生の授業の後のウィーンでの中島さんとの雑談（「コーヒー・ブレイク」と言つてもいいだらう）をいつしか心待ちにするやうになつてゐた。元来、中島さんは話好きで話題が豊富であり、すこぶる頼り甲斐《がひ》のある兄貴と話をしてゐるやうな気がして、わたしは実に愉しかつた。「井の中の蛙大海を知らず（井中蛙不レ知二大海一）」（The frog in the well knows nothing of the great ocean.）で、全く世間知らずといふか、世事に疎く、世の荒波に揉まれたことがないわたしは、昭和一桁生まれの人によくあるやうに、いささか苦労人であつた兄貴分の中島さんからは学ぶところがすこぶる多かつたのである。

アメリカ文学を専攻してゐた中島さんがそもそも中央大学大学院の博士課程に進学した動機と切つ掛けは、ひとへに、作家の阿部知二（一九〇三―七三）氏（明治大学文学部教授でもあつた）の強いお薦めに従つたものであるといふ。阿部さんは、尾上政次教授（旧制姫路高校で知二氏の父上から確か博物学を教はつたと伺つた憶えがある）や野崎孝教授（昭和十五年頃、阿部氏の御自宅に居候して「卒論」を書いてゐたと伺つたことがある。『白鯨』を訳されてゐた頃である）のお二人とは戦前の、随分若い頃からの旧知の仲であり、さらにアメリカ文学の泰斗・西川正身先生も出講してをられるといふので安心して薦められたのであらう。推薦に際して、阿部さんは、文藝評論家で法政大学文学部教授（日本文学科）の小田切秀雄氏（今年の五月二十四日死去。八十三歳。）にその場でわざわざ電話を入れて、「法政大学は、仮に卒業生が中央大学の大学院に移つたからと言つて、将来、法大の教員に雇はないなどとは言はぬ」といふ言質を取つて下さつたといふ。それにしても、その当時のわたしたちは、お互ひ若かつたし、また体力もありあまるほどあつたせゐもあつてか、向学心と希望に随分燃えてゐたものだつた（いや、燃え盛つてゐたと言ふべきだらうか）。わたしたちは、身の程知らずと言はうか、金に糸目を付けず、惜しげもなく身銭を切つて、書物を無闇矢鱈と買ひ込んだり、買ひ漁つたりしてゐた。まだ独り身で比較的自由の利くわたしはともかくとして、所帯を持つてまだ日の浅い中島家の家計のやりくりもさぞかし大変だつたことだらうと思ふ。

一九六七年（昭和42年）三月、中島さんは、博士課程を満期退学（単位取得）されて、四月からは明星大学の専任講師になられた。住居も館林から神奈川県相模原市上鶴間に移られた。一年後の一九六八年（昭和43年）三月、わたしも満期退学したが、あいにく専任職にはあり就けず、明星大学や立正大学（熊谷教養部）や東京理科大学の、それぞれ、非常勤講師に雇つてもらつて、一年間、何とか食ひ繋ぐことができたのは、思へば、中島さんの御尽力に負ふところがすこぶる大きかつたと言へるのである。当時は他大学に知人や先輩がほとんど全くゐないと言つてよかつたわたしが、たまたま「風来坊」(今の流行言葉で言へば、「風太郎《プー》」)にならずに済んだのは、ひとへに、中島さんや同期の牧野輝良さんたちのお蔭だつたのである。一九六九年(昭和44年)四月、中島さんは、明星大学から法政大学第一教養部に移籍されたのと全く同時に、わたしも、幸運にも、東京理科大学理工学部の専任講師の口にあり就くことができた(齢《よはひ》満二十九歳)。以来、中島さんは、法政大学に丸三十年間奉職して、お亡くなりになられたわけだが、その間、第一教養部長の要職をてきぱきと見事にやつてのけられもした(それで思ひ出したが、中島さんのことを「名学部長」と呼んで同僚の黄寅雄教授はかつて口を極めて褒めちぎつてをられた)。

さて、中島さんにとつて、最も充実し、また多少ゆつたりもできたのは、おそらく、在外研究員として、数度の、二年有余にわたるアメリカ留学(とりわけ、中島さんが大好きだつた「アメリカ南部」への留学)の時代であつたらうと思はれる。このやうな言ひ方は、或いは、留学といふものに対して、いささか不謹慎のやうに聞えるかもしれないが、例のアメリカ映画、『ローマの休日』(*Roman Holiday*, 1953)ならぬ、色恋抜きの《ニュー・オーリンズの休日》であつたと言へるのであるまいか。何しろ教壇に立つて授業をせずに、アパートや大学図書館での読書や、日本では容易に手に入らない洋書の蒐集や、最も得意とする、精力的に「南部」をあちこち踏査・取材して廻る「フィールド・ワーク」、等々の日々は、アメリカ文学研究者として、イギリスのいはゆる世紀末デカダン派の詩人、アーネスト・ダウスン(Ernest Dowson, 1867–1900)の例の"the days of wine and roses"(「酒と薔薇の日々」——"Vitae Summa Brevis Spem Nos Vetat Incohare Longam" [1896] Cf. Horatius, *Carmina* [23 B.C.], I, iv, 15. "Life's brief span forbids us to enter on far-reaching hopes."「人生の短い期間は我々が遠大な希望を抱くことを禁ずる。」)ならぬ、脂の乗り切つた、最も幸せな、充実した時期であつたと言へるかもしれない。

中島さんは八十歳前後まで当然長生きされるものとわたしは頭から決めて掛かつてゐたので、中島さんの早世には

（敢へて言はせてもらふ）、取りも直さず、わが人生においても、由々しき一大事が出来《しゅったい》したことを意味するのだ。

正直言つて、中島さんよりも七歳も年下で、かなり酒好きで、しかも意地汚い食ひしん坊のわたしの方が（近年はどちらもめつきり衰へたが）てつきり先に逝くやうな気がしてならなかつた。中島さんは、昔から中肉中背の標準的な体型（どちらかと言へば、痩せ型）で、日頃から気力横溢、エネルギッシュだつた。中島さんは、わたしのやうに暴飲暴食をするわけでもなく、酒は好きな方だつたが、と言つても、わたしのやうに決して大酒飲みではなかつたし、また大食ひでもなかつた（どちらかと言へば、小食の方だつた）。さう言へば、昔から、「大食（暴飲暴食）短命」なのに対して、「小食は長生き（長命）のしるし」であると言はれる。（Cf. **"Gluttons [Great eaters] dig their graves with their teeth."**「大食漢は歯でおのれの墓穴を掘る」Cf. **"He that eats least eats most."**「最も少し食べる者が〔長生きして、結局〕最も沢山食べる〔勘定になる〕」）酒席での中島さんは、本来はムード派好みのやうに見受けられたが、我々がともすれば陥りかねない、あの書生つぽい談論風発、時に口角泡を飛ばさんばかりの賑やかな雰囲気も愉しむやうなところがあり、決して嫌ひではなかつた。

近年、野暮用に追はれて、また、人生に多少草臥《くたび》れてきたせゐもあつて、残念ながら、《ゆつたりと流れる時間》に身を任す余裕もなく、お互ひに、お会ひする機会もめつきり少なくなつてゐた。昨年、中島さんが病に倒れる一ケ月前の五月二十二日（土）、御茶ノ水の中央大学駿河台記念館において、『読み解かれる異文化』（松柏社）の出版記念パーティが丁度終つて帰りがけたところに、法政大学から（会議を終へて）駆けつけられた中島さんとちよつと立ち話をして（何しろ当方《こちら》はすでにすつかり出来上がつてゐたので）別れたのが、お元気な中島さんにお目に掛かつた最後になつてしまつた（さう言へば、顔貌《かほ》が少し肥られたやうな気がした）。

一昨年（一九九八年・平成10年）の五月二十四日（日）、京大会館で待望の「日本ウィリアム・フォークナー協会」

（The William Faulkner Society of Japan）の設立総会があり、記念講演（大橋健三郎先生）、懇親会の後、京都にお住まひの法政大学の小池康郎教授（物理学）の行きつけのバー「ラシーヌ（Racine）」（祇園花見小路富永町）のカウンターの止まり木に隣り合つて坐つて深夜の十二時近くまで三時間余り談笑しながらウィスキーの水割りを飲んだのが中島さんとの憶ひ出に残る最後の酒となつてしまつた。小池先生や中島さんの他に、安達君や江田治郎君（昭和女子短期大学教授――二〇〇四年十月急逝）や村井勝先生も御一緒だつた。さらに、同年の秋、十月十九日（月）、広島大学（東千田校舎）で第一回ウィリアム・フォークナー協会大会が開かれ、前夜の懇親会（広島県民文化センター）や当日の研究発表やシンポジアムでも当然お会ひしたのだつたが……。

これはすでに他の所でもかなり詳しく書いたことがあり重複するので、ここでは多言を控へるが、やはり一言言及しておかねばならない。月日の経つのは早いもので、今から二十年近く前の一九八一年（昭和56年）七月二十七日（月）から九月一日（火）までの三十七日間にわたる、ニュー・オーリンズを出発地かつ到着地とする《アメリカ南部（諸州）巡りの旅》を、ハーツのレンタカー（フォード・ステーション・ワゴン）を借り出して、中島さんを団長にして総勢六名で、無事やつてのけたのは、終生忘れ得ぬ一大快挙であつたと言へよう。丸一ケ月以上も愉しい生活を共にしたのだから、何物にも替へ難い（今にして思へば、懐かしいことこの上ない）体験だつた。その時の中島さんに対するわたしの印象は、「なんてタフで、頼り甲斐があつて、探究心・知識欲が旺盛かつ貪欲な人なんだらう」といふことであつた。考へてみると、今から二昔も前だから、皆それぞれ随分若かつたわけだが、それにしてもそれを差つ引いての話である。あのタフさと来たら、とても尋常一様とは思へないのだつた。「南部文学」の背景を実際に出掛けて行つて足で調べてみるといふ「実地踏査」――いはゆる「フィールド・ワーク」（現地調査と資料蒐集）や「フィールド・トリップ」（野外研究調査旅行）を得意とされた中島さんの面目躍如たるものがあつたと言へよう。

ところで、元来筆不精で遅筆でほとんど物を書かない寡作なわたしなどとは違つて、中島さんは、実に筆まめな人であつた。（中島さんからわたしが最後に頂戴したお便りは、専任校の紀要の抜き刷りを二本お贈りしたのに対してのお礼のお葉書（四月二十九日付）であつた。）中島さんは、もともと筆が立つといふか（それで思ひ出したが、若い頃、小説を書いたことがあると伺つたことがある）、どうやら速筆らしく、いきほひ多作《プロリフィック》の人でもあつた。たまたま今わたしの手許にある中島さんの晩年の三年間のものだけに限つて、紹介がてら、以下に列記しておかう。

○「黒人とニュー・オーリンズ、そしてジャズの成立」（関口功教授退任記念論文集『アメリカ黒人文学とその周辺』（南雲堂フェニックス、一九九七年四月）pp. 92–105.）

○「短篇「エヴァンジェリン」——『八月の光』と『アブサロム、アブサロム！』に受け継がれた人間模様——」（『英語青年』（研究社出版、一九九七年十一月号、ウィリアム・フォークナー（生誕百周年記念）特集号）pp. 41–43.）

○「フォークナーの自伝的エッセイ「ミシシッピ」再考——荒野の喪失が現代に問いかけるもの——」（*Hosei Review*, No. 14（一九九七年十二月、《伊藤廣里教授古稀記念号》）pp. 58–71.）

○「フォークナーの未発表短篇「エヴァンジェリン」再考」（20世紀文学研究会『文学空間Ⅳ 2　散種／フォークナー』（創樹社、一九九八年一月）pp. 49–67.）

○「ナッチェズ・テリトリーの滅びの文化」（中央英米文学会編『読み解かれる異文化』（松柏社、一九九九年三月）pp. 198–217.）

○「ウィリアム・フォークナーが評価したラフカディオ・ハーン」（日本英語文化学会編『異文化の諸相』（朝日出版社、一九九九年九月）pp. 199–210.）

「人間は皆いづれは死ぬものだ」（"All men are mortal."）とか、また「人生古《いにしへ》より誰《たれ》か死無からん」（「人生自レ古誰無レ死」——文天祥「過零丁洋詩」Cf. "Mors omnibus communis." ["Death is common to all men."] Cf.

"Mors omnibus parata." ["Death is prepared for everyone."]）などと言はれるけれども、それにしても、中島さんのこのたびの御逝去は、あまりにも早過ぎたと言はないわけにはゆかないのだ。（日本人男性の平均寿命が七十七歳だから、十歳余り若くして亡くなつたことになる。）中島さんには、これから先、書きたいことや纏めておきたいことがまだまだ沢山おありだつたであらうことを思ふにつけ、学兄の「志半ば」の御長逝が幾重にも悔やまれてならないのである。

　ここに中島時哉さんの御生前の御厚情に深く感謝いたしますとともに、在りし日のお姿と御業績を偲び、謹んで哀悼の意を表する次第であります。

《専與時光覺文居士》　合掌。妄言多罪。

（March 2000）

後記に代へて

《Quietem inveniendam in abditis recessibus et libellulis.
——Andrew Lang, *Letters on Literature* (1889)
世俗を遁れた隠栖閑居と、愛すべき事物の中に、心の安らぎを見出されんことを。
——アンドルー・ラング『文学に関する書簡集』（一八八九年）》

最初《のつけ》から私事にわたつて恐縮であるが、わたしは、生まれたのは旧・樺太《からふと》（唐太——現・露西亜《ロシア》聯邦共和国薩哈林《サハリン》[Sakhalin]州）だが、少年時代を北海道の十勝《とかち》地方で育つたせゐもあつて、十代の後半の頃（と言つても、今から半世紀近くも前の話になるが）、将来は土木工学ないし建築学の方面へ進まうと漠然と考へてゐたのだつた（また親も含めて周囲の者もさう思つてゐたやうだ）。さういふ矢先に、学内の定期健康診断の結果、たまたま軽度の肺結核《テー・ベー》に罹つてゐることが判り、夏期休暇を含めて三ケ月余り自宅療養に専念せざるを得なくなり、いきほひ読書三昧に日を送ることになつた。幸ひにして、最新の医薬品と主治医の貞方善三先生の暖かい御激励と御尽力のお蔭で、胸部の薄い陰翳《かげ》も信じられないくらゐ速やかに消え失せて行つたのだが、それを契機《きつかけ》に、わたしは専攻を《英語英文学》の方に方向転換することに決めたのだつた。そして今にして思へば、何とも無礼千万な話だが、先づは高校の英語教師にでもなれば、何とか糊口の資を得ることができるだらうと安直に思つたりもしたものだつた。若気の至りで、今のわたしは浅慮を、己《おの》が不明を深く恥ぢ入るばかりであるが……。それで思ひ出したが、フランスの象徴詩派文学運動の中心人物で、文学を根源的に変革する契機を導入したと言はれる詩人、マラルメともあらう者が、英語教員資格を取得してからは、あちこちの高等中学で英語を教へて食つてゐた（さう、一介の中学の英語教師であつた）といふ厳然たる、周知の事実は、何とも素晴らしいことであり、けだし、驚嘆に値するものがあるだらう。（吉田健一は、「マラルメが日本人だつたらばと思ふと寒気がする」と或るエッセイで書いてをられる。）

ともあれ、大学に入学したばかりのわたしは（一九五九年〔昭和34年〕）、たまたま専任講師に就任したばかりの、まだ二十七歳の新進気鋭の英文学者・高橋康也（一九三二―二〇〇二）先生に、一年生の《語学演習》の授業で、Graham Greene, *The Basement Room*（映画『堕ちた偶像』〔*The Fallen Idol*, 1948〕の原作、グリーン自身が脚色し、Carol Reed が制作・監督）*and Other Stories*（秋山徹夫・村岡玄一註、南雲堂）をテクストにして、御指導していただいたことを今懐かしく想ひ起すのだ。傑出した英文学者で、筆者の大学時代の恩師の中で最年少であつた高橋先生は、綺羅、星の如く集まる東大英文科の秀才たちの中でもづば抜けた俊秀だつたと語り伝へられてゐるが、果せる哉、先生は、後年、世界的な英文学者として、赫々たる業績を残して、先年、惜しまれつつ世を去つたのは返すがへすも残念でならない。二十数年前のことだが、高橋先生に未熟生硬な処女著作集『荒地としての現代世界』（朝日出版社、一九八二年）を出し抜けにお贈りしたところ、先生から律儀にも、またおほけなくも、次のやうなお礼状を頂戴したことがあつた。これはあくまでも私信だが、文面から言つて公表しても何ら差し支へないと思はれるものなので、引用を許していただきたい。

《……思いがけなく御著『荒地としての現代世界』恵投賜り　ありがとうございました　二十数年前に中央大学でどんな恥をさらしていたことやら　とまれ師はどうでも弟子は育つとか　立派な処女作お祝い申し上げます　今後さらに御研鑽のほどを……》（一九八二年〔昭和57年〕十二月二十六日消印、傍点引用者）

実を言へば、高橋先生の処女作で、名著として夙に誉れが高い英文学論集『エクスタシーの系譜』（あぽろん社、一九六六年／筑摩書房、《筑摩叢書299》、一九八六年）が出版された当時、わたしはまだ二十代の半ば過ぎであつたが、碌に理解もできないままに、ただやみくもに通読してみて、それこそ目から鱗が落ちるやうな思ひを味はひ（**The scales fell from my eyes.—Cf.** ***The Acts of the Apostles*****, 9:18**）、いつまでも消え失せることのない強烈な印象として心に残つてゐるのだ。（さう言へば、忘れもしない、たまたま或る文学研究誌に転載されてゐたその中の一篇「錯乱の瞬間――エリオットとエロス」と題する論文を既に読んでゐたのだが、わたしは深刻な文学的衝撃を受けたといふか、先生の透徹した知性と厖大な読書量と緻密な分析力にひどく打ちのめされ、圧倒された記憶がある。）

その当時わたしが受けた感動は、やはり筆者の恩師の一人である吉田健一（一九一二―七七）先生の英文学研究の不朽の名著《三部作《トリロジー》》――すなはち、『英国の文学』（一九四九年）、『シェイクスピア』（一九五二年）、『英国の近代文学』（一九五九年）――をどちらも《垂水書房版》の著作集で初めて読んだ時に受けた感動とはまたどこか違ふ、異質《ヘテロジーニアス》なものであつた。敢へて言へば、吉田健一といふ人は、英国そのものが体内に血肉化して出来上がつてゐたと言つても一向に差し支へないやうな人であつた。吉田先生は、周知のやうに、稀に見る優雅で強靭な《文学的知性》と、言葉といふものに対して異様なまでに研ぎ澄まされた《感性》の持ち主であつた。さうなのだ。吉田先生は、文字通りの意味において、《言葉を愛する《フィロロゴス》人（[*Gr.*] φιλόλογος [philólogos]; [*Lat.*] philologus）》であつた。詩文のさはりといふか、最適の箇所（**quotable words, lines and passages**）を引用するといふ点において、おそらく吉田先生の右に出る者がゐないであらうと言つていいほどの《引用の名人》であつたのである。ところが、わたしには詩眼もなければ、詩感も持ち合せてゐない身の悲しさで、引用箇所・引用価値（quotability）の適否に関しては、正直に言つて、わたしは甚だ心許ないと言はねばならない。吉田先生の三部作からは、透徹した批評眼によつて、そもそも《英文学》といふものが、もともと堅苦しく鹿爪らしいものでは決してなく、いかに面白く愉しいものであるかを頭の中に叩き込まれたやうな気がしてならない。

また、実のところ、高橋康也先生の『エクスタシーの系譜』を以て、第二次世界大戦後にわが国で英文学を学んだ明敏犀利な駿才による英文学の《アカデミックな研究》の華麗かつ豊麗な結実の嚆矢とすると言つても差し支へないであらう。並外れた語学力と理智的な思考力と緻密な分析力によつて、我々読者は、精神の持続的緊張を余儀なくされ、滅多に経験できないやうな充実感と快感をしたたかに味はふことになるのだ。わたしは、「怖い物知らず（盲蛇に怖ぢず）」といふか、「若気の無分別」（Cf. "αἰεὶ γὰρ τε νεώτεροι ἀφραδέουσιν." ["Youth is ever thoughtless."]—Homeros, *Odysseia* [*c.* 850 B.C.], Bk. VII, l. 294.）といふか、「無能無才にして、遅筆で懶惰な僕も《この世に生きた証として（as a witness to the fact that I lived in this world）》将来何とかして著書を（無論、共著などではなく単著を）一冊著してみたいものだ」と、真剣に、本気で思つたりしてゐたのだから、滑稽といふか、失笑を買ふしかないのである。

ところで、本書は、筆者が、近年（一九九八年から二〇〇五年まで）、《紀要》の類に発表した雑駁な旧稿に若干補筆して成つたものであるが、もとよりわが国の謹厳な英米文学研究者諸賢のお口にはおよそ合ふやうな類のものではないことを先づお断りしておかねばならない。なほ、ここで本書の標題と副題について一言触れておく方がいいかもしれない。標題は、象徴的な意味合ひを若干持たせて、ヨーロッパの正統的な文学伝統の源流として、例のホメーロスから採つて付けたものであることは申すまでもない。また副題の中の《逍遙遊》といふ語句は、大方の読者諸賢が先刻お気づきのやうに、筆者としても、『荘子』の内篇の第一篇「逍遙遊〔消揺游〕篇」の主題である「融通無碍《むげ》の自由さといふか、精神の囚はれのない自由で伸びやかな飛翔」に多少なりともあやかりたいといふ気持ちから借用してみただけのことで、別に他意はないのである。由来筆不精で、無為無能な、言はば、《冬眠派》と呼んでもいいやうな、常日頃ほとんど物を書くことのない、文字通り、寡作なタイプの筆者が、やうやく重い腰を上げて、身の程知らずにも上梓した処女作『荒地としての現代世界――英米文学雑考（*Modern World As A Wasteland: Essays on English and American Literature*）』（朝日出版社、一九八二年）、第二著作『悪霊に憑かれた作家――フォークナー研究余滴（*William Faulkner: The Artist Driven by Demons*）』（松柏社、一九九六年）に次いで、本書は、第三番目の著作といふことになる。本書の原稿は、どういふわけか、どれも総じていつになく楽しく執筆できたことだけは確かである。考へてみるに、これは、もしかすると、たまさかに出会つた素晴らしい《詩文》の類との幸運な巡り合せのせゐであつたかもしれない。これらの三冊は、整然とした一貫性（**coherentia; coherence**）があるとはお世辞にも言ひかねるのだが、それでも、どういふわけか、筆者の胸底では一種の《三部作《トリロジー》》を形作つてゐるやうな気がしなくもないのである。

　もとより、わたしの如き眇《べう》たる一介の英米文学研究者には、どう足掻《あが》いてみても、小林秀雄のやうに、取り上げる対象を（わたしの場合は、言ふまでもなく、フォークナーだが）出しにして、自らを語るなどといふ大それた藝当ができるはずはない。いや、むしろ有り様を言へば、フォークナーといふ二十世紀アメリカ文学を代表する一人の偉大な作家を中心に据ゑて、言はば、文学といふスケールの壮大な稲田において、己《おの》が心の赴くままに落穂拾ひを、独り自由気儘な文苑逍遙遊を試みながら、フォークナーに様々な角度から重層的に光を当ててみようとしたに過ぎないと言ふ方がより正確であるかもしれない。わが国における不世出のフランス文学者、渡辺一夫（一九〇一――七五）先生の言葉を借りて言へば、文学の《周辺散策者》といふことになるだらうか。

　「作家は処女作に向つて成熟する」（仮に英訳すれば、"The writer matures towards his maiden work." とでもならうか）といふ、誰が言ひ出したものか、筆者には不敏にして判らないが、やけに有名なエピグラムがあるのは、知る人ぞ知るであらう。前述したやうに、わたしの場合、遅ればせながら、処女作は『荒地としての現代世界』だが、それからかなり長い冬眠期間を経て、十年ほど前に、やうやく第二作目の『悪霊に憑かれた作家』を上梓する際にも、意識するとしないにかかはらず、《前著》がどこかで気に懸かつてゐたやうに思へてならないのだ。いや、どうやら《処女作》からなかなか抜け出すことができないやうな気がするのである。筆者など、「処女作に向つて成熟する」と言ふよりもむしろ処女作にどこかで囚はれてゐると言つた方がより正確であるかもしれないのだが……。自分で言ふのも何とも可笑しな話だが、わたしは、通常、かなり広汎にわたつて資料類を渉猟し、卒読する方だと思つてゐるが、それでもいざ自分が利用できるものと言へば、極めて少数であり、従つてほとんどいつも暗中模索の手探り状態で（フォークナーの『皐月祭《メイデー》』の《献辞》の中の語句を借りれば、"a fumbling in darkness"）、足りぬ脳味噌を絞りながら、物を書いてゐると言つていいのである。我々は「書くことによつて書くことを、話すことによつて話すことを学ぶ」（Scribere scribendo, dicendo dicere discunt. [By writing you learn to write, by speaking you learn to speak.]）を実践してゆくしかないのだ。

ホメーロスの例の「葡萄酒色の海」（οἴνοψ πόντος [the wine-dark sea]）と言へば、先日、美術史研究の泰斗、矢代幸雄（一八九〇—一九七五）——英文による大著で世界的名著 *Sandro Botticelli* (London: The Medici Society, 1925 [3 vols.]）の著者として知られる——の或る美術エッセイを読んでゐると、たまたま地中海の海の色について、次のやうな美しい詩的散文の一節に出くはした。何分にも高雅かつ完璧な文章なので、段落《パラグラフ》を一つ丸ごと引用させていただかう。

《地中海の海の色で憶ひ出すのは、ギリシアのアテネから自動車旅行で、ペロポネソス半島の周遊に出掛けた時である。コリント地峡に近づいて行く海岸沿ひに車を馳せつつ、少し下手に見える海湾は、水清くして底まで透き通つてゐたが、その海水の色は、岸に近くして萌黄色《もえぎいろ》、少し深くなつて鮮麗な緑玉色《エメラルド》、それが次第に青味を増して行つて青藍色、最も深い湾の中心に近づいて、多少赤味がさして、紺となり、紫となり、遂にほとんど藤紫に凝《こ》つて、——詩人ホメーロスがギリシアの海を形容して「葡萄酒のやうに暗い」と言つたわけがよく解る——湛然《たんぜん》として澱んだ、まつたく染料を流し込んだやうである。もしもこの水に手を浸《つ》けるならば、手が忽ちに真青に染まるであらう。もしもこの海で女が泳ぐならば、水に浸つた半身は青や紫に彩られて、彼女はそのまま人魚に変化しよう、と、濃艶なる色彩幻想が奔放に馳せるばかりであつた。海岸は大理石の砕けた真白な砂浜で、そこには鮮緑の浜草が生え、夾竹桃に似た紅花が一面に燃えるやうに咲いてゐた。

——矢代幸雄「海の色」、『随筆ヴィナス』（朝日新聞社、一九五〇年／《朝日選書3》、一九七四年）》

それはさて措いて、例の《コンコードの哲人（the Sage of Concord）》と言はれたR・W・エマソン（Ralph Waldo Emerson, 1803–82）は、かう書いてゐる。

《Talent alone cannot make a writer. There must be a man behind the book.

——R. W. Emerson, *Representative Men* (1850), "Goethe, the Writer"

才能だけでは作家にはなれない。書物の背後に一箇の人間が存在しなければならぬ。

——R・W・エマソン『代表的偉人論』（一八五〇年）、「作家・ゲーテ論」》

エマソン（愛默生〔埃默森〕）の指摘を待つまでもなく、「書物の背後に一箇の人間」が、一廉《ひとかど》の人物が、さう、著者の人格が、どつかと存在しなければならぬのは、論を俟たぬであらう。それで思ひ出したが、英語の格言にも、《Like author like book. / Such author such work.（この著者にして、この著書あり。／著書は著者に似る。）》といふのがある。

著述家といふか、いはゆる《執筆人間《ホモ・スクリベンス》（homo scribens）》の才能には、どうやら「自ら物を深く考へるタイプ」

と「他人《ひと》に物を考へさせる（cause others to think）タイプ」との二種類に大別できるやうな気がしてならない。平たく言へば、前者のタイプは、著者の論述に沿つて、先へ先へと（時々感心したりしながら）どんどん読み進んで行けるのに対して、後者のタイプは、読者を時々立ち止まらせて、いやが上にも思索を強ひるといふか、考へることを余儀なくさせる傾きがあるので、時間が掛かつて、なかなか思ふやうに先へと読み進んで行けないのである。

ところで、これは、もともと古代ギリシアのアッティカ新喜劇詩人メナンドロス（Menandros [Menander], *c.* 342–*c.* 291 B.C.）のたまたま残存してゐる断片集（*c.* 300 B.C.）にある言葉らしいが、ラテン語訳に、"Malum est mulier, sed necessarium malum."（"Woman is an evil, but a necessary evil."「女は悪しきものなり、されど必要なる悪しきものなり」）といふ女性蔑視の甚だ過激な言葉があるのは御存じの方が多いであらう。また、「たかが文学、されど文学」などと言はれるくらゐだから、文学といふのは、人間にとつて、或る意味で、必要悪のやうなものであるかもしれない。人間が存在し続ける限りにおいて、たとへ何と言はれようとも、この世から文学が消え失せたり、完全に亡失したりすることは決してあり得ないやうに思はれるのである。もつとも、人間の中には、文学などとは全く関係《かかはり》を持たずに（といふよりも、その必要性を全く感じずに）人生を何の差し障りもなく送つてゐる者が大勢ゐることも確かなことだが……。

ともあれ、わたしは、創作に——文学の実作に携はつてゐるのならまだしも、《英米文学研究》などといふ、率直に言つて、もしかしたら世の中で何の役にも立ちさうにない、また、時間ばかり掛かつてちつとも割に合はない、言つてみれば、実学ならぬ《虚学》、半ば道楽稼業に限りなく近いやうなことを悠長にやりながら（金にならない、今様高等遊民などと言つて揶揄する人がゐるのも無理からぬことだが——と言つても、わたし自身は、長年、語学教師をして、米塩の資を稼いできたわけだが）、齢《よはひ》《耳順（六十歳・還暦・華甲）》を疾《と》うに過ぎ、《従心（七十歳・古稀）》に、杜甫を捩《もぢ》つて言へば、「人生七十近来ザラなり」に垂んとしてゐる（pushing）今日この頃である。

とは言ふものの、わが吉田健一風に言へば、我々人間は《言葉》でしかものを考へることができないし、また言葉を探すことで自分自身の考へを確かめてゐるのであり、そして《言葉の茫々たる大海原》の中から最も適切と思はれる言葉を一つ探し出すにしても、それには疑ひもなく一箇の人間の存在が懸かつてゐるといふことを我々は想ひ起すべきかもしれないのである。フォークナーも言つてゐるやうに、「言葉はわたしの肉であり、パンであり、酒である」（"words are my meat and bread and drink."—Faulkner, "Out of Nazareth," *New Orleans Sketches* [1958]）と言へるのだ。しかも、この種の仕事（desk work）といふのは、須らく体を張り、かつ根を詰めてするしかないのである。しかしながら、長時間にわたつて、独り書斎に蟄居して研究論文などの執筆に没頭することの不健康極まりない、夜更かしの習性に、時に、厭気が差すこともないではない。ストレスは溜まるし、《生活習慣病（lifestyle-related diseases)》の温床になると言つてもいいかもしれない。さうかと言つて、昔日の文人が理想とした、田園に閑居して、例の「晴耕雨読」の生活を送る（spend one's life working in the fields on fine days and reading at home on rainy days）といふわけにもゆかず、わたしの場合は、さしづめ「晴球雨読」（仮に、もつと判り易く英訳すれば、"playing golf in the golf course on fine days and reading [or writing] in my study on rainy days"）といふことになるだらうか。言ひ換へれば、よく晴れた日には、たまには気心のよく知れたゴルフ仲間とゴルフ・コースに出向いて、気兼ねせずにボールを打つことに興じながらラウンドし、また雨の日には、独り書斎に引き籠つて読書に耽る（時に、物を書いたりする）といふのを今のわたしは最上の境遇（いや、理想）とさへ考へるものである。と言つても、無惨なる哉、昨今、どうやら寄る年波のせゐか、ドライヴァー・ショットの飛距離にしてもだんだん落ちてきてゐるし、実のところ、わたしは《野老曝背《やらうばくはい》》の一歩手前にまで零落《おちぶ》れ果てたへな猪口《ちょこ》ゴルファーなのだ。たとへ下手《へた》くそであつても、ゴルフといふのは、それなりに結構面白い、奥の深い、不思議なスポーツなので、特に《蘇格蘭《スコットランド》贔屓《びいき》（Scotticism）》の人でなくとも、健康管理といふ大義のために、定期的にゴルフ・コースに出掛けるのだ、と言ふよりむしろ（逆説的言辞を弄して言へば）、ゴルフを心からエンジョイすべくゴルフ・コースに出んがために日頃から健康維持にひたすら留意するのだ、とも言へなくもないだらう。目的ではなく結果として、気分転換と運動不足の解消に繋がると考へていいだらう。（このたび原書房から『スコットランド文化事典』が出た。）

《Golf is a thoroughly national game. It is as Scotch as haggis, cockie-leekie, high cheek-bones, or rowanberry jam.

——Andrew Lang, in W. Pett Ridge (ed.), *Daily News, Lost Leaders* (1889)

ゴルフは全く〔スコットランドの〕国民的ゲームである。ゴルフはハギス（羊または仔牛などの臓物を刻み、オートミール、香辛料などと一緒にその胃袋に詰めて煮込んだ伝統的なスコットランド料理の一種）、コッキー・リーキー（鶏肉を煮込んで、刻んだ韮、時には少量のオートミールなどを加へたスコットランドのスープ）、高い頬骨、或いはローアンベリー（七竈の赤い実）・ジャムと同じぐらゐスコットランド的である。

——アンドルー・ラング（一八四四—一九一二）》

フォークナー文学の志向するところが、よく言はれるやうに、《From Jefferson to the World》にあるとすれば、少なくとも近代ゴルフといふスポーツは、スコッチ・ウィスキー（蘇格蘭威士忌酒）と並んで、さしづめ《From Scotland to the World》へと伝播・普及して行つたと考へていいのではなからうか。序でながら、一言挿記すれば、《スコッチ》と言へば、山本洋（一九三二— ）先生からは、日本では入手が全く不可能で、先づ口にすることができない（しかも二度と飲む機会が訪れないやうな）、稀少な《幻の高級スコッチ》（その大半が英国旅行の帰りに土産品として購入してきたもの）を何回か御馳走になつて、その都度、非常に感激したことを憶えてゐる。さて、世に

「酒無くて何の己が桜かな」（What are cherry blossoms without saké?）といふ、日本人の左党なら、《花見》と言へば必ず想ひ起す有名な句がある。上述したやうに、わたしの場合、《遊戯人《ホモ・ルーデンス》（homo ludens）》の端くれの一人として、数少ない趣味の一つである下手の横好きのへぼゴルフが加はるから、さしづめ「酒と高爾夫《ゴルフ》が無くて何の己が人生かな」（What is my life without drinking and golfing?）といふことに落ち着くのであらうか。と言つても、わたしは、《心身のリフレッシュメント（refreshment of mind and body）》のために、忙中の閑を偸んで、富士山（芙蓉峰）の裾野の近くから、時折、《霊峰富士（Sacred Mt. Fuji）》の麗容を仰ぎ見ながら、月にせいぜい二、三回のラウンドを愉しむ程度である。と言ふことは、年間三十回前後のラウンド回数といふことになるだらうか。それで思ひ出したが、有名な歌謡の一節に「遊びをせんとや生まれけむ」（後白河法皇撰『梁塵秘抄』巻第二）といふのがあることは誰しも御存じであらう。この場合、もつと具体的に言へば、「高爾夫をせんとや生まれけむ」といふことになるが、わたしの場合は、《高爾夫狂《ゴルフ・メイニアック》》では決してないし、例の「楽しみて淫せず（Cf. **"Pleasure not carried to the point of debauch."—Translated by Arthur Waley.**）」（「樂而不レ淫」――『論語』、「八佾第三」）といつた程度だらうか。

　さうは言つても、ゴルフといふのは、どうやら奥が相当深いスポーツのやうで、さう簡単には――節度を保つて、「楽しみて淫せず」の程度では、上手くなれるものではない。実を言へば、むしろゴルフに淫するくらゐに寝食を忘れて熱中しなければ、ゴルフの上達は到底覚束ないものと心得ておくべきなのだ。また一方では、負け惜しみで言ふのではないが、「楽しみは極むべからず」（「樂不レ可レ極」――『礼記《らいき》』、「曲礼上」）ともいふくらゐだから、万年《ダッファー（duffer）》であつては、骨が折れて困るけれども、そこそこの、いはゆる《アヴェレージ・ゴルファー（average golfer）》を以て良しとすべきであり、またそのくらゐの方がかへつて可愛い気があつて好ましいかもしれない。我々はキケローの例の「品位を伴へる閑暇」（otium cum dignitate [leisure with dignity]—Cicero, *Oratio pro Sestio*, XLV, 98.）をもつともつと享受すべきなのだ。そして当り前のことかもしれないが、ゴルフはあくまでも身銭を切つて——額に汗して稼いだお金（money earned by the sweat of thy brow）で打ち興じるべきである。昨今は、とみに減つたらしい接待ゴルフの恩恵に与るなんて以ての外と心得るべきである。

どうもわが国の英語英米文学者諸賢の中でゴルフに言及する人がほとんど見当らないやうなので（強ひて言へば、中野好夫くらゐだつたか）、ゴルフが話題にのぼつたついでに、この機会を借りて、ゴルフ談義をもう少し続けることにしませう。とはいへ、筆者はゴルフの歴史については全く不案内なので、今は亡き、名ゴルフ・エッセイストであつた夏坂健（一九三四—二〇〇〇）氏がかつて雑誌にお書きになつてゐた一文の切り抜きがたまたま手許に残つてゐたのを幸ひ、その一文に寄り掛かりながら、今しばらくはその受け売りを——他人《ひと》の褌で相撲を取らせてもらふことにしよう。（《Arm Chair Golfers——アタマはゴルフのことばかり》、連載第86回「シングルだつた？　シェイクスピア」、『週刊ゴルフダイジェスト』、一九九一年十二月三日号、一七六—一七七ページ／単行本『ゴルファーを笑へ！』、新潮社、一九九二年／新潮文庫、一九九七年、二五六—二六一ページ参照。）

スコットランドのセント・アンドルーズ（St. Andrews [ǽndru:z]）と言へば、一四一一年創立のスコットランド最古の大学《セント・アンドルーズ大学（University of St. Andrews）》及び一七五四年に結成された世界最古で最高の権威を有するゴルフ倶楽部《ロイヤル・アンド・エインシャント・ゴルフ・クラブ（The Royal and Ancient Golf Club of St. Andrews [R & A]）》が有名であることは御存じの方が多いであらう。とりわけ、ヴィクトリア朝の重厚なカントリー・ハウスないしマナー・ハウスを連想させることでお馴染みの石造りのクラブハウス脇の《オールド・コース（Old Course）》は、例の《全英オープン（The [British] Open）》が開催されることで名高いが、何と市営のパブリック・コースであるといふから驚きである。セント・アンドルーズは、《ゴルフの故郷《ふるさと》（The Home of Golf）》、《ゴルフの聖地《メッカ》（The Metropolis of Golf）》であり、海岸沿ひの保養地でもある。

さて、セント・アンドルーズ大学のウィリアム・A・ナイト（William A. Knight, *c.* 1850–1905）教授は、『ジョン・ニコル（スコットランドの詩人・文学者、一八二三―一九〇四）の想ひ出の記』（*Memoir of John Nichol*, 1896）の著者として知られてゐるが、彼にはシェイクスピア学者として七年の歳月を費やして精緻に調べ上げて著した『シェイクスピアのゴルフ』（***Shakespeare's Golf***, Edinburgh, Scotland: David Doughlas〔出版年不詳〕）といふ著書（豆本）があるといふ。その本のサブタイトルには「セント・アンドルーズとの深い関はりについて」とあるといふ。現在、世界に七（？）部しか残つてゐないと言はれる、どうやら値段のつけやうもない《幻の稀少本・超稀覯本》としても有名だといふ。その豆本に拠ると、「ゴルフがイギリス全土に燎原の火の如く広まつた」時代に生きた文豪シェイクスピア（莎士比亜）も明らかにゴルファーだつたやうで、腕前の方も何とシングル級だつたことが古い記録類に当つてみて判明したといふ。とにかく、夏坂健氏の文章を次に引用させていただくことにしませう。

《……ゴルファーとしてのシェイクスピアは、ゲームの深奥と機微によく通じて、一つのホールの中に人生の縮図があると悟つてゐた。セント・アンドルーズのコースを熟知し、時には1番ホールを横切る小川《バーン》に長打を打ち込んだり、今の14番、560ヤードがもう少し短かつたころのロング・ホールを、イーグルの3でホール・アウトしたこともあつた。教授が調べた古い記録によると、22ホールを「82」の最少スコアで廻つたことさへあるといふから、これを18ホールに換算し直すと、「67」でラウンドしたことになる。当時のクラブとボール、それにコース・コンディションを考へたとき、この「67」は驚異としか言ひやうがない。教授の本を信用するとして、シェイクスピアは途方もないゴルファーだつたやうである。》（新潮文庫、二六〇ページ。）

しかもシェイクスピアの戯曲の中に、「ゴルファーでなければ知り得ない隠喩《メタファー》が一一ケ所も存在する」と指摘してゐるといふのだからいささか驚きを禁じ得ないのである。「なかにはゴルフ用語まで登場するので、これはもう動かしやうもない話だと教授は書いてゐる」といふ。いづれにしても、豆本の原文《オリジナル》ないしコピーの類に当つて見ることができない筆者としては、もうこれ以上言及するわけにはゆかぬのだ。

因みに、英米文学史上、一般に知られてゐるゴルファーと言へば、例の『ロビンソン・クルーソー』（一七一九年）でお馴染みのダニエル・デフォーは、ひどいスライス病に悩んでゐたやうだし、また、名作『宝島』（一八八三年）や『ジーキル博士とハイド氏』（一八八六年）のスコットランドの作家ロバート・ルイス・スティーヴンソンに至つては、どうやらパッティングが苦手だつたやうで、スリー・パットに苛立つことが多かつたといふ。わたしの知る限りで思ひつくままに列挙すれば、チャールズ・ディケンズ、コナン・ドイル、トマス・ハーディ、ヘンリー・ジェイムズ、D・H・ロレンス、ラドヤード・キプリング（因みに、一九二二年にセント・アンドルーズ大学の学長になる。）、アガサ・クリスティ、ウィンストン・チャーチル、ロイド・ジョージ、P・G・ウッドハウス、アメリカでは、マーク・トウェイン、F・スコット・フィッツジェラルド、アーネスト・ヘミングウェイ、それにウィリアム・フォークナーなどもゴルファーであつた時期があると言はれてゐるが、筆者など、彼らに対して俄かに親近感を覚えないわけにはゆかなくなつてくるのだ。

わがフォークナーに至つては、正確な日付は判らぬが、どうやら或る日——と言つても、一九一八年十二月、フォークナーが英国空軍《ロイヤル・エア・フォース》部隊を休戦により除隊後、カナダのトロントから郷里のオックスフォードに帰り、一九一九年九月に《特別学生》の資格でミシシッピー大学に入学するまでの間のことらしいが——大学のゴルフ・コースを弟たちと一緒にラウンドした際、ウィリアム（ビル）は、一三二ヤードのホールで《ホール・イン・ワン》をやつてのけたらしいのだ。同伴競技者の弟たち（ジョンやジャック）がビルのカードにアテストの署名をして提出すると、賞品として、ゴルフ・ボール一ダースと、(パイプの)火皿《ボウル》に“Hole in One”と象眼のあるパイプ一本などが後日ビルの所に送られてきたといふ。(Cf. John Faulkner, *My Brother Bill: An Affectionate Reminiscence*, New York: Trident Press, 1963; Oxford, Miss.: The Yoknapatawpha Press, 1975, p. 141.) 実は、恥かしながら付言するが、わたしも一九九一年(平成3年)三月十八日(月)にホーム・コースの鎌倉カントリークラブの16番ホール(一六八ヤード)でホール・イン・ワンを達成し、同時に、肝を冷すといふか、血の気が失せるやうな経験をしたことがある。全くの偶然《まぐれ》だが……紛れ幸ひと言ふのであらうか。(さう言へば、或る親睦ゴルフの前夜、某大学の湯河原寮に泊つて、旧いゴルフ仲間の山岡俊文氏、平林弘吉氏、それに今は亡き佐藤晃氏が、三鞭酒《シャンパン》で祝つて下さつたことを懐かしく想ひ起す。)実を言へば、先日も(五月二十五日(木))、ホーム・コースの三島カントリークラブのアウト・コースの8番(ミドル・ホール)で、第二打(残り、打ち上げの一五〇ヤード)を、偶然にも、直接カップ・インし、《イーグル(eagle)》を達成したばかりである。これまた紛《まぐ》れで、全くの偶然の為《な》せる業《わざ》であることは改めて申すまでもあるまい。ともあれ、ゴルフ・マナー研究家の鈴木康之氏は、或る雑誌に、さりげなく、かう書いてをられた。「ゴルフする人は恵まれてゐる人です。家庭の事情、財布の事情、身体や仕事、諸々の事情に恵まれてゐなければゴルフはできません。」先づは、果報者と言ふべきか。——それにしても、ゴルフに関する駄文が、当初予定してゐたよりもいささか長くなつたきらひがあるので、このくらゐで止めることにする。《しげしげと今日も通ふゴルフ場へぼゴルファーの百叩き》

さて、例の兼好法師(一二八三年頃—一三五二年以後?)が『徒然草』の第十三段で述べてゐる「ひとり、燈《ともしび》のもとに文《ふみ》をひろげて、見ぬ世の人を友とするぞ、こよなう慰《なぐさ》むわざなる」(Cf. “To sit alone in the lamplight with a book spread out before you, and hold intimate converse with men of unseen generations—such is a pleasure beyond compare.”—Translated by Donald Keene.)といふ広く知れ渡つてゐる一節を以て、《無上の歓び(joie extrême)》とする人々がどうやら我々の周囲にはかなり多いやうな気がしなくもない。何を隠さう、わたしもその中の一人なのだが……。世の中には《生きる哀しみ》も当然あるとは思ふけれども、それはさて措くとして、人生といふのはただ一度しかないものだし、また「寿命は猶《なほ》風前の燈燭《とうしよく》の如し」(「壽命猶如㆓風前燈燭㆒」——世親〔ヴァスバンドゥ〕著『〔阿毘達磨〕倶舎論』)であると言はれるくらゐだから、我々は須らくE・W・サイードの「意志的な楽観主義」で以て《生きる歓び(la joie de vivre; the joy of life)》をもつと積極的に謳歌し、満喫すべきなのだ。

《明日ありと思ふ心の仇桜《あだざくら》
夜半《よは》に嵐の吹かぬものかは
——「親鸞上人絵詞伝」
Hope not the transient blossom shall
　Until the morrow last:
For who knows but the midnight gale
　Thy cherished hope may blast?
——Translated by Hidesaburo Saito.》

そして、老後の、第二の人生の心境としては、願はくは、「楽しみて以て憂ひを忘る。老いの将に至らんとするを知らず。(Cf. "so happy in doing so, that he forgets the bitterness of his lot and does not realize that old age is at hand."—Translated by Arthur Waley.)」(「樂以忘㆑憂。不㆑知㆓老之將㆒㆑至。」——『論語』、「述而第七」)及び「之を知る者は、之を好む者に如かず。之を好む者は、之を楽しむ者に如かず。(Cf. "To prefer it is better than only to know it. To delight in it is better than merely to prefer it."—Translated by Arthur Waley.)」(「知㆑之者、

不レ如二好レ之者一。好レ之者、不レ如二樂之者一。」――『論語』、「雍也第六」）でありたいものである。この年齢《とし》になつて、昨今、やうやく達観してつくづく思ふのだが、生きるといふことは決して虚しく哀しいことではなくて、どうせこの世に生を享けたからには、人生、健康で楽しく生きるに越したことはないのである。「酒も煙草も飲まず、女もやらず、百まで生きた馬鹿がゐる」（Cf. "There was a damned fool who lived to be one hundred years old without drinking, smoking, and knowing a woman."）といふ戯句《ざれく》（狂句）の類があるが（落語の導入部《あたま》に引き合ひに出されることが多い）、《生涯禁酒禁煙不犯《ふぼん》》など今時、木石ならいざ知らず、熱い血が通ひ、凡百の煩悩に囚はれてゐる生身の人間としてはおよそ堪へられないことだらうし、第一、そんなことは自慢にもならないだらう。

ところで、前著『悪霊に憑かれた作家』（松柏社、一九九六年十二月刊）を上梓した際に、玉川大学の中林良雄氏並びに成城大学の齋藤忠志氏のお二人の肝煎りで、わが畏敬する同学の諸兄姉《みなさん》が、その当時、小田急線向ケ丘遊園駅北口から徒歩十分ほどの所にあつた、由緒ある老舗の料亭《紀伊國屋》において、おほけなくも、わざわざわたしのために出版記念の盛大な宴（一九九七年四月六日（日））を開いて慰労と叱咤激励をして下さつたことがあつた。しかしながら、その時の参会者（お名前を一々挙げることは、この際差し控へさせていただくが）のうちで、甚だ惜しむらくは（そしてこれはぜひ書き留めておかねばならぬが）、青山学院女子短期大学の秋山照男氏（一九二五―一九九九・10）、法政大学の中島時哉氏（一九三二―二〇〇〇・01）、城西大学女子短期大学の大橋進一郎氏（一九三一―二〇〇二・12）、麻布大学の田邉治子さん（一九三三―二〇〇三・07）、さらに関東学院大学の塩谷秀男氏（一九四一―二〇〇四・12）の五名の方々が、悪性疾患には勝てず、奇しくも日本人の平均寿命に達しないまま、無念にも黄泉《よみ》の国へと旅立たれてしまはれた。敢へて極言すれば、今や世界に冠たる長寿国を誇るわが国においては、どうやら早死にの部類に属すると言つてもいいかもしれない。つくづく喜劇詩人メナンドロスの「神々が愛し給ふ人は若くして死ぬ」（Ὃν οἱ θεοὶ φιλοῦσιν ἀποθνήσκει νέος.—Menandros [Menander], *Dis Exapaton* [c. 300 B.C.], Fragment, 4. / Quem di diligunt adolescens moritur. [Whom the gods love dies young.]—Plautus, *Bacchides* [190 B.C.], IV, 7, 18.）の感を深くしないわけにはゆかぬのだ。まことにもつて残念無念と言ふ外はなく、無常迅速の思ひがいよいよ深まり、今ここに五氏の在りし日の温容（"old familiar faces"）を思ひ浮べながら、改めて哀惜の念を禁じ得ない次第である。とはいへ、人生、「いかに長く生きたかではなく、いかに善く生きたか」、言ひ換へれば、生きた歳月の長さ（**length of years**）によつてではなく、その人の人生がいかに有意義に費やされた（**well-spent**）かによつて人生の密度・充実度・素晴らしさ（**excellence**）を測る決定的な尺度になるとする考へ方からすれば、先に逝かれた方々は、自ら選んだ、好きな《英米文学研究》の道に進めただけでも、或る意味で、幸せであつたと言へるだらう。《生残《いきのこ》る吾恥《われはづ》かしや鬢《びん》の霜《しも》》（夏目漱石・明治43年作）

また、同じく一九九七年四月二十五日(金)、台東区上野六丁目のみちのく郷土料理屋《北畔》にて、わたしが常日頃お世話になり、また学恩に浴してゐる専任校の同僚（**immediate colleagues**）の宮里政邦、沼隆三、橋本一範（独語独文学）、相島倫嘉、小澤喬、川村幸夫、中谷久一、松本靖彦の諸兄弟《みなさん》が、御多忙のところ御参集下さつて、恐縮至極にも、ごく内輪だけの、心暖まる慰労会を開いていただき（固辞し切れずに受けることになつた次第）、一夜の歓を尽した懐かしい想ひ出があることもぜひ書き記しておかねばならない。

今度こそはもう少しましな本を書かうと心中密かに思ひつつも、又しても雑駁な蕪稿を集めて駄本を一書編むことになつてしまつたのは、恥の上塗りと言へなくもあるまい。とはいへ、いまだに原稿用紙の升目を手書きで一字づつ埋めてゆく古めかしい《アルカイック》（**archaïque**）といふか、旧態依然、時代遅れの、古色蒼然たるタイプの筆者が（と言つても、わたしは尚古主義の信奉者のつもりはないが）、若い頃からずつと長年人知れず温めてきた《歴史的仮名遣ひ》による著書をこのたび何とか上梓する運びになつたことを心から嬉しく思つてゐる。わたしが若い頃に愛読した文学者には、あくまでも歴史的仮名遣ひに固執する人が多かつた。例へば、吉田健一や福田恆存がさうだつたし、また愛読したとは言ひかねるが、それでも人並みに読み耽つたことのある小林秀雄や河上徹太郎、それに永井荷風、志賀直哉、谷崎潤一郎、川端康成、三島由紀夫、石川淳などもさうだつた。近頃わたしが折に触れて読む、上質の文章を草する文士の中で、依然として旧仮名遣ひを用ゐてゐるのは、丸谷才一、阿川弘之、それに高井有一ぐらゐになつてしまつたが、まことにもつて寂《さみ》しい限りだと言はねばなるまい。「文学的には古典主義者、政治的には王政主義者、宗教的にはアングロ・カトリック教徒」（"classicist in literature, royalist in politics, and Anglo-Catholic in religion"—T. S. Eliot, *For Lancelot Andrews* [1928], "Preface"）と自らの立場を自発的かつ鮮烈に宣言したのは、周知のやうに、T・S・エリオットだつたが、歴史的仮名遣ひ論者のわが丸谷才一は、「政治は進歩的、文化は保守的がよし」といふやうなことをどこかで書いてをられたのを読んだ憶えがある。そしてわたしの立場は、丸谷の見解にほぼそつくりそのまま当て嵌まり、賛同するものであると言つてよいのである——つまり、エリオットや丸谷の顰《ひそ》みに倣つて言へば、政治的には進歩主義者、改革論者であるのに対して、文化的には保守主義者、伝統主義者であると。

顧みるに、わたしは、高校一年の時に、英語の藤井正好先生（哲学者くづれの英語教師であつたらしい）に《英文法》の基礎を徹底的かつ情熱的に叩き込まれて以来、どうやら英語が大好きになつてしまつたみたいなところがあるのだ。英文法学者にならうと本気で考へた一時期もあつたくらゐである。今まであまり深く考へてみたことがなかつたのだが、今にして思ふに、どうもさういふ縁《えにし》の糸が、現在わたしが歩んでゐる道に繋がつてゐると言つていいのかもしれない。大学に入学と同時に、わたしは、その当時、いかにも新進気鋭のアメリカ文学者といつた感じの、今は亡き宮本陽吉（一九二七—一九六）先生からシャーウッド・アンダソン（Sherwood Anderson, 1876–1941）の短篇集で以て初めて《アメリカ文学》の洗礼を受けたのであつた。アメリカ文学のみに限つて言へば、わたしの先生は、宮本先生から始まつて、野崎孝（一九一七―九五）先生に受け継がれ、さらに尾上政次（一九一二―九四）先生、そして西川正身（一九〇四―八八）先生へと順次バトン・タッチされて行つたと言つてよいのだ。恩師の諸先生方から受けた《師恩・学恩》に対して今ここにわたしは心からの感謝の意を表明しなければならないのである。

時に、夏目漱石の『野分《のわき》』（一九〇七〔明治40〕年）の第一章に、「手の掌をぽんと叩けば、自《おの》づから降る幾億の富の、塵《ちり》の塵の末《すゑ》を舐《な》めさして、生かして置くのが学者である、文士である、さては教師である。」といふ有名な、辛口の文明批評的な一節が出てくるのを想ひ起される方がいらつしやるかもしれない。思ふに、これは、時代がどんなに移り変つても、どうやら普遍的に認められる真理と言つていいだらう。それにしても、いつの時代も、学者や文士や教師は、生かさず殺さずにしておけばいいといふ国民的合意《ナショナル・コンセンサス》のやうなものが厳然として存在してゐると考へていいのだらうか。ともあれ、何とも皮肉な話だが、わが国の昨今の御時世では、英米文学試論集の類を出版することは、単に出版社のみならず執筆者の双方にとつて、わたしがまだ大学院生だつた頃、確か英語英米文学研究の同人機関誌の編輯に従事してゐた時だつたと思ふが、たまたまその場に居合せた中野好夫先生（先生の真骨頂は、何と言つても、筆鋒鋭い社会批評と英米文学の名翻訳にあつた）がいみじくも仰しやつた辛辣な言葉を借りて言へば、《貴族の商売》に限りなく近いものにならざるを得ないと言つていいかもしれない。

本書の上梓に際しては、わたしのほぼ四半世紀前の生硬未熟な処女作出版以来、又しても拙著の出版を二つ返事で快諾して下さつたばかりではなく、著者の我儘な要望をも聴き入れていただいた㈱朝日出版社、原雅久社長（わが敬愛する侠気《をとこぎ》に富む好漢）の寛大なる御厚情と御配慮に対して、並びに、歴史的仮名遣ひ及び新漢字を原則的に使用（一部例外的に正漢字も用ゐる）などといつたことから生ずる煩瑣な編集の労を惜しまれなかつた、また貴重な御助言と種々濃やかな御配慮をいただいた制作・編集部の村上直哉氏に対して、今ここに末筆ながら、深甚かつ満腔の謝意を申し上げねばならぬのは、著者の嬉しい義務である。

最後になつたが決して最小ではないが、まだ海の物とも山の物ともよく判らぬ、将来性が全く未知数であつた若き日の筆者を御親切にも拾ひ上げて教導して下さつた、米寿を迎へられて、なほお元気でいらつしやる今津藤一先生（一九一八年生まれ）、また沖縄に帰郷されて、悠悠自適の生活を送つていらつしやる宮里政邦先生（一九三〇年生まれ）、はたまた前著を出版した際に逸早く《サントリー（シングルモルト・ウィスキー）山崎（12年物）》を贈つて祝福して下さつた鈴木郁男先生（一九二一年生まれ）、さらに米寿の手習ひでパソコンを始められ、間もなく卒寿を迎へられる岳父の落合義史氏（一九一七年生まれ）、公私にわたつて色々とお世話になつてゐる上記四氏の御加餐を心からお祈り申し上げます。

《οἶνόν τοι πίνειν πουλλόν, κακόν· ἢν δέ τις αὐτὸν πίνη ἐπισταμένως, οὐ κακός, ἀλλ’ ἀγαθός.
(The drinking of much wine is an ill; but if one drink it with knowledge, it is not an ill but a good.)
——Theognis, *Sententiae*, No. 211.
酒ハ多量ニ飲ム時ハ、有害ナリ。併シ見識ヲ持ツテ酒ヲ飲ム時ハ、有害ナラズシテ、有益ナリ。
——テオグニス『箴言集』、第二一一番。》

二〇〇六年（平成十八年）盛夏　　湘南・鵠沼の陋屋の書斎にて

齋藤　久　贅識

初出誌一覧

Ⅰ

『皐月祭《メイデー》』とフォークナーの《厭世観》をめぐつて（その一）
——A・E・ハウスマン、『ルバイヤート』、そしてマラルメを中心に
『東京理科大学紀要（教養篇）』、第三十四号、二〇〇二年（平成14年）三月、1—45ページ。

『皐月祭《メイデー》』とフォークナーの《厭世観》をめぐつて（その二）
——ギャルウィン卿の《人間観》、『ジャーゲン』、そして《世紀末文学》と《時代思潮》を中心に
『東京理科大学紀要（教養篇）』、第三十五号、二〇〇三年（平成15年）三月、1—39ページ。

Ⅱ

若き日のフォークナーとA・C・スウィンバーン（その一）
——奔放な想像力と饒舌性と官能性
『東京理科大学紀要（教養篇）』、第三十六号、二〇〇四年（平成16年）三月、1—45ページ。

若き日のフォークナーとA・C・スウィンバーン（その二）
——奔放な想像力と饒舌性と官能性
『東京理科大学紀要（教養篇）』、第三十七号、二〇〇五年（平成17年）三月、1—60ページ。

Ⅲ

若き日のフォークナーとアルチュール・ランボーについて
——走り書き的覚え書
『中央英米文学』、第三十八号、二〇〇四年（平成16年）十二月、29—59ページ。

Ⅳ

《文学研究（Study of Literature）》と《文学批評（Literary Criticism）》の狭間で
——一つの大まかな覚え書
『東京理科大学紀要（教養篇）』、第三十号、一九九八年（平成10年）三月、1—32ページ。

Ⅴ

葡萄酒色の海（οἶνοψ πόντος）——巴克斯（Βάκχος）の戯れ

『東京理科大学紀要（教養篇）』、第三十一号、一九九九年（平成11年）三月、1—52ページ。

Ⅵ

秋山照男、中島時哉、両学兄を偲ぶ
——《在りし日のわが英米文学者の肖像》
『中央英米文学』、第三十四号、二〇〇〇年（平成12年）十二月、52—69ページ。

（本書に収録するに当つて、各篇の標題並びに副題を若干改変したものがあることをお断りしておく。）

《著者紹介》

齋藤　久（さいとう・ひさし）

1940年（昭和15年）2月、旧・樺太（現・ロシア聯邦共和国サハリン州）に生まれる。1968年（昭和43年）3月、中央大学大学院文学研究科英文学専攻博士課程（単位取得）満期退学。英米文学（特にフォークナー）専攻。現在、東京理科大学（理工学部）教授。主要著訳書に、『アメリカの文学と言語』（共著、南雲堂、1975年）、カール・ボード編『アメリカ文学における叛逆者たち（Carl Bode [ed.], *The Young Rebel in American Literature*）』（共訳、南雲堂、1981年）、『荒地としての現代世界――英米文学雑考』（朝日出版社、1982年）、クリアンス・ブルックス著『現代英米文学にみる神の問題（Cleanth Brooks, *The Hidden God*）』（共訳、リーベル出版、1988年）、『悪霊に憑かれた作家――フォークナー研究余滴』（松柏社、1996年）、等々がある。

葡萄酒色の海――フォークナー研究逍遥

2007年 3月30日　初版第1刷発行

著　者　**齋藤　久**
発行者　原　雅久
発行所　株式会社 朝日出版社
〒101-0065 東京都千代田区西神田3-3-5
TEL　03-3263-3321
FAX　03-5226-9599
URL　http://www.asahipress.com

印刷・製本　エーアンドエー株式会社
ISBN 978-4-255-00382-5